A FARSA DE GUINEVERE

DA MESMA AUTORA, PELA **PLATAFORMA21**

Saga da Conquistadora
Filha das trevas (v.1)
Dona do poder (v.2)
Senhora do fogo (v.3)

A Última Caça-Vampiros
Caçadora (v.1)
Escolhida (v.2)

A sombria queda de Elizabeth Frankenstein

KIERSTEN WHITE

A FARSA
DE GUINEVERE

V. I da trilogia
As novas lendas de Camelot

Tradução
Lavínia Fávero

TÍTULO ORIGINAL *The Guinevere Deception*
© 2019 by Kiersten Brazier
Publicado originalmente em inglês por Delacorte Press, um selo da Random House Children's Books, divisão da Penguin Random House LLC, Nova York. Direitos de tradução mediados por Taryn Fagerness Agency e Sandra Bruna Agencia Literaria, SL. Todos os direitos reservados.
© 2019 VR Editora S.A.

Plataforma21 é o selo jovem da VR Editora

DIREÇÃO EDITORIAL Marco Garcia
EDIÇÃO Thaíse Costa Macêdo
EDITORA-ASSISTENTE Natália Chagas Máximo
PREPARAÇÃO Flávia Yacubian
REVISÃO Juliana Bormio de Sousa e Raquel Nakasone
DIAGRAMAÇÃO Juliana Pellegrini
ARTE DE CAPA Alex Dos Diaz
DESIGN DE CAPA Regina Flath

Dados Internacionais de Catalogação na Publicação (CIP)
(Câmara Brasileira do Livro, SP, Brasil)

White, Kiersten
A farsa de Guinevere / Kiersten White; tradução Lavínia Fávero.. – São Paulo: Plataforma21, 2020. – (As novas lendas de Camelot; I)

Título original: *The Guinevere deception*
ISBN 978-65-5008-033-4

I. Ficção - Literatura juvenil 3. Ficção de fantasia I. Título. II. Série.

18-22580   CDD-813

Índices para catálogo sistemático:
I. Ficção : Literatura juvenil 028.5
Cibele Maria Dias - Bibliotecária - CRB-8/9427

Todos os direitos desta edição reservados à
VR EDITORA S.A.
Rua Cel. Lisboa, 989 | Vila Mariana
CEP 04020-041 | São Paulo | SP
Tel.| Fax: (+55 11) 4612-2866
plataforma21.com.br | plataforma21@vreditoras.com.br

Para Stephen e Jarrod,
que abriram sua casa
tal qual um portal mágico.
E para o senhor Tumnus,
que tolerou minha presença nela.

CAPÍTULO UM

Nada neste mundo é tão mágico e tão assustador quanto uma moça prestes a se tornar mulher.

Esta moça específica nunca havia sentido o poder que tinha só por existir em um espaço dominado por homens. Mas, naquele dia, rodeada de homens, esse poder irradiava dela. "Sou intocável." Os homens orbitavam em volta como se ela fosse a Terra, e eles, os respeitosos — porém distantes — Sol, Lua e estrelas. Era uma espécie de magia.

Um véu obscurecia e borrava os contornos do mundo ao redor. Estava sentada na sela com uma postura tão ereta que lhe dava dor nas costas. Não remexia os dedos dos pés dentro das botas com as quais estavam tão desacostumados. Fingia ser uma pintura.

— Não posso acreditar que nenhuma freira do convento se dispôs a viajar com a senhorita — reclamou Brangien, tentando limpar a fina camada de poeira que batizava a jornada da duas. Então, como se não tivesse consciência de que falara em voz alta, baixou a cabeça. — Mas é claro que estou muito feliz e honrada por estar aqui.

O sorriso que serviu de resposta ao pedido de desculpas de Brangien não foi percebido.

— Claro — disse a moça, mas suas palavras não foram muito convincentes. Podia fazer melhor. Tinha que fazer. — Também não gosto muito de viajar e agradeço sua gentileza de ser minha acompanhante nessa longa jornada. Eu me sentiria muito sozinha sem você.

Estavam cercadas de gente. Mas, para aquelas pessoas, a moça coberta de tecidos azuis e carmesins era uma mercadoria que deveria ser protegida e entregue, sã e salva, para o novo dono. Ela, que tinha dezesseis anos, torcia, com todas as forças, para que Brangien, de dezoito, se tornasse sua amiga.

Precisaria de uma amiga. Jamais tivera uma.

Mas isso também tornaria tudo mais complicado. Ela tinha tantas coisas preciosas escondidas. Ter outra mulher o tempo todo consigo era algo desconhecido e perigoso. Os olhos de Brangien eram pretos como o seu cabelo. E sugeriam inteligência. Por sorte, esses olhos veriam apenas o que estava na superfície. Brangien percebeu que ela estava observando-a e lhe deu um sorriso indeciso.

Concentrada em sua companheira, a moça não percebeu a mudança logo de início. Uma mudança sutil, uma diminuição na tensão: a primeira vez que respirava de verdade em duas semanas. Inclinou a cabeça para trás e fechou os olhos, grata pelo abrigo que a folhagem verdejante lhe dava do sol. Uma floresta. Se não estivesse cercada de homens e cavalos por todos os lados, teria abraçado as árvores. Passado os dedos nos veios para descobrir a história de cada uma.

— Fechem o círculo! — ordenou Sir Bors. Sob o pesado arco de galhos, o grito foi abafado. Ele era um homem que não estava acostumado a ser silenciado. Até seu bigode se eriçou, de tão ofendido. Segurou as rédeas com os dentes e empunhou a espada com o braço bom. A moça despertou do sonho de olhos abertos e viu que os cavalos haviam sido contaminados pelo medo dos homens. Estavam inquietos e batiam os cascos no chão, revirando os olhos à procura da ameaça, assim como seus cavaleiros. Uma lufada de vento levantou o véu. A moça cruzou o olhar com um dos homens — Mordred, três anos mais velho do que ela, que logo se tornaria seu sobrinho. Seus lábios delicados estavam levantados no canto, como se achasse graça. Será que tinha percebido seu delírio antes que ela se desse conta de que não deveria ter se agradado da floresta?

— O que foi? — perguntou, e foi logo virando o rosto para se esquivar de Mordred, que estava prestando atenção demais nela. "Seja uma pintura."

Brangien tremeu e se encolheu debaixo da capa.

— As árvores.

Que se acumulavam dos dois lados da estrada, com seus troncos retorcidos e raízes profundas. Os galhos se entrelaçavam, formando um túnel, lá no alto. A moça não entendia qual era a ameaça. Não se ouvia nem um galhinho sequer se partindo. Nem um farfalhar de folhas.

Nada interrompia a beleza da floresta. A não ser ela mesma e os homens que a rodeavam.

— O que têm as árvores? — perguntou.

Foi Mordred que respondeu. Estava com a expressão séria. Mas sua voz parecia cantar. Era divertida e grave.

— Elas não estavam aqui quando fomos buscá-la.

Ainda empunhando a espada, Sir Bors estalou a língua, e seu cavalo voltou a avançar. Os homens se reuniram em volta dela e de Brangien. A paz e o alívio que a moça havia sentido por estar rodeada de árvores desapareceu, destruída pelo medo deles, que se apoderavam de cada espaço por onde passavam.

— O que ele quer dizer com "elas não estavam aqui"? — sussurrou, dirigindo-se a Brangien, que estava falando algo, sem produzir som. Inclinou-se para a frente, para arrumar o véu da moça, e também respondeu sussurrando, como se temesse que as árvores ouvissem:

— Há quatro dias, quando passamos por esta região... não havia nenhuma floresta. Todo esse pedaço de terra havia sido desmatado. Era de fazenda.

— Será que fizemos uma rota diferente sem perceber?

Brangien sacudiu a cabeça. Seu rosto era um borrão formado por sobrancelhas escuras e lábios vermelhos.

— Há uma hora, passamos por alguns rochedos caídos. Parecia que um gigante estava brincando e deixou seus brinquedos para trás. Lembro muito claramente. É a mesma estrada.

Uma folha foi caindo das árvores e pousou, suave como uma oração, no ombro de Brangien. Ela soltou um gritinho de medo.

Era só uma questão de esticar o braço e tirar a folha do ombro de Brangien. A moça tinha vontade de levá-la aos olhos, examinar a história dos seus veios. Mas, ao tocá-la, sentiu instantaneamente que a folha tinha dentes. E a atirou no chão da floresta. Até olhou para os próprios dedos, procurando sangue, mas é claro que não havia nada.

Brangien estremeceu e disse:

— Há um vilarejo não muito longe daqui. Podemos nos esconder lá.

— Esconder?

Ainda faltava um dia de viagem até chegarem ao destino. Ela queria que aquilo terminasse logo. Que tudo fosse feito e arranjado. Só de pensar em ficar espremida com aqueles homens enquanto esperavam — pelo quê, para lutar contra uma floresta? — lhe dava vontade de arrancar os sapatos, o véu, implorar às árvores para que pudessem passar em segurança. Mas elas não entenderiam.

Afinal de contas, agora pertenciam a lados opostos.

"Desculpe", pensou, sabendo que as árvores não ouviriam. Desejando poder explicar.

Brangien gritou de novo, cobrindo a boca com as mãos, horrorizada. Os homens que as cercavam pararam abruptamente. Ainda estavam rodeados pela vegetação. Tudo passava, de modo abafado, através do véu. Vultos se esgueiravam, saindo da floresta. Enormes penhascos cobertos de limo e cipós que se entrelaçavam.

Que se danasse o recato. Ela arrancou o véu. O mundo ficou completamente nítido, de um modo surpreendente.

Os vultos não eram penhascos. Eram casas. Casebres muito parecidos com aqueles pelos quais já haviam passado, feitos de pedra caiada e vigas cobertas de sapê, que iam até o chão. Mas, em vez da fumaça que deveria estar saindo do telhado, havia flores. Em vez de portas, havia cortinas de cipós. Era um vilarejo que a natureza retomara. Se lhe pedissem para adivinhar, diria que tinha sido abandonado havia muitas gerações.

— Vi uma criança — sussurrou Brangien, entre os dedos. — O menino vendia pão, adulterando o peso com pedras. Fiquei tão brava com ele...

— Onde estão as pessoas? — perguntou Sir Bors.

— Não devemos nos demorar por aqui — respondeu Mordred, aproximando o cavalo do dela. — Cerquem a princesa! Depressa!

À medida que ia sendo arrastada pelo movimento dos guardas, viu uma última rocha coberta de cipós, ou talvez fosse um toco de árvore. Do tamanho exato de um menino pequeno oferecendo pão ruim.

Só pararam quando o crepúsculo se apoderou do mundo, de modo muito mais sutil que a floresta se apoderara daquele vilarejo desafortunado. Os homens observavam os campos ao redor com desconfiança, como se as árvores fossem brotar do nada, empalando-os. E talvez brotassem. Até ela estava nervosa. Jamais olhara para as coisas verdejantes e secretas do mundo com medo. Era uma boa lição, mas preferia que o vilarejo não tivesse pago o preço pela sua educação.

Não podiam avançar muito mais na escuridão sem correr o risco de ferir os cavalos. Haviam passado a primeira noite juntos em uma estalagem. Brangien dormira com ela na melhor cama que a estalagem tinha a oferecer. E roncara de leve, um som amistoso, que lhe fez companhia. Sem conseguir dormir, a moça teve vontade de descer a escada, ir ao encontro dos cavalos nos estábulos, dormir lá fora.

Naquela noite, o seu desejo seria realizado. Os homens se revezaram, de guarda. Brangien se ocupou de desenrolar os colchonetes, reclamando por não terem instalações adequadas para dormir.

— Eu não me importo. — Mais uma vez, a moça sorriu para Brangien, e o sorriso passou despercebido naquela escuridão.

— Eu me importo — resmungou Brangien. Talvez achasse que o véu obscurecia a audição, assim como a visão.

Apesar da fogueira que crepitava, desafiando a noite, o frio, os animais selvagens e rastejantes, ainda as estrelas estavam à espera. A humanidade não havia descoberto uma maneira de derrotá-las. A moça localizou suas constelações favoritas. A Mulher Afogada. O Rio Caudaloso. A Praia de Pedregulhos. As estrelas até poderiam ter reluzido para alertá-la, mas ela não percebeu, por causa das faíscas que a fogueira lançava nos céus.

Exigiram mais dos cavalos no dia seguinte. A moça descobriu que tinha menos medo da floresta que deixavam para trás do que da cidade que os aguardava.

A pouca paz que conseguia encontrar vinha do sacolejar e dos solavancos do cavalo que a carregava. Ter contato físico com cavalos é algo profundamente reconfortante. São animais calmos e decididos. Ela ficou acariciando a crina da égua, distraída. Seu próprio cabelo preto fora trançado pela manhã por Brangien, entrelaçado com fios de ouro.

— Quantos nós! — reclamara Brangien.

Mas não enxergara o propósito deles. Não suspeitara de nada. Será que não?

Já havia complicações imprevistas demais. Como a moça poderia ter adivinhado que aquela jovem examinaria seu cabelo com tanto cuidado? E havia Mordred, sempre a observar. Era belo, tinha um rosto lisinho e olhos verde-musgo. Fazia a moça lembrar-se da elegância das cobras, deslizando pela grama. Mas, quando o pegou olhando-a fixamente, percebeu que o sorriso tinha muito mais de lobo do que de cobra.

Os demais cavaleiros, pelo menos, não prestavam a menor atenção nela, a não ser por obrigação. Sir Bors os fazia avançar ainda mais rápido. Passaram por pequenos povoados, onde as casas se espremiam, como os homens haviam feito lá na floresta, protegendo uns aos outros e olhando para a frente, para as terras circundantes, com medo e afronta. Ela tinha vontade de descer do cavalo, conhecer as pessoas, entender por que viviam ali, sua determinação para domar a natureza selvagem, expondo-se a incontáveis ameaças. Mas só conseguia ver vultos borrados, folhagens e faíscas douradas do mundo que a cercava. O véu era a versão mais íntima dos guardas, um isolamento do mundo.

Parou de se irritar com o ritmo de Sir Bors e torceu para irem ainda mais rápido. Ficaria feliz de deixar aquela jornada para trás, de ver de perto as ameaças à espera, para que pudesse se preparar para enfrentá-las.

E então chegaram ao rio.

Naquele lugar, não conseguia se decidir a respeito de nada, pelo jeito. Agora estava feliz de estar de véu. Que escondia a perversidade ostensiva da água e o pânico daqueles que a rodeavam.

— Não existe um caminho que contorne o rio? — tentou falar, com um tom de voz ao mesmo tempo gracioso e imperioso. Não obteve sucesso. O tom refletiu exatamente o que estava sentindo: pavor.

— Os balseiros garantirão a segurança de nossa travessia — afirmou

Sir Bors, como se fosse um fato. A moça ansiava por se agarrar à certeza do cavaleiro, mas a confiança do homem passou reto por ela, ficando fora de alcance.

— Eu percorreria uma distância maior de bom grado, se isso nos impedisse de atravessar o rio — afirmou.

— A senhorita está tremendo, *milady*. — Sem mais nem menos, Mordred estava mais uma vez do lado dela. — Por acaso não confia em nós?

— Não gosto de água — sussurrou a moça. A garganta se fechou, porque a frase expressou de um modo muito inadequado o pavor que sentia no fundo da alma. Uma lembrança — águas turvas e fundas acima da sua cabeça, ao redor, pressionando-a por todos os lados, preenchendo-a — veio à tona, e ela tentou expulsá-la com todas as forças, afastando esses pensamentos com a mesma velocidade que afastaria a mão de um ferro em brasa.

— Sendo assim, temo que a senhorita não vá gostar do seu novo lar.

— O que você quer dizer com isso?

Pelo tom de voz, parecia que Mordred estava se desculpando, mas a moça não conseguia ver sua expressão bem o suficiente para saber se refletia suas palavras.

— Ninguém lhe contou?

— Contou o quê?

— Odiaria estragar a surpresa.

O tom de voz de Mordred fora uma mentira, então. Ele a detestava. A moça podia sentir. E não sabia o que fizera, naqueles dois dias que passaram juntos, para merecer essa ira.

O farfalhar da água levava consigo qualquer outro pensamento, concorrendo apenas com as batidas do seu coração e a respiração em pânico, presa dentro daquele véu, que formava uma nuvem úmida de pavor. Sir Bors a ajudou a descer do cavalo, e a moça ficou ao lado de Brangien, perdida em seu próprio mundo, distraída e distante.

— *Milady?* — disse Sir Bors.

A moça se deu conta de que aquela não era a primeira vez que o cavaleiro se dirigia a ela e falou:

— Sim?

— A balsa está pronta.

Tentou andar na direção da embarcação. Não conseguia obrigar o corpo a se movimentar. O pavor era tão intenso, tão esmagador, que não conseguia sequer se inclinar naquela direção.

Brangien, que finalmente percebera que havia alguma coisa errada, ficou na frente dela. A moça se aproximou, assumindo uma expressão mais dura, por trás do véu.

— A senhorita está com medo — afirmou, surpresa. E então seu tom se acalmou. Pela primeira vez, parecia que estava falando com uma pessoa e não com um título. — Posso segurar sua mão, se quiser. E também sei nadar. Não conte para ninguém. Mas prometo que a levarei em segurança até o outro lado do rio. — Brangien então segurou sua mão, bem apertado.

A moça segurou a mão de Brangien, agradecida, e a apertou como se já estivesse se afogando e aquela mão fosse a única coisa que a separava da aniquilação.

E isso que não tinha sequer dado um passo em direção ao rio! Todos aqueles esforços seriam em vão antes mesmo que chegasse até o rei, porque não conseguia superar aquele medo absurdo. A moça se odiou e odiou cada uma das decisões que a tinham levado até ali.

— Venha. — As palavras de Sir Bors tinham um certo tom de impaciência. — Estão nos aguardando antes do cair da noite. Precisamos seguir viagem.

Brangien a puxou sutilmente. Um passo, depois outro, depois mais um.

A balsa sob os seus pés afundou e sacolejou. A moça virou para trás, disposta a correr de volta até a margem, mas os homens estavam ali. E avançaram, um mar de peitos largos, couro e metal inflexíveis. Ela tropeçou e se segurou em Brangien.

Deixou escapar um soluço. Estava amedrontada demais para se sentir envergonhada.

Brangien, a única coisa estável em um mundo de turbulência e movimento, a abraçou. Se caísse no rio, tinha certeza — *certeza* —, seria aniquilada. A água iria se apoderar dela. A moça deixaria de existir. Como estava tomada pelo medo, a travessia poderia tanto levar minutos quanto horas. Parecia infinita.

— Ajudem-me — disse Brangien. — Não consigo me mexer de tanto que ela me aperta. Acho que a senhorita está paralisada.

— Não seria apropriado se a tocássemos — resmungou Sir Bors.

— Senhor do céu — falou Mordred. — Deixem comigo. Se ele quiser me matar por ter tocado em sua noiva, está no seu direito, desde que eu possa dormir em minha própria cama uma última vez.

A moça sentiu braços levantando seu corpo, segurando-a por trás dos joelhos e a levando no colo, como se fosse uma criança. Afundou o rosto no peito dele, inspirando os aromas de couro e tecido. Jamais se sentira tão grata por tocar algo palpável. Algo verdadeiro.

— *Milady...* — A voz de Mordred estava tão aveludada quanto o seu cabelo, cabelo em que a moça se agarrara como se tivesse garras. — Vou levá-la em segurança até a terra firme. A senhorita foi tão corajosa na floresta... O que é um riacho perto disso?

Então a pôs no chão, mantendo as mãos na cintura dela. A moça cambaleou. Agora que a ameaça passara, foi tomada pela vergonha. Como poderia ser forte, como poderia completar sua missão, se sequer conseguia atravessar um rio?

Um pedido de desculpas brotou de seus lábios. Mas ela logo o descartou. "Seja o que eles esperam que você seja."

Endireitou as roupas com cuidado. Como uma rainha faria.

— Não gosto de água — afirmou. Como se fosse um fato e não

um pedido de desculpas. E então apertou a mão que Brangien lhe estendia e voltou a montar no cavalo. — Podemos prosseguir?

A caminho do convento, vira castelos de madeira que brotavam do chão feito a perversão de uma floresta. E até um castelo de pedra — uma construção atarracada, com cara de brava.

Nada disso poderia tê-la preparado para Camelot.

A área em volta era cultivada por quilômetros e quilômetros. Campos dividiam a natureza selvagem em fileiras ordenadas e perfeitas, com a promessa de colheitas e de prosperidade. Apesar da presença de mais vilarejos e cidades pequenas, não tinham visto ninguém, e isso não inspirava o mesmo medo e a mesma desconfiança que a floresta. Pelo contrário: os homens que a cercavam foram ficando cada vez mais relaxados e, ao mesmo tempo, mais agitados — mas de entusiasmo. Então ela viu o porquê. Tirou o véu. Haviam chegado.

Camelot era uma montanha. Uma montanha de fato. Um rio a separara da terra. Ao longo de tantos anos que sua mente não conseguia sequer imaginar, a água se partira ao meio, avançara pelos dois lados e erodira a rocha até restar apenas a parte do meio. Cascateava violentamente dos dois lados. Atrás de Camelot, estendia-se um grande lago frio e desconhecido, alimentado pelos rios gêmeos, dando luz a um único rio extenso no extremo oposto.

Sobre a montanha, cercada de água por todos os lados, havia uma fortaleza, que não fora esculpida pela natureza, mas por gerações e gerações de mãos. A rocha cinzenta fora entalhada para criar contornos ornamentados. Volutas e nós, rostos de demônios com janelas no lugar dos olhos, escadas que se encaracolavam pelo lado de fora, ladeadas apenas pelo vazio e pelo castelo.

A cidade de Camelot ficava no declive íngreme atrás da fortaleza. A maioria das casas fora construída da mesma rocha, mas havia algumas estruturas de madeira entremeadas. Ruas sulcavam as construções. Veias e artérias, todas levando até o castelo, o coração de Camelot. Nem todos os telhados eram de sapê. A maioria era de ardósia, cujo azul-escuro se misturava com a palha, fazendo com que o castelo parecesse estar aninhado em uma colcha de retalhos de pedra, sapê e madeira.

Ela jamais pensara que homens seriam capazes de criar uma cidade tão magnífica.

— É incrível, não é mesmo? — comentou Mordred, com a voz tingida de inveja. Tinha ciúme da própria cidade. Talvez, ao vê-la através dos olhos da moça, pudesse enxergá-la de outro ângulo. Era algo a ser cobiçado, certamente.

Chegaram mais perto. A moça se concentrou apenas no castelo. Tentou ignorar o rugir incessante de rios e cascatas. Tentou ignorar o fato de que seria obrigada a atravessar o lago para chegar ao novo lar.

Não obteve sucesso.

Nas margens do lago, havia um festival à espera. Haviam erigido tendas, bandeiras tremulavam ao vento. Havia música, e o aroma de carne assada os chamava, mais adiante. Os homens se endireitaram em suas selas. A moça fez a mesma coisa.

Pararam no limite da área destinada ao festival. Havia centenas de pessoas esperando, todas olhando para a ela. Que ficou feliz por ter recolocado o véu que a escondia daquela gente e escondia aquela gente dela. Jamais vira tantas pessoas reunidas. Achara o convento muito cheio e a companhia dos cavaleiros, opressiva, mas isso tudo era um mero riacho comparado ao rugir daquele oceano.

Um silêncio tomou conta da multidão, que ondeava feito um campo de trigo. Alguém avançava no meio das pessoas, que se afastavam para dar passagem e depois tornavam a se juntar. O murmúrio que acompanhava a caminhada daquele rapaz era respeitoso.

Amoroso. A moça sentiu que aquelas pessoas estavam lá mais para estar perto dele do que para vê-la.

O rapaz se aproximou de seu cavalo, então parou. A multidão até podia estar em silêncio, mas o corpo e os pensamentos dela eram pura agitação.

Sir Bors limpou a garganta, e sua voz retumbante parecia perfeita para aquele ambiente.

— Sua alteza, Rei Arthur de Camelot, eu vos apresento a princesa Guinevere de Camelerd, filha do Rei Leodegrance.

O Rei Arthur fez uma reverência e, em seguida, estendeu a mão. Que engoliu a da moça. Era uma mão forte, firme, robusta. Calejada e com um senso de propósito que pulsava, cálido, transmitido pelo rei para o corpo dela. Ela começou a descer do cavalo. Mas, por causa dos rios, do lago e da viagem, ainda estava trêmula. Arthur facilitou a tarefa: tirou-a de cima do cavalo, rodopiou-a uma única vez e, então, a colocou no chão, fazendo uma reverência cortês. A multidão rugiu em aprovação, abafando o som dos rios.

Tirou o véu dela. O Rei Arthur lhe foi revelado, como se fosse o Sol se libertando das nuvens. Como Camelot, parecia ter sido esculpido direto da natureza por uma mão amável e paciente. Ombros largos e cintura fina. Mais alto que qualquer homem que já vira. O rosto, ainda jovem aos dezoito anos, era firme e resoluto. Os olhos eram castanhos, inteligentes, mas as rugas ao redor deles contavam histórias de tempos passados fora do castelo, sorrindo. Os lábios eram carnudos e macios; seus traços, fortes. O cabelo era tão curto que surpreendia, tosado quase rente à pele. Todos os cavaleiros que ela conhecera tinham cabelo longo. Arthur usava uma coroa de prata simples, com o mesmo desembaraço que um fazendeiro usa seu chapéu. A moça não conseguia imaginá-lo sem a coroa.

Ele também a observou. Ela ficou imaginando o que o rei via. O que todas aquelas pessoas viam quando olhavam para o seu cabelo longo, tão escuro que quase parecia azul sob a luz do Sol. Para as sobrancelhas arqueadas e expressivas. Para o nariz cheio de sardas. As sardas contavam a verdade sobre a vida que levara até então. Uma vida de sol, liberdade e alegria. Nenhum convento seria capaz de produzir aquelas sardas.

O rei segurou a mão dela e a pressionou contra o seu rosto quente. Em seguida, a levantou e voltou a olhar para a multidão.

— Eis Guinevere, sua futura rainha!

A multidão rugiu, gritando o nome de Guinevere, sem parar.

Ah, se aquele fosse seu verdadeiro nome...

Dedo sobre a folha. Folha, chão da floresta, raiz. Raiz, mais raiz, mais raiz, teias que se entrelaçam espalhadas pela terra. Raiz, solo, água.

Água que se infiltra e se acumula na argila preta e macia. Bate na pedra. Cai, se divide e se junta, flui, flui.

Água, mais água, mais água, raiz, árvore, seiva.

Seiva, terra que sustentava a ausência de um corpo.

A rainha de Arthur não tem gosto de rainha. Tem gosto de quê? A verdadeira rainha, a Rainha das Trevas, a rainha generosa, cruel e selvagem se pergunta. Não obtém resposta. Mas tem olhos. Tantos olhos. Que irão enxergar a verdade.

CAPÍTULO DOIS

Havia tanta gente...

Gente demais.

Arthur a conduziu pela multidão. Mãos se espicharam, querendo tocá-la. Guinevere se esforçou para não se encolher, tentou passar uma imagem agradável, digna de princesa. Havia malabaristas, menestréis. Crianças correndo loucamente no meio da multidão. As crianças, achou-as fascinantes. Jamais vira uma.

Haviam montado mesas, que transbordavam de comida. Não se via troca de dinheiro. Comida de graça, provavelmente suficiente para alimentar boa parte do público. Passaram por um palco de madeira em miniatura. Duas imitações de ser humano, entalhadas rudemente, fizeram uma reverência dramática para ela, que parou. Por um instante confuso, pensou que estavam se movimentando por vontade própria, mas aí viu os braços e as mãos por trás da cortina, que os controlavam. Nenhum sinal de magia.

— Ah, isso... — Arthur sorriu, um sorriso tolerante e cansado. Era óbvio que queria seguir em frente, mas Guinevere estava intrigada.

— E agora apresentamos — gritou um dos bonecos, com uma voz estridente e exagerada — a história do nosso grande Rei Arthur!

As crianças se aproximaram, loucas para assistir ao espetáculo. As duas marionetes desapareceram e, em seu lugar, surgiram bonecos de um cavaleiro alquebrado, uma criança e um bebê.

— Eu sou Sir Ector! — disse o cavaleiro alquebrado, enquanto se movimentava, meio bêbado, pelo palco diminuto.

— Eu sou Sir Kay! — disse a criança.

Sir Ector bateu na cabeça de Sir Kay. As crianças da plateia caíram na gargalhada.

— Você ainda não é "Sir" nada, seu rato! — A briga continuou até que os dois perceberam a presença do bebê.

Uma voz retumbante, vinda de fora do palco, declarou:

— Este é Arthur. E agora é seu. Cuidem dele.

Sir Ector e o menino Kay se entreolharam, depois olharam para o bebê, se entreolharam de novo, olharam para o bebê de novo, e continuaram a repetir essa ação por tempo demais. As crianças riram e gritaram:

— Peguem o bebê! Peguem o bebê!

Por fim, os bonecos obedeceram e saíram do palco.

O interessante é que não havia uma marionete de Merlin, apenas uma voz de fundo. E não fora exatamente assim que tudo acontecera. Houve violência, perseguição, ameaças veladas. Houve aqueles que queriam matar o bebê simplesmente pelo fato de ele existir, e a mãe de Arthur foi deixada de fora da história. Apesar de o triste destino de Igraine não ser lá muito adequado para o enredo de uma peça infantil.

Vários estágios de marionetes foram aparecendo em sequência, mostrando a infância de Arthur como criado de Sir Ector e Sir Kay. E então foram a um torneio, em Camelot, quando a espada de Sir Kay se quebrou. Desesperado para substituí-la, Arthur tirou Excalibur da pedra encantada que a prendia, frustrando todas as tentativas anteriores. A pedra que só entregaria a espada para o verdadeiro futuro rei.

A plateia suspirou e bateu palmas quando o pequeno boneco segurou a espada do tamanho de uma faca. Depois deu risada, quando a marionete tropeçou, e a espada saiu rolando. Sir Kay e Sir Ector xingaram Arthur por alguns minutos terrivelmente tolos.

Na verdade, os três fugiram. Uther Pendragon, o rei, não queria nenhum herdeiro. Nenhum usurpador. Sir Ector jogara Excalibur dentro de um lago para se livrar das provas do direito de Arthur de governar Camelot. As profundezas turvas se apossaram da espada até que...

O fundo da peça de bonecos foi substituído por um pano azul. A marionete de Arthur era maior. Uma mão — uma mão de verdade — surgiu no meio do pano, segurando a espada em miniatura. Esta versão incluía os elementos mágicos — a história não podia ser contada sem eles —, mas tinham tão pouco destaque que eram apenas adereços. A Dama do Lago era um mero artifício para devolver a espada para Arthur. Nenhum dos poucos seres mágicos que tinham lutado ao lado dele contra a Rainha das Trevas estava presente. Mas Camelot havia abandonado a magia. Talvez até suas histórias a estivessem expulsando também.

Uma marionete enorme, usando uma coroa negra, de espinhos, surgiu no palco de repente. As crianças gritaram, vaiaram e xingaram Uther Pendragon.

— Venha. — Arthur segurou Guinevere pelo braço. Seu olhar ainda era bondoso, mas tinha um quê de seriedade. — Você ganhará presentes.

Ela queria assistir ao restante da peça, ver como os cidadãos de Arthur haviam escolhido interpretar e disseminar a história. Ver se Merlin voltaria ao palco, se reconheciam seu papel nas próximas cenas, depois de sua participação ter sido ignorada nas primeiras. E estava muito curiosa para ver como as marionetes recriariam a Floresta de Sangue e a batalha com a Rainha das Trevas. Isso sem falar no banimento de Merlin.

Mas não podia simplesmente exigir que a deixassem ali com as crianças. Acompanhou Arthur.

À beira do lago, havia uma fileira de barcos. Balsas de fundo chato, embarcações estreitas, feitas de troncos escavados, botes que pareciam ser tão estáveis e seguros quanto uma folha em meio a um redemoinho.

— Você está nervosa? — perguntou Arthur.

O rei passara as últimas duas horas festejando com seu povo, enquanto Guinevere ficava sentada, ao lado de Brangien, baixando a cabeça e sorrindo para as pessoas que depositavam presentes sobre a mesa. Na maior parte, comida. Apesar de também ter recebido algumas peças de tecido e pedaços de metal retorcido de forma engenhosa. Tocou em cada um dos objetos. Nenhum a mordeu. Nenhum cantou para ela. Nenhum era perigoso. Já era noite, e o festival fora desmontado. Os barcos estavam à espera. Camelot estava à espera. Nenhum rei se casaria à beira de um lago.

— Lady Guinevere não é muito fã de água. — A voz de Mordred, na luz minguante do dia, tinha um tom de brincadeira. De algum modo, o cavaleiro sempre acabava aparecendo ao lado dela.

— Verdade? — perguntou Arthur.

Guinevere assentiu com a cabeça, desejando ser capaz de mentir e fingir que era forte. O que o rei pensaria a seu respeito?

Arthur se virou para os companheiros. Mordred era quem estava mais perto, mas todos os cavaleiros de Arthur rodeavam o casal. Ela já tinha perdido a conta de quais a tinham acompanhado até ali e quais acabara de conhecer. Eram tantos rostos! A floresta lhe parecera um lugar solitário, mas agora ansiava pela simplicidade da vida lá.

A voz de Arthur era tão afetuosa quanto seu sorriso.

— Eu e a minha noiva vamos em outro barco. Queremos chegar primeiro, para assistir ao cortejo.

— Mas isso seria apropriado, meu rei? — Sir Bors estava franzindo o cenho, em dúvida, com o bigode caído. — Ficar sozinho com ela antes do casamento? A natureza passional das mulheres não é algo em que se pode confiar.

Irritada, ela se esqueceu de ser uma pintura.

— Protegerei a honra do rei com minha própria vida — respondeu, seca. Houve um breve silêncio, e, então, os homens caíram em uma gargalhada estrondosa, só de pensar que aquela moça tão mirrada poderia proteger o seu rei. Ah, se eles soubessem... Sir Bors, contudo, não pareceu achar graça.

Mordred deu um tapa nas suas costas e disse:

— Não tema, valoroso Sir Bors. Eu farei companhia aos dois.

— Obrigado, meu sobrinho — respondeu Arthur.

Era estranho ouvir Arthur chamar Mordred — um ano mais velho do que o rei — de "sobrinho". A árvore genealógica de Arthur era retorcida e doente, cheia de reviravoltas, traições e dor. Como essa árvore tinha produzido o rei, Guinevere não sabia.

Bem... Sabia um pouco. Gostaria de saber menos.

Arthur mandou trazer seu cavalo. Então a colocou em cima do animal e montou atrás. Guinevere não soube como reagir àquela súbita intimidade: perceber que todos estavam de olho neles a deixara zonza. Sentou-se da maneira mais recatada que pôde, enquanto Arthur abanava e atiçava o cavalo.

O rei aproximou a cabeça do ouvido dela e falou:

— Há outra maneira de atravessar. Que só eu e Mordred conhecemos. Vou compartilhar esse segredo com você, como presente de casamento, já que me esqueci de comprar outra coisa.

— Poupar-me de ter que andar de barco é o presente mais afetuoso que eu poderia imaginar.

Tentou ignorar o quanto estava afinada com a sensação de tê-lo atrás de si: com aquele peito largo, que subia e descia ao respirar. Tivera mais contato físico direto com outras pessoas nos últimos dois dias do que ao longo de todos os anos que vivera. Brangien. Mordred. E, agora, Arthur. Será que conseguiria se acostumar? Teria que se acostumar.

Foram cavalgando, acompanhando a margem do lago. O cavalo de Mordred, ao lado dos dois, era de um branco tão puro que quase brilhava na escuridão. O rugido e o farfalhar da cachoeira mais próxima tornou-se ensurdecedor. A moça podia senti-lo atravessando seu corpo. Nem mesmo o fato de saber que não teria que fazer a travessia pela água ajudava muito a aliviar o pânico que sentia por estar tão perto de tudo aquilo.

Arthur desceu do cavalo e a tirou de cima do animal com a mesma facilidade com que tiraria uma criança. A moça parecia à vontade em sua companhia. Não tinha nada daquela distância respeitosa que seus homens haviam mantido dela. Recebera instruções para sequer encostar na mão de um homem – mas desobedecera de modo espetacular essa recomendação no caminho até ali... Só que Arthur fazia tudo sem pestanejar. Sem demora, como Mordred fizera quando a soltara no chão depois de terem atravessado o rio. Arthur queria que ela descesse do cavalo. Então a tirou de cima do animal. Simples assim.

O rei a pegou pela mão e a guiou na escuridão. Seus passos eram seguros; o caminho, conhecido, ainda que invisível para ela. O coração da moça, que batia acelerado, não a deixava esquecer de quão perto estavam do lago, do quão pujante era a cachoeira logo atrás. Uma fina camada de bruma se assentou sobre ela, a fazendo tremer e apertar demais a mão de Arthur, tentando absorver o máximo que seu tato podia lhe informar a respeito de "Arthur". O medo que sentia era como a água – ensurdecedora, desenfreada, que recobria tudo –, mas a força dele era como as rochas: firmes e imóveis. Não era para menos que o rapaz era a fundação sobre a qual aquele reino fora construído.

– Pronto – disse ele, soltando a mão da moça. Sem o toque do rei, ela se sentiu diminuída. Arthur roçou uma pedra na outra, e uma tocha se acendeu. Mordred abriu uma cortina de cipós, revelando uma caverna. O sorriso que Arthur dirigiu à moça era do mais puro deleite infantil, deixando transparecer sua juventude, ao contrário de sua postura e de suas atitudes. – Foi por aqui que entrei em Camelot pela primeira vez. Merlin que me mostrou esse caminho.

A moça sentiu uma pontada ao ouvir o nome de Merlin. Ele é que deveria estar ali. Era tão mais apto para aquilo. Mais inteligente. Mais forte. Mas não se podia dizer que era um forte candidato a se casar com um jovem rei.

– Meu tio e rei, devo lembrá-lo de não tocar no nome do filho do demônio que foi banido do reino.

Arthur soltou um suspiro e respondeu:

– Obrigado, Mordred. Isso mesmo.

Ela torceu para não ter reagido ao nome de Merlin de algum modo que chamasse a atenção de Mordred. Não podia deixar transparecer sua relação com o feiticeiro.

– A sua futura rainha sabe, não? – perguntou Mordred. – É possível que os costumes sejam diferentes lá no sul.

– Ah, sim. – Arthur limpou a garganta e completou: – Banimos toda e qualquer magia de Camelot.

– Por quê? – perguntou Guinevere. Merlin jamais deixara claro o porquê. Comentara seu banimento com uma bufada debochada, mas resignada, entredentes. E então conversou longamente com ela a respeito de uma espécie de sapo que era capaz de mudar de macho para fêmea se a situação assim exigisse, para sobreviver.

Mordred respondeu:

— Nós fizemos de tudo e lutamos para expulsar a Rainha das Trevas e suas forças mágicas daqui. Mas permitir que qualquer resquício de magia permanecesse em Camelot seria o mesmo que semear joio no meio do trigo. As ramificações crescem e sufocam o que estamos tentando fazer. E, então, foi decidido que nenhum tipo de magia seria permitido em Camelot. Ou seja: nosso feiticeiro residente não era mais bem-vindo, e ninguém pode se referir a ele, a não ser com o mais implacável desprezo. — Mordred se virou e começou a andar de costas, ficando de frente para os dois. — E qualquer um que seja pego praticando magia é banido do reino. Ou coisa pior. — Mordred se demorou nesta última emoção de um modo tão sutil quanto o toque de uma aranha e foi logo continuando: — Meu tio e rei governa com justiça e ordem. Está levando o reino adiante, afastando-o do caos que o gerou, na direção da paz do futuro.

Arthur deu um sorriso constrangido.

— Sim. Obrigado, Mordred. Não existe magia nos limites do reino. É uma lei absoluta.

Ela tremeu, e o túnel da caverna os isolou da noite. A rocha era preta, escorregadia e úmida. Arthur não tropeçou nem escorregou, porém caminhava mais devagar do que sua capacidade. Ficou agradecida por isso. As palavras de Mordred pairavam no ar, como o frio que os rodeava. Banido. "Ou coisa pior."

— Eu nunca tive uma rainha. Como devo chamá-la? — disse Arthur, baixinho, para que suas palavras fossem ouvidas apenas pelos dois, para que Mordred, que andava bem na frente, não escutasse.

O caminho era estreito e apertado, obrigando-os a caminhar em fila indiana.

— Guinevere me agrada bastante, obrigada.

— Apenas Guinevere? Nada mais? Conheço muito bem o poder dos títulos.

As palavras a atingiram com um duplo significado. Títulos trazem poder entre os homens. Nomes verdadeiros trazem poder entre as coisas que existem antes dos homens. Ela se concentrou na tocha para falar com um tom alegre, como a luz.

— "Guinevere", quando você pronuncia, tem poder suficiente.

Guardaria seu verdadeiro nome para si, feito um talismã. Um segredo. Naquela estalagem horrorosa, sentindo claustrofobia e desespero, ela o sussurrara com seus botões no meio da noite. Não lhe parecera verdadeiro. Ela se perguntara se, sem ninguém mais para pronunciá-lo, seu nome deixaria de existir.

— Guinevere — sussurrou. A caverna engoliu o nome de uma bocada só, levando-o embora, na direção de Camelot.

Guinevere. Guinevere. Morta e enterrada. Como será que ela era? Quem era?

"Eu", pensou. "Guinevere." Imaginou-se vestindo aquele nome, como vestia suas roupas. Colocando-o, som por som, sílaba por sílaba, enrolando-o em volta de si e depois apertando-o, prendendo-o bem para que não escapasse. Era um nome complicado. Tinha tantas sílabas. Teria que ser uma pessoa bem complicada para estar à altura dele.

— Guinevere — repetiu Arthur, ao longo da caverna.

Chegaram a uma despensa abarrotada de barris. Arthur ajudou Mordred a mover um bem grande, para poderem passar. Mordred o colocou de volta no lugar enquanto Arthur tirava uma chave e destrancava a porta. Depois que todos passaram, ele a trancou novamente.

Estavam a céu aberto, em uma das passarelas que se encaracolavam ao redor do castelo. Guinevere ficou olhando para a construção, tão escura, que se erguia bem acima. Encostou na pedra, mas era muito antiga. Tão antiga que esquecera o que era antes de se tornar um castelo. Mordred colocou a mão ao lado da sua. Tinha dedos compridos e bem formados. Pareciam macios como uma folha nova. Mas talvez uma folha com dentes, como aquela da floresta.

— Nós não construímos Camelot — explicou o cavaleiro. — Nem o pai de Arthur, Uther Pendragon. Que fez o que os homens sempre fazem. Desejou-a e então se apossou dela. E depois nós a roubamos dele.

A moça não soube dizer se o tom do cavaleiro era de orgulho ou de tristeza, e a noite que os rodeava não lhe deu nenhuma pista.

— Olhe!

Arthur a fez parar de prestar atenção no passado sangrento e derrotado pela bainha da espada de seu pai.

Guinevere se virou para a frente, e o resto da noite se revelou. A cidade de Camelot estava ajoelhada diante deles. E depois das construções, lares e muralhas, o lago transportava faíscas de fogo. Centenas de barcos o cruzavam com lamparinas acesas, refletidas, com uma beleza ondulante, pela água turva. Parecia o céu noturno, ardente de estrelas.

Ela quase seria capaz de amar aquele lugar, mesmo com o lago.

— Estão iluminando Camelot em homenagem à sua nova rainha.

Guinevere ficou observando. Seu próprio sorriso também era um reflexo. Não exatamente real. Eles lhe ofereciam esperança e beleza em troca de uma farsa.

Estava vestida de vermelho e azul. Um cinto de prata marcava a cintura. Seu cabelo estava pesado de tantas joias. Era a última vez que usaria joias ali, porque mulheres casadas jamais as usavam. Também era a *primeira* vez que as usava, mas ninguém sabia. Uma gola de pele adornava a capa, e o fantasma do animal lhe fazia cócegas. Se Guinevere a tocasse, que história contaria aquela pele?

Não a tocou.

Os dois ajoelharam na frente do altar. Um sacerdote recitou palavras em latim. Aquelas palavras não significavam nada para Guinevere: tão insignificantes quanto os votos que repetiu. Mas Guinevere, a falecida, era uma princesa cristã. E, portanto, Guinevere, a falsa, também tinha que ser.

Quando terminaram de dizer os votos, Arthur a levou até uma sacada com vista para a cidade. Agora, as luzes haviam sido levadas para as ruas. As pessoas se apinhavam, acotovelando-se para chegar mais perto do castelo. Ela sorriu, mesmo que o povo não pudesse ver tão longe. Por que estava constantemente sorrindo, quando ninguém lhe pedia para sorrir? Levantou a mão e acenou.

O povo começou a dar vivas. Arthur — que há três horas era o herói das histórias de Merlin e agora era seu marido — a cutucou e disse:

— Olhe. — E apontou para um homem parado ali perto, que deu uma ordem. Houve um murmúrio, e então as pessoas deram vivas com tanto prazer e furor que Guinevere percebeu o quanto a saudação que haviam feito para ela fora fraca. Elas se acotovelavam, dando risada, levantando umas às outras para subir nas compridas e sinuosas calhas montadas nas ruas.

— O que foi? — perguntou ela.

— Normalmente, sai água. Nós a desviamos do rio para que flua pela cidade, e as pessoas possam bombeá-la direto dos aquedutos. Mas, esta noite, bloqueamos a água, e meus homens estão lá despejando um barril de vinho após o outro, para brindar nosso casamento.

Guinevere cobriu a boca com a mão, disfarçando uma risada pouco elegante.

— Então serei uma rainha muito popular mesmo. Até que acordem pela manhã, sofrendo.

— A dor, com frequência, é o preço a pagar pelo prazer. Um banquete nos espera com todos os meus melhores súditos. Onde poderá experimentar ambas, quando conhecer as esposas deles.

Ela desejou muito ter seu próprio aqueduto de vinho. Aquele

seria o grande teste da educação que recebera às pressas, daquela sua fantasia improvisada, feita com a vida de outra moça. E, se não passasse, tudo teria sido em vão.

Enquanto todos observavam o espetáculo do vinho, arrancou alguns fios do seu próprio cabelo e fez neles alguns nós intrincados. Cada torcida, volta e laço amarravam a magia no cabelo. Nela. Selando-a. Era uma magia pequena e finita. A única que podia fazer sem correr perigo, por ora. Levantou o braço, como se fosse ajeitar a coroa de Arthur, e enroscou os fios de cabelo amarrados nela. O rei lhe deu um sorriso, surpreso com o gesto, aparentemente espontâneo. Satisfeita, deu o braço para Arthur e entrou no castelo. A magia feita com nós é frágil e passageira. Merlin não a empregava. Mas ele não precisava. Viajava pelo tempo, trilhando o futuro insondável, protegido pelo manto da magia. Poderia pedir para o Sol mudar de cor ou ordenar que as árvores viessem tomar café da manhã com ele, e a moça não ficaria surpresa se obedecessem.

Guinevere — *a verdadeira Guinevere* — não era uma feiticeira. Era uma princesa criada em um reino tão distante que ninguém ali jamais a vira. Passara os três últimos anos em um convento. Preparando-se para o casamento. E então morreu, deixando um vazio. Merlin viu este vazio e se apoderou dele. Também garantiu que ninguém se lembrasse da falecida Guinevere. Ele a apagou das lembranças do convento. E isso não era uma magia finita ou limitada. Era uma magia selvagem, tenebrosa e perigosa. Uma magia violenta: desfazer o registro de uma vida e entregá-la para outra pessoa.

A nova Guinevere queria, com todas as forças, sussurrar seu próprio nome, mas não podia correr o risco de que alguém ouvisse.

— Guinevere — sussurrou.

Em vez de pensar naquele nome como um vestido e uma capa, imaginou uma armadura. Mas, quando ela e Arthur entraram no salão do banquete, esqueceu o medo.

Aquilo, finalmente, era algo de que Guinevere poderia gostar. Ela e Merlin comiam qualquer coisa que a natureza resolvesse lhes oferecer. Às vezes, frutas silvestres e nozes. Outras, um falcão atirava um peixe na porta de casa. Certa vez, um falcão jogou o peixe na cabeça dela. Talvez a moça não devesse tê-lo provocado. Falcões são pássaros terrivelmente orgulhosos... Mas, de vez em quando, a natureza resolvia que a refeição dos dois seria composta apenas de larvas. As larvas brotavam da terra, do lado de fora da choupana. Merlin jamais se importava. Nesses dias, ela passava fome.

Sobre a mesa do Rei Arthur, não havia larvas nem falcões petulantes. Havia comidas que Guinevere jamais vira, e ela queria provar de tudo.

Precisava ser cautelosa e comedida. A verdadeira Guinevere estaria acostumada ao cardápio, no castelo do pai, antes de ser mandada para o convento. Mas comer também significava não ter que falar, o que era bom. As damas naquela ponta da mesa — esposas dos cavaleiros, em sua maioria, com suas poucas damas de companhia e algumas visitas — se contentavam em tagarelar e fofocar em volta de sua nova rainha. Mantinham uma distância respeitosa de Guinevere, tentando ter alguma noção do que aquela moça significaria para elas.

O que a moça significaria para elas não tinha a menor importância. A moça estava era faminta. O primeiro prato foi carne. Cervo picado com molho de vinho. Pedaços suculentos de frango. Todas as coisas que ela e Merlin jamais haviam comido. Provou de tudo. Tomou o cuidado para não encostar as mãos na comida. Os animais, provavelmente, não falariam com ela. Mas não queria arriscar.

Serviram uma torta recheada com algo que não conseguiu reconhecer.

— Enguias — sussurrou Brangien, sentada ao lado. — A senhora talvez não tenha provado, já que morava tão ao sul. Nós as criamos

nos pântanos. Hectares e mais hectares de enguias. Vivas, parecem um pesadelo, mas, transformadas em torta, até que são agradáveis.
— E então comeu um pedaço.

Guinevere fez a mesma coisa. A carne era difícil de mastigar, já que a torta absorvera toda a gordura. Era um sabor incomum. Gostou mais dos outros pratos. Um pedacinho escorregou da faca, e ela tentou segurá-lo antes que caísse no vestido.

Escuridão. Água. Deslizar, escorregar e se enroscar em mil irmãos, mil parceiros, com fome, batendo as mandíbulas, e tanto frio, e a água, sempre aquela água...

Deixou o pedaço cair, como se tivesse a queimado. Nunca mais queria encostar em uma enguia.

Assim que recolheram a louça, o segundo prato foi servido. Com aquele Guinevere já estava mais familiarizada. Frutas, geleias e nozes, dispostas com esmero. Ela foi se servindo avidamente, e então ficou petrificada. Ninguém mais se servira. Estavam todos apenas... olhando.

— O segundo prato — sussurrou Brangien — costuma ser um deleite mais para os olhos do que para o paladar. Mas, se a senhora não for comer todas essas cerejas, passe uma para o meu prato, por favor.

Guinevere ficou surpresa com aquela nova e insolente Brangien. E então notou o quanto a dama de companhia bebera do cálice bem grande de vinho, e tudo fez mais sentido. Guinevere pôs duas cerejas no prato de Brangien. Um menestrel tocava enquanto seu companheiro cantava, e as canções competiam com as conversas e a alegre balbúrdia do salão. Guinevere se sentiu invisível. O que não era de todo ruim.

Os pratos continuaram a ser servidos. A moça foi mais cautelosa, seguindo as pistas das mulheres que a rodeavam. A mesa estava dividida entre homens e mulheres. Arthur, rodeado por seus cavaleiros, estava sentado do lado oposto. Eles riam estrepitosamente, contavam histórias e comentavam a qualidade das carnes. Quando se deu conta, Guinevere estava torcendo para que Arthur olhasse na sua direção. Apesar de ter Brangien ao lado, começou a se sentir sozinha de verdade, lá pelo sexto prato. Estava ilhada em um mar de falsidade e, cercada daqueles desconhecidos que festejavam, sentia isso de forma ainda mais intensa. Não significava nada para aquelas mulheres. Só significava alguma coisa para Arthur. Mas o rei era importante para todos os habitantes de Camelot. Guinevere não podia exigir muito dele.

Mas *havia* alguém olhando para ela, sim. Mordred levantou o cálice, cumprimentando-a, e seus olhos brilharam na luz das velas. Ela não retribuiu o cumprimento.

— Não se meta com aquele ali — sussurrou Brangien, mordiscando as nozes que Guinevere pusera em seu prato. — É um veneno. Sir Tristão diz que Arthur deveria bani-lo, mas Arthur é bondoso demais.

— Sir Tristão?

Brangien apontou sutilmente para um homem sentado bem depois de Arthur. De cabelo preto e curto, como o de Arthur, mas com cachos definidos. Sua pele era de um tom bem escuro; o rosto, belo, de um modo que Guinevere não pôde deixar de admirar.

— Foi Sir Tristão que me trouxe para cá e conseguiu um posto para mim dentro do castelo. — Brangien sorriu, mas foi um sorriso carregado por uma profunda tristeza, a respeito da qual Guinevere nada sabia. Por que Sir Tristão teria uma jovem como criada, para início de conversa? Os dois não podiam ser parentes. Não eram nada parecidos. — Como a maioria dos cavaleiros de Arthur, ele não nasceu em Camelot. O rei o acolheu quando foi banido. Acolheu a nós dois.

— Por que ele foi banido? — perguntou Guinevere, como quem não quer nada, mas precisava obter informações a respeito de todos que fossem próximos de Arthur.

— Isolda. — Brangien pronunciou aquele nome com a mesma reverência de quem faz uma prece. Desta vez, sequer se deu ao trabalho de dar um sorriso fingido. — Ela era a minha ama. Prometida para o tio de Sir Tristão. Um velho devasso. — Brangien apertou a mão em volta da faca.

— Sir Tristão a amava?

Os olhos de Brangien estavam cheios de lágrimas.

— Você está bem?

Guinevere esticou a mão, mas Brangien secou os olhos e deu um sorriso alegre.

— É essa penumbra. Cansa meus olhos. A senhora precisa provar as frutas assadas. — Então serviu abrunhos no prato de Guinevere, muitos mais do que uma única pessoa seria capaz de comer. — Sir Tristão é um bom homem. A senhora irá gostar dele. Sir Bors é bem-intencionado, mas é orgulhoso e se irrita com facilidade. Foi o pai que fez o braço dele murchar.

— E como é que o *pai* dele fez isso? — Guinevere não conseguia enxergar o braço de Sir Bors direito. Não era incomum os homens terem ferimentos de guerra ou até perderem um braço ou uma perna. Mas a mão de Sir Bors era retorcida e cinzenta, parecia mais casca de árvore do que pele, no pedaço que as mangas deixavam entrever.

— Feitiçaria. — Brangien pôs um abrunho na boca. — Não é um homem bondoso. O pai, quero dizer. Sir Bors tampouco é bondoso, mas jamais faria mal a uma pessoa inocente. E lutou contra a floresta com a ferocidade de um homem de quatro braços. Foi o primeiro a sugerir que Merlin fosse banido. — Brangien soltou essa informação com a mesma facilidade com que a carne que estava diante delas se soltava dos ossos.

— Você o conheceu? Merlin? — Guinevere se esforçou para não esboçar nenhuma reação.

— Ele já havia ido embora quando cheguei. O reino foi purgado de quem praticava os antigos costumes.

Guinevere queria mais detalhes, mas Brangien mudou de assunto e começou a cochichar sobre a irmã de Sir Percival, que jamais se casara e dependia do irmão para tudo, para desespero de sua cunhada. Como Guinevere não sabia nada a respeito de nenhuma das duas, as histórias não lhe causaram nenhum impacto, e começou a prestar atenção em coisas mais importantes.

Em Mordred, sempre observando, que não inspirava confiança nos demais cavaleiros. Em Tristão, banido e apaixonado pela jovem noiva do tio. Em Bors, falastrão e prepotente, com o braço murcho em decorrência de um feitiço. Em diversos outros cavaleiros cujos nomes ela tentava lembrar. Nas damas, cujos nomes ela de fato lembrava: Brancaflor, esposa de Percival, e a irmã dele, Dindrane. Ambas pareciam estar em um embate violento para ver quem pegava os melhores cortes de carne primeiro. A maioria dos cavaleiros de Arthur era jovem. Sir Tristão, Sir Gawain, Sir Mordred: nenhum deles era casado. Mas as esposas presentes eram todas mais velhas do que Guinevere, pelo menos uma década. Tanta experiência... O desespero tomou conta dela, tinha absorvido coisas demais. O fundo do cálice a chamava. Teve vontade de sussurrar o próprio nome com os lábios dentro dele, de guardar a si mesma na segurança de uma poça de líquido, dentro de um cálice.

Percebeu, tarde demais, que todos estavam de pé. Também levantou e deu de cara com Arthur, radiante, do outro lado do salão.

— Jamais houve um rei tão abençoado em questão de amigos quanto eu. Vocês são mais do que meus amigos. São a minha família. Nós somos Camelot. E, esta noite, estou repleto de esperança em relação ao futuro.

— E em relação a uma boa noite com uma moçoila nova!

O rosto de Guinevere ardeu. O cavaleiro que dissera aquilo — Sir Percival? — também ficou vermelho, mas corado de vinho, não de vergonha. Os homens deram risada. As mulheres ignoraram o comentário, não sem certa afetação. Com exceção da irmã dele, Dindrane, que olhou feio para Guinevere, sem disfarçar a maldade.

Brangien chegou mais perto e sussurrou:

— Estarei por perto hoje à noite.

Arthur contornou a mesa e estendeu a mão. Guinevere a segurou. Os dois foram seguidos por vivas e assovios ao sair do salão de banquete, até chegar aos aposentos do rei. Que fechou a porta quando os dois entraram, isolando-os lá dentro. Uma cama os aguardava. Seus quatro pilares estavam recobertos por um tecido discreto. O cômodo estava à luz de velas, quase na penumbra, tudo suave e escuro, repleto de expectativa.

Guinevere sabia que ser rainha era necessário. Que apenas se tornando esposa de Arthur poderia ter a liberdade de ficar perto dele o suficiente para fazer o que precisava ser feito. Mas... agora era sua esposa.

Não havia parado para pensar nisso.

— Então, minha rainha — disse Arthur, virando-se para ela —, quem é você, de verdade?

CAPÍTULO TRÊS

Arthur apontou para a área de estar do seu quarto amplo, de paredes de pedra.

Guinevere ficou feliz por se afastar da cama.

— Você não deveria ter me perguntado como devia se dirigir a mim quando estávamos lá, na caverna. E se Mordred tivesse ouvido?

Arthur se recostou, espreguiçando-se.

— Muitos homens têm nomes especiais para suas esposas. E se eu a chamasse pelo seu verdadeiro nome, como forma de carinho?

Por um instante, a ideia de ouvir seu nome saindo da boca de Arthur foi mais tentadora do que qualquer das iguarias servidas no banquete. Talvez, assim, conseguisse se sentir em casa ali. Mas não. Se fosse para ser Guinevere, seria Guinevere o tempo todo.

— Você pode me chamar de "minha rainha". Ou de "a mais encantadora das mulheres". Ou de "rubi de valor inimaginável".

Arthur deu risada.

— Muito bem, meu Sol e minha Lua. Diga-me, como vai seu pai? Sinto falta dele.

Guinevere se contorceu, incomodada de pensar em Merlin como pai, assim como se sentia incomodada naquela cadeira. A paternidade caía tão mal em Merlin quanto seu corpo naquele assento, pensado para uma pessoa muito mais alta.

— Como poderia estar? Metade das conversas que tenho com ele me deixam mais confusa do que eu já estava. Mas tenho quase certeza de que lhe manda lembranças.

— Ele me mandou sua melhor aluna e sua única posse, o que é muito melhor que lembranças.

Guinevere sentiu o rosto corar e torceu para que a pálida luz das velas escondesse.

— Espero estar à altura — disse.

— Bani-lo foi uma idiotice. Não acredito que fui obrigado. Acredito que Merlin sabe o que está fazendo, mas fingir que o odeio, permitir que meu povo o odeie está... errado.

Arthur se remexeu na cadeira, sentindo o peso invisível da farsa. Merlin havia dito que Arthur era o mais sincero dos homens. O mais leal. Apesar de só conhecê-lo havia algumas horas, ela conseguia *sentir* isso. Era como se o conhecesse há mais tempo. Como se, se buscasse lá no fundo, o encontraria em suas lembranças.

Mas aquilo era obra de Merlin. Suas palavras eram tão carregadas de magia que até suas histórias criavam imagens. Guinevere conhecia Arthur porque Merlin o conhecia. Confiava em Arthur porque Merlin confiava nele.

"Há uma ameaça iminente", dissera. "Precisamos de mais tempo. Preciso prepará-la melhor. Mas a ameaça está quase chegando, e não ouso me demorar. Você tem que ir ao encontro de Arthur."

"Mas por que eu?", perguntara ela. "O seu poder é tão maior do que o meu. E se eu não for capaz de protegê-lo?"

"Você tem medo da coisa errada", respondera o feiticeiro. E então olhara para ela, do modo como olhava quando estava procurando algo em seus olhos. E nunca encontrava. O feiticeiro esboçou um sorriso, depois foi embora. "Vou arranjar cavalos. Um convento a espera."

Guinevere dirigiu sua raiva silenciosa e pragas contra Merlin. Aquele fora o único preparo que o feiticeiro lhe dera. Algo estava por vir, estava quase chegando, e ela tinha que proteger Arthur. Sozinha.

— Precisamos conversar a respeito do papel que devo desempenhar aqui — disse. — Lamento que tenha sido obrigado a se casar comigo.

Era o único modo de a moça ficar perto dele e ter acesso ao castelo. Às pessoas que o cercavam. A qualquer ameaça que seus cavaleiros sequer podiam sonhar, ameaças das quais espadas não poderiam protegê-lo.

Arthur estava tentando construir uma nação de ideais a partir daquela terra selvagem e faminta, e a terra não desistiria sem lutar. Apenas alguém que conhecia os sutis caminhos e o longo alcance da magia poderia ter a esperança de protegê-lo contra essa ameaça. A moça vira os cavaleiros na floresta mágica. O terror daqueles homens lhe deu alguma esperança. Não era nenhum Merlin nem jamais seria, mas sabia mais do que eles. Veria coisas que jamais seriam capazes de ver. Merlin não lhe contara qual era a ameaça, mas ela saberia.

— Não lamente — respondeu Arthur, então segurou suas mãos. Guinevere ignorou o que seu tato lhe transmitiu a respeito do rei. Pareceu-lhe algo invasivo naquele momento. Ela era capaz de controlar seu poder. Um pouco, desde que se concentrasse. Para não ser pega de surpresa. — O que fez por mim é um grande sacrifício. E eu precisava me casar logo, de qualquer modo. Percival estava tramando para que eu encontrasse com sua irmã, por acaso.

— Ela é dez anos mais velha do que você! — Guinevere tossiu para disfarçar a força da exclamação. — E adorável.

Arthur sorriu e respondeu:

— Ela é uma joia entre as mulheres. Mas uma joia de menor valor. Talvez seja mais uma pedra brilhante. Com certeza, não é nenhum rubi. — A moça, então, teve certeza de que Arthur a vira ficar corada, porque o rei virou o rosto e falou depressa: — E então temos os pictões, ao norte, que queriam me obrigar a casar com uma de suas mulheres e usar isso como desculpa para expandir seu território para o sul, avançando sobre nossas terras. É melhor assinar tratados militares do que matrimoniais quando se trata dos pictões. Além disso, casar com a filha do rei de uma nação longínqua renova meus laços de amizade com o sul sem que nenhum dos reinos vizinhos pense que estou tentando expandir meu território e se sinta ameaçado. É o ideal.

— Mas não sou filha do rei de uma nação longínqua.

Ficou surpresa com o tom de recalque de sua afirmação. Se realmente fosse Guinevere, sua vida seria tão mais fácil... Aquela noite seria tão diferente... Apesar de suspeitar que ficaria tão apavorada quanto se o leito conjugal estivesse à sua espera e não uma conversa a respeito de como proteger Arthur de assassinos vindos do reino das fadas e ataques de magia. Talvez esses aspectos sobre ser rainha já tivessem sido explicado no convento. Se isso aconteceu, a verdadeira Guinevere levou esse conhecimento para o túmulo. E Merlin, certamente, não lhe dera nenhuma lição de romantismo. Ela tinha dezesseis anos, e aquela era a primeira vez que um rapaz pegava na sua mão. Em vez de se sentir entusiasmada, estava resistindo à magia, para não invadir os pensamentos de Arthur.

— Você é filha de Merlin. E isso a torna muito mais valiosa do que qualquer princesa.

— Espero que me saia melhor como protetora do que ele se saiu como pai. — Guinevere falou em tom de brincadeira, mas Arthur ficou com uma expressão séria. Acenou a cabeça e disse:

— Todos temos o dever de sermos melhores do que nossos pais. Pelo menos, você não herdou de Merlin nada do que se redimir. Apenas algo para estar à altura.

Foi um alívio perceber o quanto Arthur sentia falta de Merlin.

Confirmava as histórias que o feiticeiro contara a respeito do rei, a respeito do quanto confiavam um no outro.

Ela tentou entender por que Camelot exigira que Merlin fosse banido. Era bem verdade que o feiticeiro era muito mais próximo da magia selvagem da floresta do que do reinado ordeiro de Arthur. Merlin não era exatamente humano nem exatamente outra coisa. Era inescrutável e perturbador e, com frequência, ausente de certo modo, mesmo quando estava bem ao lado. Mas também era a razão de Camelot existir. A razão de Arthur estar vivo. Se Camelot era capaz de rejeitar isso, o que faria quando descobrisse que Guinevere não era princesa, mas, sim, uma mera bruxa da floresta?

Arthur era rei por causa da magia — de uma espada mágica, que lhe foi entregue pela Dama do Lago. Sua vida fora protegida por um feiticeiro. Mas o seu papel como rei era expulsar a magia, para que a humanidade prosperasse. Enquanto não fosse completamente erradicada, a magia representaria uma ameaça. Guinevere seria o escudo contra qualquer magia que tentasse destruir o que Arthur estava tentando construir. Por mais mal preparada que se sentisse, não decepcionaria. Estaria à altura do legado de Merlin.

— É uma honra servi-lo, meu rei.

— E, juntos, servimos a Camelot. — Ele deu um sorriso cansado, se recostou e passou a mão no rosto. — Fico feliz por não ter que me casar todos os dias. É exaustivo.

Guinevere também estava mais cansada do que nunca, até onde era capaz de lembrar. Parecia que tinha vivido uma vida inteira nos últimos dias: e, de fato, tinha. Uma vida totalmente nova, ao se tornar Guinevere.

Mas ainda faltava algo a discutir. Ela não queria, mas precisava saber quais eram os limites do acordo entre os dois. Coisas que a verdadeira Guinevere saberia.

— O que... — Ficou em dúvida, então mudou de tática. — O que o povo espera da sua esposa?

Arthur, o Arthur sincero, o Arthur afetuoso, não entendeu o que ela quis dizer.

— Eu jamais tive uma rainha. Acho que precisa estar ao meu lado, nas ocasiões formais. Quando conhecermos outros governantes. Talvez até nas caçadas, se assim desejar.

— Precisarei de privacidade para fazer meu trabalho.

Ele franziu o cenho e coçou a nuca. Ficou óbvio que ainda não havia pensado nisso. Não era de se espantar que Merlin a tivesse enviado. Mesmo com Guinevere bem ali, para protegê-lo por meio da magia, Arthur sequer pensara direito naquilo.

— Caçadas podem ser um bom modo de tirar você dos limites da cidade sem levantar suspeitas. Vou garantir que tenha tudo de que precisa e privacidade para fazer seu trabalho sem ser notada. Podemos pensar em motivos pelos quais precisa estar andando por aí em vez de ficar o tempo todo no castelo. Eu... — O rei ficou em silêncio por alguns instantes, então sorriu e completou: — Eu quero que você seja feliz aqui.

— Estou aqui para trabalhar. Para servi-lo, como Merlin um dia o fez.

Arthur assentiu em concordância, e sua expressão afetuosa, sincera, mudou.

— Mas, ainda assim, você pode ser feliz. É importante para mim.

Guinevere fez o melhor que pôde para suprimir o próprio sorriso radiante.

— Muito bem. Adicionarei felicidade à minha lista de afazeres, depois de proteger o rei de ameaças mágicas. — Ela ficou de pé. Arthur ficou de pé. Ambos ficaram imóveis. A cama estava à espera. O casamento só se tornaria um compromisso legal depois de consumado. — Mas, de qualquer modo, não é um compromisso legal, já que não sou Guinevere de fato — disparou, dando continuidade ao pensamento não verbalizado.

Arthur levantou a sobrancelha, perplexo. Então, finalmente, entendeu o que ela não queria dizer. Ficou corado de um modo gratificante que a confundiu.

— Você está aqui na condição de filha de Merlin, e não exijo nada além. Nem espero nada além.

O alívio que a moça sentiu foi... complicado.

— Mas, uma hora ou outra, vão querer herdeiros.

O olhar de Arthur pareceu se voltar para dentro, a sombra de uma antiga dor transpareceu em seu rosto. Talvez tenha pensado em sua mãe.

— Nós nos preocuparemos com isso quando chegar a hora. Além do mais, tenho plena confiança de que desencavará qualquer ameaça mágica à minha vida dentro da próxima quinzena.

Guinevere ficou feliz por ser capaz de perceber que ele estava brincando. Não esperava que fosse tão rápido nem tão fácil. A urgência das ordens de Merlin, os esforços que fizera para colocá-la ali, na pele de Guinevere: tudo lhe dava certeza de que a ameaça iminente não devia ser subestimada.

Mas também ficou feliz com o fato de que Arthur esperava que ela fosse sua esposa apenas no nome. O rei ainda era um desconhecido para ela, por mais que lhe parecesse conhecido e por mais que tivesse confiado nele instantaneamente. Guinevere morreria por ele.

Esse pensamento a surpreendeu. Parecia que vinha de muito longe, feito um eco. Ela o aceitou, contudo, assim que surgiu. Morreria por Arthur. Mas isso não significava que queria dormir na cama dele no mesmo dia em que se conheceram. Mesmo que ali, sem as amarras da sua condição de rei, Arthur fosse tão belo e muito mais *real*, de um modo que a fazia se sentir tonta e instável por dentro.

Guinevere havia conhecido mais homens naqueles últimos dias do que durante todos os outros dias de sua vida. Levaria algum tempo para saber como se sentia a respeito deles em geral, e do rei em particular. Apesar de Arthur ser, de longe, o melhor. Suspeitava que poderia conhecer todos os homens, de toda aquela vasta ilha, e ainda assim achar Arthur o melhor.

Ele afastou uma tapeçaria que retratava uma cena de caça na floresta. Como tudo o mais em seu quarto, era desbotada pelos anos. Não havia nenhum luxo ali. Tudo era útil ou velho.

Atrás da tapeçaria, uma porta pesada apareceu.

— Essa porta liga os meus aposentos aos seus aposentos. Nós nos visitaremos bastante, para não levantar suspeitas. — Ele sorriu e completou: — Talvez eu possa aprender a trançar o seu cabelo, e você possa me ensinar um pouco de magia.

Ela deu risada, se sentindo finalmente à vontade.

— Fazer tranças *é* magia. É por isso que os homens não são capazes de fazê-las. É uma magia exclusiva das mulheres. O que me faz lembrar...

Arthur não dormiria de coroa, afinal de contas. Guinevere precisava fazer algo mais do que aqueles nós que havia deixado ali. Foi até a janela mais próxima e tocou o vidro grosso, rústico e gelado. Soprou nele e, em seguida, desenhou os nós no vidro. Quando o vapor condensado se evaporou, seus traços também se evaporaram. Mas ainda estavam ali. Era uma magia fraca, como a dos nós feitos com cabelo, mas deixava algo dela naquele recinto. Afastaria coisas de menor importância, e Guinevere sentiria se caso algum nó se soltasse.

Fez a mesma coisa em todas as janelas. A cada feitiço que soprava, se sentia mais ofegante, como se tivesse corrido. A magia se esvaneceria com o tempo. Como a porta não segurava seu sopro, cuspiu nela. Arthur deu risada. Ela fez *shhhh*, mas ficou satisfeita por dentro. Apesar de Arthur sorrir com facilidade, ainda lhe parecia algo muito especial fazê-lo rir.

Na cama — que podia ver sem temer, agora que sabia que ele não esperava nada dela —, arrancou alguns fios da colcha gasta e os trançou, formando os nós apropriados. Mais permanentes, mas menos pessoais. Não sacrificava seu corpo, mas corria o risco de o feitiço ser quebrado sem que ela percebesse. Mas, por hora, era o suficiente.

— Foi Merlin que lhe ensinou? — perguntou Arthur, curioso.

— Não, ele... sim.

Guinevere ficou em silêncio, tentando lembrar. Merlin jamais se rebaixaria a ponto de praticar a magia dos nós, nem sequer para demonstrar. Era algo humano demais. Frágil e passageiro. Ela tentou evocar uma lembrança de Merlin lhe explicando aquilo, ensinando-a. Teria sido na robusta mesa da casa? Ou será que na floresta? A moça se lembrava de seu colchonete, tão arrumado, e da choupana, que mantinha sempre limpa. Das árvores, do Sol e dos pássaros, de olhar para as próprias mãos, admirada. Da noite e do dia, de dormir e caminhar, da fome e da comida, e tudo rodopiava e ficava obscuro, como se estivesse procurando algo em meio a um nevoeiro...

Merlin, franzindo o cenho, pressionando sua testa com os dedos. "Isso deve bastar", dissera ele. "Não procure mais nada."

Ela esfregou aquele ponto na própria testa. O feiticeiro havia transmitido o conhecimento para o seu cérebro. Com a força do pensamento, em vez de ensiná-la. Merlin sabia ser *muito* preguiçoso.

— Sim, ele me ensinou, à sua maneira. — E então terminou o nó. Satisfeita, virou para trás e quase esbarrou em Arthur. Que tinha ficado atrás dela, para observar o trabalho. — Perdão! — Estava com as mãos no peito dele. E as tirou bem depressa. — Peço perdão. Acho melhor eu ir. Estou cansada.

Arthur a acompanhou até a tapeçaria, a afastou de novo e segurou para que ela passasse.

— Obrigado. Fico feliz por você estar aqui, Guinevere.

— Também fico — sussurrou ela, surpresa ao perceber o quanto estava sendo sincera ao dizer aquilo. E surpresa ao perceber o quanto desejou ter revelado seu verdadeiro nome para o rei, afinal de contas.

Enquanto a porta se fechava, deixando-a sozinha com uma vela na mão naquela passagem escura, ela fechou os olhos e se aproximou da luz bruxuleante. Sussurrou o próprio nome diretamente na chama.

E então a apagou.

A aranha morre no parapeito da janela.

A centopeia murcha, contorcendo as pernas, agonizante, no vão entre a porta e o chão de pedra.

Uma dúzia de outras criaturas rastejantes se movimentam, tentando, sem conseguir, ter com Arthur naquela noite. Como nenhuma delas tem a intenção de lhe fazer mal, os laços mágicos não se partem, e ninguém é alertado da investida da Rainha das Trevas. Mas esses mesmos laços mágicos significam que a rainha não consegue enxergar.

Não enxergar, contudo, é tão revelador quanto enxergar.

O rei usurpador possui uma nova feiticeira. Merlin foi embora, mas ainda mantém suas garras cravadas no reino. Ela conclama suas legiões que ainda não pereceram. Haverá outras oportunidades para enxergar. Outros modos de espionar. Ela ainda possui mãos e olhos em Camelot. Deixe que o rei e essa tal feiticeira durmam em paz.

Ela é a terra, as rochas, a floresta. Ela é paciente.

Ela arranca a vida de uma centena de aranhas com uma careta enraivecida.

Talvez não seja tão paciente assim.

CAPÍTULO QUATRO

O problema de ser uma dama é que damas têm damas de companhia, e damas de companhia nunca saem de perto.

Brangien dormia em um catre, no canto, quando Guinevere saiu de fininho da passagem e entrou no próprio quarto. Brangien pode até ter se surpreendido quando acordou pela manhã e deu de cara com Guinevere, mas não demonstrou. Ficou andando de um lado para o outro, abrindo cortinas e arrumando o ambiente. Um único lado do cômodo tinha janelas. A parede dos fundos ficava contra a passagem secreta. Que, por sua vez, ficava contra a rocha da montanha. O fato de o castelo estar pendurado à beira do penhasco deixava Guinevere nervosa. Havia tão pouca coisa que a separava da queda. E o lago estava sempre à espreita, esperando, lá embaixo, para engoli-la.

Não era nenhuma surpresa o fato de Merlin jamais ter descrito Camelot para ela. Em vez disso, abarrotou Guinevere com histórias a respeito de Arthur. De sua bondade, sua bravura, seus objetivos. Se ela tivesse conhecimento da geografia específica do lugar, talvez jamais tivesse concordado em ir. Pensando bem, jamais dera sua concordância explícita, porque Merlin jamais a pediu. O feiticeiro lhe comunicara que a ameaça era iminente, e foi logo levando

Guinevere para o convento. Mas era assim que ele fazia as coisas. Até onde a moça sabia, dez anos depois ele se sentaria e lhe explicaria tudo, incluindo qual era a tal ameaça, como deveria enfrentá-la e por que tinha que ser ela e apenas ela.

Depois que Guinevere já tivesse feito tudo.

A moça tentava ter compaixão pelo feiticeiro. Parecia que ele vivia todos os momentos da própria vida de uma vez só, e sua mente resvalava através do tempo. Ou seja: Merlin sabia do que estava por vir antes de acontecer, mas isso também significava que tinha dificuldade para se concentrar no que precisava ser dito ou feito em determinado momento. O que tornava a vida da moça muito frustrante. Mas, a esse respeito, nada podia ser feito, a não ser arregaçar as mangas e trabalhar.

Ela levantou e se espreguiçou. A cama, pelo menos, era confortável. Parecia nova em comparação com a de Arthur. As cobertas eram tingidas do mais escuro tom de azul. As cordas que formavam o estrado estavam tão esticadas que sequer rangiam quando Guinevere se movimentava. O colchão era mais macio do que aqueles tufos de grama nova, de um verde amarelado, que crescem na primavera. A cama do convento consistira em um colchão de palha, cheio de calombos, que dava coceira. E a cama onde dormia em casa era... A moça conseguia apenas visualizá-la, mas não se lembrava de ter dormido nela. Parecia que tinha se passado uma vida. Tinha apenas lembrança de sonhos, o que condizia com um lar compartilhado com um feiticeiro.

Um pano caía por cima dos quatro postes da cama e podia ser fechado, como as cortinas de uma janela, isolando-a em seu sono. A moça não fizera isso na noite anterior. Não gostava da ideia de ficar confinada dentro dos próprios sonhos.

Além da cama, havia diversos baús, que o convento enviara de antemão. Eram todos da verdadeira Guinevere, e ela ficou imaginando o que haveria dentro. Pareceu-lhe errado abri-los, mas já havia se apossado do nome de Guinevere. Será que se apossar de seus pertences a tornaria muito mais culpada?

Tirou os olhos dos baús, que tinham começado a lhe parecer caixões. Havia uma mesa com uma única cadeira, e o catre bem arrumado de Brangien no canto. Uma porta dava no corredor, e a outra, em um cubículo lateral.

Duas tapeçarias alegravam a parede sem janelas; uma escondia a porta secreta. Ambas eram antigas, como a que havia no quarto de Arthur. As cenas pastorais poderiam estar penduradas na casa de qualquer homem de destaque.

— Por que ele não tem nenhuma tapeçaria retratando a própria vida? — perguntou Guinevere, enquanto Brangien andava de um lado para o outro.

— Desculpe. Como, minha rainha?

— Arthur. O rei. Todas as tapeçarias que vi não têm nenhum significado. Será que não há nenhuma do milagre da espada? De sua vitória contra Uther Pendragon? Da derrota da Rainha das Fadas e da Floresta de Sangue?

Brangien parou de desdobrar roupas de baixo limpas.

— Eu nunca havia pensado nisso, mas o rei jamais as encomendou. E também não há nenhuma tapeçaria retratando Uther Pendragon. Acho que o rei mandou destruí-las.

— Será que ele... Devo tomar o café da manhã com ele? — Guinevere ainda não conhecia as regras. Será que podia ir até o quarto do rei para lhe dar bom-dia? Será que deveria?

— Creio que haverá um julgamento hoje pela manhã. De uma mulher que foi pega praticando magia — respondeu Brangien, de modo tão impensado quanto seus movimentos para arrumar a cama de Guinevere. Era uma questão de rotina. Guinevere se obrigou a responder com um *hmm* neutro.

Quando Brangien ficou satisfeita com as peças que havia escolhido, fez uma reverência e saiu do quarto. Guinevere foi correndo até as janelas e repetiu para si os mesmos feitiços que fizera na noite anterior para Arthur. Precisaria refazê-los todos pelo menos uma vez a cada três noites. E também havia feitiços maiores, mais poderosos, que precisaria fazer. Mas, para esses, precisaria de tempo, bem como de materiais.

Estava terminando de traçar os nós na janela quando a porta da saleta se abriu. Torceu para que parecesse que estava tentando ver a vista através do vidro grosso. Brangien fez uma reverência formal.

— Está tudo pronto, *milady*.

Faminta, Guinevere a seguiu, ávida pelo café da manhã. Em vez disso, deu de cara com uma banheira cheia de água escaldante, bem no meio de sua saleta.

— Não! — exclamou.

— *Milady*? Por acaso fiz algo de errado?

Brangien estava parada ao lado da banheira. Em uma mesinha, havia diversos unguentos e sabões, um pano macio, uma escova de banho. A dama de companhia arregaçara as mangas, seus braços alvos à mostra.

— Para que tudo isso? — Guinevere olhava para todos os lados, menos para a banheira. Vira uma coisa refletida na água. Algo que não estava dentro daquele quarto e não queria saber o que era. A água é a melhor ferramenta para ver, muito melhor do qualquer um dos seus truques torpes. A água toca em tudo, flui de uma forma de vida para outra. Com paciência e tempo, a água pode levar um feiticeiro habilidoso a obter qualquer resposta.

Mas também pode enganá-lo. A água toma forma de qualquer objeto que a contenha. E nem todos os objetos são benignos. A Dama do Lago há muito tinha se apossado da magia da água. E, em seu devido tempo, tudo fluía de volta para ela. A Dama do Lago fora aliada de Merlin contra a Rainha das Trevas, mas era muito velha e imprevisível. E Guinevere não podia se arriscar a invocar seu poder dentro dos limites de Camelot. Era melhor ser pequena. Contida. Cheia de nós.

Poderia justificar tudo, se assim quisesse. Mas, além da magia, a banheira estava cheia d'*água*. Guinevere não queria entrar no banho.

— Creio que a temperatura está agradável. Mas, se a senhora não gostar, posso alterá-la. Devo ajudá-la a se despir?

— Não!

Brangien se encolheu toda, magoada com a veemência da reação. Ficou com o rosto vermelho, olhando para baixo.

— É perfeitamente normal, *milady*. Dei banho em diversas mulheres antes da senhora. E a senhora não precisa mergulhar o rosto, se tiver medo.

— Não é isso. — Guinevere se atrapalhava, tentando encontrar o motivo pelo qual aquela tarefa, tão corriqueira para uma dama de companhia, não iria... não poderia... jamais acontecer. — No convento, me ensinaram que meu corpo é só do meu marido. Não devo sequer olhar para mim mesma quando estiver nua. — Parecia razoável, em uma sociedade que a proibia de mostrar os pulsos. — Não posso suportar que ninguém mais me veja. Você é uma dama de companhia excelente, a melhor que eu poderia esperar. Mas devo tomar banho sozinha.

Brangien franziu o cenho, mas pelo menos não estava mais com cara de magoada.

— Só me tornei cristã recentemente. Não ouvi falar disso.

— Acho que é algo específico do convento onde fui ensinada a ser esposa. Uma rainha tem tantos modos mais de pecar... — Ela tentou não fazer careta enquanto aquelas afirmações falsas saíam de sua boca. Certamente, nos três dias que passara no convento, aprendera muito a respeito de pecado e culpa, que pareciam ser uma espécie poderosa de magia por si só, que controlava e moldava os demais. As freiras a praticavam com exímia habilidade. Eram especialistas em sua arte. E também bondosas, amáveis e generosas. Guinevere não se importaria de passar mais tempo com elas, tentando entender aquela religião nova que estava avançando sobre a antiga, de modo bem parecido com os homens que avançavam sobre as florestas.

Arthur também abraçara a cristandade. Ela teria que aprender mais. Se, pelo menos, Merlin estivesse ali, para depositar tudo em sua cabeça, como fizera com a magia dos nós.

— Então — disse Guinevere —, eu gostaria de tomar banho sozinha. Quando terminar, chamarei você, que pode me vestir... e cuidar do meu cabelo? Você faz isso muito melhor do que eu!

O pedido pareceu amansar Brangien. Ou, pelo menos, tranquilizá-la em relação a seu posto no castelo. A dama de companhia assentiu e respondeu:

— Vou buscar sua roupa de baixo. Se precisar de ajuda para vesti-la, por favor me chame. — Foi correndo até o quarto, trouxe as roupas de baixo de linho e as colocou com cuidado em cima da mesa, ao lado dos demais produtos de higiene.

Guinevere ficou sorrindo até Brangien ir embora. Então abandonou o sorriso, com um calafrio, e despiu a camisola. Não olhou para a banheira. Podia sentir a água lá dentro, soltando vapor, prometendo uma magia que não havia pedido e não queria explorar.

Saiu de dentro do círculo formado por sua camisola. Seus pés descalços encostaram no chão de pedra, e ela encolheu os dedos, sentindo falta da maciez do chão de terra. Por sorte, haviam deixado uma vela sobre a mesa. Guinevere a acendeu. Era um truque perigoso, mas o pavio conteve o fogo antes que pudesse se espalhar.

A magia do fogo era a especialidade de Merlin. Não a de Guinevere. Ela precisava dos limites impostos pela magia dos nós, a segurança que as voltas e os laços ofereciam. Mas tinha que se limpar e não conseguia criar coragem para se sentar dentro da banheira.

Encostou o dedo na chama, sussurrando. O lume pulou do pavio para a pele, ardendo, até quase queimar. Ela traçou um círculo. A chama seguiu o caminho do círculo e formou um anel ardente, que a cercou. Guinevere precisou de toda a sua concentração para contê-lo, proibi-lo de seguir o caos, sua natureza. Ao contrário da água, o fogo não tem senhor. Nenhuma dama ou rainha é capaz de controlá-lo.

A chama se apoderou dela, ardente, ávida e seca, devorando tudo o que era impuro. Quando Guinevere não conseguia mais aguentar, empurrou o ar para que o fogo não tivesse de que se alimentar. A chama foi se apagando, com relutância, até se extinguir.

Deixou sua pele coçando, e todo o corpo cansado. Mas estava limpa, e a água continuava intocada. Por mais difícil que fosse, a magia do fogo era relativamente segura. Devorava tudo o que tocava, sem deixar nenhum indício de si mesmo ou de seu praticante: o fogo, depois de extinto, se dissipava. Não era capaz de noticiar que ela usara sua magia para alguém que soubesse onde olhar.

Na primeira vez que Guinevere tentou realizar uma limpeza, Merlin teve que apagar as chamas do corpo dela. Ficara a poucos segundos de ser devorada. Franzira o cenho, como se tivesse sido picada pela lembrança, tanto quanto pelo próprio fogo. Merlin achara aquilo "hilário". Guinevere queria que o feiticeiro estivesse ali para ver como já dominava bem aquela magia. Mas, pelo menos, ele lhe dera as ferramentas necessárias para se esquivar da água. Foi algo muito atencioso e tão pouco característico dele.

Guinevere vestiu as roupas de baixo e observou o cômodo. A mesa com os produtos de higiene estava intocada. Mortificada, tirou um pedaço do sabão com pétalas de flores e atirou na banheira, de costas para ela. Pegou a escova e a deixou mais perto da água, mergulhando-a com cuidado, sem olhar para o que estava fazendo. E então a colocou de volta na mesa, de qualquer jeito. Mudou os demais produtos de lugar, fazendo uma bagunça, presumindo que uma princesa jamais se preocuparia em manter tudo arrumado, tendo tanta gente para arrumar as coisas. Estava com o cabelo seco, mas não o lavava com frequência. Arrumaria um jeito de enganar Brangien quando isso fosse necessário.

Agora, só precisava esperar o tempo que levaria um banho razoável. Sentou no chão, para que a superfície da água ficasse acima do nível de seus olhos e não pudesse enxergá-la, nem as mentiras que contava. Quando o vapor, finalmente, parou de subir, chamou Brangien.

A dama de companhia não notou nada de errado na água que não fora usada. Soltou o cabelo de Guinevere, refez as tranças e tirou com cuidado as joias que ela não se lembrou de tirar na noite anterior. Então as colocou dentro de uma caixa dourada, que até então estava fechada e trancada.

— Tenho a chave, a menos que *milady* prefira guardá-la. — Havia um tom de afronta na voz de Brangien, como se estivesse desafiando Guinevere a não confiar nela. Rejeitar o banho causara estrago. Ela precisava consertar aquilo. Não poderia se dar ao luxo de ter alguém com quem mantinha um contato tão constante suspeitando ou não gostando dela.

— Eu a perderia, com toda a certeza! Obrigada por cuidar dela. O que é esperado de mim no dia de hoje? — perguntou.

Brangien sacudiu a cabeça, torcendo e trançando com destreza o cabelo longo e grosso de Guinevere.

— Supõe-se que a rainha estará cansada depois da noite de núpcias, então nenhuma das outras damas virá ter com a senhora.

Guinevere não fez nenhum comentário a respeito do motivo daquela suposição. Que, pelo menos, lhe daria certa privacidade.

— E Arthur?

— Creio que o rei ficará ocupado o dia todo.

— Que bom! — Guinevere se virou, sorrindo, sem disfarçar a

animação. — Poderia me levar até a cidade? Mostrar a sua Camelot para mim?

Brangien ficou com uma expressão perplexa.

— O que a senhora quer dizer?

— Agora, esta é a minha cidade. Quero andar pelas ruas com você. Ver como funciona, como as pessoas vivem. Por favor, me acompanhe nessa aventura.

A expressão de Brangien se suavizou, ficou mais amável. Ela terminou de prender uma trança retorcida, emoldurando o rosto de Guinevere.

— Às vezes, esqueço a maravilha que Camelot é. Quando eu e Sir Tristão chegamos, tive a sensação de que a travessia do lago havia me transportado para uma terra de sonhos. Foi a primeira vez, em meses, que consegui sentir novamente algo que se assemelhava à esperança. — Ela foi para trás, admirando seu trabalho, e então balançou a cabeça afirmativamente para si mesma. — Mas a senhora acha que é apropriado passearmos no dia de hoje?

— Não me deram nenhuma instrução sobre o que devo fazer. Se ninguém disse "não", não podem ficar bravos conosco!

A dama de companhia deu risada.

— Se vamos sair do castelo, precisaremos de roupas diferentes das que eu escolhi.

Guinevere foi atrás de Brangien até o quarto e esperou pacientemente enquanto a dama de companhia fechava e apertava suas roupas. A veste do dia era de um amarelo alegre. O capuz que caía nos seus ombros era de um azul bem escuro. Depois de se certificar de que as mangas de Guinevere chegavam até os dedos, Brangien se ajoelhou e ajudou Guinevere a calçar os sapatos.

— A senhora gostaria de usar um véu? — perguntou Brangien.

— Devo?

— Não é raro as damas usarem, mas também não é tão comum a ponto de fazerem fofoca se a senhora não usar.

— Prefiro que se acostumem à minha cara do que esperem ver um véu.

Brangien assentiu e ficou de pé. Suas roupas de dama de companhia eram melhores do que qualquer peça que Guinevere já tinha possuído até então, mas o tecido não tinha uma trama tão fina, e seu capuz não tinha borda de pele. As cores também eram mais desbotadas. As roupas de Brangien transmitiam que ela era alguém importante, mas não pertencia à realeza.

Aquela cidade tinha toda uma linguagem que Guinevere precisava aprender. Sentiu-se grata por ter Brangien para guiá-la e ainda mais grata por Merlin ter tido a sabedoria de escolher uma princesa que vivia tão longe para que ela personificasse, de modo que seus erros seriam relevados, por ser estrangeira.

Brangien caminhou apressada pelo corredor, ao seu lado. Guinevere suspeitava que sua dama de companhia estava com certo medo de que as duas fossem flagradas e não permitissem que se ausentassem. Ambas soltaram um suspiro de alívio quando saíram do castelo por uma das portas laterais: se entreolharam e deram risada.

Guinevere desceu com Brangien um lance de escadas tão estreito que a deixou nervosa: saía da parte central do castelo e ia até a cidade, lá embaixo. Ter tantas portas de entrada no castelo, de início, lhe pareceu uma falha de segurança. Mas apenas uma pessoa por vez conseguia andar naquelas escadas. Escadas tão sinuosas e traiçoeiras que ninguém de armadura, brandindo uma arma, poderia subi-las correndo.

Na base do castelo, havia apenas uma porta larga o suficiente para acomodar mais de uma pessoa. Estava aberta, mas vigiada por dez guardas. Passaram ao lado dela. Guinevere meio que ficou esperando os homens gritarem, ordenando que ela e Brangien parassem, mas eles não prestaram nenhuma atenção às duas.

Sentindo-se livre pela primeira vez desde que fora para o convento, Guinevere deu o braço para Brangien, e, juntas, andaram pelo declive íngreme que levava até a cidade de Arthur. As ruas não eram o que ela esperava. Não eram pavimentadas de paralelepípedos nem de terra, mas canais escavados na própria rocha. A parte central era plana, mas as laterais tinham uma leve inclinação. Quase como os aquedutos, que passavam lá em cima, mas em uma escala muito maior.

Passaram pelas moradias mais próximas do castelo, também as mais bonitas. Brangien tagarelou alegremente a respeito. A de Sir Percival, de Sir Bors, de Sir Mordred. A de Mordred era, de longe, a maior e a mais bela.

— E onde mora Sir Tristão? — perguntou Guinevere.

— A maioria dos cavaleiros que se juntaram a Arthur deixaram tudo o que tinham para trás, para lutar ao seu lado. O rei os adotou como irmãos e lhes deu quartos no castelo. — Ela se virou e apontou para o andar mais baixo. — Todos vivem ali, em seus próprios aposentos. Arthur diz que são as fundações de sua força.

— O rei os tem em grande conta.

— Tem, sim. E seu amor é correspondido. — Brangien voltou a olhar para a cidade e completou: — Sem dúvida, a senhora será obrigada a comparecer em muitas refeições nessas mansões. Não há motivo para nos demorarmos por aqui. Quero lhe mostrar a *minha* Camelot. Puxe um pouco mais o seu capuz. Se ninguém a reconhecer, vamos nos movimentar com mais facilidade.

A felicidade de Brangien era contagiante. Os pés da própria Guinevere se movimentaram mais rápido, quase dançando pelo chão.

— Você passa muito tempo andando pela cidade?

— Passo, sim! Ou melhor, passava. Não havia muita coisa para eu fazer antes de o castelo finalmente ganhar sua ama. — Brangien então se virou para Guinevere e disse: — Mas não pense que estou dizendo que não estou feliz por a senhora estar aqui! É um alívio ser útil de novo. Faz tanto tempo que perdi Isolda...

— Você era dama de companhia de Isolda? Pensei que servisse a Sir Tristão.

— Fui dela primeiro. — Ela cortou o assunto com outro sorriso determinado. Brangien dava sorrisos em vez de explicações. — Os aquedutos voltaram a ter água hoje.

A dama de companhia apontou para cima. Guinevere seguiu as linhas que formavam, canos duplos que acompanhavam as laterais das ruas e então viravam bruscamente, um para cada lado, atravessando a cidade.

— É um sistema inteligente. Nunca vi nada parecido. — Guinevere nunca vira uma cidade, ponto-final, mas Brangien não sabia.

— Não temos poços. Os rios fornecem nossa água. Seria um esforço tão grande descer até o lago e depois andar até a altura da cidade ou do castelo. Os criados têm um ditado para quando alguma coisa dá errada: "Menos mal que não são baldes". É seu modo de lembrarem aos demais o lado bom das coisas. Pelo menos, não estão acabando com as costas, subindo por essas ruas com baldes e mais baldes de água!

Guinevere entendeu. Precisava pisar com cuidado para não topar com nenhum cano, pois já estavam meio desequilibradas pela própria inclinação das ruas. As casas e lojas eram todas inclinadas. As portas, na sua maioria, ficavam do mesmo lado do morro que o lago. Ela espiou em uma que estava aberta e viu uma entrada minúscula. O chão tinha inclinação íngreme para cima, na direção do castelo. Haviam posto prateleiras ali, um modo inteligente de aproveitar o espaço. As ruas não pareciam ter sido planejadas, eram feito afluentes que partiam do castelo. Moradias e outras construções eram encaixadas onde dava.

À medida que ela e Brangien chegavam mais para baixo, as construções foram ficando mais próximas, se empurrando e acotovelando, em busca de espaço. Havia barris de água posicionados em intervalos regulares.

— Para que servem os barris, já que existem os aquedutos?

— Incêndios — disse Brangien. — Há sinos em todas as ruas. Quando tocam, todo mundo corre e pega o barril que lhe foi designado.

Um incêndio devoraria aquele morro com uma velocidade assustadora. Muitas das construções eram de pedra, mas estavam mescladas com estruturas de madeira suficientes para que o fogo fosse arrasador e mortal.

— Cuidado com o bostinha — disse Brangien.

Guinevere olhou para ela, perplexa. A dama de companhia deu risada e tapou a boca com a mão, envergonhada.

— Ah, perdão, *milady*. Esse é o título dele. — Então apontou para um menino maltrapilho que subia o morro puxando uma carroça. — Esse rapaz recolhe os resíduos noturnos dos penicos e os joga fora, lá bem depois do lago. Na época de Uther, essas ruas eram cheias de mijos e dejetos. Para dizer a verdade, eram chamadas de Via do Mijo. Arthur impôs multas para quem esvaziar o penico na rua. E usa o dinheiro para pagar os bostinhas. Agora as ruas estão limpas, mas os nomes antigos não vão embora tão fácil. Tem pessoas que começaram a chamar a Via do Mijo de Via do Castelo, o que é bem mais agradável, e os comerciantes da Rua da Merda têm feito uma campanha fervorosa para que as pessoas a chamem de Rua do Mercado. Mas dá muito menos prazer dizer isso.

Guinevere deu risada. Não conseguiu se segurar. Uma princesa talvez não achasse graça daquilo, mas ela com certeza achava. Jamais parara para pensar na simples logística necessária para reunir tanta gente em um espaço tão pequeno. Nem considerara a hipótese de que um rei teria que descobrir uma maneira de lidar com os penicos de milhares de cidadãos. Na sua cabeça, tudo era uma questão de espadas, batalhas, glória e magia.

Uma cidade era uma espécie de magia por si só, complicada e

cheia de partes que estão em constante movimento. Arthur era responsável por todas. Guinevere já se sentia assoberbada pela cidade e mal tinha conhecido as pessoas. Era maravilhoso, horroroso e *novo*.

Talvez Merlin devesse ter passado mais tempo levando-a para conhecer cidades do que lhe transmitindo a magia dos nós.

Brangien apontou para diversas lojas. A maioria das construções tinha residências no andar de cima e uma loja no térreo. As forjas ficavam todas na planície, depois do lago, bem como os matadouros e qualquer outro estabelecimento que não coubesse no espaço limitado dos declives de Camelot ou tinha um cheiro desagradável demais para ficar no meio das moradias.

— Todo terceiro dia, e amanhã é um deles — explicou Brangien —, temos uma feira depois do lago. Vem gente de todas as aldeias e vilarejos para comprar e trocar mercadorias. Feiras especiais acontecem a cada Lua Nova. É quando se encontram as coisas mais exóticas. Especiarias. Até seda, de vez em quando! Meu pai e meu tio eram comerciantes de seda. Atravessavam o mundo para chegar aqui, escondendo suas mercadorias o tempo todo, se revezando nas rédeas da carroça e fingindo que tinham a peste. — Ela estava com uma expressão triste e afetuosa ao mesmo tempo. — Meu pai comprou uma vida melhor para si mesmo. Minha família era próspera e respeitada graças a ele. Foi assim que consegui meu posto como dama de companhia de Isolda. — Brangien se forçou a se libertar do passado (apesar de Guinevere querer saber mais), e continuou: — Feiras especiais também têm cavalos, armas, comida, sapatos e tudo o mais que se possa imaginar. Vêm comerciantes de todos os cantos. Os impostos que o Rei Arthur cobra são justos, e todo mundo sabe que não correrá perigo dentro dos limites de seu reino. Na última, havia um malabarista e acrobatas. Mal posso esperar para lhe mostrar.

— Parece maravilhoso.

Parecia caótico. E o lugar perfeito para perpetrar um ataque de magia contra Arthur. Quanto mais caminhava por Camelot, mais via o quanto a cidade seria inóspita para as fadas da Rainha das Trevas e seus asseclas. Todas aquelas pessoas, aquela rocha antiga e adormecida, o metal nas portas e janelas... Qual fora a ameaça iminente que Merlin enxergara? Por que não pôde ser mais específico?

A Rainha das Trevas estava morta e derrotada, mas seu tipo de magia — selvagem e devoradora — continuava vivo. Guinevere vira com seus próprios olhos, a caminho dali.

— A senhora está precisando de algo hoje? — perguntou Brangien. — A maioria das coisas precisa ser comprada nas feiras, mas alguns dos estabelecimentos podem ter algo em estoque.

— Não, obrigada. Não consigo pensar em nada que esteja me faltando. — Nada que aquelas lojas pudessem ter à venda, de qualquer modo. Mas ela teria que dar uma olhada em sua caixa de joias. Certas gemas têm uma espécie especial de magia. E ninguém ficaria olhando de soslaio para um rei que usasse joias.

Essa seria sua próxima tarefa. Por ora, já estavam na metade da cidade. A inclinação se nivelava ali e se acentuava dramaticamente, mais perto do lago. Aquele era o chão mais plano em que tinham pisado. Guinevere ouviu gritos e rodopiou, assustada.

— Oh! — exclamou Brangien. — Posso lhe mostrar algo verdadeiramente empolgante.

Brangien virou em uma rua lateral, e chegaram a uma construção redonda. A maior que Guinevere vira, depois do castelo.

— Esta construção é mais nova do que o castelo. Mas, mesmo assim, é antiga. Anterior a Uther Pendragon. Ele não mandou construir nada.

Brangien a fez atravessar um arco de pedra escura até chegar à luz brilhante do Sol.

Não era uma construção, exatamente. Não tinha teto. As paredes limitavam um círculo plano, de chão de terra. Vários andares de assentos haviam sido construídos nas paredes. Esses assentos estavam quase todos tomados, e eram a fonte dos gritos retumbantes. Em volta do círculo, haviam delimitado várias arenas, marcadas com giz no chão. As paredes estavam repletas de armas. E, dentro de cada arena, havia homens lutando.

— Venha, existe um camarote especial. Nunca pude sentar nele... até agora!

Brangien a puxou, andando rápido pelos degraus e bancos. Subiram até o alto da parede, cumprimentaram um guarda lá em cima e entraram em uma estrutura de madeira montada para fora. Logo, quando chegaram à parte da frente, aberta, ficaram suspensas acima dos lutadores. Somando os bancos almofadados e o teto, que fazia sombra, eram as pessoas que gozavam de maior conforto ali.

Certamente, gozavam de mais conforto do que aqueles homens lá embaixo. Os guerreiros se digladiavam e dilaceravam uns aos outros. Suas armaduras de couro grosso, com placas de metal nas partes mais vulneráveis, absorviam os golpes, mas Guinevere gritou e tapou a boca com a mão quando um homem perto delas levou uma pancada brutal.

— As espadas não têm fio — explicou Brangien, dando um tapinha na mão de Guinevere. — Ainda assim, ocorrem ferimentos, às vezes terríveis. Mas ninguém morreu.

— Por que estão fazendo isso?

Havia mais de uma dúzia de homens lá embaixo, apresentando cenas de guerra como um menestrel apresenta suas canções. O coração de Guinevere disparou. Era terrível e empolgante, e ela não entendia o propósito.

— Para treinar, em alguns casos. Veja: lá estão Sir Tristão e Sir Caradoc. Sir Bors está comandando as lutas.

Brangien identificou cada um dos homens com maestria, mas

todos eram iguais aos olhos de Guinevere: pareciam a morte de capacete e armadura.

— Mordred também está lá embaixo?

— Ah, não. Ele nunca luta. Tem-se em alta conta demais para se digladiar com seus irmãos cavaleiros, ainda que o próprio Rei Arthur se junte a eles com certa frequência.

— E quem é...

Brangien soltou um suspiro de surpresa e segurou a mão de Guinevere.

— Ele está aqui!

— Quem?

A dama de companhia apontou para um cavaleiro que acabara de entrar na arena. Alto e de ombros largos, usando uma máscara de couro que escondia todo o rosto. A armadura também era diferente, misturava metais de cores variadas. Aquela multiplicidade de materiais dava a impressão de que não estava usando uma armadura, mas que aquilo era uma parte natural dele.

— O Cavaleiro dos Retalhos! É assim que o chamam. Ninguém sabe quem é, ou de onde vem! Aparece de vez em quando, vence todas as lutas e depois desaparece. Ah, ele é terrivelmente popular. Não deve faltar muito para ele vencer um torneio e se tornar um verdadeiro cavaleiro do rei.

— E Arthur faria uma coisa dessas? Oferecer um posto para um desconhecido?

— Foi assim que Sir Tristão se tornou cavaleiro! Provando seu valor na arena.

— Então qualquer um pode se sair bem e conquistar um lugar ao lado do rei? Um lugar dentro do castelo?

— Sim, mas os aspirantes só podem competir aqui uma vez por semana. E sempre há tantos deles... É só uma questão de tempo até o Cavaleiro dos Retalhos conseguir, contudo. — Brangien falou em um tom distraído, pois estava com toda a atenção voltada para a arena, Inclinava-se para a frente, ofegante de tanta expectativa.

Guinevere agora também tinha um motivo para prestar atenção. Porque poderia ser qualquer um – ou qualquer coisa – por trás daquela máscara, usando-a como um modo de se aproximar de Arthur.

CAPÍTULO CINCO

Apesar de uma dúzia de lutas estarem acontecendo ao mesmo tempo, ficava claro a quem a plateia tinha ido assistir. Cada movimento do Cavaleiro dos Retalhos era seguido de vivas, de conselhos gritados, e até algumas vaias daqueles leais ao infeliz oponente, golpeado sem dó nem piedade. A luta durou apenas alguns minutos, até que o suposto rival do cavaleiro saiu cambaleando da arena, admitindo a derrota. O perdedor tirou a armadura de couro e a atirou no chão.

O teatrinho não foi percebido pela plateia, que só tinha olhos para o Cavaleiro do Retalhos. Mas, em vez de levantar os braços ou ficar exultante com a vitória, ele permaneceu absolutamente parado, com a ponta da espada encostada no chão, segurando o cabo com as duas mãos. Parecia uma estátua, que só ganhava vida quando desafiada.

Outro aspirante — Brangien esclareceu que assim chamavam aqueles que tentavam a sorte para ver se podiam se sair melhor do que os cavaleiros — entrou na arena. Os aspirantes da semana lutavam entre si. Apenas o que saía vencedor podia lutar contra um dos cavaleiros de Arthur.

— Na maioria dos dias, há tantos aspirantes que os cavaleiros acabam não lutando com nenhum. O Sol se põe antes que consigam derrotar uns aos outros — explicou Brangien, enquanto outro aspirante adentrava a arena, confiante, para enfrentar o Cavaleiro dos Retalhos.

— Há muitos homens tentando se tornar cavaleiros do Rei Arthur?

— Oh, sim. Aqueles que se saem bem podem servi-lo fazendo parte do exército permanente. Têm direito a alojamento, mas ainda precisam trabalhar para comer e treinar sozinhos. Apenas alguns desses homens conseguiram entrar no círculo dos cavaleiros de fato. E aqueles que conseguiram foram todos treinados em outras cortes. Um homem que ganha a vida plantando teria que se esforçar por anos e anos para vencer alguém que foi cavaleiro a vida toda. Mas o sistema de Arthur fornece treinamento e cria um exército de homens com o qual podemos contar em tempos de perigo.

Fazia sentido. O que não fazia sentido eram as habilidades do Cavaleiro dos Retalhos. Durante o tempo que Brangien levou para explicar o sistema, ele já tinha derrotado o aspirante confiante. Que teve de ser arrastado da arena, inconsciente. E, mais uma vez, o Cavaleiro dos Retalhos ficou perfeitamente imóvel. Era quase inumano.

Guinevere se debruçou sobre a balaustrada espremendo os olhos, como se, assim, fosse conseguir penetrar na máscara do cavaleiro.

— É isso que é tão incomum a respeito do Cavaleiro dos Retalhos — disse Brangien. Que estava bordando uma tira de pano com linha carmesim, formando um desenho que Guinevere ainda não conseguia entender. A dama de companhia mal olhava para o tecido: seus dedos ágeis sabiam bem o que estavam fazendo. — É óbvio que foi treinado. Todos os demais cavaleiros treinados que competem, como Sir Tristão, se fazem ser anunciados. Com seu nome, seu título, de onde vêm. O Cavaleiro dos Retalhos jamais disse uma palavra.

— Que interessante.

— Tome cuidado — disse uma voz vinda de trás de Guinevere, assustando-a de tal modo que quase a fez cair para a frente. Dedos finos seguraram sua cintura. Ela levantou o rosto e deu de cara com

Mordred. Que a soltou e foi para trás, estabelecendo uma distância respeitosa. — A senhora não deveria se inclinar tanto. Pode cair. A rainha talvez não devesse se interessar tanto pelas lutas a ponto de arriscar a própria pele para vê-las melhor.

Mordred sentou à direita de Guinevere. Brangien fez careta, à sua esquerda.

— A maioria dos homens — disse ela, falando com o bordado — não se senta no camarote. Estão ocupados, treinando.

O cavaleiro deu risada.

— A *maioria* dos homens tem algo a provar lá embaixo, em meio à poeira e ao sangue, brincando de guerra com espadas sem fio.

— Você assiste às lutas com frequência? — perguntou Guinevere, tentando manter a conversa em um tom ameno e civilizado.

— Apenas quando há alguém digno de assistir. — Mordred encarou-a. Ela espremeu os olhos. Mas, antes que pudesse repreendê-lo, ele inclinou a cabeça na direção do Cavaleiro dos Retalhos. — Não perderia esta luta por nada.

O segundo aspirante estava no chão. Não. Já era outro. O Cavaleiro dos Retalhos derrotara o terceiro oponente. Suas ações eram parecidas com as dos outros homens, só que mais enérgicas, mais eficientes. Ele se movia mais rápido, atacava com mais força, previa cada golpe antes que acontecesse. Quando chegava a ser golpeado, se esquivava da dor, como se as espadas fossem varinhas de junco.

Guinevere jamais havia assistido a uma luta. Mesmo sabendo que as espadas não tinham fio e que os golpes não eram fatais, ela se encolhia toda e sentia pena de cada um dos aspirantes. Diversas vezes, se percebeu fazendo coro aos gritos eufóricos da plateia, quando o Cavaleiro dos Retalhos derrotava mais um oponente.

Depois de cerca de uma hora, ela se permitiu olhar para o lado. Mordred estava inclinado para a frente, com as sobrancelhas juntas, concentrado ou preocupado. Ele também estava observando o

Cavaleiro dos Retalhos. Não admirado, nem animado, como a plateia. Mas como se estudasse um inimigo. Ou uma ameaça.

— Você me parece muito intrigado pelo Cavaleiro do Retalhos. — Guinevere se endireitou no banco. E deu um bocejo habilmente falso para dar a entender que não estava tão interessada no cavaleiro. — Se não luta, por que tanto interesse?

Mordred se recostou e respondeu:

— Veja como ele se movimenta. Como se cada luta fosse a única. Este homem não quer fazer isso. *Precisa* fazer. Uma pessoa concentrada em um objetivo com tanta intensidade, que tem um propósito tão estrito, é alguém perigoso. — As palavras dele surpreenderam Guinevere, e isso deve ter ficado claro por sua expressão. Mordred sorriu e completou: — Nem todos nós protegemos meu tio e rei com socos e espadas. E eu estou sempre observando.

Ela teve vontade de virar o rosto para evitar a intensidade e a inteligência que viu naqueles olhos verde-musgo. Desta vez, não perguntou o que o cavaleiro queria dizer. Mordred estava observando o Cavaleiro dos Retalhos, sim. Mas também estava observando Guinevere. E queria que ela soubesse.

Um arrepio gelado, de alerta, percorreu seu corpo. Ela estava tentando proteger Arthur, assim como Mordred. Mas seus métodos para proteger o rei precisavam permanecer em segredo, a qualquer custo. Então deu as costas para as lutas, ostensivamente.

— Fico feliz por meu rei tê-lo do seu lado, então.

— Do seu lado e ao seu lado, sempre que ele precisar de mim, seja lá como. A senhora já ouviu a história do Cavaleiro Verde?

— Não — respondeu Guinevere.

— Bem, não deve ter ouvido mesmo, porque é a história de um cavaleiro que não é exatamente humano e, definitivamente, não é cristão. E nós não contamos mais esse tipo de história. Contamos, querida Brangien?

— Não contamos essa história porque o senhor a conta com tanta frequência que não precisamos — resmungou Brangien, sem tirar os olhos do bordado.

Mordred deu risada.

— Esta aqui tem a língua feito suas agulhas, tão inteligentes quanto e duplamente afiada. Mas a nossa rainha ainda não a ouviu.

A dama de companhia soltou um suspiro e deixou o bordado de lado.

— Antes de a Rainha das Trevas ser derrotada, Arthur e seus primeiros cavaleiros saíram em busca de aliados. Sir Mordred, Sir Percival e Sir Bors chegaram a uma trilha que atravessava a floresta, a única segura, e depararam com um cavaleiro bloqueando o caminho. De armadura verde, pele verde, barba de folhas. — Então sacudiu a mão, resumindo: — Todo verde.

— Você é péssima em contar histórias — disse Mordred, com um tom de mágoa e franzindo o cenho.

— Ele só os deixaria passar se conseguissem encontrar uma arma que o derrotasse. Sir Percival tentou a espada, mas a lâmina ficou presa no tronco grosso do braço do cavaleiro, e Sir Percival não conseguiu tirá-la dali. Sir Bors tentou a massa e a corrente, mas o buraco no peito do Cavaleiro Verde floresceu e se fechou.

— Eles estavam em uma enrascada — interrompeu Mordred. — Suas armas não surtiam nenhum efeito, e não conseguiam pensar em nenhuma maneira de resolver o problema que não fosse atacá-lo e torcer para que sangrasse. Nem tudo pode ser resolvido a ferro e fogo. Então, enquanto estavam ocupados tentando, sem sucesso, despedaçar o Cavaleiro Verde, entrei de fininho na floresta e...

— Um cervo. — Foi a vez de Brangien interromper. — Ele trouxe um cervo para comer a criatura. O cavaleiro achou hilário e os deixou passar.

— Brangien — Mordred levou a mão ao peito, como se ele próprio estivesse ferido —, você tem a alma e a imaginação de um martelo.

Histórias não são pregos que devem ser batidos até chegar à cabeça. São tapeçarias, que precisam ser tecidas.

— Suas histórias são fardos que precisam ser suportados. Agora podemos, por favor, assistir à luta? — Brangien pegou de novo o bordado, contradizendo suas próprias palavras ao se concentrar naquilo.

— O que houve com o Cavaleiro Verde? — perguntou Guinevere, intrigada. Ninguém ali falava do tempo antes de a Rainha das Trevas ter sido derrotada. Aquele parecia um cenário maravilhoso e estranho. Um cenário do qual se sentia mais próxima do que de toda aquela ordem e aquelas pedras que existiam em Camelot.

— Excalibur aconteceu. E isso foi um fim muito mais permanente do que ser comido por uma delicada corça. — O tom de Mordred foi sarcástico. Se estava debochando de si mesmo ou do modo como Brangien contara a história, Guinevere não conseguiu distinguir. Ele levantou e fez uma reverência. — Permita-me buscar um refresco para a senhora.

Brangien resmungou baixinho depois que ele foi embora. Então levantou o rosto, sorriu e guardou o bordado.

— Ah, olhe lá! Ele derrotou mais um. Completou quinze. Acredito que só trinta estão competindo hoje. Pode chegar a enfrentar um dos cavaleiros, se a senhora desejar ficar tanto tempo assim.

— Então é provável que ele enfrente o Rei Arthur hoje à noite?

— Não. Se ele chegar aos cavaleiros, haverá um torneio oficial. Cada cavaleiro escolherá sua forma de combate preferida para enfrentar o desafiante na arena. Que não precisa derrotar todos para conquistar seu posto. Mas precisa derrotar pelo menos três.

— E se derrotar todos?

— Isso nunca aconteceu. Mas, se acontecesse, o próprio Arthur lutaria contra ele.

Guinevere sentiu o estômago ficar gelado.

— Aqui?

— Não. Depois do lago, no bosque.

O bosque. Onde Arthur havia derrotado a Floresta de Sangue e tomado posse da terra. Aquela terra estava encharcada de sangue mágico. Se o Cavaleiro dos Retalhos fosse do povo das fadas, seria mais poderoso lá do que dentro daquela cidade antiga e morta. E Arthur ficaria vulnerável, limitado por suas próprias leis. Se Guinevere planejasse atacar o rei, seria ali que o faria. Onde os cavaleiros ainda se sentiam à vontade e tranquilos, mas não estavam mais cercados pela proteção que a cidade oferecia. Ficou de pé e declarou:

— Estou me sentindo tonta. Gostaria de voltar ao castelo.

Brangien começou a guardar suas coisas na sacola, apressadamente. Na saída, passaram por Mordred, carregando um cálice de vinho e um prato de pão e queijos.

— Já vai embora? — gritou ele. Guinevere não respondeu. Precisava falar com Arthur. Mais do que isso: precisava se libertar de sua dama de companhia para seguir o Cavaleiro dos Retalhos depois que ele terminasse os combates do dia.

— O rei não está no castelo — Brangien deu essa explicação com um tom de desculpas. Guinevere a mandara atrás de Arthur assim que voltaram aos seus aposentos. — Ele costuma se ausentar. Viaja pelo reino constantemente, para ver como estão os fazendeiros, para se certificar de que as estradas estão desimpedidas. Arthur não é desses que sentam no trono e não fazem nada.

— Onde ele está agora? — Guinevere se esforçou para não ficar magoada com o fato de Arthur ter abandonado o castelo um dia depois de terem se casado. Obviamente, *ela* sabia que o casamento não era de verdade, mas ninguém mais sabia.

— Na floresta — disse Brangien, baixando os olhos. — Naquela que tomou conta do vilarejo. Saiu com alguns homens para queimá-la de novo.

— Mas essa floresta não fica dentro dos limites de Camelot.

— O rei não foge à luta. Mesmo que a luta não lhe diga respeito.

Guinevere admirava isso nele. Arthur era o rei de seu povo, sim, mas estendia tal responsabilidade e proteção até onde podia. Mesmo quando não havia nenhuma ameaça contra ele ou não se beneficiasse com isso. Arthur era... bom. Era por isso que Guinevere sentia um calor ardente por dentro quando pensava no rei.

Ela ficava feliz com isso. Mas, hoje, era um inconveniente. Queria alertá-lo a respeito do Cavaleiro dos Retalhos e de suas suspeitas. Mas talvez fosse melhor adiar. Precisava ter mais informações.

— Obrigada por me levar para passear, Brangien. Foi maravilhoso. Mas temo que eu tenha ficado sobrecarregada. Estou com dor de cabeça e gostaria de deitar no escuro. Por acaso devo comparecer a algum jantar esta noite?

— É claro que a senhora deve descansar. Os banquetes só acontecem uma vez por mês. É possível que queiram que a senhora jante com os cavaleiros e suas esposas algumas noites, mas ninguém veio convocá-la para hoje à noite. Se alguém aparecer, direi que a senhora está... — Ela ficou em silêncio, procurando a palavra correta.

— Assoberbada de amor pelo meu novo rei e pelo meu novo país e fraca de tanta alegria. — Guinevere deu um sorriso dissimulado, e Brangien deu risada.

— Desmaiada de tanta alegria, até.

— Perfeito. Obrigada.

Brangien fechou as cortinas e puxou as cobertas. Em seguida, ajudou Guinevere a se despir, desamarrando suas mangas e a sobreveste.

— Estarei na saleta de estar, costurando. Não vou perturbá-la nem entrar a menos que a senhora me chame. Se pegar no sono e dormir até amanhã, descanse bem.

Sentindo-se tola e falsa, Guinevere deitou na cama. Brangien ajeitou as cobertas e então saiu de fininho do quarto.

Guinevere levantou-se. Conferiu o primeiro baú. Nenhuma mulher na sua posição andaria sozinha pela rua. Tampouco uma dama de companhia do calibre de Brangien, mas ainda poderia improvisar. A rainha precisava de uma tintura ou pediria um tempero especial para sua comida ou algo do tipo, o que exigiria que uma criada corresse até a cidade sozinha para realizar uma tarefa urgente. Certamente, até a dama da rainha conseguiria se safar com o fato de estar na rua depois do toque de recolher, se fizesse isso sob ordens expressas da rainha. Mas, até aí, Guinevere não fazia ideia de qual seria — se é que tinha alguma — a autoridade que a rainha tinha de fato em Camelot. Um reino que jamais tivera uma rainha. Teria que perguntar isso para Arthur também.

O primeiro, o segundo e o terceiro baú só continham suas coisas. Ela parou por um instante, pairando a mão sobre eles. Não eram suas coisas, não de fato. Como ela se esquecia disso facilmente. O quarto, o menor, no canto, continha os pertences de Brangien. Suas roupas eram mais simples. Guinevere conseguiria vesti-las sozinha.

Ela se retorceu por dentro de culpa ao tirar do baú uma veste e uma capa com capuz. Roupas são caras e valiosas. Aquelas representavam boa parte da riqueza material de Brangien, e Guinevere a estava roubando. Mas devolveria tudo, sem danificar nada.

Praticamente sem danificar nada. Puxou um fio que saía da costura da capa, trançou e amarrou o fio partido, formando um emaranhado confuso, impossível de desenredar. E, quando pusesse o capuz sobre a cabeça, a magia dos nós se expandiria, de modo que qualquer um que olhasse para o seu rosto não seria capaz de desenredar a confusão a respeito de quem, exatamente, ela era.

Guinevere vestiu o capuz e então se sacudiu. Um pouco de si mesma foi parar em cada um dos nós, em cada feitiço que fizera.

E fizera mais feitiços nas últimas vinte e quatro horas do que costumava fazer em uma semana. Realmente adoraria deitar na cama e dormir pelo resto da noite. Mas, assim como a fiel Brangien, tinha trabalho a fazer e não seria negligente com seus deveres.

Entrou no corredor e caminhou com a eficiência apressada das mulheres que estão em uma missão. Seguiu o mesmo caminho que ela e Brangien haviam feito pela manhã, tentando se movimentar pelas escadas na luz fraca da tarde. Com sorte, voltaria antes do cair da noite.

Havia mais gente na rua, cumprindo suas tarefas, fechando negócios antes de perderem a luz do Sol. A aglomeração nas ruas, com gente fofocando e gritando umas para as outras, comprando, vendendo e regateando, significava que ela era apenas mais uma pessoa no meio da multidão. Ficou parada do lado de fora da arena. Havia visto algumas mulheres na plateia, mas sempre acompanhadas dos maridos. Sabia que chamaria atenção se entrasse ali sozinha. Os gritos e vivas davam a entender que o combate ainda se desenrolava com força total.

Como precisava passar o tempo e não queria perder o Cavaleiro dos Retalhos de vista por um erro seu, foi andando, acompanhando a circunferência da arena. Havia moradias construídas perto das muralhas, e ela teve que desviar de poças e caixotes. Mas os bostinhas de Arthur faziam muito bem o seu trabalho. A limpeza era impressionante.

Do outro lado da arena, havia uma porta pequena, discreta e bem diferente do grande portão que se abriria para despejar tanto espectadores quanto combatentes na rua principal da cidade. Ela até poderia estar enganada – nesse caso, todos os seus esforços teriam sido em vão –, mas aquela parecia uma porta que alguém que não queria ser visto usaria. Alguém como o Cavaleiro dos Retalhos. Encontrou um caixote deixado na sombra profunda de uma construção de pedra inclinada e nele se sentou.

Guinevere era ótima quando se tratava de esperar. Certa vez, passara um dia inteiro deitada, em completo silêncio, no chão da floresta, imóvel, para atrair uma corça. Funcionara. Sorriu, lembrando-se do focinho aveludado roçando seu rosto. Para que precisava da corça era uma lembrança bem menos agradável.

Parou e pensou.

Para que *mesmo* precisava da corça?

Teve a impressão de que a lembrança parava por aí, estava cortada. Como se tivesse virado uma página, e a próxima estivesse em branco. Tentou forçar a memória, mas nada se revelou. Sentia uma dor persistente atrás dos olhos. O nó para causar confusão talvez tivesse feito mais do que esperava.

A balbúrdia vinda da arena alcançou uma altura febril e silenciou em seguida. O Sol havia se posto. As lutas do dia chegaram ao fim. Guinevere não sabia quais haviam sido os resultados, mas não precisava saber. Só precisava do cavaleiro. As vozes foram ficando mais fracas, foram se afastando. Todos estavam voltando para casa. E ninguém saíra por aquela porta. Seu palpite estava errado. Decepcionada, foi se levantando e espichando seus músculos doloridos.

Passos furtivos a fizeram congelar e voltar ao abrigo das sombras. Uma mulher com a cabeça coberta por um xale foi até a porta, apressada. Tropeçou, e a trouxa que carregava nos braços caiu no chão, espalhando seu conteúdo. Ela soltou um grito abafado, alarmada, ajoelhou-se e começou a recolher as coisas caídas o mais rápido que podia.

Mas Guinevere conseguiu ver. Pacotes embrulhados em saco de aniagem. Algumas frutas. E, inexplicavelmente, diversas pedras lisas.

A mulher amarrou a trouxa bem apertado. A porta se abriu. Com uma rápida e grata reverência, a entregou para o cavaleiro. Que a enfiou em um sacola a tiracolo e passou por Guinevere, sem vê-la, e foi logo entrando em um beco estreito. A mulher voltou por onde tinha vindo.

Quem deveria seguir?

O cavaleiro. Guinevere se tornou sua sombra enquanto ele serpenteava pelos becos recônditos da cidade, aos quais não fora apresentada. E não tinham um cheiro tão agradável quanto as partes principais de Camelot. As casas eram mais próximas umas das outras. Não necessariamente mais antigas, mas não tão bem cuidadas. As estruturas de madeira pareciam menos estáveis, espremidas onde tivesse o mínimo de espaço.

O cavaleiro não havia tirado o capacete nem a máscara. Continuou se movimentando pelos becos entre e atrás das casas. Ali não havia sinal de portas abertas. As janelas tinham venezianas fechadas. Ele e Guinevere podiam muito bem estar sozinhos.

O cavaleiro parou perto da fundação de uma construção em ruínas. Levantou o braço e tirou a máscara. Guinevere estava longe demais para conseguir enxergar. Não podia se aproximar correndo sem correr o risco de ser flagrada. Olhou para o lado, em busca de algum lugar de onde pudesse ver melhor. Mas, quando olhou novamente para o cavaleiro, ele havia sumido.

Xingando a si mesma com seus botões, foi correndo até o local onde o cavaleiro desaparecera — e quase caiu da beira do precipício que surgiu do nada. Ali era o fim de Camelot, o lado da cidade cortado bem rente, que dava direto nas águas turvas, a uma queda de trinta metros. Seu corpo balançou, ela se sentia tonta e enjoada, e conseguiu ver o Cavaleiro dos Remendos de relance, descendo direto pela rocha, como se fosse um inseto.

A nova rainha não pode ser vista.

Isso envergonha a Rainha das Trevas. Porque a nova rainha não devia ter importância — deveria ser menos que nada —, mas a folha afirmou que a rainha não é a rainha, e isso é intrigante. É melhor investir seus recursos em Arthur, mas tão pouco ainda é intrigante. Até mesmo a morte perdeu seu brilho. Então, se a rainha-que-não-é-rainha representa algo de novo, ela vai descobrir o quê.

O quarto dela é protegido da mesma forma que o de Arthur: com meros nós, truques de iniciante. Que a insultam. Que não são da mesma ordem que a magia da vida, da criação e da destruição. São um truque humano. Uma fronteira. Uma barreira. Ah, os humanos e suas muralhas. Para isso, ela tem seus humanos. Farão seu trabalho em seu devido tempo.

Mas ela consegue sentir outro espaço. Mais janelas. Sua mariposa se atira contra elas, espatifando a própria vida contra o vidro. Lá dentro, um coração bate. Não o coração da rainha-que-não-é-rainha. De outra pessoa.

E aquele coração bate sobressaltado. Aquele coração é...

Mágico. Há magia dentro daquele cômodo.

A mariposa falece. A verdadeira rainha, a Rainha das Trevas, a rainha feita de rochas, de solo e de árvores, fica satisfeita. Camelot se tornou um lugar complicado. E complicado é quase o caos.

E o caos é o seu domínio.

CAPÍTULO SEIS

O fato de o castelo ficar lá no alto do morro parecia um castigo cruel por Guinevere não ter conseguido descobrir quem era o Cavaleiro dos Retalhos. Ela foi se arrastando pelas ruas. Velas iluminavam os comércios encerrando as atividades. Famílias se fechavam em casa para se proteger da noite e das coisas que reinavam nos espaços imaginários e tenebrosos que ela trazia.

Os sinos do toque de recolher ainda não haviam soado. Quando lhe mostrara a cidade, Brangien comentara a respeito. Qualquer pessoa que fosse vista na rua depois de os sinos terem tocado seria levada a uma cela, para passar o resto da noite. Isso impedia crimes e outras maldades, mas tornava a vida de Guinevere mais difícil. E triste. Criar um manto de sombras era um dos feitiços que adorava fazer. Não ardia nem doía como a purificação pelo fogo nem exigia pedaços dela, como os nós. Fizera isso todas as noites, para fugir do convento. Quando se escondia nas sombras, indo de treva em treva, e cada um desses espaços tenebrosos queria se apossar dela, quase se sentia à vontade em sua própria pele. Adorava a noite. No silêncio da imobilidade, suspeitava, até mesmo uma cidade poderia parecer uma floresta.

O que teria amado a falecida Guinevere? O que teria achado daquela maravilhosa cidade na montanha? O que teria pensado de seu belo e valoroso marido, que se deslocava constantemente pelo território para manter a paz e a justiça, construindo um reino onde todos eram bem-vindos, desde que defendessem Camelot?

Será que a falecida Guinevere teria amado o castelo? Teria sentido saudade de casa? Será que teria estabelecido uma relação mais simples com Arthur? Talvez, um dia, os dois acabassem por se amar. Talvez não tivesse se importado com aquele morro maldito e interminável.

Quem foi que inventou de construir uma cidade dentro de uma montanha? Era uma péssima ideia. Por isso Camelot era impossível de invadir. Qualquer exército teria que descansar antes de chegar à metade do objetivo. E isso viria depois de atravessar um lago, onde não havia como se esconder, ou se embrenhar por uma das cachoeiras retumbantes. Não, Camelot só poderia ser conquistada por alguém de dentro. E fora assim que Arthur a conquistara.

Como se seus pensamentos o tivessem trazido à sua presença, Arthur apareceu em uma rua lateral. Surgiu de repente na via principal, e sua coroa refletia a luz que vinha da tocha que segurava. Vários cavaleiros estavam ao seu lado. Movimentavam-se, como se fossem um só, atrás dele, e um cheiro de fumaça os cobria, como uma segunda capa. A capa do próprio Arthur caiu, revelando sua mão, pousada sobre o pomo de sua espada.

A espada.

Excalibur.

Guinevere teve aquela mesma sensação nebulosa de reconhecimento que tivera a respeito de Arthur. Que olhou para ela e desviou o olhar com a mesma facilidade e desinteresse com os quais observava as construções ao redor.

E então ficou parado, com um dos pés no ar, e se virou para

Guinevere mais uma vez. Cruzou o olhar com a moça e levantou uma das sobrancelhas, em uma expressão intrigada. Alarmada, ela sacudiu a cabeça. Não queria que os homens que acompanhavam o rei a vissem. Como se nada tivesse acontecido, Arthur continuou a subir o morro em direção ao castelo.

Mas ele a *vira*. Guinevere tocou nos fios. Seus nós ainda estavam firmes. Não conseguia explicar como o rei havia atravessado o véu que sua magia criara. Mas, depois de todos aqueles longos dias sendo outra pessoa, a simples sensação de alívio de ser vista pela única pessoa que a conhecia deixou Guinevere tão empolgada que foi capaz de subir o restante do morro e chegar até o castelo. Mas subir as escadas sinuosas da lateral da construção já era pedir demais. Entrou pelo portão principal, e os soldados que ali estavam não se deram ao trabalho de olhar sob o seu capuz. Teria que conversar com Arthur a respeito disso. E encontrar uma maneira de vedar cada uma das portas de entrada e saída do castelo. Não esperava que ocorresse um ataque por ali. Mas, de acordo com as instruções irritantes de tão vagas que Merlin lhe dera, não podia se esquecer de vedar nenhuma abertura. Seria um trabalho tedioso, cansativo. Muito menos empolgante do que perseguir um cavaleiro misterioso pela cidade.

Coisa que Guinevere também planejava fazer de novo.

Guinevere entrou de fininho em seu quarto, aliviada por encontrar a porta da saleta ainda fechada. Brangien não dera por sua falta. Todos os nós de proteção que fizera também estavam em seu devido lugar, mas podia sentir que parte da tensão que se acumulava dentro dela estava diminuindo. Os nós teriam que ser refeitos no dia seguinte. Como era irritante o fato de o alívio físico dos nós sendo desfeitos significar que precisariam ser refeitos.

Arrancou com os dentes o fio solto e emaranhado do capuz de Brangien e colocou as roupas no lugar de onde as tinha tirado. Pegou um robe com borda de pele. Foi difícil não encostar os dedos nela. Não que não quisesse sentir o que o animal sentira. Na verdade, era o contrário. A leve faísca de vida e liberdade tornava aquelas paredes insuportáveis. Teria que pedir para Arthur providenciar algumas roupas sem pele.

E foi aí que se deu conta: se não conseguisse seguir o Cavaleiro dos Retalhos, poderia pegar algo dele!

Merlin não lhe ensinara a magia do tato. Tinha a impressão de que o feiticeiro não a compreendia — mas, na verdade, Guinevere tampouco a compreendia. Era diferente dos nós ou do fogo ou de qualquer um dos poucos truques que tinha à sua disposição. Para fazê-los, precisava se concentrar. Tinha que realizar esses feitiços intencionalmente, de um jeito específico.

A magia do tato, contudo, simplesmente acontecia. Com pessoas, o mais das vezes, apesar de serem difíceis de interpretar. Pessoas mudam constantemente, até sua pele está sempre descascando e se renovando.

A moça não gostava disso. Quando vivia apenas com Merlin, tudo era conhecido. Ficar no convento fora exasperante. Por causa de todas aquelas novas sensações, sentimentos e pessoas, que a inundaram. Objetos eram menos confusos. Como as peles, costumavam trazer algo de suas origens. Uma impressão do que haviam sido ou do que poderiam ser. Nem sempre o que Guinevere sentia ficava claro para ela. Entretanto, se um objeto fosse importante, quase sempre sussurrava para ela. E, se insistisse, Guinevere conseguia ter mais do que uma impressão passageira. Mas lhe parecia intrusivo e errado fazer isso com pessoas. Tentara com uma das freiras e encontrara um poço de tristeza e compaixão tão fundo que mal conseguiu recuperar o fôlego depois.

Guinevere não entendia os limites nem os propósitos da magia do tato, e isso a deixava nervosa. Gostava da sensação de segurança que os nós lhe proporcionavam. Ainda assim, poderia dar um jeito de tocar em algo que pertencesse ao Cavaleiro dos Retalhos. De preferência, sua máscara. Coisa que lhe dava a sensação de ser mais vital para o cavalheiro do que sua espada ou sua armadura. Aquilo que tem o propósito de esconder não pode deixar de revelar, em igual medida.

E também tentaria encontrar a mulher que vira no beco. Algo naquele contato que presenciara havia a deixado com a pulga atrás da orelha.

Só que Arthur havia voltado. A urgência que tinha de vê-lo surpreendeu a moça. Fazia apenas um dia que o conhecera, mas o rei já era o centro da sua vida. Passou pela tapeçaria e percorreu a passagem até o quarto dele. Bateu de leve na porta e ficou esperando naquele espaço gelado que havia entre a parede de pedra e a rocha da montanha. O frio irradiava com tanta intensidade que parecia proposital. Pôs a mão na montanha, mas a rocha era antiga demais e imóvel demais para reagir. Só temia...

A água. A rocha não gostava de água. Guinevere podia sentir pela pedra. Que não se importava com os homens que se arrastavam por ela, nem com o castelo escavado em sua superfície. Mas a água, a água constante e implacável, um dia destruiria a rocha. Guinevere sentiu como a rocha havia desviado o rio, obrigando a água a se partir em dois quando quis continuar inteira. Quantos milhares de anos mais a montanha sobreviveria por causa disso. Mas não para sempre. Seria desgastada e desapareceria. A frieza estava em luto pelo futuro. Nem mesmo as montanhas querem se desfazer.

— Eu entendo — sussurrou Guinevere, dando tapinhas na rocha.

Que pulsou, em uma demonstração de... súbito reconhecimento? A moça tirou a mão, surpresa e exasperada. Já ia voltar para os seus aposentos, quando a porta se abriu.

— Entre. — Arthur foi para o lado e segurou a tapeçaria, para que ela não precisasse se abaixar. — Estava torcendo para que viesse ter comigo. Não sei ao certo o que Brangien iria pensar se eu aparecesse no seus aposentos.

— Seja lá o que for, duvido que ela o criticaria. Tem muito apreço por você.

— Brangien é uma boa moça. Sir Tristão a tem em alta conta.

O rei se sentou, e ela fez a mesma coisa, tentando não demonstrar o quanto achava engraçado o fato de Arthur chamar Brangien de "moça". Os dois tinham a mesma idade. Mas Arthur carregava o peso de uma nação inteira nos ombros. Talvez tivesse conquistado o direito de se sentir mais velho do que as pessoas que o cercavam.

— Você está bem? — perguntou o rei, chegando mais perto de Guinevere.

Ela não tinha intenção de tocar no assunto, mas seu corpo se encolhera, deixando clara a exaustão, atraiçoando-a.

— Os próximos dias serão difíceis. Mas, assim que eu fizer a fundação dos feitiços de proteção, mantê-los exigirá menos de mim.

— Por favor, me diga se houver algo que eu possa fazer.

Guinevere agradecia a oferta. Mas, se Arthur fosse capaz de fazer aquilo por si mesmo, ela não estaria ali. Arthur sempre precisara de proteção mágica. Governava Camelot, mas a moça tinha habilidades que ele jamais teria.

— Tenho algumas ideias — falou, sentindo-se revigorada pela sua autoconfiança. Não era nenhum Merlin, mas merecia a confiança do feiticeiro. E a de Arthur também. — Em primeiro lugar, diga aos seus guardas que ficam nos portões que as mulheres podem ser ameaças tanto quanto os homens, e que devem revistar todo mundo que entra.

Arthur franziu o cenho, como se isso jamais tivesse lhe ocorrido. Apesar de ele mesmo já ter lutado contra uma rainha de um poder tremendo. Fez que sim e respondeu:

— Irei instruí-los. Mas isso não irá tornar as suas tarefas mais difíceis?

— Todos os meus esforços serão em vão se um assassino usando roupas de mulher passar pelo portão principal.

O rei serviu duas taças de vinho diluído em água e entregou uma delas para Guinevere.

— Gostaria que me avisasse quando sair do castelo, contudo. E se tivesse acontecido alguma coisa com você? Eu não saberia por onde começar a procurar.

A moça levantou a sobrancelha e respondeu:

— O senhor está esquecendo qual é o seu lugar, meu rei. Não deve se preocupar comigo, eu é que devo me preocupar com o senhor.

— Ah. — Arthur ficou com uma expressão incomodada e tomou um gole no vinho. — Que mais?

— O que sabe a respeito do Cavaleiro dos Retalhos?

A postura de Arthur mudou completamente. Ele ficou gesticulando com tanta animação que quase derramou o vinho.

— Você o viu lutar? Ah, ele é *magnífico*. Há muito que quero declarar um torneio para ele, mas o problema das leis é que a gente tem que obedecer às próprias ideias tolas. Se eu abrir uma exceção para o Cavaleiro dos Retalhos, os cavaleiros que conquistaram seus postos ficariam ressentidos, e aqueles que não receberem as mesmas acomodações ficariam com raiva. Todos os dias, torço para que haja menos aspirantes, para que possamos, finalmente, organizar o torneio. Não esperava que uma oportunidade de lutar por mim fosse tão popular.

— Arthur, você é o maior rei que apareceu em muitas gerações. É claro que os homens querem lutar por você. Pelo que está construindo aqui.

Ele baixou a cabeça e esfregou a mão na nuca.

— Bem, deve haver um motivo para você ter falado especificamente do Cavaleiro dos Retalhos.

Guinevere não queria acabar com o entusiasmo do rei, mas era preciso tratar daquela questão.

— Talvez ele não seja humano.

— *Como?*

— O modo como ele se movimenta. Sua inacreditável imobilidade entre uma luta e outra. Se conseguir vencer todos os aspirantes, o torneio terminará com você em um campo regado a sangue do povo das fadas. Se eu fosse uma assassina movida por magia, seria assim que eu o atacaria.

Arthur deu a impressão de escolher muito bem suas próximas palavras. Guinevere pensou que era porque o rei não queria abrir mão de seu sonho de ter um novo cavaleiro precioso. Até que, finalmente, ele declarou:

— Você está enganada.

— *Como?*

— Você está enganada. Ele não pertence ao povo das fadas nem está empregando magia.

— Mas eu o vi lutando! E o segui depois que as lutas terminaram. Uma mulher lhe deu uma trouxa estranha, e então o cavaleiro foi para aquele precipício, do lado sul. E desceu direto por ele.

— Mesmo? Isso é impressionante! — Mais uma vez, Arthur estava mais admirado do que preocupado.

— Sei que nenhum ser humano é capaz de fazer tal coisa!

— Eu já vi homens demonstrando força de um modo que parecia mágico. Isso é algo em que eu acredito profundamente. Na habilidade dos homens de superar a si mesmos. Tudo em Camelot se baseia nisso.

— Sim, isso é ótimo, mas... — Guinevere parou de falar. Foi menos incisiva, ficou sorrindo. — Isso *é* ótimo. Não deve haver nada melhor, mas não pode ter certeza de que o cavaleiro não é uma criatura que pratica magia sem tê-lo conhecido pessoalmente. Você o conheceu?

— Não preciso. Merlin também foi meu professor, caso você tenha esquecido. Não pôde me ensinar feitiços, não tenho habilidade para isso, mas me ensinou a respeito da magia. Passamos tantas horas juntos... — Arthur sorriu e espremeu os olhos em seguida. — Quem cuidou de você enquanto Merlin estava comigo? Ele passava meses a fio me treinando, durante a minha infância, e depois ficou aqui ao meu lado, por dois anos direto, antes de ser banido.

Guinevere tentou localizar aquela lembrança. Havia pássaros, cervos, raposas ardilosas e furtivas, coelhos que se escondiam em suas tocas debaixo da terra. E Merlin. Mas, com certeza, devia haver mais alguém. Teria que usar aquele maldito nó para criar confusão com mais parcimônia. Conseguia sentir as lacunas da sua mente, distantes e inalcançáveis, através de um nevoeiro. Sacudiu a cabeça e falou:

— Não mude de assunto. Como você pode ter certeza de que o Cavaleiro dos Retalhos é humano?

— Não é permitido a nenhum aspirante lutar com a própria espada. Todas as espadas fornecidas são de ferro. Até os pomos são de ferro. Ninguém que pertença ao povo das fadas conseguiria segurar tais espadas.

— Ah... — Guinevere se recostou, todas as suas suspeitas e seus esforços daquela noite haviam sido em vão. O ferro queima a pele do povo das fadas. Que não conseguem ficar perto, muito menos segurar algo feito de ferro e lutar com ele. — Você foi muito engenhoso.

O rei deu risada.

— Não fique tão surpresa. Sei como usar o cérebro, além da espada.

— É claro! É claro que sabe. Estou decepcionada comigo mesma, não com você. E a tal mulher da trouxa?

— Sem dúvida, uma admiradora, que lhe deu um presente na esperança de cair em suas graças.

— *Hmm...*

Fazia sentido. Se ao menos tivesse conseguido enxergar o que tinha dentro daqueles pacotes enrolados em saco de aniagem. E por que as pedras? Guinevere, contudo, não conseguia parar de pensar nos movimentos do Cavaleiro dos Retalhos. Aquilo a incomodava. Ele até podia não ser do povo das fadas, mas era diferente. De um modo fundamental. Talvez o cavaleiro fosse algo novo. Talvez o povo das fadas tivesse descoberto um modo de superar sua aversão pelo ferro e o medo da morte dolorosa que causava. Guinevere não ia parar de desconfiar do Cavaleiro dos Retalhos, mas podia fazer isso em segredo, em vez de confrontar Arthur e fazê-lo pensar, mais uma vez, que duvidava de sua inteligência. O rei encostou o próprio joelho no dela.

— Você disse que tinha algumas ideias que queria discutir. Foram duas. Que mais?

A moça havia *mesmo* dito "algumas ideias". Mas não pretendia incluir a última na lista. Queria saber como Arthur a havia reconhecido. Como conseguira ver seu rosto, apesar de ela o ter escondido. Aquilo lhe parecia algo precioso. Uma dádiva graciosa em meio àquele tumulto. E não queria estragar isso destrinchando-a, como fazia com seus nós fracassados. Ficou tentando encontrar outra questão para discutir.

— Há, sim. Terei que ver todas as portas de entrada e saída do castelo. Você acabou de me dar a solução que eu precisava para torná-las seguras. Vou precisar de fios de ferro, tão finos que eu possa torcê-los. — Esses nós não precisariam ser substituídos, exigiriam mais da moça para serem feitos, mas Guinevere poderia esquecer-se deles assim que os fizesse. O preço seria pago adiantado.

— Claro. Mandarei fazê-los assim que possível. Precisa de algo mais?

— De um modo de estocar meus materiais sem levantar as suspeitas de Brangien.

— Isso é fácil de resolver. Providenciarei um baú para colocar na passagem secreta entre nossos dois aposentos.

Ela bocejou, sem conseguir esconder o cansaço. As pálpebras pesadas. Uma pressão tão leve quanto as asas de uma mariposa surgiu em um de seus músculos tensos e doloridos. Não, não em um músculo de fato. Em algo dentro dela. A moça se endireitou, alarmada. Todos os nós estavam intactos. Teria percebido se algum deles tivesse se soltado. Será que realmente havia sentido algo? Ou estava tão cansada que os limites entre dormir e estar acordada estavam ficando borrados?

— Está tudo bem? — perguntou Arthur, ao ver aquela expressão.

Guinevere se apalpou. O ponto do seu couro cabeludo que sempre dava a sensação de que estavam lhe arrancando três fios de cabelo. O formigamento do ar que saía dos pulmões. A secura na boca. Aquela sensação dolorida que nunca passava. Todos os nós ainda estavam amarrados nela. Algo podia até ter roçado neles, mas não conseguira fazer nada.

— Sim. Acho que sim.

Mas refez todos os nós, sob o olhar paciente do rei. Logo, os fundiria com ferro. Deu boa-noite para Arthur, e foi se arrastando, exausta, até o seu quarto. Então, se enfiou debaixo das cobertas, agradecida.

Não viu a mariposa à espreita, delicada e paciente, que havia sido trazida para dentro dos seus aposentos pela capa que roubara de Brangien.

A Rainha das Trevas já vira a tal Guinevere, a rainha-que-não-é-rainha, trazida até ela em centenas de sonhos regados a vinho. Arthur pode isolar seu povo, mantê-lo fora do alcance dela, mas sonhos e pesadelos continuam fazendo parte do domínio da Rainha das Trevas, e ela tem liberdade para transitar como bem lhe aprouver.

A rainha-que-não-é-rainha é pequena, está mais para pardal do que para falcão. Seu cabelo é negro como o piche e, dependendo de quem está sonhando, fica preso em uma única trança simples ou em uma tremenda coroa de tranças embutidas.

Em certos sonhos, é da realeza. Em outros, uma simples moça. Em alguns, é pequena e feia, com um esgar de desdém e olhar maldoso. Na maioria dos sonhos, mal existe, eclipsada pelo rei usurpador, o menino da espada, o vulto do qual nem a Rainha das Trevas consegue escapar, mesmo que não o enxergue mais com os próprios olhos.

Mas ela não dá importância ao modo como essas centenas de olhos emprestados enxergam a rainha-que-não-é-rainha, porque nenhum desses olhos tem importância. Nenhum desses olhos enxerga a verdade. Tampouco seus sonhos têm capacidade de diferenciar o que enxergam para entender o que realmente é.

É por isso que ela penetra nos sonhos da rainha-que-não-é-rainha. Uma mariposa salpica de pó os olhos da moça adormecida, seus lábios, seus ouvidos.

Ela desliza no pó e vai parar dentro do sonho.

Há um constante ping-ping-ping *de água. A Rainha das Trevas conhece muito bem a escuridão. Mas, no breu, o medo opressor da sonhadora a arrebata, tenta se apossar dela. Que, entretanto, é as trevas. Não tem nada a temer ali. Não pode cair em nenhuma armadilha.*

Há uma moça. Nua. Pálida e trêmula, abraçando as próprias pernas, escondendo o rosto entre os joelhos. Encolheu-se o máximo que pôde e ainda não foi o suficiente.

A Rainha das Trevas vai atravessando o sonho, indo em direção à moça. O sonho oferece resistência. Uma hora, fica tão perto dela quanto deseja. O que tomou por uma pele alva é mais complicado. Há nós por todos os lados, entrelaçados nas próprias veias, formando uma teia sobre a pele, feito cicatrizes, unindo e segurando. Fios de cabelo preto-azulado esvoaçam nas costas da moça, e a rainha quase consegue enxergar o que os nós estão fazendo ali. Quase consegue perceber o que...

A moça levanta o rosto. Seu olhar é insondável. Vazio. A Rainha das Trevas se distancia. A caverna não é a armadilha. A moça é a armadilha. Pois, naquele olhar, ela enxerga...

— Isso irá nos destruir — sussurra a moça. — E permitirei que isso aconteça.

A mariposa morre.

A Rainha das Trevas usa suas garras para escalar as trevas que saem gritando atrás dela, as trevas que querem engolir o que restou dela. Sente algo que não sentia desde que o rei usurpador levantou aquela maldita espada.

A Rainha das Trevas está com medo.

Que coisa é essa que Arthur trouxe para dentro do castelo?

CAPÍTULO SETE

— É dia de feira! — disse Brangien, animada, abrindo bem as cortinas da cama. Guinevere não se lembrava de tê-las fechado. Talvez tivesse sido por isso que só sonhou com trevas, com ter caído em uma armadilha. — O rei convoca sua presença.

Por mais que estivesse determinada a passar cada segundo se preparando e procurando por pistas da ameaça iminente, tinha que admitir que passar o dia em uma feira parecia algo *divertido*. Se as pessoas estivessem lá por outro motivo que não o seu casamento, seria muito menos opressivo do que daquela vez que estivera na beira do lago. E teria que se acostumar às multidões. Pessoas eram um mistério para Guinevere, e isso não combina com uma rainha.

A moça passara tanto tempo sem ter contato com as pessoas. Só conhecera Merlin antes de ir para o convento. O que a fez se lembrar da pergunta de Arthur. Merlin ficara com Arthur até um ano atrás. E Guinevere com...

— *Milady?*

—Sim? — respondeu Guinevere, voltando a si.

— Perguntei que cores a senhora gostaria de usar hoje.

Guinevere sorriu e respondeu:

— Algo alegre. A menos que você ache que eu deva vestir algo mais sóbrio?

— O povo ama o rei. Quer vê-lo feliz. Mostrar-lhe uma rainha alegre ao seu lado fará que tenham carinho pela senhora.

A dama de companhia murmurava baixinho, com seus botões. Sua voz era límpida, suave e triste. Guinevere gostava imensamente dela.

Brangien vestiu e apertou Guinevere com uma veste longa e esvoaçante em tons de verde, depois a cobriu com uma delicada sobreveste amarela. Uma faixa prateada acinturava os dois.

Franzindo o cenho, Brangien lhe mostrou diversos capuzes. Que engoliriam a cabeça de Guinevere, como se fossem uma caverna, e tinham duas longas tiras de tecido, quase alcançando o chão, para manter o capuz no lugar.

Pareciam iguais para Guinevere. Pareciam cordas que a prenderiam.

Brangien sacudiu a cabeça e disse:

— Isso não está certo. Sendo uma mulher casada, a senhora pode escolher se quer ou não cobrir a cabeça. E não há nenhuma regra para o penteado. A moda são as tranças, é claro, tranças elaboradas, formando uma coroa, estão em alta. Mas o seu cabelo é tão vistoso... E se fizéssemos uma trança para trás, deixando seu rosto à mostra, e o restante ficasse solto, caindo pelas suas costas, como as cachoeiras de Camelot?

A moça não gostou de pensar que o próprio cabelo se parecesse com as cachoeiras. Mas acreditava que a dama de companhia era capaz de deixá-la apresentável e disse:

— Isso me parece perfeito.

Brangien pôs-se a trabalhar. Quando terminou, o cabelo de Guinevere brilhava, em ondas. Havia um espelho de metal polido no quarto. Que passava mais uma impressão de sua aparência do que a verdade, mas a impressão era agradável.

Depois de examiná-la cuidadosamente, Brangien assentiu com a cabeça e afirmou:

— Não há motivos para tentar fazê-la parecer uma daquelas esposas velhas e atarracadas. A senhora é jovem e encantadora. Ah, a irmã de Sir Percival irá simplesmente detestá-la. — A dama de companhia deu um sorriso maldoso. — Ela costumava me colocar para trabalhar toda vez que me via sozinha, me tratava como se eu fosse uma criada qualquer à sua disposição. Não sou dessas que têm prazer com a infelicidade dos outros. Mas, por acaso, posso ter esse prazer hoje.

Guinevere deu risada e pegou Brangien pelo braço.

— Apoio veementemente esse acaso.

Como Brangien já estava vestida, as duas estavam prontas para sair. Era estranho ser a última a acordar. Lá na floresta, a moça acordava ao amanhecer. Tinha tantas conversas longas com Merlin. Lições. Varria a choupana. Corria da chuva e se abrigava em uma caverna.

Não conseguia se lembrar com clareza dos detalhes da caverna. Ou não queria lembrar. Era como se a moça que deixara na floresta não existisse mais. Como a falecida Guinevere. Ambas haviam sido substituídas. Talvez o motivo de suas lacunas de memória fosse algo simples assim. Fora obrigada a preencher sua mente com tantas coisas novas que as antigas foram expulsas. E todo feitiço cobra seu preço. Arrancava e emaranhava pequenos pedaços de si mesma constantemente. O que Merlin teria expulsado quando introduziu nela o saber da magia dos nós? Tentando se livrar de seus pensamentos confusos, Guinevere deixou Brangien arrastá-la por vários lances de escada, até a entrada principal do castelo. Como o castelo era estreito e fora esculpido, com muito empenho, direto na montanha, era mais delgado do que esparramado. Tudo era de pedra. Os degraus, as paredes. E quase não havia emendas. As aberturas não eram presas à construção com argamassa. Eram entalhadas na própria pedra.

— Quem fez o castelo? — perguntou Guinevere.

— Não sei, *milady*.

— Alguém sabe?

Brangien deu de ombros, desculpando-se.

— É mais velho do que qualquer um que vive aqui. Uther Pendragon o descobriu. Mas duvido que ele soubesse quem foi que o entalhou na montanha.

Entraram no grande saguão. Arthur já estava lá, conversando em pé com Sir Bors, Mordred, Sir Percival e alguns outros cavaleiros dos quais Guinevere ainda não sabia o nome. Sentiu uma leve pontada de dor: aqueles homens passariam mais tempo com o rei do que ela jamais passaria. Guinevere era esposa de Arthur, afinal de contas.

Ela não era sua esposa.

Com que facilidade se esquecia disso! Assumir aquele papel embaralhava tudo. Fingir tinha uma espécie de magia perigosa. Quando alguém finge por muito tempo, quem há de dizer o que é ou não real?

Mas, quando Arthur olhou para o outro lado do saguão e todo o seu ser se acendeu de felicidade ao vê-la, Guinevere esqueceu mais uma vez. Ficou olhando para o rei, radiante, enquanto ele se aproximava e lhe fazia uma reverência tola e exagerada. No tempo que levou para atravessar o saguão, transformara-se de rei conquistador que comandava homens com o dobro da sua idade em... Arthur.

— Pensei que podíamos fazer uma visita às forjas hoje. — Então pegou a mão dela e a posicionou em seu braço. Brangien ficou vários passos atrás do dois. Os cavaleiros também se afastaram. Orbitando em volta de Arthur. Haviam feito o mesmo em volta dela no caminho até ali por obrigação, mas ao redor de Arthur agiam de modo determinado. Intencional. O rei não era um dever. Era *tudo*. — Queria mandar lhe fazer algo. Você mesma pode passar as instruções. — Então piscou para Guinevere. Não encomendaria joias para sua rainha. Mas fios de ferro para sua feiticeira secreta.

O que combinava mais com a moça. E a ajudaria a lembrar que não era uma rainha. Era uma protetora. Protetores, como os cavaleiros que cercavam Arthur, não largam seus afazeres para aproveitar passeios na feira.

Mesmo assim, sorriu e foi acenando, encantadora, à medida que caminhavam pelas ruas. Tinha o mesmo dever de proteger, mas precisava fingir muito mais do que qualquer cavaleiro.

Apesar de haver cavalos em estábulos dentro da cidade de Camelot, raramente as pessoas andavam neles ali. As ruas eram muito íngremes. Brangien explicara, no dia anterior, que os cavalos mantidos na cidade eram levados de barco até o outro lado do lago, para serem exercitados. A maioria das pessoas de Camelot não possuía cavalos, ou eles ficavam em estábulos nas planícies depois do lago.

Guinevere podia enxergar uma grande balsa de fundo chato adiante deles, com os cavalos lá dentro. Os animais estavam absolutamente tranquilos, acostumados a serem transportados daquela maneira. A moça não estava nem um pouco tranquila. Não havia pensado em *como* iriam até a feira.

Seu corpo congelou. Arthur percebeu. Levantou a mão, fazendo sinal para seus homens pararem. Então chegou mais perto, aproximando a boca do ouvido de Guinevere.

— Acredite que não permitirei que nenhum mal lhe aconteça.

Ela acreditava. Acreditava de verdade. Mas quem era Arthur para a água? Arthur era um rei. O detentor de Excalibur. E isso não tinha a menor importância para o lago. Que era turvo e profundo, gelado e eterno. Algum dia, até poderia secar, mas a água fluiria em outro lugar. Não podia ser desfeita.

E os dois eram frágeis, quebradiços, a apenas um sopro de distância da morte.

Foi cambaleando, entorpecida, para a frente, guiada por Arthur. Quando chegaram aos limites de Camelot, em que o lago mordiscava a praia, não conseguiu mais prosseguir. O rei a ergueu em seus braços, rindo alegremente, para disfarçar a necessidade dos seus atos. Estava usando um manto de gracejo para encobri-los.

— Minha rainha é tão leve que sou capaz atravessar o lago a nado com ela no colo!

Seus cavaleiros também deram risada. Guinevere sentiu uma mão nas suas costas. Era de Brangien. Afundou o rosto no peito de Arthur, que continuou falando e brincando com seus cavaleiros, como se carregar sua rainha para dentro de uma balsa fosse algo corriqueiro. E, como o rei agia como se aquilo fosse normal, tornou-se normal.

Guinevere continuou encolhida e agarrada nele: estava tremendo, tentando se esconder da água. Que podia sentir, no balançar da embarcação, ouvir, na forma ávida como batia contra o casco de madeira. Arthur instruiu o balseiro a ir pela lateral do lago, encurtando a viagem, e entregar primeiro os cavalos, em vez de ir direto para a feira.

— Eu gostaria de entrar na feira cavalgando — explicou.

E não a pôs no chão até estarem em terra firme de novo. Brangien ficou na frente dela, bloqueando a visão de todos, fingindo consertar uma das tranças de Guinevere.

— Leve o tempo que quiser — sussurrou. — Espere até conseguir respirar de novo. Espere até conseguir sorrir. — Ficou olhando fixamente nos olhos da rainha.

Não demorou, e Guinevere conseguiu respirar. Não demorou, e Guinevere conseguiu sorrir.

— Obrigada — sussurrou.

A dama de companhia apertou sua mão e ficou com ela enquanto os cavalos eram preparados. O toque de Brangien parecia o crepúsculo ou o amanhecer: algo prestes a aparecer, mas Guinevere não conseguia saber se Brangien, transcorrido o tempo, seria iluminada ou escondida completamente.

— Acho — falou, tentando usar um tom tão leve e alegre quanto o dia de verão que a cercava — que descobri meu novo meio de transporte preferido. Nunca mais andarei. Nem montarei em um cavalo. Quero ser carregada por um rei para todos os lados.

Os homens deram risada.

— A rainha tem gostos caros — falou Mordred. — Imagine quantos reis teremos que encontrar para se revezarem, para que meu pobre tio e rei possa descansar de quando em vez.

— Estou à altura do desafio. — Arthur pegou Guinevere pela cintura e a rodopiou. Ela deu risada com aquela surpresa, tendo plena consciência de que estavam sendo observados. Se o rei fingia adorá-la a ponto de querer carregá-la até o outro lado do lago, a moça faria questão que todos soubessem que o sentimento era recíproco.

Arthur a colocou em cima de um cavalo. Guinevere se acomodou sozinha, mas teve um instante de decepção quando o rei montou em seu próprio cavalo, em vez de sentar atrás dela, como na noite de núpcias.

Brangien trouxe seu cavalo até o lado de Guinevere. Arthur ficou do outro lado. Os cavaleiros nos quais Arthur mais confiava rodearam os três e foram acompanhando o grupo ao longo da beira ampla e sinuosa do lago. Guinevere teria preferido ficar mais longe da água, mas torcia para que, na volta, Arthur conseguisse pensar em uma desculpa para se afastar dos demais e ir com ela pelo túnel, em vez de ter que enfrentar outra travessia dentro de uma maldita balsa.

Seus pensamentos foram tomados pela feira diante deles. Maior do que qualquer vilarejo pelos quais haviam passado no caminho do convento até ali. Tinha *hectares* e *mais hectares*. Muito mais gente do que caberia em Camelot.

— Vêm pessoas de todas as partes para a feira — disse Arthur. — Nas manhãs em que há feira, destaco homens para as estradas, para garantir a segurança dos viajantes. Todo mundo que queira comprar, vender ou trocar é bem-vindo.

— Desde que pague uma taxa — completou Mordred.

Arthur sorriu e concluiu:

— Desde que paguem uma taxa. Preciso pagar os homens que garantem a segurança da feira, que garantem a segurança das estradas. Mas uma feira segura é uma feira próspera.

— Todas as feiras são assim? — perguntou Guinevere para Brangien, enquanto Arthur e Mordred discutiam a respeito de algo sobre uma fronteira.

— A senhora nunca viu uma feira?

Guinevere se encolheu toda. Seu tom fora de puro maravilhamento. Falara como uma criatura selvagem vinda da floresta, não como Guinevere. Disfarçou contando uma mentira que também desculparia futuros erros.

— Jamais tive permissão para ir. Meu pai não achava apropriado. Eu raramente saía de casa, e depois fui para o convento.

— Bem, a senhora começou pela melhor. Não há feiras iguais às de Camelot em nenhum lugar do mundo. Nosso rei garantiu isso. Fala da segurança das estradas como se fosse uma tarefa fácil. Garanto que não é. Lutou nos últimos três anos para criar essa segurança de longo alcance.

Não era difícil fingir que estava admirada e orgulhosa de Arthur. Quem não ficaria orgulhoso de tal homem? De tal rei? O medo que Guinevere tinha de se perder naquela farsa era infundado. Ela tinha *permissão* para pensar o melhor de Arthur.

Foram a cavalo até o fim da feira. Guinevere ficou observando seus limites, mas não viu nada de ameaçador. Havia faixas de tecido de cores vivas hasteadas em mastros, feito bandeiras. Algumas tinham figuras pintadas, anunciando onde certas mercadorias poderiam ser encontradas. Foram cercados pela música, pelas risadas e conversas das pessoas animadas.

Arthur a ajudou a descer do cavalo.

— Pode ir passear pela feira. Eu a encontrarei ao meio-dia, para ver as forjas.

— Mas e você? — perguntou, olhando, nervosa, para a multidão. — Como posso protegê-lo, se não estivermos juntos?

Mais uma vez, Arthur parecia surpreso.

— Ah. Por acaso existe... um nó? Algo que possa nos unir? Preciso ficar com meus homens. Temo que sua presença chamaria atenção demais.

Guinevere arrancou três fios do próprio cabelo. Arthur se aproximou, como se estivesse sussurrando em seu ouvido, enquanto ela amarrava os fios no pulso do rei. A sensação do hálito quente na sua orelha era agradável; o formigamento que sentia no couro cabeludo, que ligava seu corpo aos fios de cabelo, ficou quase imperceptível.

— Pronto — falou, apesar de ter demorado um pouco mais do que o necessário para fazer os nós.

Arthur apertou o braço dela e então voltou para a companhia de seus cavaleiros. E de mais alguns, cobertos de poeira, por terem viajado por milhas e milhas para ter com o rei. Seus rostos não tinham a expressão feliz e despreocupada que se esperaria de um dia de feira. Carregavam o peso e a tensão das notícias.

A moça teve vontade de ouvir quais eram essas notícias. Mas Arthur havia lhe dito que aquele não era lugar para uma rainha. Se fosse alguma ameaça de magia, o rei lhe contaria. Se era assunto de homens, Guinevere não podia fazer nada. Havia se unido a Arthur por ora. Se algo mágico o ameaçasse naquele dia, ela sentiria. Tinha vontade de passear pela feira com o rei. Agora aquilo lhe parecia sem sentido. Ficou ainda mais desanimada quando entrou nas tendas com Brangien... e viu que Mordred ainda estava ao lado delas.

— Você precisa de alguma coisa? — perguntou Guinevere.

— Recebi a incumbência de acompanhá-la e garantir que a senhora tenha tudo de que precisa. — Deu a notícia como se elas devessem ficar felizes com aquele arranjo.

— Certamente, você prefere fazer outra coisa!

Mordred deu um sorriso ainda maior.

— Não mesmo.

Depois desse comentário, Guinevere ficou contrariada de verdade. Longe de Arthur *e* sob o olhar de escrutínio de Mordred... Mas era difícil continuar frustrada em meio ao que via, ouvia e sentia na feira. Não podia imaginar como deviam ser os grandes festivais, se aquela era a menor das feiras. Havia barracas e estandes de madeira. Sapatos, roupas, tecidos. Materiais de costura. Pele. Como podia haver tanta *coisa* no mundo? E tanta gente para comprar!

— Esta é a seção dos artigos têxteis — explicou Brangien. — É só apontar para o que gosta. Posso costurar qualquer modelo.

A dama de companhia estava mesmo sempre com uma agulha entre os dedos. Guinevere gostou de tudo, mas não precisava de nada. Preferia estudar. Havia tão mais ali do que em qualquer um dos quadros que vira no convento. Aquilo era real. Aquilo era vida. E era *vibrante*. Como o foco das atenções não recaía diretamente sobre ela, ficou menos assoberbada do que ficara no evento do seu casamento. Deixou o caos cair sobre seus ombros, como se fosse a cálida brisa de verão.

Brangien a levou em outra direção.

— Para aquele lado fica a seção dos animais vivos. Não queremos ir para lá. Devemos nos dirigir aos padeiros. Como pagam multas e perdem o espaço das barracas se roubam no peso do pão, usando pedras, ou vendem farinha estragada, tudo é delicioso.

— Ah, mas quero ver os animais! — Guinevere passou correndo pelos açougueiros e peixeiros. Os peixes se contorciam, dentro de barris d'água. Mulheres regateavam, discutindo e exigindo pagar menos. Havia uma tina de madeira só com enguias. A moça foi logo virando o rosto, lembrando-se da sensação quando encostara no recheio da torta.

Mas os currais eram maravilhosos. Brangien franziu o nariz, tapando-o com um lenço. Guinevere adorou aquele cheiro, a vida intensa e calorosa de tudo aquilo. Ovelhas e bodes baliam, cavalos batiam os cascos no chão, porcos se refestelavam ao sol, e suas barrigas enormes subiam e desciam cada vez que respiravam. Uma menina, gritando palavras ameaçadoras, perseguia uma galinha. Que correu direto na direção delas: a menina continuou a perseguição, se enroscando nas saias de Guinevere. Por fim, conseguiu pegar a ave e então olhou para cima, triunfante. Arregalou os olhos e ficou de queixo caído quando viu de quem eram as saias em que tinha pisado.

— É uma galinha excepcional — disse Guinevere. — Por acaso ela tem nome?

— Meu pai chama todas do mesmo jeito.

— E que jeito é esse?

A menina arregalou ainda mais os olhos.

— Não posso dizer na frente de uma dama. — Então sussurrou, sem conseguir se conter: — Ele as chama de Cérebro de Bosta.

Brangien tossiu, Mordred virou o rosto. Guinevere deu risada.

— Acho que é um nome excelente para uma galinha. Vá devolver a Cérebro de Bosta ao lugar dela.

A menina sorriu, deixando à mostra os buracos onde deveriam estar seus dentes da frente, e saiu correndo.

— Pobrezinha — disse Guinevere. — Tão nova e já perdeu os dentes.

Brangien fez careta e retrucou:

— Está na idade certa para isso.

— Ela vai passar a vida inteira sem dentes!

Será que era comum as pessoas das classes mais baixas não terem dentes?

Mordred e Brangien se entreolharam, intrigados.

— Eles tornam a crescer — disse a dama de companhia. — A senhora deve se lembrar de quando perdeu seus dentes de leite. Aqueles dentes pequenos, que caem para dar espaço aos grandes.

Guinevere não tinha tal lembrança. Só de pensar que as crianças andavam por aí com dois jogos de dentes dentro da boca — um deles à espreita, debaixo das gengivas, só esperando para se libertar —, ficou apavorada. Devia ter perdido os seus quando era nova demais para lembrar. Ficou feliz por isso.

Mas Brangien e Mordred ainda estavam olhando para ela. Precisava distraí-los. Não podia explicar por que tinha tantas lacunas na memória. E desviou o pensamento de que ela própria não era capaz de explicar isso para si mesma.

— Olhem! Cavalos. — Guinevere foi correndo na direção deles, debruçando-se sobre as tábuas de madeira que haviam sido erguidas à guisa de cercado. — São lindos.

Jamais andara a cavalo antes de deixar o convento. Nos primeiros dias, fora incrivelmente doloroso, mas, apesar disso, adorava aqueles animais grandes e gentis. Um focinho aveludado apareceu, e ficou fuçando na sua mão, em busca de guloseimas. A moça fez carinho na cabeça dele e ficou feliz ao perceber que conseguia senti-lo através do tato. Foi algo sutil. Nada tão terrível e dramático quanto a enguia.

Parecia que o cavalo a... conhecia. Sentiu um leve rumor de afinidade.

— Olá, amigo — sussurrou. O cavalo relinchou, repreendendo-a sutilmente, e fixou um dos grandes olhos castanhos nela, como se estivesse esperando por algo.

Brangien lhe ofereceu uma maçã, mas o cavalo não deu a mínima atenção. Ficou encarando Guinevere por mais alguns segundos, então bufou e se afastou.

— Minha rainha gosta de animais — comentou Mordred, encostado na cerca virado de costas, observando a multidão. Quem olhasse para ele diria que estava entediado. Mas Guinevere percebeu que seus olhos nunca paravam de se movimentar, nunca paravam de absorver informações. O cavaleiro a estava *protegendo*. Ela não precisava de um segurança. Sua irritação com aquela farsa de ser rainha ressurgiu. Estava ali para ser protetora, não protegida.

— Gosto muito deles — disparou.

— Eu também. — O cavalo começara a cutucar o ombro de Mordred. O cavaleiro aproximou o rosto dele e sussurrou algo. O cavalo o cutucou com o focinho, empurrando seus braços delicadamente, até Mordred abraçar seu pescoço. Ele acariciou o pescoço do cavalo, depois deu tapinhas e murmurou alguma outra coisa. Então se endireitou e disse: — Que tal irmos atrás de algo para comer? Há um comerciante de especiarias que vende castanhas assadas. A senhora jamais provou nada igual.

— Muito bem — respondeu Guinevere.

Então permitiu que Mordred as levasse de volta para a feira principal, passando pelo meio da multidão. Brangien não confiava no cavaleiro, e a própria Guinevere sentia que ele era uma ameaça. Mas Mordred fora tão afável e genuíno com o cavalo, e o animal parecera confiar nele. Animais conseguem sentir coisas que os seres humanos não conseguem. Talvez a moça estivesse enganada a respeito do cavaleiro. E Arthur também confiava nele. E Guinevere não podia guardar ressentimento de Mordred por proteger sua rainha. Permitir que a vigiassem era parte necessária da farsa.

Mordred comprou as tais castanhas para as duas. A primeira explodiu na língua de Guinevere, feito as faíscas de uma chama.

— Ah!

Levou a mão à boca. Não queria cuspir a castanha, mas a sensação era tão surpreendente...

O cavaleiro deu risada e disse:

— Eu devia tê-la alertado. Não é todo mundo que gosta.

— Não, eu...

Guinevere não conseguia falar. Sua língua ardia. Mordred lhe ofereceu seu próprio cantil de couro, e ela bebeu a água muito mais rápido do que uma dama beberia.

O cavaleiro enfiou a mão no seu saquinho de castanhas e pegou várias. Guinevere entregou o pacote inteiro para ele. Ao que parece, aquele era um sabor que a pessoa precisava se acostumar para gostar, e a moça não tinha o menor interesse em se acostumar com aquilo.

Depois disso, tudo ficou diferente. Mais fácil. Como Mordred fingia — muito bem — estar à vontade, em vez de estar vigiando Guinevere, ela resolveu fingir também.

O cavaleiro apontou para diversos comerciantes que conhecia. Todos pareciam gostar dele. Ou, pelo menos, gostavam de como era pródigo com seu dinheiro. Todos ao redor de Mordred regateavam e reclamavam dos preços, mas o cavaleiro sempre pagava o primeiro preço pedido.

— Estão se aproveitando do senhor — reclamou Brangien, quando ele lhe entregou uma peça de um lindo tecido amarelo, na qual a dama de companhia estava de olho.

Duas mulheres, paradas na sombra de uma barraca, conversavam de modo furtivo. Uma delas segurava algo com a mão fechada. Guinevere espremeu os olhos, tentando ver o que era. Parecia... uma pedra. A mulher que a pegou saiu correndo. Guinevere deu um passo, pronta para segui-la. Algo nela lhe parecia familiar. Mordred mudou de posição, impedindo sua visão. Quando conseguiu se esquivar dele, a mulher já havia sumido.

— *Será* que estão mesmo se aproveitando de mim? — perguntou Mordred. — Se posso pagar, e eles precisam do dinheiro extra, por que eu deixaria de concordar com o preço que pedem? — Então acenou para um comerciante de chapéus, que retribuiu o gesto com afeição.

— Brangien — perguntou Guinevere, em voz baixa —, há algo de especial em... pedras? Algum valor?

— Pedras? — repetiu Brangien, franzindo o cenho. — Que tipo de pedras?

— Apenas... pedras. Há algum motivo para vendê-las ou trocá-las?

— Se forem paralelepípedos, talvez. Um fazendeiro poderia trocá-las para construir muros, suponho. Não consigo pensar em nada além disso em questão de valor.

— Mordred! — gritou uma voz, em meio àquela balbúrdia.

O cavaleiro fechou os olhos e contorceu o rosto, em uma expressão de desdém. E então seu sorriso voltou ao devido lugar, mas não era mais genuíno. Era uma enguia, se contorcendo, deslizando e estremecendo.

— Sir Ector. Sir Kay. — Mordred fez uma reverência para dois homens.

O primeiro era mais velho, devia ter seus quarenta anos. Parecia uma cabaça, com quatro galhos fazendo as vezes de braços e pernas e uma cabeça equilibrada em cima. Soprou uma lufada de ar através de seu tremendo bigode. Guinevere pôde sentir de longe o cheiro de cerveja.

O segundo era mais jovem, devia ter seus vinte e poucos anos. Rosto e nariz compridos, lábios finos, olhos pequenos e vesgos. Era uma versão mais jovem do primeiro homem. Sua barriga tinha apenas começado a se expandir, e os braços e pernas ainda pareciam proporcionais, mas Guinevere podia ver o que o futuro lhe guardava. Pai e filho.

— Então você deve ser a nova prometida do nosso querido Arthur. — Sir Ector a olhou de cima a baixo, como se a moça estivesse em exposição em uma das barracas, e ele debatesse se valia ou não o preço que pediam. — Pequena, você. Belo cabelo. Belos dentes. É do sul?

Guinevere ficou sem saber como responder. Acenou a cabeça, muda, sem vontade de falar e mostrar ainda mais os dentes para o homem, para que não encontrasse algo a reprovar. As pedras a preocupavam, mas não podia simplesmente ir atrás da mulher no meio da multidão. Além disso, poderia ser outra coisa. Uma maçã. Uma maçã dura e cinzenta, provavelmente. Até parece. Que ameaça uma mulher segurando uma pedra representava, contudo? Ela estava ali para proteger Arthur da magia. Não de pedras.

— Rainha Guinevere — disse Mordred, e a irritação tornou a voz dele fina e tensa —, permita-me lhe apresentar Sir Ector e Sir Kay, cavaleiros de Camelot.

— E pai do rei! — disse Sir Ector, estufando tanto o peito que quase ficou do mesmo tamanho da barriga.

Guinevere sabia quem eram os dois, é claro. Merlin roubara Arthur quando ele ainda era bebê. E, quando se deu conta de que não seria capaz de criar um rei, entregou o menino Arthur para um cavaleiro, para que o treinasse e ensinasse tudo o que precisaria saber.

Mas... *aquele* cavaleiro? Merlin era um mistério, com toda a certeza, mas nenhuma das atitudes do feiticeiro fizera tão pouco sentido para a moça quanto entregar o futuro rei para aquele homem.

— Perdoe a nossa ausência no casamento — falou o Sir Kay, sorrindo. Ele tinha vários dentes faltando. Guinevere achava que não voltariam a crescer, mas se recusou a perguntar. — Estávamos em cruzada. E o casamento foi tão às pressas! Fomos informados tarde demais.

— Em cruzada... — repetiu Mordred, seco.

— Sim, em cruzada. Ficamos sabendo que um lorde do sudeste mantinha várias donzelas em cativeiro. E fomos investigar.

— E?

Sir Ector sacudiu os ombros, e sua armadura de couro rangeu. Era rachada e gasta. Tinha várias manchas que pareciam mais com vinho do que com sangue.

— Acabou que ele tinha muitas filhas. Muitas, muitas filhas. Tentou nos convencer a levar algumas conosco. Mas quem tem tempo para mulheres?

— Quem mesmo? — resmungou Brangien.

— Os senhores moram em Camelot? — perguntou Guinevere, sabendo que, sendo rainha, deveria ser capaz de conversar com o pai e o irmão adotivos de Arthur, mas não tinha assunto.

— Não, não é para nós. — Sir Kay reparou em uma barraca de cerveja, admirando-a. — Somos cavaleiro viajantes. Sempre fomos.

— Mercenários — retrucou Mordred.

— Mercenários procuram serviço entre reis e tiranos. Nós prestamos serviço para as classes subalternas. Para os necessitados.

Mordred se aproximou de Guinevere, para que apenas ela pudesse ouvi-lo:

— Para aqueles que estão tão desesperados que não podem pagar coisa melhor.

— Venha — disse Sir Ector, batendo no ombro da moça. Seus braços eram esqueléticos, mas suas mãos eram enormes, e o tapa foi doloroso, mesmo sem a intenção. — Sente-se conosco. Quero conhecer melhor a esposa de Art.

— Eu achava que ela era mais alta. — Sir Kay apontou para o comerciante da cerveja que iriam comprar.

— Mas até que é bem alta, para quem gosta de mulher baixa.

O rosto de Guinevere ficou ardendo. Será que todo mundo falava dela daquele jeito, mas eram educados demais para permitir que os comentários chegassem aos seus ouvidos? Brangien ficou olhando feio para as costas dos cavaleiros. Mordred ficou com um olhar pesaroso, dirigido ao centro da feira.

— Poderíamos nos livrar dos dois no meio da multidão — sussurrou.

— Eles são da família do meu marido.

— *Eu* sou da família do seu marido. *Eles* são uma vergonha.

Sir Ector fez sinal para que os três se aproximassem dele e de Sir Kay.

— Encontrei uma tenda! Podemos tomar uma bela bebida na sombra.

Guinevere queria realmente continuar passeando pela feira com Mordred e Brangien. Mas seria falta de educação. Apesar de *ela* não ver problema em faltar com a educação, a rainha não podia agir assim. Fez uma careta, pedindo desculpas para Mordred, e entrou com Sir Ector e Sir Kay em uma tenda lotada. Os homens sentaram no chão, deixando as duas cadeiras para ela e Brangien. A dama de companhia tirou imediatamente a costura da bolsa, se excluindo da conversa. Mordred ficou parado na entrada da tenda.

— Vou ficar aqui fora — declarou.

Pelo jeito, preferia encarar o sol do que a companhia de Sir Ector e de Sir Kay. Guinevere não achou nenhum dos dois interessante. Mas estava intrigada. O que Merlin teria visto neles que o fez pensar que seria melhor para Arthur ser criado por aqueles dois homens? Levou cerca de trinta minutos para que ficassem bêbados a ponto de suas histórias se tornarem interessantes. E então a paciência de Guinevere foi recompensada, e ela entendeu a escolha de Merlin.

— Há o quê? Dez anos? — perguntou Sir Kay.

— Dez anos — Sir Kay concordou, olhando para a caneca vazia.

— Uther Pendragon ainda estava no comando. E não estou dizendo que não fico feliz com o fato de Art ser rei. Ele se tornou um grande rei.

— Um rei muito bom — disse Sir Kay, encolhendo os ombros.

— Mas nossa vida era muito mais fácil sob o jugo de Uther Pendragon.

Guinevere franziu o cenho e comentou:

— Achei que ele era um tirano terrível e violento.

— Ah, era, sim! Certamente. Quis dizer que havia muito trabalho para cavaleiros a soldo como nós. Quando o rei só pensa em utilizar um feiticeiro para ajudá-lo a *conquistar* a esposa de outro homem e, nesse meio-tempo, manda matar o tal homem... Bem, a senhora pode imaginar o que acontecia no interior do reino.

— Isso sem falar nas fadas — completou Sir Kay.

Sir Ector bufou ruidosamente, cuspindo.

— Fadas. *Pffff* — resmungou. E então bateu com carinho na espada.

Sir Kay levantou o caneco e falou:

— Pobre Igraine, contudo. Ouvi dizer que era bonita.

— Tinha que ser, para Uther se dar a tanto trabalho.

Brangien enfiou a agulha com força no pano. Guinevere não condenou a raiva silenciosa que sua dama de companhia tinha daqueles homens que falavam da mãe de Arthur daquela maneira. Merlin lhe contara a história. Uther Pendragon, rei e comandante militar, vira Lady Igraine durante a negociação de um tratado. Tentou levá-la para a cama, mas ela o desprezou. Amava imensamente o marido. E Uther queria isso mais do que a queria. Queria sentir como era ser tão amado por uma mulher. Uther atraiu o marido de Lady Igraine para uma batalha, e o encurralou. Usando magia das trevas, fingiu ser o marido dela e entrou em seus aposentos no meio da noite, declarando que a batalha fora vencida. E então se apossou daquilo que a dama entregou, por vontade própria, ao marido que amava. Mas isso não significou nada, não mudou nada, porque Igraine não amava Pendragon. Quem poderia amá-lo?

Uther a descartou, viúva e com Arthur em seu ventre.

Igraine tinha filhos mais velhos. A mãe de Mordred era um deles. Morgana Le Fay, mãe de Mordred e meia-irmã de Arthur, queria vingança. Quando Arthur nasceu, Lady Igraine morreu de febre. Morgana Le Fay planejou matar a criança e mandar entregar o corpo para Uther. Foi aí que Merlin o encontrou e o levou embora escondido.

— Como Arthur era pequeno demais para se defender naquela época, nós o trouxemos, como nosso pajem. Ah, como ele chorou quando deparamos com aquele vilarejo que fora dizimado, lembra?

Sir Kay balançou a cabeça afirmativamente e limpou o nariz.

— Chorou a noite toda. Não adiantava nada chorar. Já estavam todos mortos. Ele sempre foi mole.

— Se parássemos para chorar por cada um que morreu por causa de Uther Pendragon, teríamos nosso próprio lago.

— Deve ser daí que o lago de Camelot saiu! — falou Sir Kay, dando um tapa na própria perna, como se tivesse feito um comentário engraçado.

— Talvez a Dama do Lago tenha saído do nariz ranhento dele! — Sir Ector riu tanto que ficou roxo. Finalmente, recobrou o fôlego e tomou mais um gole de cerveja. — De qualquer modo, como eu estava dizendo, mostramos o mundo para Arthur. Vilarejo por vilarejo. Até lutamos contra alguns cavaleiros do povo das fadas.

Brangien fez um ruído com a garganta, como se estivesse duvidando.

— Ninguém ficou mais surpreso do que nós quando ele tirou a espada da pedra — continuou Sir Kay. — Você sabe disso, certo? Uma pedra enorme, com uma espada no meio, que era o centro de Camelot. Antiga como o próprio tempo. Ninguém sabia de onde havia saído nem como, mas a espada nunca ficava embaçada nem enferrujava. Na pedra, estava escrito que apenas o verdadeiro rei poderia ficar com ela. Isso deixou o velho Uther Pendragon furioso. Ele não conseguia mover nem a espada nem a pedra que a segurava. Ninguém conseguia. Era o grande mistério de Camelot. E pensar que, todo aquele tempo, estávamos com o verdadeiro rei! Engraxando nossas botas, alimentando nossos cavalos e cozinhando nossas refeições! — Sir Kay deu um sorriso orgulhoso e completou: — Não tem muita gente que pode dizer que chicoteava o rei por ter queimado o pão do café da manhã. Lembra aquela vez...

Guinevere deixou que contassem a história e divagassem. Os dois estavam perdidos em suas próprias lembranças, e cada um dava detalhes a respeito de uma ocasião que foram contratados por um vilarejo para matar um dragão e enganaram os aldeões, fazendo-os pensar que tinham terminado o serviço.

À medida que ouvia a respeito do que os cavaleiros haviam visto e feito durante os anos que serviram a Uther Pendragon, a decisão de Merlin de deixar Arthur com eles foi se refazendo, clara como um cristal, em sua mente. Se Arthur tivesse sido criado em uma floresta, em reclusão, sob a tutela de um feiticeiro bondoso, como poderia ter ficado sabendo do trabalho que havia a ser feito?

Ele vira o sofrimento dos súditos de seu pai. Vira o que o tirano infligia ao reino. Vira como homens como Sir Ector e Sir Kay tinham pouca utilidade. E, em vez de permitir que isso o afetasse, em vez de permitir que a tragédia e a violência de sua própria existência o transformasse em um homem amargo e raivoso, decidiu fazer algo para mudar essa situação.

Decidiu se tornar o rei que aquele reino precisava.

Merlin jamais seguia um caminho reto. Suas decisões, com frequência, pareciam absurdas ou erradas. Mas ele via através do tempo, o perfurava com a flecha de sua magia, e sempre acertava no alvo, lá do outro lado. Isso era algo reconfortante. O feiticeiro até podia não ter munido Guinevere com o conhecimento de que ela precisava a respeito da ameaça iminente. Mas, se a tinha enviado até ali, era ali que a moça devia estar. O tempo provaria isso.

— Obrigada, meus bons senhores. — Guinevere levantou, interrompendo a história a respeito de uma ocasião em que atearam fogo em porcos para afugentar um bando de ladrões que os atacara. — Foi muito informativo.

Eles foram logo levantando. Guinevere inclinou a cabeça, e os dois fizeram uma reverência. Brangien ergueu os olhos, aliviada, e guardou a costura. Guinevere saiu da tenda, ficando sob a luz do dia, que já estava cegante, ouvindo a voz dos cavaleiros.

— O busto é meio pequeno — disse Sir Ector.

— Mas o rosto até que é bonito. Arthur sempre pode encontrar um busto maior em outro lugar.

A moça se arrependeu dos sentimentos ternos que tivera em relação a eles. Merlin até podia ter feito a escolha correta, mas isso não significava que Guinevere tinha que gostar dos dois. Jamais.

CAPÍTULO OITO

— Fiquei me sentindo um animal à venda — resmungou Guinevere, se dirigindo a Brangien, assim que passaram pela abertura da tenda, que isolou Sir Ector e Sir Kay delas.

— Pelo menos, só falaram e não puseram a mão — respondeu a dama de companhia, olhando feio para a tenda. — Com exceção de Sir Tristão e do Rei Arthur, eu poderia passar a vida sem homens.

— Assim a senhorita me magoa, linda donzela. — Mordred se afastou de um estande de madeira, onde estava encostado. E ofereceu-lhes duas ameixas perfeitas.

Brangien arrancou uma das frutas da sua mão, deu uma mordida bem grande, agressiva, e ficou de costas para Mordred. Guinevere segurou a sua e ficou passando os dedos na casca lisa. A ameixa não tinha nenhuma história para contar. E, além disso, ela já tinha ouvido histórias demais naquele dia.

Mordred indicou que direção tomariam.

— Encontraremos meu tio e o rei nas forjas.

Foi um alívio saber que logo poderia começar a trabalhar. O cavaleiro guiou as duas mulheres, passando pelo meio da multidão e das barracas, até chegar ao outro lado da feira. As forjas ficavam mais afastadas, por causa do calor e da fumaça. Ao ver Arthur esperando por eles ali, Guinevere sentiu seu coração ficar mais leve. Tudo o que aprendera a respeito do rei lhe dava cada vez mais certeza de que fizera a escolha certa ao ir para Camelot. Arthur era um protetor, e proteger um protetor era algo muito nobre. Sorriu e lhe deu o braço. O sol reluzia em sua coroa de prata, e a multidão se mantinha a uma distância respeitosa dele — incentivada, sem dúvida, pelos cavaleiros que orbitavam ao redor do rei.

— Você gostou da feira? — perguntou Arthur.

— Foi... esclarecedor.

— Você não vai adivinhar quem encontramos — disse Mordred.

— Quem? — indagou o rei.

— Vou lhe dar uma dica: eles avaliaram sua esposa perfeita tecendo comentários sobre seus dentes, seu cabelo e o tamanho do seu...

Arthur grunhiu e levou a mão ao rosto.

— Sir Ector e Sir Kay estão aqui.

Guinevere deu um tapinha em seu braço e falou:

— Foi informativo.

— Por favor, aceite minhas desculpas pelo que quer que eles tenham falado e por qualquer coisa que possam falar no futuro. São bem-intencionados, mas... — Arthur ficou em silêncio por alguns instantes e completou: — Na verdade, não sei ao certo se são bem-intencionados. Mas são criaturas benignas. Se não são boas, pelo menos não são más.

Mordred guardou um lenço em seu colete e comentou:

— O cheiro deles, por outro lado...

Brangien deu risada e então abaixou a cabeça, por recato. Mordred olhou nos olhos de Guinevere e sorriu, pela vitória de ter feito a dama de companhia rir. A moça também sorriu. Sentia-se melhor agora, novamente ao lado de Arthur, tentando solucionar um problema para o qual tinha um plano.

O calor irradiava das bancadas de trabalho cobertas dos ferreiros. Havia menos gente ali — a maioria das pessoas não podia pagar pelo que os ferreiros tinham a oferecer. Mas tanto Arthur quanto Mordred conheciam bem os melhores, que mantinham suas barracas mais perto da área principal da feira.

— Minha rainha gostaria de ter ferro trabalhado tão fino quanto fios de linha — disse Arthur para um ferreiro cujos braços pareciam troncos de árvore.

— Por quê? — perguntou Mordred.

— Para trançar junto com o meu cabelo — disse Guinevere. — Não posso mais usar joias nele agora que sou casada — uma regra que ela não sabia que existia até Brangien lhe contar —, mas achei que esse metal traria um belo brilho. Precisa ser bem fino e maleável, contudo, para eu poder retorcê-lo da maneira que quero.

— Eu não entendo as modas das mulheres. — Mordred franziu o cenho, enquanto examinava uma seleção de adagas e espadas.

O ferreiro, que não tinha tais escrúpulos, coçou a barba e franziu o rosto enegrecido pela fumaça, pensativo. Seu cabelo era cortado curto como o de Arthur. Agora que Guinevere parara para pensar, quase todos os presentes na feira tinham o cabelo bem curto. Apenas os homens obviamente ricos usavam o cabelo mais longo.

— Eu consigo — disse o ferreiro. — Preciso de uma hora.

Passaram o tempo examinando outras mercadorias. Arthur comprou uma bela adaga de ferro para Guinevere. Quando a pegou, teve a sensação de que a arma tocava uma nota que, por uma fração, era baixa demais para seus ouvidos conseguirem escutar. Foi irritante. A moça a embainhou, e aquela sensação parou.

Brangien entregou uma sacola para Arthur, depois pediu permissão para ir pegar algumas coisas de que precisava e prometeu encontrá-los mais tarde.

— Pode ir — respondeu Guinevere. — Tire o resto do dia para

você. Eu a verei lá no castelo. — Desse modo, ficaria livre para voltar pelo túnel e não de balsa. Com um sorriso de gratidão e animação, a dama de companhia fez uma reverência e voltou correndo para a área principal da feira.

— E por que não prata? — perguntou Mordred, avaliando o peso e o equilíbrio de uma espada. Ele até podia não se juntar aos cavaleiros na arena, mas não havia dúvidas de que era habilidoso com as armas brancas. Pareciam uma extensão do braço: cada movimento seu era marcado por confiança e graciosidade mortais.

— Prata? — Guinevere tirou os olhos das ferraduras que fingia analisar em vez de estar observando os movimentos que Mordred fazia com a espada. Arthur estava por perto, conversando com o ferreiro. Mas o cavaleiro não abandonara a incumbência de vigiar a rainha.

— Para o seu cabelo. Prata brilha mais do que ferro.

— Ah... sim. Bem... não sei se irá funcionar. Quero fazer uma tentativa com um metal menos precioso antes de gastar os fundos do Rei Arthur em prata. O ferro já é um pedido bastante frívolo.

Mordred lhe deu um leve esgar.

— Pensei que as damas fossem incentivadas a ser frívolas. Que era um dever da sua classe.

— Se pensa tão mal de nós, talvez seja por isso que ainda não se casou.

Mordred deu risada.

— Ah, eu tenho as mulheres em alta conta. São temíveis e maravilhosas, todas elas. A senhora, em especial, acho deveras fascinante. A rainha é um mistério.

— Não sou nada disso. — Guinevere pegou uma ferradura, como se estivesse apta a avaliar sua qualidade.

— Ao contrário da maioria das pessoas desta cidade, eu já estive nos confins mais ao sul da ilha. E a senhora não tem sotaque do sul.

Guinevere ficou perplexa.

— Eu... O tempo que passei no convento deve tê-lo suavizado.

— *Hmmmm*. Tampouco conheci uma dama do seu calibre ficar tão empolgada com uma feira ou ser tão disposta a sorrir e conversar com uma reles e imunda criadora de galinhas.

A moça fez careta e se defendeu:

— Arthur ama todos os seus súditos.

— Sim, mas Arthur não foi criado como rei. Foi criado como súdito. Vê o mundo de uma maneira que um nobre jamais seria capaz de ver. E a senhora, creio eu, o vê como nenhuma princesa seria capaz. — O cavaleiro levantou as mãos e completou: — Não é uma crítica. Estou surpreso, apenas. A senhora não é nem um pouco como eu esperava.

Guinevere falou em um tom frio e grave como o ferro:

— Lamento não corresponder às suas expectativas, Sir Mordred.

O cavaleiro se aproximou e pegou uma das ferraduras. Guinevere conseguia sentir o calor do seu corpo do lado dela.

— Eu *não* lamento, Lady Guinevere.

Uma gargalhada alegre chamou a atenção da moça, e ela ficou radiante de alívio por se livrar da intensidade de Mordred. Um grupo de crianças chutava uma bola de couro em uma área livre do chão, no meio das forjas. Arthur brincava com elas e tinha acabado de equilibrar a bola no alto da cabeça. Um menino lhe dera um encontrão, derrubando a bola. Todos observavam a cena segurando a respiração. O menino havia batido no rei.

Arthur gargalhou ainda mais, segurou o menino e o levantou, antes que ele pudesse chutar a bola.

— Às vezes, esqueço o quanto ele é jovem — comentou Mordred, com um tom afetuoso.

— Guinevere! — gritou Arthur. Em seguida, pôs o menino no chão e chutou a bola para bem longe das crianças, para que fossem obrigadas a correr atrás. A moça foi logo ao encontro do rei, e teve uma estranha sensação de relaxamento assim que se afastou de Mordred. Ficou feliz por poder escapar da conversa e daquelas observações inconvenientes. Deu um sorriso alegre e falso para Arthur.

— Mordred presta muita atenção aos detalhes — disse. E arregalou os olhos, tentando transmitir algo que suas palavras não transmitiam. — Detalhes como minha maneira de falar.

Arthur franziu o cenho e sacudiu a cabeça em seguida.

— Você não tem nada a temer. Se Mordred falar comigo a esse respeito, dissiparei suas suspeitas. — Encaixou a mão dela na dobra do seu cotovelo e completou: — Venha, o ferro já deve estar pronto.

Guinevere examinou os fios finos. Desta vez, com o olhar atencioso de alguém que sabe exatamente do que precisa. Os fios atendiam a todas as suas exigências. Fez mil elogios ao ferreiro pelo trabalho. O homem fez uma reverência, constrangido, e seu grosso avental de couro guinchou.

— O prazer é meu. Faço qualquer coisa pelo rei. Ou seja: faço qualquer coisa pela sua rainha.

O trabalho que Guinevere realizaria naquela noite seria difícil e exaustivo. Ela queria começar assim que possível.

— Podemos voltar? — sussurrou, dirigindo-se a Arthur, enquanto retornavam para a área principal da feira. Ficou vasculhando a multidão à procura da mulher misteriosa ou de mais algum sinal de que pedras estavam sendo distribuídas, mas não viu nada. — Tenho muito a fazer. E gostaria de ir pelo túnel. Se for possível.

Não conseguiria reunir a força necessária se tivesse que fazer a travessia pela água novamente. Isso a fez se sentir tola e fraca, e nenhuma dessas duas coisas é uma fundação sólida para a magia.

— Sim, é claro, permita-me...

— Meu rei — gritou um dos cavaleiros de Arthur, que correu ao encontro deles e fez uma reverência. A moça pensou que se tratava de Sir Gawain, mas não tinha certeza. Era jovem, como Arthur, mal tinha pelos no rosto. — Recebemos outra mensagem. — Então entregou um maço de papéis, selado com cera negra.

— Sir Maleagant — sussurrou Arthur.

— O que foi? — perguntou Guinevere.

Arthur sorriu, mas era sincero demais para continuar dando um sorriso falso. Seu rosto todo se contorceu, e a preocupação franziu o seu cenho.

— Não sei ao certo. Mas preciso falar com estes homens.

— Posso esperar — disse Guinevere.

— Você não deveria ter que esperar por minha causa. Mordred?

O cavaleiro se aproximou, estava parado mais para o fim do grupo.

— Sim, meu tio e rei?

— Você poderia acompanhar Guinevere de volta até o castelo? Ela está fatigada. Vá no meu barco privativo.

Mordred assentiu, demonstrando que havia entendido.

— Sei exatamente qual é o barco que *milady* prefere. Eu a levarei para o castelo e volto para cá.

— Obrigado. — Arthur apertou o ombro de Mordred e completou: — Quero ouvir sua opinião a respeito dessa questão.

Mordred fez uma reverência, depois estendeu a mão, apontando o caminho para Guinevere. O cavaleiro não pegou no seu braço, o que a deixou feliz.

— Isso é apropriado? — perguntou, enquanto se afastavam da feira, indo em direção aos cavalos.

Não sabia se era ou não permitido ficar apenas na companhia de Mordred. Depois de ouvir os comentários de Sir Ector e Sir Kay ao seu respeito, começou a se preocupar com o que os outros pensavam.

— É certo que, se meu tio e rei confia em mim para levá-la de volta ao castelo em segurança, a senhora também pode confiar.

— Ah, mas eu confio... Não foi isso... Não quis dizer que...

Mordred deu risada.

— Gosto quando a senhora fica corada, e suas sardas se sobressaem. As damas deveriam tentar ficar com sardas. São encantadoras. — Guinevere fez careta, e Mordred mudou de expressão, demonstrando um constrangimento inocente. — É claro que a senhora não quis dizer isso. Normalmente, uma senhora seria acompanhada por sua dama de companhia, mas Brangien ficou na feira e, ao que parece, há urgência de voltar ao castelo. Sou sobrinho do seu marido. Se não puder confiar na própria família, confiará em quem?

A moça ficou sem resposta. Subiu no cavalo, toda desajeitada, enquanto Mordred foi buscar sua égua.

— Fale-me da sua família — pediu, enquanto cavalgavam pela beira do lago. Como todos estavam na feira, os dois ficaram bem sozinhos. A margem do lago era formada por pedras negras e lisas, contrastando com o verde vivo da planície gramada. Guinevere olhou para a planície e não para o lago.

— Meu pai é o rei Leodegrance. Minha mãe morreu há muitos anos. Tenho dois meios-irmãos e uma irmã mais nova do que eu. Não nos vemos há três anos, desde que fui enviada ao convento, para me preparar para ser esposa.

Será que a família da falecida Guinevere sentia falta dela? Será que seu pai sequer pensava na filha? Concordara em fazer uma aliança por meio do casamento sem conhecer Arthur. Jamais fora ao convento para se certificar que sua *filha* fora entregue em segurança para os homens de seu marido.

Em algum lugar, a irmã da falecida Guinevere ainda pensava que não estava sozinha no mundo. Essa era a parte mais cruel da farsa. A falecida Guinevere fora irmã, filha. E essas pessoas não faziam ideia de que a moça que conheciam — esperava que tivessem amado — se fora. E que fora trocada, sem seu conhecimento, por outra.

Guinevere não se sentia culpada pela farsa que perpetrava em Camelot. Era necessária. Mas se sentia muito culpada pela morte da moça que tornara isso possível.

— Peço desculpas — disse Mordred. — Isso a entristeceu, pensar em sua família. Eu não deveria ter tocado no assunto.

— Não, não tem problema. — Guinevere atiçou o cavalo, para que os dois não ficassem tão próximos e o cavaleiro não conseguisse ver seu rosto. Com aqueles olhos que enxergavam demais, sempre. — Estou feliz aqui. Não sinto falta de nada do que deixei para trás.

Com exceção das árvores. Da pequena choupana que ela varria. E de Merlin. Era estranho pensar no pai de Guinevere, imaginar como ele seria. A moça jamais pensara em Merlin como pai. O feiticeiro fora um mentor, um professor. Quando pensava em Merlin como pai, tinha a sensação de estar com uma túnica apertada, que a espremia e repuxava.

Merlin não era humano — não exatamente. Era algo intermediário. Guinevere jamais parara para pensar no que isso a tornava. Não lhe parecia importante quando vivia apenas com o feiticeiro. Mas agora, cercada de seres humanos, se sentia à parte. Será que era por causa das mentiras com as quais se cobria? Ou seria porque tinha muito de Merlin em si para se sentir verdadeiramente à vontade ali?

Só que Guinevere não tinha nenhum dos poderes de Merlin. Os seus eram uma gota d'água comparados aos do feiticeiro, que eram um oceano. A moça estava enraizada firmemente na corrente do tempo, ao passo que Merlin existia em algum lugar fora do tempo. Por mais que o feiticeiro fosse a única figura do passado da moça, permanecia sendo um enigma.

Talvez houvesse outro motivo para se sentir tão à vontade com Arthur. O rei tinha razão: ambos tiveram pais complicados, mas o dela era, de longe, o melhor.

Quando chegaram à passagem secreta, Mordred desceu da égua.

— E os cavalos? — perguntou Guinevere.

— Eles sabem aonde têm que ir. — O cavaleiro fez carinho no pescoço da égua branca e completou: — Ela sempre sabe aonde tem que ir.

Em seguida, sussurrou algo para a égua e estendeu a mão para Guinevere. Que a apertou.

Uma faísca. Um instante que lhe deu a mesma sensação de suas chamas de limpeza, que queimavam tudo o que era impuro e deixavam apenas a verdade. Soltou um suspiro de surpresa e desceu rápido demais do cavalo, em sua perplexidade. Mordred a segurou. O coração do cavaleiro batia acelerado, no mesmo ritmo do coração da moça. Pelo tempo de uma respiração, duas respirações, duas respirações além do necessário, Guinevere ficou com o corpo pressionado contra o corpo de Mordred.

E então se afastou, bateu no cavalo e cambaleou, tentando não pisar no seu casco nem ser pisada pelo animal.

Mordred acalmou o cavalo, sussurrando para ele. E então os dois animais foram se afastando devagar.

— Você está cansada — disse ele. — Quase caiu.

— Sim. Cansada. — Guinevere acompanhou Mordred pelo túnel, em silêncio, ainda sentindo em sua mão aquele raio de estática que vinha dele. Será que aquilo fora obra de seu tato? Ou teria sido... simplesmente Mordred?

E por que nunca tinha essa sensação quando encostava na mão de Arthur?

Foi um alívio, em diversos sentidos, despedir-se de Mordred e se isolar em seus aposentos. Guinevere se encostou na porta, tentando acalmar o coração. Tinha trabalho a fazer. Nada mais importava.

Imaginou, por um breve momento, outro dia igual àquele. Uma feira, onde pudesse se deleitar sem ficar à procura de ameaças. Uma visita aos ferreiros para comprar joias em vez de armas. Um instante fortuito atrás de uma tenda, com...

Com quem?

Bobagem e egoísmo. Não sabia quando a ameaça viria. Não podia se dar ao luxo de ser complacente nem de ficar sonhando. O perigo que ameaçava Arthur podia estar quase chegando ou poderia demorar anos. A moça estaria preparada para tudo. Começaria pelo castelo e então partiria para o lado de fora, formando círculos concêntricos de proteção, em torno de seu rei.

Arthur fora a vocação de Merlin mesmo antes de existir. Guinevere passaria a enxergar sua estadia em Camelot do mesmo modo. Que duraria o tempo que Arthur precisasse.

Tirou os fios de ferro da bolsinha que carregava e entrou no quarto de Arthur. O ferreiro fizera o seu trabalho muito bem. O fio era fino e maleável. Ocupou-se da tarefa fácil de moldar os nós básicos. Arthur lhe informara o número exato de todas as portas do castelo. Como as janelas não abriam, e os painéis de vidro tinham moldura de metal, não era essencial protegê-las. O que foi uma sorte, porque não tinha sangue suficiente.

Assim que todos os nós ficaram prontos, Guinevere se ajoelhou no chão e dispôs os amuletos de metal em um círculo, ao seu redor. Ficou pensando em Arthur. No castelo. Em tudo o que Camelot representava. Era a esperança da humanidade. A promessa de um futuro livre do caos, onde os seres humanos poderiam crescer, aprender e viver como deveriam. Ela acreditava em Arthur. Acreditava em Camelot.

Aproximou a adaga que Arthur lhe dera do rosto e cortou o lábio inferior.

Abaixou a cabeça até o primeiro nó de ferro, pressionou seu

lábio sangrando nele e sussurrou o que queria do ferro. O nó ficou quente, e o sangue desapareceu: foi aceito e selado. Passou para o próximo. Depois para o próximo, depois para o próximo. Quando o último nó de ferro brilhou e se cerrou, Guinevere se sentia tonta e fraca. Pegou o lenço e pressionou-o contra o lábio. O ferro pedira mais sangue do que a moça havia planejado.

A porta se abriu. Guinevere levantou para cumprimentar Arthur, balançou e caiu no chão. O rei correu para o seu lado.

— O que foi que aconteceu?

As pálpebras dela estavam pesadas, sua cabeça girava.

— Apenas a magia. Proteger um castelo exige algo além de ar e cabelo.

— Seu lábio está sangrando.

A moça encostou a língua no sangue. Tinha gosto de ferro. Sentiu um calafrio de repulsa. Era por isso que precisava usar sangue. Era a única espécie de magia que o ferro aceitaria. E era um indício de que, ao contrário de Merlin, Guinevere era humana.

— Vai sarar. Os nós estão prontos. Mas ainda não posso colocá-los em seu devido lugar. Não seria apropriado a rainha ficar perambulando pelo castelo, sangrando e desmaiando.

Arthur deu uma risada tensa.

— Não, isso não seria nem um pouco apropriado. — O rei a levantou e a colocou no meio da cama, então perguntou: — Eu poderia terminar por você?

— Só eu posso posicioná-los. O ferro não dará ouvidos a mais ninguém agora.

— Bem, diga para o ferro que sou o rei dele e que me deve obediência.

Guinevere se afundou no colchão de penas e cobriu a testa com o braço.

— O ferro não obedece a rei nenhum. Só gosta de sangue.

Arthur sentou ao lado dela na cama e recostou-se na parede de pedra.

— Construí todo o meu reino à base dos cortes do ferro e do derramamento de sangue.

A moça rolou para o lado e olhou para o rei. Que estava de olhos fechados. Teve vontade de tocá-lo, de pousar a mão em seu braço. Mas Arthur lhe parecia tão distante...

— Você construiu seu reino com base na justiça. Na paz. O custo foi alto, mas tive a oportunidade de ver Camelot. De ver seu povo. E de ver o que essas pessoas temem.

Lembrou-se da floresta, da casa. Do menino. Todos devorados. Conhecia as histórias da grande guerra contra a Rainha das Trevas e sua Floresta de Sangue.

Tirar Excalibur da pedra foi apenas o começo para Arthur. Ele era a ponte entre os homens e a magia. Entre tiranos como Uther e o caos como o das fadas da Rainha das Trevas. Merlin tinha razão. O mundo precisava de Arthur. O rei era a melhor chance que a humanidade tinha de sobreviver.

Arthur encostou o dedão, com a leveza de um sussurro, no lábio inferior de Guinevere. E o tirou em seguida.

— Chega de sangue.

— O sangue uma hora para de jorrar. Paz e proteção são eternos. — Ela fechou os olhos. Mas, apesar de sentir fraqueza por todo o corpo, não conseguiu dormir. Doía demais. Seu sangue fervia, gelado, percorrendo seu corpo com pontadas de dor. — Conte-me uma história. Conte-me como derrotou a Rainha das Trevas. Só ouvi o relato de Merlin, e você sabe como as histórias dele são confusas. Merlin começa pelo meio e só vai ficando cada vez mais emaranhado.

Arthur soltou um suspiro, escorregou pela cama, até deitar ao lado de Guinevere, com as mãos atrás da cabeça. O peso do seu corpo fez o colchão afundar e a moça se aproximar do rei. Nenhum dos dois se moveu.

— Primeiro, vieram os lobos — disse ele.

Primeiro, vieram os lobos. Com os dentes e as mandíbulas cobertos pelo sangue pegajoso das gargantas que tinham estraçalhado. Mas os homens podiam lutar contra os lobos, e assim o fizeram. Os lobos sumiram na escuridão, enojados.

Depois os insetos. Rastejando, picando, formando nuvens. Um homem não é capaz de lutar contra mil vespas usando uma espada. Merlin convocou os pássaros, revoadas de estorninhos e bandos de corvos, tão grandes que o bater das asas parecia um terremoto, e sua envergadura tapava o Sol. Os pássaros comeram os insetos.

Então, a Rainha das Trevas acordou as árvores. Uma floresta, onde antes não havia nada. Espíritos antigos, mas frágeis o suficiente para temer os homens. Para odiar os homens. As árvores separaram os soldados. Houve gritos de dor, de terror, e os lobos os encontraram.

Merlin invocou o fogo. E atacou as árvores com uma força terrível.

As árvores sentiram que seus irmãos e irmãs morriam. Estremeciam e tombavam. O que era o amor de uma Rainha das Trevas contra o fogo de um feiticeiro ensandecido? Era melhor viver uma centena de anos e então sentir o gosto do machado dos homens do que queimar em um único instante. E então, quando Merlin fez as árvores adormecerem, elas enterraram seus espíritos bem fundo na terra, longe do alcance do chamado da Rainha das Trevas.

Merlin apagou o fogo. Os homens saíram cambaleando das árvores. E os lobos continuaram nas sombras e nas trevas. A Rainha das Trevas surgiu, rodeada de seus cavaleiros. Que usavam armaduras de pedra, de raízes, de crânios e de ossos. Cobras, mostrando as presas, se enroscavam nos seus braços. Morcegos se grudavam às suas costas: estremecendo as asas, prontos para voar e entrar na batalha.

Merlin ordenou que a rainha parasse. Ela deu risada, e seu riso tinha o mesmo som dos lamentos dos bebês, do choro das mulheres, dos últimos suspiros dos homens. "O que você poderá fazer, velho, contra a água?"

Os homens tremeram. Caíram de joelhos, desesperados. Estavam às margens de um grande lago. Pássaros nada podiam contra a água. O fogo não podia fazê-la retroceder. Espadas não podiam cortar um dilúvio, assim como não poderiam crescer se fossem plantadas no chão.

A Rainha das Trevas levantou a mão, invocando a destruição de todos.

A água permaneceu fria e calma. Imóvel.

A Rainha das Trevas gritou de raiva, ordenou, implorou. Mas, mesmo assim, a água não se uniu a ela. A floresta e a água, que sempre foram aliadas, sempre companheiras, agora estavam divididas.

Neste ponto, Arthur fez uma pausa no relato. A cadência mudou, as imagens que pintava para Guinevere, subitamente, se tornaram menos uma história e mais... pessoais.

— A Dama do Lago — sussurrou — escolheu ficar do meu lado. Assim como Merlin. Mas o resto cabia a mim.

E então, pôs a história de volta em seu devido lugar. Como se cobrisse Guinevere com um cobertor, contou o restante.

Os temíveis cavaleiros do povo das fadas atacaram. Sozinho, Arthur lutou contra eles. Excalibur os perfurava, os destruía. O Cavaleiro Verde, um antigo deus da floresta e inimigo imbatível, se tornou um monte de folhas e galhos mortos. Os morcegos se soltaram do Cavaleiro Negro, batendo as asas a esmo, foram se afastando e soltaram seu amo e senhor, que se espatifou no chão, feito vidro. As cobras fugiram, os crânios e os ossos do Cavaleiro Morto se tornaram sem vida mais uma vez. Onde antes havia uma ameaça viva digna de um pesadelo, agora havia apenas detritos de épocas passadas.

A Rainha das Trevas ficou sozinha.

Merlin não queria matá-la. Não queria ver o seu fim. Ordenou que ela se *retirasse, como as árvores haviam feito. Que fosse se enterrar bem fundo na terra. Que o caos fosse dormir.*

Um enorme cervo saiu correndo do meio das árvores, com os olhos vermelhos, ensandecido. Baixou a cabeça e atacou a Rainha das Trevas. O animal a empalou e a ergueu bem alto. Ela estava de braços abertos, com uma expressão beatífica. E então o cervo deu meia-volta e sumiu no meio das árvores, e a floresta se apossou da Rainha das Trevas para todo o sempre.

CAPÍTULO NOVE

— Não — disse Guinevere. A história era igualzinha à que Merlin lhe contara, nos mínimos detalhes. O feiticeiro apresentava histórias do mesmo modo que aquele falcão rabugento lhe apresentara comida. Um pouquinho ali, um pouquinho aqui e aí atirava tudo na sua cabeça quando menos esperava. A moça fez um esforço para sentar, quando foi tomada pela certeza. — A Rainha das Trevas não está morta. Você viu os cavaleiros. Eles não foram mortos. Eles foram *desfeitos*. Ela não foi desfeita.

Arthur virou de lado, para que ficassem frente a frente.

— Eu fui atrás dela — garantiu o rei. E suspirou em seguida. O começo da história era um horror banhado a sangue, mas aquela parte ia além do horror. Continha a fadiga de tarefas inenarráveis. — Pela floresta. Pelas planícies. Finalmente, chegamos a um prado. Flechei o cervo. O corpo dela caiu. E depois... nós destruímos seu corpo. — Arthur fechou os olhos e completou: — A Rainha das Trevas está morta. Ainda há vestígios de sua magia, o caos que tenta avançar nos limites de meu reino. Como no vilarejo que você viu. Isso acontecia com frequência. Agora, é tão raro que as pessoas se esquecem de ter medo das árvores. Logo, andarão pelas florestas, caçando, temendo apenas aquilo que realmente deveriam temer.

Guinevere sentiu-se desanimada, por estranho que parecesse. Deveria ter ficado apavorada de pensar na possibilidade de enfrentar a Rainha das Trevas. Mas, pelo menos, teria um alvo. Um oponente.

— E o que as pessoas deviam temer? Outros homens? Como Sir Maleagant?

Queria que o rei lhe contasse o que estava escrito na carta. Já que não conseguia definir a ameaça que estava enfrentando, queria conhecer todas as demais.

Arthur soltou um suspiro.

— Sim. Outros homens. Não precisamos de uma Rainha das Trevas quando já temos tanta treva dentro de nós mesmos. Mas derrotaremos o caos e as trevas. Estou feliz por você estar aqui. Tenho lutado nesta guerra há tanto tempo... Quando perdi Merlin, fiquei sozinho.

— Lamento ter sido obrigado a expulsar Merlin.

— Foi melhor assim. A magia e Camelot não podem coexistir. A magia, mesmo a boa, se alimenta de sacrifícios e de caos. De dor. — O rei esticou a mão e tocou o lábio da moça novamente. — Lamento que isso deva deixar de existir. Já vi maravilhas e milagres. Recebi dádivas sem par. A Dama do Lago... — A voz ficou distante, e Guinevere sentiu uma pontada de ciúme. Porque, naquele momento, finalmente, viu qual era a expressão que Arthur fazia quando desejava algo. E sabia que o rei jamais sentiria aquilo em relação a ela.

Não precisava que ele sentisse. Nem sequer queria. Estava simplesmente cansada. Apenas isso.

Arthur limpou a garganta, estava de volta ao lado de Guinevere, e não distante, em uma lembrança da magia e do maravilhoso sobre as águas do lago.

— Ela passou o cetro para mim. Chegou a hora dos homens. E farei o que for necessário, por mais difícil que seja, para construir o reino que meu povo merece. Sempre escolherei o que é melhor para Camelot, qualquer que seja o preço a pagar. Nada vem antes da paz e da ordem. Nem mesmo eu. — Então deu um sorriso sincero e completou: — Mas isso você entende. Obrigado por servir ao meu povo.

A moça só fora para Camelot por causa do rei. Mas Arthur *era* o seu povo. Arthur era Camelot.

Depois de algumas horas de descanso intermitente, estava pronta para terminar o feitiço e dar cabo logo daquilo. Já era alta noite, o castelo dormia, quando Arthur a levou de porta em porta. Onde havia guardas, ele brincou, disse que estava levando Guinevere para fazer um *tour* pelo lar dos dois na calada da noite.

Quando o último selo foi afixado na parte de baixo da última porta, bem onde ela roçava no chão e ninguém enxergaria, Guinevere acabou o serviço. E estava *acabada*.

Felizmente, concluíram a tarefa na porta exterior do castelo que ficava mais próxima dos seus aposentos. A moça mal parava em pé. Não estava mais conectada ao ferro do mesmo modo que estaria se tivesse feito os feitiços menos avançados, com seu próprio cabelo e sopro. O preço foi pago adiantado. E foi alto. O rei abriu a porta do quarto para ela, a levou até a cama, e a deixou na escuridão, depois de sussurrar "obrigado" e roçar de leve os lábios na sua testa.

Já era bem tarde quando Guinevere finalmente saiu dos confins sufocantes do sono e se sentou na cama, tonta e com olhos lacrimejando.

— Bom dia — disse para Brangien, que estava sentada ao lado da cama, bordando. A dama de companhia largou o bordado e correu para o lado de Guinevere. Pôs a mão na testa dela e levou um cálice de vinho diluído em água aos lábios de sua rainha. Que deu risada, mas bebeu com avidez e entusiasmo. Estava com a garganta seca, o estômago doía de tão vazio. — Dormi tanto! O dia está quase chegando ao fim.

— A senhora dormiu por dois dias inteiros, *milady*.

— Como?

Guinevere levantou a mão. Tremia levemente. Aquilo explicava a fome que estava sentindo. Ela se sentia tão forte ao lado de Arthur, tão inspirada, talvez tivesse ido longe demais. Merlin sequer suaria para realizar algo parecido. Não era justo. A moça dominava meros truques de criança, comparados aos elementos que o feiticeiro comandava.

Mas os truques dela passariam despercebidos em Camelot. O poder de Merlin jamais conseguiria tal feito.

Brangien colocou travesseiros nas suas costas, e a ajudou a sentar. A dama de companhia estava lhe dando atenção demais, mas Guinevere permitiu. Enquanto comia o prato que Brangien lhe preparara, perguntou o que havia perdido.

— Como sempre, muitas fofocas. Mas todas a seu respeito. Então, suponho que a senhora não perdeu nada que alguém teria lhe dito.

Guinevere deixou o pão cair.

— Fofoca? Como?

Será que alguém a vira sozinha com Mordred? *Sabia* que não deveria ter concordado com aquilo!

— A respeito de sua pureza, todas elas. Estão terrivelmente impressionados por a senhora ser tão virtuosa e delicada que passar uma noite atendendo a um chamado do rei em seu leito exija dois dias de descanso. — A dama de companhia levantou a sobrancelha, em uma expressão irônica.

— Estão dizendo isso? O leito de Arthur é mesmo assunto de tanta discussão?

— Todo mundo está muito interessado na moça que finalmente conseguiu deitar nesse leito. Muitas tentaram, ao longo dos anos. Isso é pura fofoca e maldade, veja bem, mas ouvi dizer, de mais de uma fonte, que Dindrane, a irmã de Sir Percival, pagou um criado para poder entrar escondida no quarto de Arthur, onde ficou esperando... sozinha... no leito do rei... apenas com as roupas que usava quando veio ao mundo.

— Não!

— Sim! — Os olhos de Brangien brilhavam, de puro deleite. — Mas nosso rei é virtuoso na mesma medida que é forte e bondoso. Não pede que ninguém faça nada que ele mesmo não faria. Logo, para se casar com uma virgem, também se manteve virgem.

Guinevere sabia muito pouco a respeito dos homens. Merlin sequer contava como homem. Não sabia o que pensar daquela informação a respeito de Arthur. Mudou de assunto:

— Acho que agora sou capaz de amar Dindrane. Isso é estranho? Como deve ser corajosa, como deve ser ousada, para tentar um ataque tão direto!

Brangien deu risada, dando a Guinevere outro cálice de vinho diluído.

— A senhora é uma dama surpreendente. Mas Dindrane não tem nada. Consequentemente, não tem nada a perder. Tome cuidado com o que diz e faz perto dela. Evitaremos sua companhia sempre que possível.

— Obrigada, Brangien. Eu estaria perdida sem você.

A dama de companhia ignorou o elogio, sacudindo a mão, mas Guinevere percebeu que ela ficou feliz. Permitiu que Brangien escovasse e trançasse seu cabelo, tagarelasse e lhe informasse a respeito de tudo o mais que havia acontecido. Arthur fora visitá-la duas vezes para saber de seu estado. Mas viajara para tratar de assuntos importantes naquela manhã.

Quando a moça usou o penico sem a dama de companhia por perto, contudo, ficou terrivelmente chocada. A magia devia tê-la desgastado. Gritou de medo, precisando de Merlin. Precisando de qualquer pessoa.

Brangien entrou correndo.

— O que foi?

— Sangue — respondeu, olhando horrorizada para suas roupas de baixo.

— Bem, isso não é motivo para preocupação. De qualquer modo, ainda não é hora de engravidar.

— O que você quer dizer com isso? — Guinevere não conseguia controlar as lágrimas, que escorriam pelo rosto. Acabara por ferir a si mesma. Sangraria até morrer, de dentro para fora. Não haveria mais ninguém para proteger Arthur. Ninguém saberia onde a verdadeira Guinevere estava enterrada. E ela morreria sem que ninguém soubesse quem era, sem amor, sem nome.

Brangien ficou com uma expressão de choque e, em seguida, de pena.

— Ah, *milady*. A senhora não... É a sua primeira vez?

— Minha primeira vez de quê? Não entendo. Estou morrendo, Brangien. Por favor, diga para Arthur...

Brangien a levou até a cama. Pegou as roupas de baixo manchadas de sangue e as colocou com o restante da roupa suja. E então foi buscar roupas limpas, junto com diversos pedaços estreitos de pano.

— O seu convento tem muitas explicações a dar — resmungou. — Imagine só, mandar uma moça para o casamento que ainda nem teve suas regras e nem entende o próprio corpo. — A dama de companhia enfiou camadas de tecido dentro das roupas de baixo e então passou tudo aquilo pelas pernas trêmulas de Guinevere. — Isso é normal. Saudável, até. Acontecerá todos os meses até que a semente de Arthur crie raízes em seu ventre.

— O *quê*?

Brangien deu risada.

— Não é muito justo, é? Mas é isso que acontece no corpo das mulheres. A senhora pode sentir um pouco de dor. Fadiga, até. Isso poderia explicar o que aconteceu nos últimos dois dias. Mas passará em menos de uma semana. E, então, a senhora ficará límpida como uma manhã de verão. Até a próxima Lua.

— Isso também acontece com você?

— Sim.

— É terrível. Quem é que projetou esse sistema?

Brangien deu risada novamente.

— Creio que tenha sido Deus, então fique à vontade para reclamar com ele. Nesse meio-tempo, esquentarei algumas toalhas para a senhora segurar sobre a barriga. Dá uma sensação boa.

Guinevere estava ainda mais disposta a permitir que Brangien cuidasse dela. Sentia-se frágil e nova, irritada com aquele estranho desenvolvimento de seu corpo. E se sentia traída por não saber que aquilo aconteceria.

— Você poderia... — Sua voz falhou. Sabia que os homens e as mulheres têm bebês. Tudo o que existe tem. Mas jamais pensara nos detalhes de como isso acontecia, no que tocava aos seres humanos. E Merlin certamente jamais lhe contara. Essa seria uma lição que a moça não teria esquecido. — Você poderia me explicar a parte das sementes?

Brangien espalhou as toalhas quentes em volta dela e falou:

— Darei um belo sermão naquelas freiras se as virmos de novo.

Duas horas depois, Guinevere se sentia muito melhor fisicamente, mas um tanto instável emocionalmente.

— Gostaria de conversar com Arthur. Quando o rei estará de volta?

— Ninguém me informou.

— *Hmmm*. — Guinevere gostaria de saber, mas duvidava que alguém lhe contaria. Ela não tinha importância para o funcionamento do castelo, nem tinha a mesma função dos cavaleiros. — Ah! — A moça se lembrou de outra tarefa a ser feita, agora que vedara a fortaleza. — Quando haverá outro torneio de aspirantes?

— Aumentaram a frequência! Dois por semana. Creio que o rei está tentando abrir caminho para o Cavaleiro dos Retalhos. Tem um acontecendo neste exato momento.

— Não!

Ela perderia a oportunidade de tentar roubar um pertence do Cavaleiro dos Retalhos.

— A senhora não está em condições de comparecer à arena, de qualquer modo. Precisa descansar.

— Passei dois dias descansando.

— E irá descansar até eu decidir que está bem o bastante para parar de descansar.

Guinevere não queria esperar até a próxima semana para espionar o Cavaleiro do Retalhos. E, se não conseguisse pegar algo dele, já tinha outra ideia.

— Na verdade, estou bem cansada. Preciso dormir mais. Você poderia, por favor, pedir que eu não seja incomodada até amanhã de manhã? Acho que uma noite de sono profundo vai me consertar.

Brangien fez que sim. Levou o prato vazio e encheu de novo o cálice, que colocou na mesa ao lado da cama. Então, depois de deixar mais pedaços de tecido, caso Guinevere precisasse, entrou de fininho na antessala da rainha.

A moça levantou da cama, com as pernas trêmulas. Forrou as roupas de baixo, e seus sentimentos estavam tão instáveis quanto o seu corpo, que se tornara um estranho. Pegou a veste e a capa de Brangien, puxou um fio novamente e fez nele um nó para causar confusão. Teria de ir devagar, ou seja: precisava sair naquele exato momento se quisesse chegar em tempo ao seu destino.

Ao sair de fininho pela porta, ficou sem ar. O fio que ela

emaranhara explodiu e chiou. A magia a atacara, lhe dera um tapa e a deixara atordoada e dolorida.

Como pôde ser tão burra? Ela mesma levantara as barreiras mágicas! A magia do ferro cumprira sua função, desfazendo seu nó para causar confusão assim que passou pela porta. Pelo menos, tinha indícios de que todo aquele trabalho não fora em vão. Qualquer magia que tentasse passar por aquelas portas seria desfeita. Até mesmo as suas.

Rindo de dor, Guinevere torceu para que o capuz fosse suficiente para escondê-la. Não tinha forças para refazer o nó. Desceu os degraus devagar, caminhando com a cautela de uma mulher idosa. Atravessou Camelot com um passo mais do que lento, tentando se encontrar no labirinto de construções e chegar ao próprio limite da cidade.

Acomodou-se na fundação em ruínas do prédio caindo aos pedaços perto de onde perdera a pista do Cavaleiro dos Retalhos. Uma aranha subiu nela, e Guinevere a soprou, torcendo para que seguisse seu rumo. Daquele lugar, ainda não seria vista, mas poderia ver o Cavaleiro dos Retalhos quando ele tirasse a máscara. E tinha certeza — *certeza* — de que o tal cavaleiro não seria nada do que parecia ser. Arthur estava enganado. Talvez o povo das fadas tivesse descoberto uma maneira de criar um cavaleiro imune ao poder destruidor do ferro. Seja lá qual fosse o segredo, Guinevere o descobriria.

Ela não se importou de esperar parada à medida que o Sol foi baixando e começou a se pôr. Ficar parada condizia completamente com seu atual estado físico. Apesar de ter desejado, sim, uma das compressas quentes de Brangien.

Por fim, ouviu os passos leves e confiantes do Cavaleiro dos Retalhos. Que parou bem ao seu lado. Mas, se virasse para a esquerda, a veria em meio às sombras. A paciência de Guinevere foi duplamente recompensada. A mulher de xale subiu correndo, ofegante.

— Quase não o encontro. Tome. Para as meninas. Diga para elas... diga para elas que nossa hora está por vir. — Então entregou outra trouxa. Que o cavaleiro guardou em sua sacola. A mulher foi correndo de volta para a cidade.

Assim que ela se foi, o cavaleiro tirou a máscara e sacudiu a cabeça, libertando seus cachos negros e revoltos. A decepção rastejou por Guinevere, trazendo uma ameaça muito maior do que a aranha.

O Cavaleiro dos Retalhos tinha lábios volumosos e olhos expressivos. Maçãs do rosto pronunciadas. Furinho no queixo. Seu rosto bronzeado não possuía nenhum pelo, indicando que era muito mais jovem do que sua habilidade demonstrava. Mas sua aparência não dava nenhum indício de que fosse do povo das fadas. Era completamente humano. Em seguida, ele desceu o precipício, pelo paredão, como fizera da vez anterior.

Guinevere se encolheu, de frio e de infelicidade. Tinha tanta certeza de que o Cavaleiro dos Retalhos não era o que parecia ser... Que ela voltaria para o palácio triunfante, tendo descoberto uma ameaça mágica antes que ela conseguisse se aproximar de Arthur e fazer mal ao rei. A moça *queria* que o cavaleiro fosse perigoso. *Queria* que o cavaleiro fosse um problema que só ela seria capaz de resolver e, fazendo isso, provaria seu valor a Arthur.

E a si mesma.

Seguiu na direção da rua principal que levava ao castelo. Ficou tão perdida em sua própria infelicidade que só viu a mulher quando bateu nela.

— Olhe por onde você anda! — disparou a mulher, empurrando Guinevere.

— Você... — sussurrou a moça. Era a mulher de xale. De perto, não era tão velha quanto seu caminhar sugeria. Tinha seus trinta anos, e o rosto fora esculpido pelo sofrimento. Antes de conseguir pensar melhor, Guinevere tropeçou de novo, fingindo perder o equilíbrio, e se segurou na mulher.

— Vá para casa. Você não devia andar por aí sozinha depois de beber tanto. Não é seguro! — A mulher a amparou, franzindo o cenho, e perguntou: — Você precisa de ajuda?

— Não, não — respondeu Guinevere, sacudindo a cabeça e se endireitando.

A mulher soltou um suspiro e então se afastou. Guinevere sorriu. Na mão, segurava uma pedra. Roubada da própria bolsa da mulher.

O Cavaleiro dos Retalhos não era o que esperava. Mas a pedra cantava para ela em notas agudas e límpidas. Notas maravilhosas. Notas de *magia*. O cavaleiro não era do povo das fadas, e a mulher, tampouco. Mas estavam se envolvendo com magia.

Guinevere voltou apressada para o limite de Camelot e olhou para baixo, no ponto onde o cavaleiro desaparecera. Estufou o peito de alívio e triunfo. Pelo menos, entendeu por que fora mandada para aquele lugar. Porque estava à altura da tarefa, e Merlin, não.

A ameaça mágica a Arthur não viria do povo das fadas nem de criaturas poderosas como Merlin. Viria de meros seres humanos. Humanos que queriam trazer a magia de volta, derrubar Camelot por dentro. Que poderiam se movimentar naquela cidade como bem entendessem, sem ser flagrados nem levantar suspeitas. Até agora. Quem melhor para caçá-los do que alguém de sua própria espécie?

Enfiou a pedra imbuída de magia na túnica, pegou uma pedra comum e a atirou na lateral do precipício.

— Você vai se ver comigo! — sussurrou.

A pedra rodopia pelos ares e vai caindo, caindo, até atingir a água. Vai rolando, devagar, levada pelas correntezas, até que, finalmente, sai do lago e chega ao rio.

E então para.

Fica presa no lugar, sem afundar. O rio se debate, faz bolhas, espuma. Barcos se soltam das cordas, puxados para o redemoinho que se formou onde a pedra se encontra.

E então a água solta a pedra, a lança no leito do rio. Tudo fica parado. Em silêncio.

Com exceção do vulto de uma dama, que desce o rio, ágil e mortal, acompanhando a corrente, debaixo do chão, fluindo, fluindo, fluindo.

A Dama irá destruí-lo. Merlin irá pagar pelo que roubou da água.

CAPÍTULO DEZ

Guinevere implorou por mais um dia de descanso e de distância de Brangien. Na verdade, ficar na cama era a última coisa que queria. Mas, se admitisse que estava bem, teria que bancar a rainha. Assim que a dama de companhia saiu para ir à feira, a moça saiu do castelo. E conferiu cada porta meticulosamente.

Estranho... Todas tinham um pequeno monte de aranhas e mariposas mortas do lado de fora. Quando tentou pegá-las, os insetos se esfarelaram entre seus dedos.

Só que Guinevere não conseguia enxergar mais nada. Perturbada, subiu para tentar desvendar o enigma e desanuviar seus pensamentos. Seu corpo ainda estava fraco por ter empregado a magia do ferro, mas se sentira bem ao conduzi-la. Foi subindo pelo lado de fora do castelo, até chegar bem no alto das escadarias traiçoeiras.

O vento a acariciava com dedos ávidos, tentando afastar o capuz do seu rosto. Ela encontrou abrigo em um balestreiro protegido por uma mureta. Foi bom não ter ido ali quando ainda estava fraca por causa da perda de sangue. Apesar de estar mais recuperada, ainda claudicava e se sentia tonta. O mundo se descortinava lá embaixo. Daquela altura, o lago era quase tolerável, uma massa de água reluzente, além dos limites da cidade. Em volta dele, os campos brilhavam, em tons de verde e dourado. Ainda que espremesse os olhos, para não avistar o lago, Guinevere jamais vira uma paisagem tão linda.

Encostou-se na parede dos fundos do balestreiro e fechou os olhos. Camelot era uma maravilha. E havia pessoas lá dentro que queriam derrubá-la. Ficou mexendo na pedra, que deixara do lado de fora do castelo para que os feitiços de proteção que ela mesma realizara não desfizessem sua magia, até que pudesse descobrir o que era.

Guinevere sabia fazer um nó para expandir a visão. Normalmente, era utilizado para encontrar um objeto ou uma pessoa. Talvez pudesse utilizá-lo para descobrir qual era o propósito da pedra. E então teve uma ideia ainda melhor. Já que estava lá em cima, poderia ter a vista completa da cidade e descobrir qualquer concentração de magia. E isso a levaria até a mulher. Ficaria enxergando mal por algumas horas, mas...

— Olá.

A moça levou um susto e abriu os olhos. Deu de cara com Mordred, parado diante dela. O Sol estava atrás do cavaleiro, formando uma auréola em sua cabeça, mas tornando impossível ver seus traços. Ainda bem que não começara a fazer os nós! Teria sido pega em flagrante.

— Desculpe — disse o cavaleiro. — Jamais havia deparado com ninguém aqui em cima. Posso me retirar.

— Não. — Guinevere deu um passo para o lado, para que Mordred conseguisse passar. — Eu é que sou a intrusa. Queria um lugar tranquilo para pensar.

Foi bom ter sido interrompida. Praticar magia ao ar livre era uma *péssima* ideia. Guinevere sabia ser paciente. Tinha que ser.

— A senhora encontrou o melhor lugar tranquilo da cidade. — Então se aproximou dela, pousando a mão no balestreiro.

Guinevere estava tão distraída pela altura e pela vista que não prestara atenção no balestreiro em si, com milhares de imagens esculpidas, desgastadas e polidas pelo tempo, mas que deixavam entrever traços de pessoas, sóis e luas. De dragões, árvores e animais. Todas tinham certa graciosidade em comum. Quase como se tivessem se formado sozinhas na pedra. Pode ser que possuíssem marcas de cinzel um dia, mas agora não havia mais nenhum indício delas.

— Tentei ler essas imagens diversas vezes — declarou o cavaleiro, passando o dedo nos entalhes. — Tentei descobrir por que Camelot foi construída. Mas o passado guarda muito bem seus segredos e, por mais que eu tente, não consigo arrancá-los.

A moça encostou a mão no balestreiro. Pelo mais breve dos instantes, seu tato lhe transmitiu uma impressão. Não da montanha nem das rochas. Mas das mãos que haviam libertado Camelot da rocha com tanto amor. Foi invadida por um propósito empolgante. Certa determinação. Certa promessa.

Mas, em seguida, a sensação se perdeu, se desgastou como aqueles relevos. Guinevere ficou se sentindo desanimada e triste. Quem criara Camelot não o fizera sem motivo. Muito antes de Uther Pendragon tomá-la. Muito antes de Arthur tomá-la das mãos do pai.

Seja lá qual fosse o propósito de construir Camelot, ele havia se perdido no tempo.

Mordred sentou no chão do balestreiro, espichou as pernas e se recostou na parede. Era uma posição tão confortável e natural que Guinevere se sentiu deslocada. O cavaleiro abriu uma trouxa, que revelou pão, queijo e nozes.

— Fique pelo tempo que quiser. Só tenho alguns minutos, depois preciso voltar para o tribunal.

— Por que você está aqui? — perguntou Guinevere.

Mordred olhou para ela e respondeu:

— Eu já disse. É o melhor lugar da cidade.

— Não, eu quis dizer por que está aqui na cidade? Pensei que Arthur e todos os seus cavaleiros tinham partido para... — Deixou a frase no ar. Não sabia o que estavam fazendo. E isso a incomodava.

Ainda estava inconsciente quando Arthur partira, mas será que o rei não poderia ter dado um jeito de avisá-la?

Mas será que *deveria* ter avisado? Sim. Se Arthur estava vagando por aí, no mundo, ficava vulnerável a um ataque de magia. Guinevere tinha o dever de protegê-lo, e não poderia fazer isso se ficasse para trás, sem saber onde o rei estava. Teria que confeccionar alguns amuletos que Arthur pudesse levar consigo.

— Quando meu tio e rei precisa se ausentar, sou eu quem fica encarregado da cidade. Não se pode interromper tudo só porque ele não está aqui.

— Arthur confia em você.

A moça se sentou ao lado do cavaleiro, tentando posicionar saias e pernas na combinação menos desajeitada. Roupas femininas não são feitas para se sentar no chão.

— Confia. — Mordred não parecia muito feliz.

— Mas... — insistiu Guinevere.

Ele se recostou, espremendo os olhos para se proteger da luz do Sol.

— Mas não gosto de ficar na cidade. Eu gostaria de estar na floresta, ao lado de meu tio e rei. Sei que é uma honra, uma responsabilidade tremenda. Mas, ainda assim, me sinto preterido.

Guinevere entendeu. Esticou a mão e pegou um pedaço do pão de Mordred, o partiu em pedaços menores e ficou olhando para a paisagem.

— Arthur sequer me contou aonde foi.

— A senhora *gostaria* de saber? — Mordred lhe deu um pedaço de queijo, sem que ela tivesse pedido.

O que uma verdadeira rainha responderia?

— Não sei qual deveria ser o meu papel por aqui. Ajudaria se eu soubesse o que é esperado de mim. — Agora a moça tinha um objetivo. Um alvo. Mas ainda precisava ser rainha nesse ínterim, e isso era complicado.

— A senhora deveria conversar com seu marido a respeito.

— Meu marido quase nunca está aqui! — exclamou. E apertou os lábios em seguida, ao perceber a força inesperada da afirmação.

Mordred deu risada.

— Talvez, se a senhora usasse trajes de cavaleiro, conseguiria chamar mais a atenção dele. Arthur só tem um objetivo em mente. É isso que faz dele um grande rei. E, temo, um marido complicado. Se a gente não é um problema que precisa ser resolvido ou uma batalha que precisa ser travada, é muito difícil conquistar sua atenção.

Guinevere não queria ficar triste. Deveria se esforçar ao máximo para não ser uma distração. Não era a esposa de Arthur, não de fato. Mas estava triste mesmo assim. Não era fácil viver em função de alguém que não vivia em função dela.

Substituiu a tristeza por determinação. Já que Arthur não a levaria consigo, a moça descobriria um modo de enviar sua proteção. E sempre ficaria a postos ali, para defender Camelot. Para defender Arthur. Aquela fora a vocação de Merlin, e agora era a sua.

— Venha — disse Mordred, já levantando e limpando as migalhas das pernas. — Preciso presidir os julgamentos de hoje. Pode ser interessante para a senhora ver um pouco de como a cidade é governada. Enquanto descemos, posso lhe contar onde está seu marido. Creio que não é nenhum segredo.

Guinevere também ficou de pé. Precisava saber mais a respeito de Camelot. E isso lhe daria tempo para planejar o ataque ao Cavaleiro dos Retalhos e à mulher misteriosa.

— Obrigada.

Mordred ficou parado por alguns instantes, e o vento passava seus dedos invisíveis nos seus negros cabelos. Guinevere teve um súbito impulso de arrumá-lo. O cavaleiro fez sinal para que a moça saísse primeiro do balestreiro.

— Lamento que seu marido não seja exatamente o que esperava que ele fosse.

Guinevere ficou parada ao lado dele, com a mão encostada na parede tépida. Não havia mais nenhum propósito para preenchê-la. Simplesmente sumira.

— Arthur é exatamente o que eu esperava. Temo que eu é que esteja deixando a desejar.

Então desceu correndo os degraus, seguida pelos passos tranquilos de Mordred.

꽃

O cavaleiro explicou que Arthur fora defender uma fronteira em conflito. Havia diversos lordes e reis cujas terras faziam fronteira com o reino de Camelot. Era frequente que exigissem a presença do rei para resolver conflitos — por meio do bom senso, de ouro ou da espada.

Mordred não sabia dizer qual solução aquele conflito específico exigiria.

— Pelo menos, não é Maleagant — disse, enquanto se dirigia, com Guinevere, até uma construção próxima do castelo. O local tinha teto baixo. O que, normalmente, faria a moça se sentir oprimida. Mas o teto fora esculpido com motivos de flores e pássaros e as mais belas imagens. Sendo assim, a falta de altura lhe pareceu uma dádiva. Era, obviamente, uma das construções originais de Camelot, não algo feito depois. Por algum motivo, Guinevere se sentia melhor nas construções mais antigas.

— Quem *é* Maleagant? — perguntou.

— Uma pedra do sapato de Camelot. Ah, obrigado, Conrad. Qual é a programação de hoje?

Mordred examinou com atenção um pergaminho com caligrafia esmerada que um jovem rechonchudo, com rosto simpático, lhe entregou. Havia bancos em volta das paredes, e todos repletos de gente. Alguns dos presentes vestiam os belos trajes dos mercadores; dois, as roupas finas dos nobres. Mas, em sua maioria, o que se via eram trajes simples de quem trabalha, dos fazendeiros e camponeses.

Na parte da frente, havia uma gaiola de ferro. Dentro dela, uma mulher de pé, com o rosto virado para o outro lado. Estava com os ombros encurvados, a cabeça baixa. Guinevere não entendeu o que ela estava fazendo lá dentro.

Mordred fez sinal para Guinevere se sentar em uma das cadeiras estofadas em uma plataforma separada do público. A moça se arrependeu de ter vindo. Estava em exibição, e não havia se preparado. Deixou o capuz levantado, sabendo que seu cabelo não atendia aos padrões de Brangien.

Tentou manter a postura mais imóvel e digna possível para uma rainha, pousando as mãos no colo, com certa afetação. Os primeiros casos eram relacionados a negócios. Um homem que tentava conseguir um espaço para vender cavalos na próxima feira. Uma mulher que se candidatava a comprar uma loja na Rua do Mercado. Quando a mulher se confundiu para dizer "Rua do Mercado", Guinevere sorriu, lembrando do que Brangien lhe contara, sobre como é difícil se livrar dos antigos nomes. Depois, vieram diversos lavradores e seus amos. Os lavradores haviam concluído o serviço para que foram contratados e recebiam seus próprios terrenos como paga. Guinevere podia ver o quanto estavam orgulhosos, e seus amos não pareciam desapontados. Muitos se abraçaram depois que tudo terminou ou apertaram as mãos, afetuosamente. Tudo lhe pareceu próspero e cheio de esperança.

E então Mordred se dirigiu à mulher que estava dentro da jaula.

— Quais são as acusações contra Rhoslyn, filha de Ricardo?

Ela levantou a cabeça. Guinevere abafou um suspiro. Era a mulher que vira: aquela que entregara objetos mágicos para o Cavaleiro dos Retalhos.

Conrad fez uma reverência, pegou outro maço de papéis, limpou a garganta e depois leu:

— Bruxaria e magia, milorde.

— Que evidências temos?

A mulher, Rhoslyn, ficou de pé, sua voz era bem alta e clara, a não ser no fim das sílabas, quando tremia, denunciando nervosismo.

— Eu não tive a intenção de causar mal nem desobedecer à lei. Minha sobrinha estava doente. Eu sabia que poderia ajudá-la. Eu...

— A família desta mulher é conhecida por praticar magia das trevas — disse Conrad. — Sua irmã foi banida há três meses. Rhoslyn foi pega em flagrante, portando objetos necessários para fazer feitiços.

Rhoslyn sacudiu a cabeça violentamente.

— Ferramentas profissionais, as mesmas que um açougueiro ou ferreiro teria para fazer seu trabalho!

Guinevere se remexeu na cadeira, desejando ter algum modo de exigir que lhe mostrassem o que haviam encontrado em poder de Rhoslyn. Se pudesse examinar os objetos, poderia descobrir o que aquela mulher estava tramando. Mas não podia pedir isso sem admitir que era capaz de entender o que estava vendo. E Arthur não estava ali para ajudar.

O cavaleiro falou com uma voz tranquila:

— Rhoslyn, você conhece a lei. Se permitirmos a prática da magia dentro de Camelot, estaremos permitindo que o caos entre no reino. Se admitirmos o caos, tudo o que construímos corre o risco de se desmantelar. Você é capaz de entender?

Rhoslyn apertou os dentes, o rosto estava pálido. Mas então algo dentro da mulher cedeu, e ela se acalmou e assentiu.

— Você não contesta as acusações?

— Não, milorde.

— Muito bem. Como foi franca e sincera, sua punição será ser banida do reino.

Rhoslyn apertava os lábios, que formaram uma única linha

dura, e olhava para a plateia. Ouviram-se murmúrios e sussurros. No começo, Guinevere pensou que as pessoas estavam incomodadas com a severidade da sentença. E então se deu conta de que estavam incomodadas com a leniência de Mordred. Ouviu diversos sussurros de "afoguem essa mulher".

Aparentemente, o cavaleiro também os ouviu.

— A punição deve ser aplicada imediatamente. Conrad, mande escoltá-la até as fronteiras de Camelot. Rhoslyn, você nunca mais será bem-vinda neste reino. Que Deus tenha piedade de você. Vá.

— E a minha sobrinha?

— Ficará sob os cuidados do castelo. Prometo.

A mulher acenou com a cabeça. Conrad e dois homens uniformizados a tiraram da jaula e a levaram correndo dali, pela porta dos fundos.

Guinevere permaneceu tão imóvel quanto uma pedra.

Se a lei ordenava que *qualquer* magia — independente da intenção — fosse passível de banimento ou pena de morte, nem queria pensar no que aconteceria se suspeitassem que a própria rainha era bruxa. Teria que tomar muito, muito mais cuidado. Mas não naquele exato momento. Naquele exato momento, tinha uma conspiração para desmascarar.

Levantou e saiu do tribunal, adotando a postura mais digna de rainha que pôde, torcendo para que ninguém desconfiasse do porquê escolhera justo aquele instante para ir embora.

Não tinha tempo para voltar ao castelo e vestir as roupas de Brangien. Foi correndo por uma rua lateral, até chegar na parte mais residencial — e menos abastada — da cidade. Avistou, em um varal, uma capa com capuz de tecido marrom e grosso que lhe poderia ser útil. Com uma pontada de culpa, a roubou. Não podia deixar sua própria capa no lugar e duvidava que a dona pudesse pagar por uma nova tão cedo.

Mas era por Arthur. Vestiu a capa e fez, com pressa, os nós para causar sombra e confusão. Não podia correr o risco de ser reconhecida. Tendo feito isso, voltou correndo para a rua principal. Sua agilidade valera a pena. Logo em frente, nas docas, viu a mulher, Rhoslyn, sendo embarcada em uma balsa, junto com diversos passageiros pagantes. Guinevere respirou fundo e subiu na embarcação.

E se arrependeu imediatamente. A balsa afundou e sacolejou. Antes que pudesse dar meia-volta, já havia zarpado.

— Por Arthur — sussurrou, com seus botões. Em seguida, fechou os olhos e abraçou o próprio corpo, para conter o pavor e o pânico. Estava ali para proteger o rei. E era assim que devia fazê-lo.

A balsa estava tão lotada que Guinevere ficou topando nas pessoas e sendo jogada de um lado para o outro. Era reconfortante, de um modo estranho. Não havia nada onde pudesse se segurar, mas as pessoas estavam tão espremidas que não tinha como cair. E havia corpos — corpos vivos, respirando, pungentes — entre o seu e a água.

Rhoslyn e os guardas que a acompanhavam estavam no extremo oposto. Guinevere queria examinar de perto a outra mulher, mas só conseguiu continuar respirando em meio ao pavor existencial que se apossava dela a cada ranger da balsa.

Depois de uma eternidade, a embarcação chegou ao outro lado do lago. Guinevere foi empurrada pelos corpos que a cercavam. Em algum momento — sinceramente, não sabia dizer quando —, agarrou-se ao braço de um homem mais velho. Que ficou olhando para ela, espremendo os olhos, confuso, tentando descobrir quem era aquela moça. A cabeça de Guinevere doía, porque os nós que fizera tentavam impedir o homem de ver o que havia por trás da magia.

Soltou o braço dele e andou na direção contrária. Assim que saiu de seu campo de visão, ele tomou outra direção, com uma expressão levemente perplexa.

Os soldados puseram Rhoslyn, que estava pálida e tremendo, em cima de uma carroça puxada por um único cavalo. Guinevere ficou aliviada. Não poderia acompanhar se todos estivessem a cavalo. Roubar um cavalo do estábulo de Arthur era uma opção, mas arriscada. E não podia simplesmente exigir um cavalo por ser rainha. Não tinha permissão para andar sozinha. A farsa que a mantinha perto de Arthur também complicava as coisas, de um modo muito irritante.

Os soldados seguiram por uma estrada vazia. Guinevere se manteve a uma distância prudente, passando de vez em quando por algum viajante a caminho de Camelot. Ninguém fixava os olhos nela. Estava tonta, com a visão levemente borrada, mas não abandonaria a missão. Depois de duas horas, os soldados saíram da estrada principal e pegaram um caminho menos usual, que atravessava os campos e ia rumo a uma floresta, que se assomava ao longe. Arthur não derrubara todas as florestas do reino de Camelot. Algumas ainda eram necessárias, por causa da madeira e da caça. Mas aquele era o começo do fim de suas terras. Guinevere estava com os pés doloridos, a garganta seca. Se soubesse que seguir uma bruxa faria parte de seu dia, teria se preparado melhor.

Finalmente, os soldados pararam. Rhoslyn foi tirada da carroça e colocada no chão da floresta, sem cerimônia.

— Boa sorte — disse um dos soldados. Os demais deram risada, com cumplicidade. Guinevere achou estranho nenhum ter dado à bruxa um último alerta para ficar longe de Camelot nem instruções nem nada do tipo.

Esgueirou-se contra uma árvore bem velha e retorcida quando os soldados passaram por ela. Sua atitude despreocupada fez muito mais sentido quando, assim que se foram, seis homens a cavalo surgiram no meio das árvores.

— Olá, bruxa — disse um deles, mostrando os dentes, em uma expressão de deboche.

Guinevere sentiu um aperto no coração. Cada um segurava uma clava grossa de madeira. Então aquela era a justiça de Arthur?

— Vocês não podem fazer isso — declarou Rhoslyn, com a voz fina e amedrontada. — Fui banida. Não sentenciada à morte.

— Ah, mas não estamos mais em Camelot, estamos? — O líder do bando olhou em volta das árvores e abriu bem os braços. — Não vejo nenhum rei por aqui. O que significa que não está mais sob a proteção dele. E nós não temos para com as bruxas a mesma compaixão que o rei benevolente tem.

Guinevere ficou petrificada no meio das sombras. A violência fervilhava, prestes a se derramar. Ela fora à caça de Rhoslyn e descobrira que aquela mulher era uma ameaça a Arthur. Será que permaneceria escondida enquanto a bruxa apanhava até a morte?

O líder levantou sua clava. Guinevere pisou na trilha. Não sabia o que fazer — o que deveria fazer — mas, com certeza, aquilo não estava certo.

Uma flecha zuniu pelos ares, acertando com precisão absoluta o meio da mão do líder do bando, prendendo-a à clava. O homem gritou de agonia e surpresa. Duas outras flechas acertaram seus alvos, uma na perna e outra bem no meio do peito. O homem desmoronou e caiu do cavalo. Diversas outras flechas voaram pelos ares, enquanto o líder do bando gritava, e os sobreviventes viravam os cavalos e galopavam para bem longe, em busca de um refúgio no meio das árvores.

A mulher não era indefesa, então. Ou, pelo menos, tinha quem a defendesse. Guinevere voltou para o abraço da árvore, bem na hora em que um homem montado em um cavalo baio surgiu e desceu do animal.

Rhoslyn deixou escapar um soluço e se atirou contra ele, abraçando seu pescoço. O homem a levantou sobre o cavalo, revelando um rosto conhecido.

"O Cavaleiro dos Retalhos."

Assim como aqueles homens, que ficaram esperando para

emboscar Rhoslyn, o Cavaleiro dos Retalhos ficou esperando para salvá-la. Ele e aquela mulher estavam tramando algo juntos. Guinevere tinha razão. Esperou até os dois desaparecerem e então saiu do abrigo da árvore. Podia até seguir os dois pela trilha, mas não sabia dizer o quanto isso demoraria. A dupla estava a cavalo, ela não. E não poderia ficar mais tempo longe de Camelot. Já se demorara demais.

Os nós que fizera não a tornavam invisível aos insetos, e a moça ficou cansada de tanto afugentá-los. A capa era pesada demais para o calor agoniante do verão. Guinevere estava grudenta, exausta e se sentia mais determinada do que nunca. Voltaria e enfrentaria aquela ameaça assim que possível.

A caminhada até Camelot era longa. Não chegaria antes do anoitecer, o que tornaria tudo mais difícil de explicar. Especialmente para Brangien, que não deixaria passar despercebido o fato de sua rainha não ter passado a noite no castelo. Será que a dama de companhia avisaria os guardas? Guinevere ficou tentando inventar possíveis desculpas e soluções.

E sua outra linha de pensamento dizia respeito ao que fazer com Rhoslyn e o cavaleiro. O que aqueles dois estavam tramando?

As leis e as regras de Arthur eram melhores para o reino, mas isso não queria dizer que eram melhores para todo mundo. Rhoslyn poderia estar com raiva e ser poderosa a ponto de representar uma ameaça. Principalmente porque estava conspirando com o Cavaleiro dos Retalhos. Guinevere estalou os dedos, já planejando os nós que teria que fazer frente àquela ameaça.

Um galho que se partiu a sua direita a assustou. Ela empunhou a adaga que Arthur lhe comprara e a brandiu contra...

A égua do homem que havia morrido. Que deu um passo tímido na sua direção. Guinevere fechou os olhos e soltou um suspiro de gratidão e alívio, embainhou a faca e montou na égua.

CAPÍTULO ONZE

— Muito bem — disse, e então voltou galopando para Camelot. Arthur ainda não havia retornado quando Guinevere entrou de fininho no castelo, pouco antes de soar o toque de recolher. Brangien até podia ter notado sua ausência, mas não disse nada ao preparar sua rainha para dormir.

Os preparativos da dama de companhia foram em vão. A moça ficou acordada a noite toda, tramando. Pensando. Qual seria a melhor linha de ataque? Confrontar diretamente o Cavaleiro dos Retalhos ou tentar encontrar outra aliada de Rhoslyn pela cidade? Alertar Arthur, para que ele e seus homens pudessem caçá-la?

Os sussurros de "afoguem essa mulher" assombravam Guinevere. A forma insensível como os soldados a haviam abandonado, sabendo qual seria o seu destino, sendo que sua única punição, teoricamente, era o banimento.

Mas essa era a ameaça. Esses eram os riscos. Arthur, sendo rei, tomava decisões difíceis todos os dias, e Guinevere faria a mesma coisa. Além disso, aquela era a sua causa. O seu dever. Não o dos soldados. Sendo assim, a moça teria que enfrentá-la sozinha e não mandar homens armados encararem algo que, talvez, não fossem capazes de confrontar. Sentou-se na cama na manhã seguinte, ansiosa para dar início à tarefa.

Foi um erro. Brangien percebeu seu vigor e foi logo tirando proveito dele.

— Está na hora de começar a fazer suas visitas.

— Minhas o quê?

— Suas visitas. Às outras damas.

Guinevere murchou.

— É mesmo necessário?

— É dever da rainha.

Mais uma vez, Guinevere xingou Merlin e Arthur por terem tido aquela ideia de fazer dela uma rainha. Deveria ter assumido o papel de criada! Aquela história de ser rainha exigia tanto dela e ainda a impedia de cumprir seu dever de proteger Arthur.

Do lado de fora do castelo, acompanhada por Brangien, ficou parada observando os palacetes lá embaixo. Guinevere sentiu quase tanto medo quanto ao andar de balsa. Não estava preparada.

— Não quero fazer isso — sussurrou.

A dama de companhia deu de ombros e retrucou:

— Ainda bem que não são muitas. Sir Bors não tem esposa, demos sorte. Jamais teremos que visitá-lo. Recomendo visitar as esposas de Sir Percival e Sir Caradoc no mesmo dia. É claro que ficarão ofendidas, seja qual for a ordem das visitas. Mas, ao menos, as duas visitas serão próximas o suficiente para mantermos a ilusão da neutralidade. Depois...

— Podemos começar por Dindrane?

— Dindrane? — Brangien olhou para Guinevere, perplexa. — Dindrane é a irmã solteirona de Sir Percival. Pode ser incluída em nossa visita a Brancaflor. A senhora será obrigada a fazer uma refeição com ela uma hora ou outra, mas será no mês que vem. Ou no próximo. Dindrane não tem a menor importância.

— Exatamente. Ninguém poderá ficar ofendido se a visitarmos primeiro. As damas ficarão surpresas e confusas. E será agradável treinar essas visitas começando por alguém que "não tem a menor importância".

A expressão preocupada da dama de companhia mudou enquanto pensava a respeito. Finalmente, concordou.

— Pode ser uma jogada brilhante. Ou a pior decisão que a senhora tomar enquanto rainha.

— Agradeço seu voto de confiança.

Brangien deu um sorriso travesso.

— Só quero ter em vista todos os resultados possíveis. Assim, seja qual for a consequência, poderei dizer que lhe avisei.

— *O que* eu faria sem você?

Guinevere deu o braço para Brangien, e as duas desceram a rua, em direção ao palacete de Sir Percival. A dama de companhia bateu à porta principal, mas foi informada por uma criada que Dindrane estava recebendo outras pessoas em seus aposentos. A criada prometeu informar Dindrane que elas estavam ali, e então mandou que fossem para a lateral da casa e entrassem em um beco tão estreito que só batia sol algumas horas por dia.

Entraram por uma porta lateral. A saleta era minúscula e mal iluminada. A principal fonte de luz era uma porta que a ligava ao restante da casa, mantida aberta. Ao que parecia, o cômodo ao lado era o quarto de sua cunhada. Ou seja: Dindrane só podia sair e entrar na casa pelo lado de fora ou passando pelo quarto de Brancaflor.

O palacete era tão grande que Dindrane podia ter seus próprios aposentos. Mesmo Guinevere, ignorante nas sutis artes que estavam em jogo ali, entendeu o poder que Brancaflor exerce. Usava seu *status* social como feitiço para manter Dindrane em seu devido lugar.

Dindrane entrou correndo pela porta externa. Estava com o rosto corado e as mãos vermelhas e arranhadas. Parecia que estivera fazendo limpeza. Mas manteve a cabeça erguida e cumprimentou Guinevere com uma reverência formal — que também serviu para disfarçar o chute que deu para fechar a porta do quarto de Brancaflor.

— Peço perdão, minha rainha. Não estava esperando sua visita. Normalmente, as pessoas costumam mandar mensagem de antemão, para garantir que estou disponível. A senhora teve muita sorte. Tenho muitos compromissos.

— Obrigada por arranjar tempo para nos receber.

Guinevere sentou em uma das duas cadeiras gastas para as quais Dindrane apontou. Brangien ficou de pé, encostada na parede, porque Dindrane sentou na outra. Os trajes da mulher eram belos — se não fossem, pegaria mal para Sir Percival. Mas não usava joias no cabelo, e as mangas apertadas deixavam claro que o traje fora feito para o corpo de outra pessoa. Seus olhos eram aguçados e inteligentes, de um tom agradável de castanho-claro, e seu cabelo era brilhante e bem cuidado.

— Temo que não disponho de nenhum lanche para lhes oferecer. Acabei de receber visitas.

Guinevere não desmascarou a mentira.

— Ah, já comemos. Mas é muita gentileza sua se preocupar conosco. Não tive oportunidade de conversar com você durante a festa de casamento e gostaria de conhecê-la melhor.

— *Hmmmm...* — Dindrane deu um sorriso tenso. O silêncio foi tão sufocante e abafado quanto aquele cômodo. Por fim, inclinou-se para a frente e disse: — O seu cabelo está encantador. Esse penteado é moda lá no sul? Certamente, não é a moda daqui. Mas caiu bem na senhora. Eu jamais teria coragem de usar um penteado desses. — O sorriso de Dindrane continuou no mesmo lugar. Guinevere teve certeza de que havia sido insultada. Foi um verdadeiro deleite. Todo mundo a tratava com cautela, mas aquela mulher viera preparada para a batalha. — A senhora sempre foi assim, tão pálida? — perguntou a dama, inclinando a cabeça para o lado. — Faz suas sardas realmente se sobressaírem. Mas a única solução é passar mais tempo no sol, o que lhe daria mais sardas.

A rainha deu risada. Não conseguiu se segurar. Não tinha o menor desejo de ter uma inimiga e nenhuma necessidade de se sentir ofendida. Suspeitava que Dindrane precisava de uma amiga, mais até do que ela própria. Ela, pelo menos, tinha Arthur. Como deveria ser terrível dever tudo ao irmão e à cunhada que obviamente a odiava... Guinevere até podia estar se sentindo deslocada e com dificuldades, mas Dindrane também estava na mesma situação.

— Gostei muito de você, Dindrane. Tomara que permita que eu a visite com frequência. E também adoraria que me visitasse.

A mulher murchou, fora desarmada.

— É mesmo?

— Por muitos anos, tive apenas as freiras como companhia. Devo considerá-la minha amiga. Ou irmã, até.

O sorriso de Dindrane foi hesitante, mas sincero.

— Sempre quis ter uma irmã.

— A senhora tem uma irmã — resmungou Brangien, sem tirar os olhos da onipresente costura.

— Meu irmão tem uma esposa. Aquela mulher não é minha irmã.

Guinevere esticou o braço e segurou a mão de Dindrane. Que não lhe passou nenhuma forte impressão. E isso foi reconfortante. Se fosse uma ameaça, Guinevere teria sentido. Pelo tato, Guinevere tivera a mesma impressão de Dindrane que a aparência dela transmitia: uma mulher cansada, cabeça-dura, com uma gota de esperança.

— Permita que eu seja sua irmã, então. Gostaria de ir conosco à capela hoje? Preciso de alguém para sentar ao meu lado, já que o rei está viajando.

Dindrane fingiu pensar a respeito, como se aquilo não fosse uma honra tremenda, que não se pode recusar. Guinevere sabia que a escolhida para sentar ao lado da rainha seria notada e comentada. Tinha pensado em se sentar ao lado de Mordred, mas aquela era uma opção melhor. Finalmente, a mulher concordou e disse:

— Adoraria lhe ser útil. — Então sorriu, como se estivesse fazendo um favor para Guinevere. — A sua criada pode me ajudar a me vestir antes de partirmos.

A expressão de Brangien indicava que aquilo estava fora de cogitação.

— Ah, lamento muito, mas precisamos pegar... uma...

— Linha nova — completou Brangien, guardando a costura. — Encontraremos a senhora na frente do palacete, quando estiver pronta.

Foi um alívio sair do exíguo cômodo de Dindrane. Andaram uma boa distância em silêncio. Guinevere ficou se perguntando se iam mesmo comprar linha para corroborar a farsa. Por fim, Brangien se pronunciou:

— Dindrane? Sério? A senhora escolheu Dindrane?

— Ela é inofensiva.

— Não teria sido inofensivo se eu tivesse sido obrigada a vesti-la.

A moça deu risada, puxando o braço da dama de companhia, para fazê-la parar em um trecho banhado por gloriosos raios de luz do Sol.

— Prometo que jamais será obrigada a ajudá-la.

— A senhora já está ajudando essa mulher por nós duas. — Brangien se acalmou, levantou o rosto na direção da luz e fechou os olhos. — A senhora é igual ao rei.

— De que maneira?

— Ele vê virtude em todo mundo. Vocês formam um bom par.

O calor que Guinevere sentiu não vinha apenas do Sol. Ela queria ser como Arthur. Mas aquele calor também lhe trazia uma pontada de medo. Rhoslyn ainda estava à solta. Mesmo depois de banida, poderia ter comparsas dentro da cidade. Guinevere não estava lá para formar um bom par com o rei. Estava lá para salvá-lo.

Mas, antes, tinha de ir à igreja. Ser rainha era ridículo. A última coisa na qual deveria estar pensando naquele momento era em fazer uma aparição pública para apoiar uma religião que ela não entendia e de que nem gostava. Mas era a religião de Arthur e, por conseguinte, devia ser a sua. Esfregou os pulsos, sem se dar conta, refazendo as marcas das cordas que amarraram Rhoslyn. Precisava manter as aparências. Tinha que estar acima de qualquer suspeita.

Chegaram ao palacete de Sir Percival bem na hora em que Dindrane saía correndo para encontrá-las.

Arthur mandara construir a igreja no centro de Camelot. Era a única coisa nova que mandara construir durante seus três anos de reinado. Foram juntas até lá: Guinevere no meio, ladeada por Brangien e Dindrane.

— Sabia — disse a mulher mais velha — que ele foi apaixonado por mim por um tempo? O rei. Fazia cada avanço! Mas achei que seria melhor para o reino se encontrasse uma esposa mais jovem. Que poderia lhe dar muitos filhos.

— Você é nobre e bondosa em igual medida — elogiou Guinevere. Então sorriu, grata por poder se distrair das preocupações muito mais sérias que tinha. — Fico feliz por não tê-lo agarrado quando teve oportunidade.

Dindrane fungou, em uma expressão de desdém.

— Arthur não faz muito o meu tipo. Aquele cabelo horroroso. A senhora deveria obrigá-lo a deixar o cabelo crescer.

A mulher se sentou ao lado de Guinevere no banco mais próximo do altar. O que não passou despercebido pelas pessoas já ali reunidas. Dindrane ficou radiante de tão satisfeita com os cochichos.

Guinevere jamais havia ido a um culto cristão. Merlin não dava a mínima para os refugos deixados pelos romanos. Mas Arthur professara sua fé, e Guinevere pôde entender por quê. Todo mundo estava reunido na mesma grandiosa construção de madeira. Com um teto altíssimo sobre suas cabeças. Era simples, mas elegante. Discreto. Todos se sentavam no mesmo nível, ouviam as mesmas preces, faziam os mesmos gestos. Aquilo era algo que tornava todos iguais. Que fazia com que as pessoas tivessem alguma coisa em comum. Algo que as unificava.

Assim que o culto terminou – o que foi um alívio, porque Guinevere teve que fingir que sabia latim, o que, com toda a certeza, não sabia –, teve que encarar um lanche na companhia da esposa de outro cavaleiro. E então convocou outra. E mais uma. Deixou Brancaflor por último, e fez questão que Dindrane fosse convidada. O sangue de Brancaflor, com certeza, ferveu de tanto ressentimento.

Ao fim do dia, a cabeça de Guinevere doía tanto quanto seus pés. Cumprir com seus deveres de rainha era quase tão cansativo quanto fazer feitiços. As mulheres, com certeza, eram o sexo forte. Todos aqueles joguinhos sutis que eram obrigadas a fazer, os modos como desafiavam o poder daqueles que a cercavam! A moça tinha muito a aprender nesse quesito.

Mas não tinha tempo. Tinha um dever maior e mais importante a cumprir. Quando o dia, finalmente, chegou ao fim, seu verdadeiro trabalho teve início.

CAPÍTULO DOZE

Durante as tediosas conversas daquele dia, Guinevere ficou imaginando nós, em infinitas combinações e possibilidades. Foi um exercício útil, que a fez se dar conta de que um simples nó para expandir a visão não teria bastado para visualizar a magia. Nós para expandir a visão podem funcionar com alvos específicos, mas pedir para que seus olhos vissem algo desconhecido seria exigir demais de um sentido tão delicado. A moça poderia ter ficado cega.

Nós têm a capacidade de incrementar e direcionar o que já existe: podem impedir coisas. Mas não têm a capacidade de obrigar os sentidos da pessoa a fazerem algo de novo. A magia dos nós é prosaica. Consiste em *amarrar* a magia a uma tarefa, não em descobrir coisas novas. Mas Guinevere, com certeza, encontraria uma maneira. Seus dedos se remexiam, fazendo nós imaginários

E foi então que ela se deu conta da solução. Não eram seus olhos que precisavam enxergar melhor. Suas *mãos* é que poderiam absorver informações que não eram dadas. Suas mãos sentiam coisas que seus olhos jamais poderiam sentir. Se pudesse melhorar o tato, expandi-lo, teria o que precisava.

Guinevere se enrolou em um robe e foi correndo para fora do

castelo. Subiu, subiu, até chegar ao balestreiro. Era madrugada. Se fosse pega em flagrante, ninguém poderia ver o que estava fazendo. Poderia alegar que tinha dificuldade para dormir na ausência de Arthur. Assim que se protegeu do vento e dos olhos que poderiam espioná-la, pôs-se a trabalhar.

Utilizou cabelo, não linha, já que precisava empregar o máximo de si mesma que pudesse se dar ao luxo de dispender. Enroscou os fios em volta dos dedos, formando uma versão modificada do nó para expandir a visão. Seus dedos formigavam por causa da pulsação acelerada. O sangue estava parado ali, se acumulando, pulsando. Tudo o mais no seu corpo estava leve e distante, parecia que todo o seu ser se concentrara apenas nos dedos.

E então estendeu as mãos e *sentiu*.

Começou pela cidade. Havia minúsculos pontos mais quentes espalhados, e ela prestou atenção à localização de cada um. Deixou suas mãos vagarem por Camelot. Sentiu algumas pontadas de trevas, mas que se esvaíram feito fumaça debaixo de sua pele, antes que pudesse descobrir o que eram.

Respirou fundo. Queria evitar o próximo local, mas não daria as costas para o seu dever. Esticou as mãos na direção do lago. E sentiu...

Nada.

Ficou arrepiada, gelada da cabeça aos pés. Havia uma absoluta ausência de magia ali. Aquele era o lago onde a Dama vivera. Aquele era o lago que entregara Excalibur para Arthur. Agora? Um vazio imóvel.

Tremendo, porque a magia já estava sugando suas forças, não se demorou sobre o lago. Esticou mais as mãos, ainda mais, sentindo através dos campos, as áreas em volta de Camelot. Que não eram sem vida como o lago, mas estavam adormecidas. Nada faiscava nem fervilhava. Até que chegou à área onde perdera Rhoslyn e o cavaleiro de vista. Que crepitava feito uma fogueira, esquentando suas mãos.

Caiu no chão. Os fios de cabelo em volta dos seus dedos se partiram. O sangue voltou a correr normalmente. Guinevere ficou imaginando quando voltaria a sentir as mãos, e suspeitou que aquela terrível sensação de formigamento ficaria com ela por um bom tempo.

Encontrara algumas pistas, mas era a ausência o que mais a incomodava. Um lago daquele tamanho, com aquela história, deveria guardar *alguma* magia. Enquanto descia, cambaleando, a escadaria, com as mãos latejando e dormentes de um jeito agoniante a um só tempo, tentou entender o que aquilo poderia significar.

Uma possibilidade tenebrosa a tomou de assalto. Se era capaz de canalizar a si mesma em suas mãos, para deixá-las mais poderosas do que nunca, quem haveria de dizer que a magia das trevas que havia no mundo não poderia ser utilizada para fazer a mesma coisa?

E se alguém estivesse drenando toda a magia do lago, toda a magia daquelas terras? E o que aconteceria se conseguisse acumular poder suficiente?

Tinha que encontrar Rhoslyn. Tinha que impedi-la.

Pela primeira vez na vida, Guinevere desejou ter uma espada.

Havia se preparado para lutar contra a magia, não contra pessoas. Mas era para isso que estava ali. Não importava o que custasse, enfrentaria Rhoslyn e o seu cavaleiro, e triunfaria.

Esgueirou-se na escuridão da Camelot adormecida. As ruas murmuravam e assoviavam, por causa do vento vindo do lago. Guinevere tremeu, ao lembrar-se do vazio gelado. Mas aquele não era o mistério. Em sua cabeça, os pontos quentes da magia ardiam, como aquelas imagens que se formam quando se olha muito tempo diretamente para o Sol. Esgueirando-se de treva em treva, sentindo-se mais parecida com a noite do que com uma pessoa, Guinevere encontrou o primeiro local. Era o que conhecia melhor, afinal de contas. A beira do precipício em que o Cavaleiro dos Retalhos a despistara duas vezes.

Suas mãos estavam adormecidas e inúteis, mas ainda tinha os olhos. Ficou procurando sem parar por algo de estranho, algo que não deveria estar ali.

Depois de vários minutos frustrantes, procurando nas ruínas e nos detritos da fundação, percebeu seu erro. A magia estava escondida em algo que *deveria* estar ali. Ou bem perto. Abaixou a mão e pegou uma pedra perfeitamente lisa e arredondada. Como a que Rhoslyn deixara cair. Desta vez, viu o que havia deixado passar. Algo que amarrava a magia na própria pedra. Um feitiço, uma lembrança, uma maldição – ela não sabia dizer o quê. Mas, agora, sabia o que estava procurando.

Correu em meio à noite. Sete pedras em sete pontos distintos da cidade. Sete âncoras de magia. Não poderia entrar com elas no castelo: isso destruiria a magia das pedras antes que Guinevere pudesse descobrir qual era.

Já estava quase amanhecendo. Se saísse agora, poderia alcançar Rhoslyn em uma questão de horas. Mas não teria como explicar sua ausência nem suas ações. Ou seja: derrotaria a ameaça, mas acabaria com seu papel de rainha. E não poderia voltar a desempenhá-lo facilmente.

A escuridão se apoderou da moça, ordenando que seguisse adiante.

Se fizesse aquilo por Arthur, estaria cumprindo com seu propósito, mas perdendo o lugar ao lado dele. Fechou os olhos. Faria os preparativos naquele dia, sairia à noite. Teria que se contentar com isso. Curvada, sob o peso da aurora que se aproximava, escondeu as pedras mágicas e voltou correndo para os seus aposentos.

Por pouco, conseguiu chegar antes de o Sol nascer. Assim que caísse a noite, sairia do castelo. Deitou na cama, planejando o ataque.

Brangien abriu a porta assim que Guinevere fechou os olhos cansados.

— Tenho a melhor das notícias, minha rainha!

A moça se sentou na cama, com as mãos que congelavam e ardiam em momentos alternados; estavam formigando e, de alguma forma, ainda dormentes. Seus olhos mal conseguiam suportar a penumbra do quarto, depois de ficar tanto tempo acostumados às sombras.

— Sim? – perguntou, dando um sorriso forçado.

— O rei convoca a sua presença! Precisamos fazer as malas e partir imediatamente.

— Ah, não – respondeu Guinevere, soltando um suspiro. A dama de companhia ficou parada, com os braços repletos de capas. Levantou a sobrancelha, surpresa e alarmada. A moça se encolheu e tentou disfarçar: — Não sei que traje usar.

Brangien deu risada e continuou a recolher coisas.

— A senhora não tem que se preocupar com isso. É o meu trabalho.

Guinevere se jogou para trás na cama, pôs o braço sobre o rosto, para esconder sua expressão. Tinha trabalho a fazer e nenhum modo de avisar Arthur que precisava permanecer ali. Poderia fingir que estava doente, mas talvez o rei tivesse um motivo para convocar sua presença. Talvez precisasse especificamente da sua ajuda. Por que mais a convocaria?

Enquanto estivesse ao lado de Arthur, poderia ter certeza de que ele estava protegido. Mas aquilo era irritante. Teriam que descobrir modos melhores de se comunicar, para que o rei pudesse ajudá-la em seus esforços em vez de interrompê-los.

"Arthur." Só de pensar em vê-lo de novo – havia se passado dias, mas parecia uma eternidade –, seu coração acordou, que dirá suas mãos... Muito bem. Seria rainha naquele dia, e uma protetora vingativa assim que retornasse.

O vento remexia o cabelo de Guinevere, soltando suas tranças, demonstrando um desprezo cruel e insensível pelo tempo que Brangien passara tentando domar suas mechas. Já que a moça não podia perpetrar seu ataque contra Rhoslyn e o Cavaleiro dos Retalhos, pelo menos estaria fora da cidade, sentindo o vento, a natureza, montada em um cavalo. Era uma sensação quase de liberdade.

— Eia! — gritou um dos guardas.

Para horror de Guinevere, a égua obedeceu, passando do galope ao trote, e então a um passo tranquilo. Brangien ficara bem para trás. A dama de companhia não se sentia muito à vontade em cima de um cavalo, e demoraria para alcançá-la. Guinevere desejou que o guarda tivesse a mesma dificuldade.

O homem ficou ao seu lado, com uma expressão horrorizada.

— A senhora perdeu o controle da égua, *milady*?

— Sim — interrompeu Mordred, aproximando-se dela, em seu cavalo. — Esta égua costuma partir para o galope sem aviso. Ficarei ao lado da rainha para garantir que isso não se repita.

O guarda assentiu, satisfeito, e tornou a ficar a uma distância respeitosa de Guinevere. Mordred se espichou, até quase perder o equilíbrio, e pôs a mão no pescoço da égua de Guinevere.

— A sua égua é o animal mais obediente e bem treinado de nosso estábulo.

O sorriso da moça, assim como seu cabelo ao vento, não pôde ser controlado.

— Desculpe. Mas cavalgar é... — disse. Então soltou um suspiro profundo.

— Liberdade — completou o cavaleiro.

— Sim.

Não havia se dado conta do quanto era opressor ser rainha. Um peso que passava despercebido até que o tirasse dos ombros. Mas colocá-lo de volta era quase insuportável. Não devia ter perambulado sozinha durante a noite. A escuridão lhe trazia uma liberdade sedutora, e precisava permanecer focada em seu objetivo.

Ou será que deveria ter seguido as sombras e ido direto até o esconderijo de Rhoslyn? Àquela altura, já poderia ter acabado com aquilo.

— A senhora é uma pessoa diferente quando está ao ar livre — comentou Mordred.

Guinevere levantou o braço, tentando domar o cabelo mais uma vez. Suas mãos se atrapalharam. Ainda estavam latejando, dormentes e desajeitadas. Não conseguia sentir nada.

— O que você quer dizer com isso?

— A senhora para de fingir.

A moça ficou petrificada. O cavaleiro prosseguiu:

— Ah, está fazendo isso de novo. Tentando decidir que expressão fará para desviar minha atenção. — Mordred deu um tapinha na lateral do nariz e completou: — É mais fácil quando está entre quatro paredes, limitada pelas pedras e pelas expectativas. Mas aqui, em meio à natureza, fica mais difícil.

Guinevere precisava encontrar uma desculpa, algum motivo para se comportar daquela maneira.

— A senhora encara o mundo com o maravilhamento de uma criança — insistiu Mordred, diminuindo a distância que os separava. O cavaleiro não era nem um pouco parecido com Arthur. O rei fora esculpido do mesmo material que Camelot: nobre e majestoso. Mas o lugar de Mordred era ali, ao lado de Guinevere.

A moça sacudiu a cabeça, corrigindo-se. Aquele não era o lugar dela.

Precisava escolher suas palavras com muito cuidado. Como

explicar que o mundo era *mesmo* uma maravilha, de um modo que não levantasse suspeitas? A moça adorava os aromas do mundo, as sensações. O movimento do cavalo que carregava seu corpo. A comida simples que comeriam quando parassem para um lanche. Ver um lugar novo – ver qualquer lugar! É claro que não conseguia esconder o que sentia.

— Passei muito tempo no convento. Tudo o que ultrapassa os muros me parece novo.

— Só que a senhora substituiu aqueles muros por outros.

— Camelot é incrível!

Mordred deu risada, e levantou as mãos, declarando inocência.

— É, sim. Mas também é constrita. Estruturada. Às vezes, precisamos nos afastar por um tempo.

A moça tinha a intenção de se afastar daquilo por um tempo indo de encontro a algo muito mais perigoso. Mas o cavaleiro tinha razão. Ela adorava ficar ao ar livre. Não permitiria que a tarefa que precisava cumprir roubasse a alegria daquela viagem nem sua expectativa de ver Arthur ao fim da jornada. O calor que o sorriso de Mordred irradiava a atravessou, feito o Sol quando sai de trás das nuvens, e Guinevere admitiu que não sentia falta apenas da sinceridade que havia no relacionamento entre eles.

O cavaleiro continuou perto dela. O grupo havia se espalhado, já que a planície aberta não oferecia perigos, mas Mordred seguiu cavalgando ao lado de Guinevere. A moça ficou surpresa com o fato de ele ter-se juntado ao grupo. Entediada com o ritmo lento em que prosseguiam, tocou no assunto.

— Achei que você seria o único a ficar no castelo para cuidar de Camelot na ausência de Arthur. Por que veio conosco?

O cavaleiro olhou para o horizonte e respondeu:

— Seu marido não confia em mais ninguém para viajar ao seu lado, a não ser na família. Quer que todos os seus melhores cavaleiros estejam presentes na reunião. Camelot pode se defender dos inimigos por meses com os homens que ficaram lá. Não haverá problema.

— Que reunião é essa?

— Algo relacionado aos pictões. Arthur tem participado ativamente das questões da fronteira norte. Terá que se fazer de bonzinho e tranquilizá-los, garantir que não está tentando expandir seu reino, apenas protegendo seu território.

— E por que precisa de mim, então?

Aquilo lhe parecia uma questão política e militar, não ameaça mágica. Guinevere queria ajudar Arthur de todas as maneiras. Mas, se não era essencial ali, estava perdendo tempo e pondo em risco a segurança do rei. Quase podia sentir Rhoslyn se afastando mais e mais. Tendo tempo para tramar suas maldades com o Cavaleiro dos Retalhos.

— E existe maneira melhor de demonstrar intenções pacíficas do que trazer sua nova esposa? Demonstra que Arthur confia nos pictões e está encarando essa reunião como um agradável encontro entre aliados amigáveis.

— Então sou um objeto decorativo? — Guinevere sentiu um aperto no coração e cerrou os dentes.

— A senhora é uma peça fundamental em um jogo complicado.

— *Hmmm...*

— Pela resposta, a senhora não ficou muito feliz.

— Fico feliz em ajudar o rei de qualquer maneira que esteja ao meu alcance. — Só que seu rosto não queria abrir mão da careta. Talvez houvesse algo a mais. Poderia haver alguma magia em jogo, e Arthur havia ordenado que a trouxessem sob falsas alegações.

— Bem — disse Mordred —, temo que sua égua desobediente está prestes a sair galopando novamente, e eu terei que acompanhá-la. Talvez demore um pouco até conseguirmos obrigar o animal a diminuir o passo.

A égua de Guinevere avançava tranquilamente. Os olhos verde-

-musgo de Mordred brilhavam, na expectativa. Ela estalou a língua e bateu na lateral do cavalo. Que começou a galopar, e o vento veio ao seu encontro, mais uma vez.

Depois de levar um belo sermão de Brangien – que, aparentemente, também se sentia mais livre fora das muralhas do castelo e não tinha o menor constrangimento de gritar com a rainha por ela ter arriscado a vida, cavalgando depressa demais –, Guinevere foi obrigada a manter sua égua trotando em uma velocidade razoável.

Para enfatizar seus argumentos, a dama de companhia plantou seu cavalo uns seis metros mais para a frente de Guinevere e ali permaneceu. Mordred foi prestando cada vez mais atenção aos arredores.

Só que o campo não oferecia perigo. Em sua jornada de um dia passaram por campos e mais campos. A paisagem de tons de verde e dourado só era interrompida ocasionalmente por uma cidade pequena ou povoado. Não havia muita gente nas cidades – estavam todos no campo, trabalhando. Mas havia algumas crianças, brincando alegremente ou observando aquela procissão a cavalo, sem disfarçar a curiosidade. Não se viam muitos cavalos por ali.

À medida que a tarde se espreguiçava, quente e tranquila como um gato, atravessaram outro pequeno vilarejo. Uma mulher e seu filho vendiam pão fresco. Isso fez Guinevere lembrar-se do que Brangien dissera a respeito do menino do vilarejo. Aquele, do qual a floresta havia se apossado. Quando as casas de estuque raiado sumiram ao longe, Guinevere se dirigiu a Mordred:

– Alguma floresta cresce por aqui? Vocês precisam derrubá-las com frequência?

– Não – respondeu o cavaleiro, olhando além dela. Lá no horizonte, havia um borrão escuro, mas era o único indício de floresta que a moça conseguia enxergar. Os feitiços com nós para expandir seu tato não haviam chegado tão ao norte, porque ela se concentrara apenas em procurar Rhoslyn. — A magia se alimenta de sangue, do maravilhoso e do caos. Camelot é tão ordenada, tão bem estruturada, que a magia não tem em que se apegar. Arthur a estrangulou, a matou de fome e a decepou. Não permite nem uma semente dentro dos limites de seu reino.

Bem, com exceção de Guinevere. Mas o que o cavaleiro disse deixou a moça curiosa. Talvez Arthur tivesse feito alguma coisa com o lago, e era por isso que o corpo d'água estava tão morto. Teria que perguntar ao rei.

— E foi por isso que o rei baniu Merlin, apesar de sempre ter contado com a ajuda do feiticeiro — comentou ela.

Mordred passou os dedos no rosto, onde a barba escura e por fazer começava a aparecer sobre a pele alva.

— Nem todos concordamos que isso era necessário. Mas, sim. O próprio Merlin era o caos em sua forma mortal.

Guinevere deu uma risada debochada. Então tentou disfarçá-la tossindo. "Caótico" era um excelente modo de descrever Merlin. Por acaso era alguma surpresa o fato de suas lembranças serem um monte de imagens e ensinamentos confusos, com diversos buracos enormes entre eles?

Fechou os olhos, sentindo um súbito desconforto, uma suspeita de que havia algo mais naquelas lembranças que lhe faltavam do que estava se permitindo enxergar.

Entretanto, precisava se concentrar. Não estava ali em causa própria. Estava ali por causa de Arthur e de Camelot. Mas, certamente, Camelot tinha condições de entender a necessidade de manter certas armas à mão. A maior parte da cidade era feita de pedra, mas os habitantes ainda mantinham barris de água por toda parte, para o caso de ocorrer algum incêndio. Não queriam incêndios, não ateavam fogo em nada, mas estavam preparados para enfrentá-lo da única maneira possível. Ter alguém capaz de reconhecer e combater a magia não era a mesma coisa que convidá-la a criar raízes dentro da cidade.

Será que não?

— E se alguém atacar empregando magia? — perguntou, tentando manter o tom mais leve e inocente possível. — Quem irá defender vocês, agora que Merlin foi embora?

— Permitir que Merlin continuasse na cidade era arriscado demais. Seria como invocar a presença dos demais da sua laia. — Mordred olhou para Guinevere, mas foi logo virando o rosto. — Além disso, o povo não confiava em Merlin.

— Por que não? Ele sempre lutou por Arthur.

— Do seu próprio modo, quando resolvia lutar, *como* resolvia lutar. Nenhuma lei o coibia, nem mesmo as leis de Arthur. E também havia a questão do nascimento de Arthur.

A moça queria que o cavaleiro continuasse falando, mas tinha que tomar muito cuidado com o que deixava transparecer.

— Ouvi os boatos. Que Uther Pendragon se serviu de um feiticeiro para enganar Igraine, para conseguir se deitar com ela. — Guinevere sentiu um calafrio. Aquela era uma magia violenta e terrível. Só poderia dar luz ao mal. E como produzira Arthur? — Consigo entender por que ninguém ia querer outro feiticeiro em Camelot.

— Outro feiticeiro? Do que a senhora está falando?

Guinevere virou o rosto para Mordred e devolveu a pergunta:

— Do que *você* está falando?

— Foi Merlin quem fez isso.

— Não. — A moça sacudiu a cabeça. Aquela informação não se encaixava na história. Sentiu uma pressão no peito, como se tivessem apertado demais seu espartilho. — Não, foi um feiticeiro das trevas quem fez isso.

O sorriso de Mordred era suave e azulado na luz do crepúsculo que caía ao redor dos dois.

— Sim. Merlin. Essa é a natureza da magia. Quando alguém faz o mundo se curvar às suas vontades, quando se retorce a natureza ao redor de si mesmo, onde esse poder termina? Quem há de dizer quando essa pessoa deve parar?

Se Guinevere não estivesse montada no cavalo, teria parado de andar, em estado de choque. Naquela situação, sentiu-se grata por o manto da noite esconder o horror que se apossava dela. Merlin. Merlin fizera aquilo. Era o maior ato de violência que poderia existir, se apossar do livre-arbítrio de alguém. Ela jamais faria nós para isso, jamais tomaria parte em tamanha farsa. Tamanha depravação. Mas Merlin — seu protetor, seu professor, seu pai — o fizera.

— Como teve coragem? — sussurrou.

— Merlin percebeu que o mundo precisava de uma nova espécie de rei. E então tornou isso possível. — Mordred soltou um suspiro e fez carinho na crina do cavalo. — Não concordo com o que ele fez. Foi a minha avó quem foi violentada por um homem que julgava ser seu marido. Mas, se isso não tivesse acontecido, Arthur não existiria. — Ele abriu os braços, sinalizando a tranquila paisagem do interior que se descortinava adiante. — Não há como negar os resultados. Merlin percebeu o que Camelot exigiria, e criou os meios para obter isso. Planejou seu próprio banimento, por assim dizer. O feiticeiro é um enigma. Mas Camelot é um sucesso.

— E todo o sofrimento e as mortes necessárias para chegar a esse ponto? — perguntou Guinevere, arrasada, com o coração pesaroso, por si mesma. Por Igraine. Por Arthur. Por Mordred. Por todas as vidas que foram tocadas pelas trevas da decisão de Merlin.

— É o preço a pagar pelo progresso — respondeu Mordred, olhando de relance para ela. Pelo jeito, parte da emoção de Guinevere ficara evidente, apesar da quase escuridão. Seu tom de voz se suavizou. — Lamento. Não deveria falar de tais assuntos com uma dama. Foi indelicado de minha parte.

— Não, fico feliz. Prefiro saber a verdade. Não gosto de me sentir murada, seja dentro do castelo, seja na vida de Arthur.

Seja em sua própria vida.

Merlin fizera aquilo. Fizera aquilo e não lhe contara.

O que mais teria escondido dela? Como poderia confiar em Merlin? E, se não podia confiar no feiticeiro, que a escolhera para proteger Arthur, como poderia confiar em si mesma?

Já estava completamente escuro quando chegaram ao acampamento de Arthur. Ele ficou nos limites do território, à espera. A expectativa de vê-lo se transformara em uma tensão amarga à luz das revelações de Mordred. Tinham muito o que conversar. Demais. Arthur ajudou Guinevere a descer do cavalo e então a surpreendeu, lhe dando um abraço rápido, mas efusivo.

— Obrigado por ter vindo — sussurrou, em seu ouvido.

— Não tem de quê. — Suas bochechas ficavam quentes na presença dele. — Precisamos conversar. A sós.

O rei pousou a mão no braço da moça e a levou até o acampamento.

— Sinto muito trazê-la até aqui. Será desagradável. E perigoso.

Guinevere apertou o braço de Arthur e disse:

— Estou aqui para protegê-lo. Aconteça o que acontecer. — Parte de sua ansiedade diminuiu ao ouvir as palavras dele. Era algo irracional sentir alívio por estar correndo perigo. Mas, pelo menos, não fora retirada de sua campanha contra Rhoslyn e o Cavaleiro dos Retalhos em vão.

— Você está contando com uma batalha? — perguntou.

— Como? — Arthur levantou a abertura de uma das tendas, fazendo-a entrar em um espaço sufocante e mal iluminado. O chão era forrado de peles. Apesar de estarem no verão, as noites ainda eram cruéis.

— Tantos homens...

— Ah. Não. A batalha não foi travada. Gildas e Geoffrey, dois lordes, estavam disputando território, e isso estava invadindo minhas fronteiras. Tive que lembrá-los de manter suas brigas dentro do seu próprio território. — Então ficou em silêncio e deu um sorriso cansado. — Aqueles dois não querem que eu me torne um de seus problemas. Bater à sua porta com esse contingente de homens foi uma boa maneira de lembrá-los. Durante a reunião com o rei dos pictões, boa parte dos homens ficará aqui. Levarei apenas meus melhores cavaleiros. O suficiente para passar uma ideia de poder sem afrontar o rei Nechtan diretamente. Gildas e Geoffrey também comparecerão, para mostrar que tudo está em ordem por aqui e que não há possibilidade de os pictões avançarem. E tive que mandar trazê-la como demonstração de confiança e amizade. Tentei pensar em outra coisa, mas sua ausência seria considerada um insulto.

— Parece complicado.

O rei se deitou nas peles e cobriu os olhos com o braço.

— E é. Por que as pessoas se cansam da paz? Por que uma fronteira é vista como desafio e não como barreira?

— Mas até você trava batalhas que não lhe dizem respeito.

Arthur baixou o braço e olhou para Guinevere.

— O que você quer dizer com isso?

Ela se acomodou perto do rei, sentando-se com as saias dobrados debaixo do corpo.

— Você lutou contra uma floresta que não ameaçava o seu território.

Ele deu um sorriso envergonhado, pego em flagrante.

— Talvez até eu canse da paz de vez em quando.

— Não é isso. — Ela o cutucou. — Você acredita que todos os homens são sua responsabilidade. Não consegue dizer "não" para quem precisa de ajuda.

Arthur fechou os olhos. Apesar de ter lutado e trabalhado sem parar, não parecia exausto. Parecia... pronto para lutar. Como se, a qualquer momento, fosse se levantar e atacar uma floresta, lutar contra cavaleiros do povo das fadas e negociar um acordo de paz com cavaleiros humanos.

Guinevere não se sentia assim. Estava cansada e com o corpo dolorido, depois de passar aquele longo dia cavalgando. Isso sem contar a confusão e a mágoa que as revelações que Mordred fizera a respeito de Merlin lhe causaram. Suas mãos ainda formigavam, mas agora também doíam. Precisava descansar. Principalmente, se tivesse que usar suas reservas de força para fazer feitiços no dia seguinte. Sacudiu as mãos para tentar se livrar do que restava do formigamento.

— Precisamos encontrar uma maneira melhor de nos comunicarmos. Eu estava ocupada lá em Camelot.

Arthur sentou, alarmado.

— Como?

— Uma mulher. Rhoslyn. Eu já a tinha visto, conversando com o Cavaleiro dos Retalhos. Foi pega em flagrante praticando magia e foi banida.

O rei balançou a cabeça afirmativamente. Parecia triste, mas não surpreso.

— Isso é crime.

— Eu a segui. Quando os seus soldados a deixaram na fronteira sul, havia homens esperando para matá-la.

Com isso, Arthur ficou surpreso — e bravo.

— *Meus* homens?

— Não. Acredito que não. Mas tenho quase certeza de que seus homens sabiam e abandonaram Rhoslyn lá, para encarar a morte certa.

Arthur passou as mãos pelo rosto.

— Não desejo que aqueles que são banidos do reino sejam assassinados, nem mesmo feridos. Não podem viver em Camelot, mas isso não significa que não possam viver livremente em outro lugar. Obrigado por ter me contado. Garantirei que isso mude.

— Não é por isso que estou contando essa história. Ela não foi assassinada. O Cavaleiro dos Retalhos a salvou.

— É mesmo? Você o viu lutar?

— Nem se pode dizer que foi uma luta.

Os olhos de Arthur brilharam.

— Eu gostaria de ter visto!

— Arthur! Por favor, preste atenção. — Guinevere balançou a cabeça, reprovando a expressão encabulada do rei. — É óbvio que o cavaleiro também sabia onde a mulher seria largada. Depois que derrotou os homens que a estavam atacando, os dois fugiram para o meio da floresta. Juntos.

O rei franziu o cenho e falou:

— Não entendi. Qual é o problema?

— São seus inimigos! Inimigos de Camelot. Encontrei vestígios de magia em Camelot, e senti muito mais do que isso na floresta que fica no limite do reino. Estão tramando alguma coisa. Acho que não podemos esperar para descobrir o que é.

Arthur mudou de posição e ficou murmurando:

— Essa mulher foi banida. Está fora dos limites do meu reino. Não tenho autoridade sobre ela. Como posso dizer que ela não pode fazer o que bem entender fora do meu território?

— Isso é uma *ameaça*.

— Então, quando adentrar os limites de Camelot, a enfrentaremos.

— Por que esperar, se sabemos onde está? Se sabemos que está de conluio com o Cavaleiro dos Retalhos?

Finalmente, o cansaço ficou estampado no rosto de Arthur. Seu sorriso se desfez, e suas pálpebras ficaram pesadas.

— Porque me recuso a ser um rei que só pensa em guerra. Não sou como meu pai. Posso ultrapassar os limites do meu reino para defender pessoas inocentes, jamais para atacar.

Guinevere baixou a cabeça. Não tinha argumentos. Mas não

concordava em dar aos inimigos o tempo que precisassem para planejar seu ataque. Arthur era nobre e generoso.

Ela não podia se dar a esse luxo. Enfrentaria aquilo sozinha. Fortaleceria Camelot e, quando chegasse a hora, faria o que Arthur não podia nem queria fazer.

Será que fora assim que Merlin tomara sua decisão? Guinevere se encolheu toda, só de pensar.

— Você machucou a mão? — perguntou Arthur.

— Ah... — A moça olhou para as próprias mãos, que estava massageando, tentando aliviar a dor aguda. — Não. Bem. Sim. Mas foi por uma boa causa. A magia sempre cobra seu preço.

Arthur segurou a mão direita de Guinevere. As mãos do rei eram grandes e calejadas, mas seus dedos massageavam com precisão a palma da mão da moça, com movimentos circulares. Ela abafou um leve suspiro.

Arthur parou o que estava fazendo.

— Machucou?

— Não, está... está agradável.

Estava mais do que agradável.

Arthur puxou a mão de Guinevere, e a trouxe, delicadamente, para perto de seu corpo. Ela se recostou, e o rei tirou a dor e a dormência de suas mãos. A sensação de ter a pele de Arthur roçando na sua parecia magia.

Ela ficou imaginando qual seria o preço que teria que pagar por isso.

— É um alívio tão grande poder tocar em você — disse Arthur, assustando Guinevere, que tinha quase adormecido, encostada em seu ombro. — Preciso ser tão cauteloso com as mulheres... Muitas regras. E as pessoas estão sempre observando.

— Sim, percebi isso. Senti sua falta. Passo os dias mentindo ao meu respeito. Quando estou com você, não preciso.

Arthur parou de massageá-la por alguns instantes, e então seus movimentos se tornaram mais suaves, massageando cada um dos delicados dedos de Guinevere.

— Guardar segredos é como ter um espinho por baixo da pele. A gente pode se acostumar, mas sempre estará lá, incomodando.

A moça abriu a boca para perguntar a respeito de Merlin, a respeito do que o feiticeiro fizera a Igraine. Mas não queria introduzir tamanha treva e violência naquele delicado momento em que os dois se sentiam seguros.

Além disso, fora Merlin quem escondera a verdade dela. Arthur não tinha culpa nenhuma.

Depois que a dor nas mãos diminuiu, Guinevere sentiu seu corpo pesado, fraco de tão cansado. Queria se aninhar ali mesmo.

— Onde devo... Onde vou dormir?

Arthur se sentou, desencostando-a de seu ombro.

— Desculpe, mantive você aqui por muito tempo. Você poderia... — Então deixou a frase no ar. Ela se aproximou, torcendo para que o rei a convidasse para passar a noite ali. Mas algo fez a expressão de Arthur ficar séria. Ele limpou a garganta e declarou: — Hoje à noite, haverá uma tenda para você e para Brangien.

Guinevere meio que tinha pensado — talvez, até meio que torcido — que dormiria na mesma tenda que Arthur. Só que precisava descansar. E Arthur também, claro. O preço a pagar pela magia do toque do rei foi revelado: ela ficou querendo mais, desejando algo que não sabia que precisava até recebê-lo.

Arthur ficou de pé e disse:

— Brangien pode ajudá-la hoje à noite e amanhã de manhã, mas não poderá nos acompanhar além desse ponto. Não quero pôr a vida dela em risco.

A moça sorriu ao se dar conta de que ela mesma não era algo que o rei temesse pôr em risco — era uma força, não uma fraqueza.

— Consigo me virar bem sozinha. Não sou mimada a ponto de não conseguir viver sem uma dama de companhia.

Arthur deu risada e falou:

— Você ainda pode chegar a esse ponto.

Ele a levou até a tenda ao lado. Brangien já estava lá dentro, atarefada. Guinevere entrou, e Arthur fechou a abertura.

Infelizmente, a tenda não era grossa a ponto de abafar as diversas risadas e assovios graves, e um grito de "Como foi o seu reencontro com a rainha?".

— Vá dormir — gritou Arthur. — Isso é uma ordem!

Mas não pareceu bravo nem irritado. Seu tom foi de brincadeira. O rei não impediria que os outros pensassem que ele tinha um relacionamento normal com a esposa. Afinal de contas, a legalidade de sua união dependia disso. Guinevere tentou se livrar do pensamento perigoso de que preferia ter ficado na tenda de Arthur, e não apenas para corroborar a farsa dos dois.

Estava curiosa, só isso. Cada vez mais.

Brangien xingou os homens:

— Eles são desagradáveis *e* burros. É claro que não aconteceu nada, porque Arthur não seria capaz de amarrar seu espartilho de novo sozinho. Imbecis.

— Ah, o que me faz lembrar... — Guinevere foi logo tentando disfarçar o constrangimento que tanto as suposições dos homens quanto a sabedoria de Brangien lhe causaram. — Você pode poderia ensinar a fazer isso neste vestido? Não poderá vir conosco amanhã.

— Como? Por quê?

— Arthur teme que possa ser perigoso.

Brangien deu uma risada de deboche.

— Não mais perigoso do que atravessar o território inteiro na companhia desses tolos.

— Eu jamais me perdoaria se acontecesse alguma coisa com você.

— Mas é meu dever servi-la.

Guinevere se virou, interrompendo a tarefa de Brangien e a obrigando a olhá-la nos olhos.

— Mas também é minha amiga. Se Arthur pensa que é perigoso demais levá-la conosco, eu acredito nele. O rei cuida do seu povo. Eu ficarei bem. Mais do que bem, pois terei certeza de que você está em segurança.

Brangien baixou os olhos. Uma emoção que Guinevere não pôde identificar transpareceu no rosto de sua dama de companhia. E então Brangien voltou ao trabalho, desamarrou as mangas de Guinevere e ajudou a tirar as primeiras camadas de roupa.

— Muito bem. Mas, se a senhora acabar com suas tranças porque cavalgou rápido demais, não estarei lá para consertá-las, e todos os pictões irão me responsabilizar pelo seu estado. Minha reputação ficará arruinada.

Guinevere se virou novamente, obediente, para que Brangien pudesse desfazer suas tranças e escovar aqueles nós que, definitivamente, não eram mágicos.

— Prometo que me comportarei à sua altura.

— E não se arriscará — sussurrou Brangien.

— E não me arriscarei — concordou Guinevere.

Ela torcia para que aquela fosse uma promessa que seria capaz de cumprir.

Não há nada em que possa se segurar em Camelot. As asas batem, as patas se movimentam rapidamente, mas os corpos diminutos não têm nada que os segure, nenhuma fonte de luz que os atraia.

A magia foi embora de Camelot.

Ela terá que esperar seu regresso. Mas está faminta. Mais do que faminta, está entediada. Uma criança se afastou dos seus pais. A Rainha das Trevas pisca, com insetos, exibe asas de borboleta. Seduz a criança, que se embrenha cada vez mais na floresta.

Devora.

Sem jamais se saciar, mas também sem morrer de fome, ela prossegue. Irrompe da terra, forçando as fronteiras de Camelot. Tentando encontrar um ponto fraco. Tentando encontrar um lugar que permitirá sua presença, abrirá espaço para ela, a alimentará.

Um rio a impede de prosseguir. Não é um rio normal, eterno, que corre, indiferente.

O rio está lívido.

Ela esquece a fome que sente. Esquece o tédio. Uma centena de morcegos surge no céu, batendo as asas, uma colônia de trevas em contraste com o azul. E, se alguém estivesse olhando, diria que parece um sorriso. Com dentes bem afiados.

CAPÍTULO TREZE

Arthur ficou com seus cavaleiros. Mais à frente, mais atrás, mudando de posição dentro dos limites da companhia. Ficou em qualquer lugar, menos ao lado de Guinevere. Nem Mordred conversou com ela. Ninguém conversou. Não por rejeitá-la, mas como reação à nova situação.

Não estavam mais em Camelot.

Guinevere não esperava que a mudança fosse tão repentina e abrupta, mas pôde *sentir* quando ultrapassaram a fronteira. Os campos se dispersaram, se tornaram malcuidados e desorganizados. Havia umas poucas cidadezinhas pobres junto às fronteiras, mas nenhuma criança brincava nelas. As pessoas que ficavam observando o grupo passar faziam isso com os olhos espremidos, de armas na mão.

Também contornaram grandes extensões de floresta. Em parte, Guinevere ansiou por atravessá-las — sentia falta das áreas verdes e frescas com um ardor que não acreditava ser possível —, mas a força com a qual os homens agarravam suas espadas, até os nós dos dedos ficarem brancos, a fez lembrar de que aquelas não eram as árvores de Merlin.

A companhia era composta por vinte e cinco homens. Todos os melhores cavaleiros de Arthur, mais cinco criados com cavalos de carga, trazendo os suprimentos. O encontro seria na fronteira do território dos pictões. Guinevere buscou refúgio em seu capuz quando passaram pelos vestígios calcinados de um antigo povoamento. Quanto mais cedo encontrassem os pictões, mais cedo poderiam partir.

Por mais feliz que Guinevere estivesse por terem deixado Brangien para trás, sentia falta de sua dama de companhia e amiga. Seria reconfortante contar com a companhia de alguém. Apesar de estar no meio dos homens, cercada constantemente por eles, sentia-se muito sozinha.

— Não falta muito — murmurou Mordred, que voltara a ficar do seu lado.

A moça não notara sua presença. Estava com as mãos ocupadas, segurando um xale para escondê-las. Finalmente conseguia sentir os dedos o suficiente para manipular os fios de linha que roubara de Brangien. Se algo desse errado, poderia atirar os nós contra os inimigos e ganhar tempo. Mas isso cobrou um preço de sua visão. Tudo estava borrado e nebuloso.

Não se importaria de ter um véu cobrindo seus olhos, que escondesse o estado daquele mundo pelo qual estavam passando. A jornada do convento até Camelot fora marcada por um momento de horror, na floresta recém-crescida. Mas aquela se arrastava, com uma onda invisível de pavor lúgubre, que açoitava a todos constantemente. Como é que as pessoas conseguiam viver ali? Como alguma coisa poderia sobreviver naquela tensão e medo intermináveis?

Arthur gritou alguma coisa, e todos os seus homens pararam ao mesmo tempo, como se fossem um só. Mordred segurou as rédeas da égua de Guinevere. Os cavalos relincharam e bateram os cascos no chão, impacientes.

— Um destacamento está vindo ao nosso encontro — sussurrou Mordred.

— O que eu devo fazer?

— Exatamente o que está fazendo.

— Que seria?

— Ser bonita.

Guinevere relinchou, igualzinho à sua égua. Mordred deu uma risada grave e satisfeita.

— Ninguém espera que a senhora fale ou entenda a língua dos pictões. Fique perto de mim ou de Arthur. Não vá a nenhum lugar sozinha e jamais permita que algum dos servos ou homens deles a leve para algum lugar. Isso deve acabar sem maiores incidentes.

A moça relaxou e deixou que suas feições se acomodassem em uma expressão de distanciamento frio e simpático. Achavam que ela era um objeto decorativo. O que era bom. Se precisasse atacar, pegaria todos de surpresa.

Ficou observando Arthur cumprimentar aquele borrão formado por homens e cavalos, que veio cavalgando ao encontro deles. O rei apontou para ela. Mordred atiçou os animais, até levar Guinevere ao lado do marido.

Arthur disse algo em uma língua musical. Guinevere ouviu o próprio nome e inclinou a cabeça. Nechtan, o rei dos pictões, era um tronco ameaçador de barba e peles, e se aproximou dela. Como estendeu a mão, a moça levantou a sua. A mão do homem engoliu a de Guinevere. O Rei Nechtan encostou a testa nas costas da mão da moça e a soltou em seguida.

A impressão que obtete pelo tato foi muito mais nítida do aquela trazida por sua visão. O homem era como um falcão. Voava em círculos. Observador. Predador. Mas não representava uma ameaça imediata.

Foram levados até o acampamento. Arthur a tirou do cavalo e encaixou a mão de Guinevere na dobra de seu cotovelo. Ela ficou feliz. O rei não sabia que a moça estava enxergando tão mal naquele momento. Arthur a levou até uma mesa grande, montada no meio de um campo. Por baixo dela, haviam estendido tapetes coloridos. Quem os trouxera até ali seria responsável por levá-los de volta, Guinevere não soube dizer. A mesa reluzia com velas acesas, na luz da tarde que se esvaía. Fogueiras eram como borrões cor de laranja, ardendo ao redor.

Arthur puxou uma cadeira para Guinevere e se sentou ao lado dela. A moça baixou o capuz. Seu sorriso era vazio e distante. Não foi fingido. Não conseguia entender nada do que conversavam. O Rei Nechtan se sentou ao lado de Arthur, e Mordred, do outro lado de Guinevere. Até onde a moça conseguia enxergar, ela era a única mulher entre os presentes.

Ficou imaginando onde estaria a rainha dos pictões. Já que Guinevere estava ali, em uma demonstração de confiança, por que os pictões não fizeram a mesma coisa? Torceu para que o motivo fosse o fato de Arthur possuir tamanha força que podia ser dar ao luxo de ser generoso. E os pictões, por sua vez, precisavam demonstrar seu poder

Trouxeram comida. Ela pegou um cálice, morrendo de sede.

— Tudo foi provado — sussurrou Mordred, com os lábios dentro do cálice, para disfarçar. — Nada foi envenenado.

Guinevere ficou petrificada, com o cálice de vinho a caminho dos lábios. Nem sequer considerara tal possibilidade. Havia tantas maneiras de os homens fazerem mal uns aos outros, tantos métodos de terminar com a vida de alguém... Não era para menos que os cavaleiros de Arthur não temessem ameaças mágicas. Tinham um mundo repleto de outros perigos para se preocuparem.

O apetite da moça diminuiu consideravelmente, e ela ficou beliscando a comida, apenas para parecer educada. Arthur e o Rei Nechtan não paravam de conversar. Em um tom que lhe pareceu amigável.

— Estamos em paz com os pictões — disse Mordred, tão baixo

que ela mal conseguiu ouvir. — Mas essa paz é tênue. Eles têm fama de guerreiros.

— Então por que não atacaram Arthur?

— Atacaram. Compramos a paz com cinco mil pictões mortos sob nossas espadas.

— É um preço alto. — Guinevere jamais vira cinco mil pessoas reunidas. Cinco mil mortos era algo tão enorme que ela não conseguiu sequer imaginar. Ficou zonza.

— Arthur está aqui para lembrá-los de que somos amigos, porque nem sempre fomos.

— E como estou desempenhando meu papel?

— Você é excepcional em ficar sentada e ser encantadora.

Guinevere teve vontade de revirar os olhos, mas isso não era muito digno de uma rainha. Arthur se aproximou dela, com um sorriso nos lábios. Mas se dirigiu a Mordred, entredentes:

— Onde estão Geoffrey e Gildas? Prometeram que viriam. A presença deles aqui, seus pedidos de desculpas e garantias de que a paz será mantida, era justamente o objetivo desse encontro.

— Verei o que consigo descobrir. — Mordred fez que ia levantar, mas desistiu. A conversa, até então um murmúrio constante, parou, como se tivesse sido trancada em algum lugar.

Um homem do outro lado da mesa ficou de pé. Puxou uma cadeira, sentou e se recostou.

— Não, não levantem. — Então fez sinal para que todos sentassem. Todos os homens em volta de Guinevere estavam meio levantados, com a mão pairando sobre a espada. — Vim comer, não lutar. Mesmo que, segundo as más línguas, a comida dos pictões não chegue aos pés de suas habilidades de guerra.

— Maleagant — disse Arthur.

Guinevere sentiu um arrepio percorrer sua espinha. Sir Maleagant. Aquele a respeito do qual Arthur vinha recebendo mensagens.

— Que sorte a minha. Eu tinha a intenção de visitar o Rei Nechtan. E aqui está ele, dentro dos limites do meu reino, esperando por mim.

— Esses não são os limites do seu reino — declarou Arthur, em um tom terrivelmente calmo e sereno.

Maleagant arrancou uma coxa de frango assado.

— Você está esperando por Geoffrey e Gildas? Temo que os dois não virão. Nossas negociações a respeito do território terminaram bem. Para mim. — Ele arrancou um grande pedaço de carne do osso com os dentes, esticou a mão, pegou o cálice de Arthur e tomou um grande gole de vinho. — Esses são os limites do *meu* reino — disse, colocando o cálice sobre a mesa. — E o senhor é muito bem-vindo, Rei Nechtan.

— Obrigado por sua hospitalidade — respondeu o Rei Nechtan. Guinevere não sabia que Nechtan falava a língua deles. Arthur se comunicava com ele na língua dos pictões. Maleagant não o tratava com tal deferência. — Estou muito... *curioso* em relação a esse desenrolar dos fatos.

— Teremos tempo para isso depois. Esta noite, devemos comemorar! Nós, três reis felizes, compartilhando fronteiras e comida! — Maleagant se virou para Guinevere. Que nem precisou estar de posse completa de sua visão para ficar nervosa. Aquela folha na floresta devoradora até podia ter dentes, mas o olhar de Maleagant tinha tentáculos. Podia senti-los, arrastando-se pelo seu corpo. — Arthur, você trouxe um bichinho de estimação. É mais jovem do que as que você costumava gostar, se não me falha a memória. Faça as devidas apresentações.

Arthur não obedeceu à ordem de Maleagant. Virou-se para o Rei Nechtan e continuou a falar na língua dos pictões.

Guinevere sentiu o peso do olhar de Maleagant. Que ficou sentado de lado, de modo a observá-la enquanto comia, enquanto bebia, enquanto dava risada e interrompia a conversa de Arthur com o Rei Nechtan. As mãos de Guinevere coçavam debaixo da mesa, com vontade de atirar os nós para causar cegueira nele, nem que fosse para obrigá-lo a parar de encará-la. Levou um susto, porque alguém segurou sua mão por baixo da mesa.

Arthur apertou seus dedos. Não olhou para ela nem reagiu às provocações de Maleagant, mas percebeu. Seu calor e sua força firmes percorreram o corpo de Guinevere. Em vez de virar o rosto para Maleagant, ela encarou — sem sorrir, sem piscar — sua silhueta. Não desviou o olhar nem enrubesceu nem fez nada que poderiam esperar de uma moça. Ela não era um bichinho de estimação, coisa nenhuma. E tampouco era rainha. Era uma arma secreta.

O homem deu risada. Ergueu seu cálice, cumprimentando-a.

— É melhor não chamar a atenção dele — sussurrou Mordred, nas suas costas, fingindo ter se aproximado para ouvir o que Arthur estava dizendo.

— E como você sugere que eu faça isso, sendo a única mulher à mesa? — Guinevere se virou para Mordred com um sorriso nos lábios. — O que eu deveria fazer?

— Você está cansada. Quer se recolher.

A moça estava mesmo cansada, e foi isso o que fez. Odiava pensar que Maleagant poderia entender que a tinha expulsado da mesa, mas confiava nos conselhos de Mordred.

— Rei Nechtan — disse —, foi uma honra sentar à sua mesa. Mas temo que a viagem até aqui tenha sido muito cansativa. Gostaria de me recolher.

Arthur ficou de pé. O Rei Nechtan também levantou. Maleagant se recostou na cadeira, espichou as pernas e disse:

— Posso acompanhá-la até a tenda, Arthur, se você quiser.

Arthur segurou a mão de Guinevere e pousou seus lábios nela. O beijo lhe caiu como um escudo.

— Sir Mordred, poderia levar minha rainha até a nossa tenda? Ainda tenho muito o que conversar com o Rei Nechtan.

Mordred fez uma reverência. O Rei Nechtan se despediu de Guinevere acenando a cabeça. Ela não tinha nem dado dois passos quando Sir Tristão ficou do seu lado. Sir Gawain e Sir Bors também se juntaram a eles.

O que teve o efeito contrário de fazê-la se sentir segura.

A moça queria uma desculpa para ir ver os cavalos. Se conseguisse se aproximar dos cavalos de Sir Maleagant, poderia amarrar os nós para causar fraqueza e sono na crina deles. Mas, cercada de cavaleiros, não podia fazer nada. Contrariada e nervosa, foi levada diretamente para uma das tendas.

Arthur só se juntou a ela tarde da noite. A tenda era pequena, com o chão forrado de peles. Guinevere ficara lá sentada, sozinha. Não se despira por medo de ter que sair correndo ou precisar lutar de uma hora para a outra. Diversas vezes, espiou lá fora e viu Mordred, Sir Gawain, Sir Bors e Sir Tristão, todos ainda de guarda na frente da tenda.

— Ele foi embora? — perguntou, quando Arthur sentou do seu lado e esfregou as mãos no rosto, cansado.

— Sim. Há uma hora. E, depois disso, tive que convencer o Rei Nechtan a continuar do meu lado caso Maleagant se torne agressivo.

— E ele fará isso?

Arthur se recostou e respondeu:

— Não sei.

— Maleagant foi cavaleiro de seu pai?

— E um dos meus também.

— *Como é que é?*

O rei fechou os olhos.

— Ele foi um dos primeiros a me apoiar. Além de Merlin. Ajudou a planejar a campanha contra meu pai. Não percebi que estava me usando para conseguir expulsar Uther de Camelot. Ele pensava que eu era tão jovem e ingênuo que seria um oponente fácil. E, de certa forma, tinha razão. Eu o bani, mas deveria ter mandado executá-lo. Isso me assombra desde então.

— Você não pode se culpar pelas ações deste homem.

— Não só posso como devo. Se Maleagant representa uma ameaça a Camelot, é porque eu permiti. Ah, que vontade tive de *estrangulá-lo* hoje à noite.

— Ele criou dificuldade durante as negociações?

— Não, estava falando do fato de ele não parar de olhar para você.

Uma onda de surpresa e prazer invadiu Guinevere. Ela sabia que Arthur havia percebido. Mas teve uma satisfação estranha ao saber que aquilo o havia incomodado de forma tão pessoal.

— O que ele quis dizer quando comentou que sou mais nova do que deveria? Sou apenas dois anos mais nova do que você...

O rosto de Arthur se contorceu. Ele não abriu os olhos.

— Maleagant... conhece mais a minha história do que eu gostaria. Não foi por acaso que mandei bani-lo, em vez de executá-lo. — Então, ficou em silêncio por tanto tempo que Guinevere pensou que o rei tivesse pegado no sono. — O nome dela era Elaine. Irmã de Maleagant. Pensei que me amasse. Disse que estava esperando um filho, e eu estava disposto a casar com ela.

Guinevere não conseguiu respirar. Os boatos de que Arthur era um rei virgem eram... apenas boatos. O rei já havia amado e se apaixonado antes. De certo modo, aquela era uma revelação tão dolorosa quanto a do papel que Merlin desempenhara no nascimento de Arthur. Mas o rei nunca mentira para ela. Guinevere simplesmente decidira acreditar em uma fofoca porque assim quis. Queria que tudo aquilo fosse tão novo para Arthur quanto para ela, porque fazia sua insegurança parecer menos humilhante.

— Quando descobri os planos e os delitos de Maleagant, decretei seu banimento, e a minha raiva fez com que Elaine se deslocasse para o sul. Ela morreu dando à luz. O bebê, um menino, viveu apenas por algumas horas. E eu não estava lá.

A moça deitou nas peles, ao lado do rei. Segurou a mão dele e falou:

— Sinto muito.

— Mesmo sabendo que ela me encurralou deliberadamente, que Maleagant planejava me assassinar e usar meu filho para conquistar o trono, eu ainda a amava.

Guinevere ficou arrepiada. O plano de Maleagant não era muito diferente do de Merlin. Pelo menos, Elaine foi uma participante ativa, ao contrário da mãe de Arthur.

— Elaine implorou pela minha clemência. E, dando mais importância aos meus próprios sentimentos do que ao bem de Camelot, não matei Maleagant. Meu povo irá sofrer. Algumas pessoas até morrerão, pois agi como homem e não como rei.

— Mas você ainda era um menino.

Arthur aproximou a mão de Guinevere do rosto dele e roçou seus lábios nela. Os lábios do rei eram macios e gelados, e ela sentiu aquele toque em todo o seu corpo.

— Você é generosa. Obrigada por permitir que eu lhe contasse essa história. Durante todos esses longos anos, foi um segredo que só eu, Mordred e Maleagant sabíamos.

Ela se aproximou de Arthur. Conhecer aquele seu segredo a fez se sentir relevante, como se tivesse importância na vida do rei. Mas também a deixou muito mais preocupada. Se Arthur não era um rei virgem, será que o falso casamento dos dois o estava impedindo de desfrutar das coisas que queria? Guinevere tivera medo de que o rei abrisse mão de alianças políticas por sua causa. Jamais pensara que ambos estavam abrindo mão de... alianças físicas.

— Eu não me importo... — disse, com uma voz tão suave e baixa quanto a escuridão que aninhava os dois dentro da tenda. — Se você... procurar outras mulheres. Eu entendo. Não quero que pense que o nosso acordo é um impedimento para que faça isso.

O rei se aproximou da moça. Seu corpo firme irradiava calor.

— Jamais quero dar motivo para que os outros falem mal de nós ou debochem de você. Sei que não temos um casamento normal, mas estou feliz em tê-la ao meu lado. Você está?

— Sim. — Ela não teve dúvidas. Naquele momento, em que o calor do corpo de Arthur a aquecia, se sentia absolutamente feliz.

— Que bom. Quero... — Então ficou em silêncio. Ela chegou mais perto, e o silêncio que se seguiu a "quero" ficou pairando, com uma promessa desconhecida. Por fim, Arthur tornou a falar: — Quero conhecer você. A verdadeira. Nós dois estamos aqui porque Merlin quis, mas já passou da hora de o feiticeiro não se impor mais entre nós. Estamos juntos nessa missão, Guinevere. Gosto disso.

A moça se virou, para que seu sorriso ficasse encostado no ombro do rei. Não sabia se estava escondendo o efeito que Arthur exercia sobre ela ou se estava transmitindo sua alegria para o ombro dele, como se fosse um beijo.

— Também gosto — respondeu.

— Então conte algo que ninguém mais sabe a seu respeito.

Guinevere deu risada.

— Ninguém sabe nada a meu respeito, Arthur. Só você.

O rei deu uma risada constrangida.

— Creio que isso é verdade. Eu lhe contei um segredo. Você me contou todos os seus. Com exceção... do seu nome.

Uma onda gelada de vazio se apoderou dela. Tinha vontade de contar. De entregá-lo para Arthur. Mas, quando tentou pronunciá-lo, havia sumido. Ela o oferecera às chamas, e seu nome fora devorado. A dor daquela perda a atingiu novamente.

— Que tal se eu lhe contar uma história em vez disso? A respeito das estrelas. Eu dei nome a todas.

Arthur fez que sim, pôs o braço debaixo do corpo dela e ficou acariciando seu cabelo com movimentos tão suaves que Guinevere ficou se perguntando se o rei se dera conta de que estava fazendo aquilo. Então ficou tecendo a história para ele, amarrando-a ao redor de Arthur, como se fossem nós, até o rei pegar no sono.

Aquela viagem tinha lhe trazido tantas revelações novas, tantas ameaças novas. Guinevere não poderia lutar contra Maleagant. Nem contra o fantasma de Elaine ou contra o fracasso de Arthur. Sentiu pena dele, por carregar aquele peso sozinho durante todos aqueles anos. E, de alguma maneira, o rei tomara aquela dor e forjara algo poderoso e afiado com ela. Algo que usava tão naturalmente quanto a coroa.

Pousou a mão sobre o coração dele. O seu próprio coração batia feito um passarinho afugentado de um arbusto. Queria entregar seu nome para Arthur. Queria *entregar* tudo para ele.

E isso a apavorava.

CAPÍTULO QUATORZE

Guinevere acordou ouvindo uma discussão.

— Como você foi capaz? — indagava Sir Tristão.

A moça se sentou. Tentou esfregar os olhos para ver com nitidez, mas nada funcionava. Se acabasse não usando os nós que tinham lhe custado aquilo, ficaria furiosa. Certificou-se de que o cabelo ainda estava mais ou menos em ordem, foi de fininho até a abertura da tenda e ficou escutando.

— Maleagant sabe que estou aqui — respondeu Arthur. — Isso significa que Camelot está vulnerável. Não quero que os homens que nos esperam sejam decepados.

— Mas agora não temos mais homens para aumentar nossas forças! Maleagant sabe que você está aqui, o que significa que *você* está vulnerável.

— Antes eu cair do que Camelot.

— Se você cair — disse Mordred, falando mais baixo do que Sir Tristão —, Camelot também cairá.

— Camelot continuará de pé. Assim como nós. Conheço Maleagant. Ficará de tocaia nas estradas ou armará uma armadilha na cidade. Vamos prosseguir atravessando as florestas.

A voz de Sir Bors tinha um som de cascalho sendo pisado.

— É claro que ele ficará de tocaia nas estradas, porque passar por uma extensão tão grande de floresta é loucura.

— Prefiro correr esse risco.

A moça conseguia ouvir um sorriso na voz do rei. Parecia que estava ansioso para enfrentar aquele desafio. Mas ela concordava com Tristão. Era melhor proteger Arthur do que mandar o destacamento que os aguardava voltar sem eles.

Ela se preparou. Se eram tudo o que Arthur tinha, teriam que bastar.

Reuniu seus nós, verificando um por um, para se certificar que ainda estavam bem apertados. Não havia tempo para a fraqueza que fazer novos nós acarretaria. Precisava estar de posse de todas as suas forças para enfrentar a floresta.

Levantou a abertura da tenda e surgiu sob o Sol brilhante.

— E a rainha? — perguntou Sir Tristão, com um tom desafiador, querendo usá-la como desculpa para não prosseguir com o plano de Arthur.

— A rainha — disse Guinevere, colocando o capuz — está pronta para viajar ao lado de seu rei, seja qual for o destino.

Então foi até sua égua. Arthur a ajudou a subir.

— Você está preparada? — sussurrou o rei.

Confiante e amedrontada em igual medida, sorriu para ele e respondeu:

— Estou.

Guinevere posicionou sua égua de modo a ser a última a entrar na floresta. Um galho roçou no seu braço. Pendurou um único nó para causar confusão e cegueira ali. Quem viesse atrás não conseguiria encontrar seus rastros.

Assim que ficaram sob as árvores, tudo mudou. Até o ar era diferente. Mais quente. Mais abafado. Como se as árvores respirassem, envolvendo-os no vapor de seu hálito. Tiveram que prosseguir mais devagar, porque os cavalos escolhiam caminhos mais seguros, entre a vegetação. Não havia uma trilha visível. Ninguém era burro a ponto de atravessar a floresta se não fosse obrigado.

Ainda assim, o tédio e o calor oprimiam mais Guinevere do que o medo. Depois de várias horas de progresso lento, tirou o capuz e ficou morrendo de vontade de soltar as mangas. Os cavaleiros que a cercavam não haviam tirado nenhuma peça de sua armadura de couro com reforços de metal e suavam em silêncio, infelizes.

Mordred, na dianteira, voltou para o lado deles.

— Tudo igual. Árvores, folhas e insetos. Se continuarmos em direção ao sul, devemos chegar às fronteiras de Camelot dentro de dois dias. À noite, quando nós montarmos o acampamento, farei armadilhas para...

Um uivo cortou o silêncio do ar abafado.

— Ainda é dia! — disse Sir Bors, enquanto os cavalos corcoveavam, de orelhas em pé, as narinas bem abertas. — Eles não podem estar caçando.

Outro uivo respondeu ao comentário. Depois outro. E mais outro.

— Eles estão caçando — disse Arthur, com uma expressão de pesar. — E nós estamos cercados.

A égua de Guinevere bateu os cascos no chão, sacudiu a cabeça, corcoveou para o lado. Ela olhou para baixo e viu uma fina névoa subindo da terra. Que avançava pelos cascos do animal e se enroscava carinhosamente neles.

— O chão! — gritou Guinevere.

— Eu também vi! — exclamou Mordred, brandindo a espada. — Avançar!

Então ele deu um tapa na anca do cavalo dela, que saiu galopando no meio das árvores. Todos os cavaleiros fizeram a mesma coisa. Guinevere segurou firme as rédeas, se abaixando para não bater nos galhos que investiam contra eles, feito garras. Parecia que as árvores tinham se aproximado umas das outras, oferecendo uma dúzia de caminhos diferentes para os cavalos. Apartando-os.

— Guinevere! — gritou Arthur. Ela puxou as rédeas, obrigando a égua a sair de seu curso determinado e ir na direção de Arthur.

Um borrão acinzentado pulou na sua frente. A égua corcoveou para trás, dando patadas. Guinevere caiu com força no chão e rolou para desviar dos cascos. A égua gritou e, em seguida, desapareceu no meio das árvores, mordida por um lobo.

Mas havia mais de um lobo. A moça ficou encarando aqueles olhos amarelos e os dentes à mostra do que se movimentava mais perto dela. Que então abriu a boca e pulou. Um homem se atirou no chão na frente de Guinevere, enfrentou o lobo e rolou com ele. Sir Tristão. O animal mordeu seu antebraço, rasgando o couro. Sir Tristão gritava com a mesma fúria que o lobo uivava. E o atirou para longe. Então correu até Guinevere, a pegou no colo e a entregou para Arthur, que estava com os braços estendidos.

A moça se agarrou ao rei, porque estava montada no cavalo de um modo tão precário que ficou apavorada. Arthur passou uma das mãos pela sua cintura e brandiu Excalibur com a outra. Ela estava zonza. Começou a suar frio e teve um súbito impulso de se atirar no chão novamente. Enfrentar os lobos, em vez de ficar em cima daquele cavalo.

Mas os uivos haviam diminuído. Arthur forçou seu cavalo a galopar em uma velocidade perigosa até chegarem a uma clareira. Então parou, e Guinevere se jogou no chão e rastejou para longe do cavalo, tentando com todas as suas forças não vomitar. Seu corpo inteiro tremia.

— Formem um círculo — ordenou Arthur. — Bors, Gawain, recolham lenha para a fogueira. Logo escurecerá, e não podemos ficar nas árvores.

— Guinevere... — Mordred se agachou perto dela. Sua mão pairava nas costas da rainha, mas não a tocou. — A senhora está bem?

— Sim — sussurrou ela. O que era mentira. Não conseguia parar de tremer. Algo a tinha afetado mais do que o medo. Talvez tivesse inalado a névoa. — Sir Tristão está aqui?

— Estou. — Sir Tristão se atirou no chão, ao lado dela. Estava com o braço enrolado em um pedaço de pano. Não sangrava muito.

— Obrigada. — Guinevere rolou para o lado, então sentou. — Você salvou a minha vida.

— A senhora é a minha rainha — disse ele, em resposta. Sua expressão se suavizou. — E é amiga de Brangien.

A moça ficou onde estava, ao lado do cavaleiro. Mordred continuou por perto, de pé, enquanto os homens organizavam o círculo de defesa e acendiam a fogueira. Quando se sentiu melhor, Guinevere levantou e se aproximou de Arthur.

— Posso ajudar.

O rei sacudiu a cabeça e respondeu:

— Não. Preciso que você fique em segurança. Por favor.

Seu tom de súplica a fez amolecer. Mas ela *tinha* que ajudar.

— Eu já fiz os nós. Que causam cegueira e confusão. Se posicionarmos em volta da clareira, podem retardar ou mesmo deter os lobos. Ou outros predadores. — A moça só podia imaginar o que mais poderia existir naquelas árvores. Certamente considerava que os homens de Maleagant eram predadores.

— É só você que pode posicioná-los? Como os nós das portas?

— Não. Qualquer pessoa pode fazer isso.

Arthur soltou a fivela do cinto que prendia Excalibur, agora embainhada, e a colocou com cuidado no chão.

— Dê os nós para mim. Eu farei isso.

Guinevere enfiou a mão na bolsinha que levava presa à cintura e tirou os nós dela.

— Coloque os homens em intervalos regulares. Cerque todo o acampamento.

O rei sumiu no meio das árvores. Guinevere voltou para o lado de Sir Tristão. Mesmo naquela luz que minguava, podia ver que a cor do cavaleiro não estava nada boa.

— Deixe-me olhar seu ferimento.

Tristão estendeu o braço, obediente. Guinevere desenrolou o pano. Ainda sangrava, mas não em uma intensidade preocupante.

Preocupante, contudo, era o calor que emanava da pele em volta da ferida. O braço de Sir Tristão irradiava calor. Guinevere pôs as costas da mão na testa do cavaleiro. Ardia em febre. Mas havia algo de... diferente ali. Algo que não pertencia a Sir Tristão. Como o mofo que cresce no pão.

— Por que ele está tão quente? — perguntou, com uma voz tensa e aguda.

Mordred a ouviu e se ajoelhou perto de Sir Tristão. Examinou a ferida e comentou:

— É cedo demais para a infecção se manifestar.

— O que é "infecção"?

O cavaleiro fez careta e respondeu:

— A senhora nunca viu? É sangue envenenado. Algo que não deveria entrar, entra pela ferida. E... — Mordred deixou a frase no ar. Não conseguia olhar Guinevere nos olhos. Sir Tristão se reclinou e deitou no chão. — Vou buscar um pouco de água para ele — completou. E saiu correndo.

— Frio — disse Sir Tristão, batendo os dentes.

A moça tirou sua capa e colocou sobre o cavaleiro. Que tremia e se sacudia. E então, pior ainda, ficou imóvel.

— Arthur! — gritou. Sir Tristão não se moveu. Dentro de alguns instantes, o rei voltou para o lado deles. A expressão no seu rosto confirmou os piores medos de Guinevere.

— Não há nada que possamos fazer — disse ele. — A infecção se espalhou rápido demais.

Guinevere sacudiu a cabeça. Não podia aceitar aquilo. Não queria aceitar. Sir Tristão se ferira ao tentar protegê-la. Mas como poderia lutar contra o veneno que corria no sangue do cavaleiro? Não podia limpá-lo, não podia...

Uma ideia se apossou dela com a força das mandíbulas de um lobo. Os demais cavaleiros estavam a uma distância segura, e Sir Tristão não estava em condições de ouvi-la nem de entendê-la.

— Acho que posso ajudá-lo.

— Como?

— Limpando. Só fiz isso em mim mesma, só na parte exterior do meu corpo. Mas, se me concentrar no ferimento, posso conseguir queimar as partes que não fazem parte dele. As partes que o estão matando.

Arthur olhou para o seu cavaleiro. Passou a mão no rosto de Sir Tristão. Então ficou de pé e declarou:

— Não.

— Eu preciso tentar! Pode até não funcionar, mas...

— Não é por isso. Você não pode fazer feitiços aqui, rodeada pelos meus homens. Podem descobrir quem você é.

— Mas Sir Tristão...

— Sir Tristão sabia dos riscos que corria quando decidiu lutar ao meu lado.

— Assim como eu!

— Guinevere... Por favor. Se o reino tivesse conhecimento do que você é, seria banida, na melhor das hipóteses. Na pior? Destruiria tudo o que construí. As pessoas desconfiariam que eu sabia e permiti que isso acontecesse. Como eu poderia justificar todos os casos de banimento ou execução por prática de magia? Sir Tristão viveu uma vida honrada. Se morrer, será da mesma maneira, e sempre será lembrado. *Não* posso perder vocês dois.

— Arthur, eu...

— *Não.*

A moça se encolheu toda com aquele tom de voz. Era a primeira vez que ele lhe dirigia a palavra como rei e não como Arthur. O poder e o peso da ordem tinham algo de físico que a deixou intimidada.

— Preciso garantir a sua segurança — sussurrou ele, voltando a ser Arthur.

— Rei Arthur! — gritou um dos cavaleiros. — Lobo!

— Formem um círculo ao redor da clareira! — Arthur se afastou, pegou sua espada do chão e a desembainhou. Guinevere ficou arrepiada. — Virados para a frente! Não deixem passar nada!

A névoa se enroscava em volta da clareira, lançando ramificações, como se estivesse tateando em busca de pontos fracos. Não ecoavam uivos, não se ouvia nenhum ruído. O que era ainda pior, de certa forma. Então Sir Gawain gritou, e ouviu-se um rosnado bem alto. Guinevere nada podia fazer.

Mas... ninguém estava olhando para ela. Todos estavam concentrados em continuar vivos.

Correu até a fogueira e tirou um único graveto, bem da beirada. Cuja ponta reluzia, acesa. Voltou para o lado de Sir Tristão, ajoelhou-se e fechou os olhos. Precisava mudar o fluxo da magia, obrigá-la a fazer o que queria que fizesse. Correu o risco de o fogo assumir o controle e queimar Sir Tristão de dentro para fora. De qualquer modo, seria responsável pela morte do cavaleiro. E não estava disposta a permitir que isso acontecesse sem lutar.

Pôs o dedo na chama, deixou o fogo pular em cima dela. Alimentou a flama com seu sopro. Em seguida, a segurou na frente da boca de Sir Tristão e permitiu que a chama degustasse o sopro do cavaleiro. Colocou-a perto do ferimento e a fez passar do seu dedo para a pele dele. Sir Tristão se encolheu, mas não despertou.

— Queime tudo que não for dele — sussurrou, concentrando-se

na chama, concentrando-se em obrigá-la a agir conforme a sua vontade. O fogo bruxuleou, lançando uma luz brilhante, acompanhando as marcas dos dentes do lobo. E então desapareceu.

Sir Tristão se remexeu. Sua pele começou a suar, e o suor evaporava com a mesma velocidade que surgia. Guinevere manteve a mão no braço dele, afinada com a chama que percorria o corpo do cavaleiro. Uma chama ávida, faminta. A moça ordenou que o fogo se alimentasse apenas do que não pertencia a Sir Tristão. Havia tanto... Conseguia sentir a infecção, as trevas que se alastravam, tentando se apoderar dele. Parecia algo perigoso, raivoso e... senciente.

Guinevere atiçou ainda mais o fogo. Que foi comendo, comendo... Bem na hora em que pensou que não agiria rápido o suficiente para salvar Sir Tristão, o fogo parou de se alastrar. Não havia mais nada para alimentá-lo. Nada do que a moça tinha ordenado que devorasse. Então se voltou para fora, prestes a devorar Sir Tristão.

Guinevere chamou o fogo de volta ao seu corpo. A chama hesitou. A moça estava prestes a perder o controle. O pânico aflorou, mas ela o enfrentou com determinação e um desespero instintivo.

Não permitiria que Sir Tristão morresse.

Algo dentro dela, algo desconhecido em meio a todos os nós e feitiços, rodeou o fogo, fazendo-o se recolher. Perseguindo-o e canalizando-o para longe de Sir Tristão. A chama voltou correndo para a mão de Guinevere e a queimou. Ela gritou de dor, abafando-as com o capuz. Tinha bolha nos dedos. Mas extinguira o fogo.

Olhou em volta, à procura de um cantil, mas ficou petrificada, como um cervo diante do caçador. Mordred a observava. Estava meio que virado para a floresta, mas seus olhos, que nunca a perdiam de vista, haviam visto tudo.

Ela fora descoberta.

Estava tudo acabado.

Então Mordred olhou de novo para a floresta, sem dizer uma palavra.

Tremendo, sentindo uma dor lancinante na mão, pegou um cantil e deu de beber a Sir Tristão. Sua pele não irradiava mais o calor mortal da infecção. Suas pálpebras foram se abrindo.

— Minha rainha?

— Descanse.

Guinevere pôs a cabeça do cavaleiro em seu colo. Foi derrubando a água em sua boca, aos poucos. Estava amedrontada demais para erguer os olhos, caso os lobos dos homens resolvessem atacá-la por causa de sua transgressão.

Lutaram contra a matilha a noite toda. Quando a manhã finalmente expulsou as trevas, os cavaleiros estavam exaustos, mas nenhum sangrava.

— Se movimentavam de um modo — disse Sir Bors — que pareciam estar bêbados. Nunca conseguiam enxergar onde estávamos. Deus nos protegeu.

— Sim — concordou Arthur, com um tom firme e alegre. — Deus nos protegeu.

Guinevere não disse nada. Seus nós haviam cumprido sua função. Sentiu cada um se desfazendo, e sua visão finalmente voltou ao normal. Seus olhos estavam doloridos e ardiam, mas essa dor não era nada comparada à que sentia na mão queimada.

Sir Tristão estava verificando os cavalos. Arthur lhe deu um breve abraço e perguntou:

— Você está bem?

O cavaleiro dobrou braço, olhou para o rei e respondeu:

— Está dolorido, mas a febre passou.

Arthur segurou seu ombro e comentou:

— Você nos assustou.

Sir Tristão sorriu, e seus lábios carnudos desabrocharam como uma flor na primavera.

— Eu me empenharei para jamais assustar meu rei novamente.

— Faça isso — disse Arthur, dando risada. Mas, quando se virou e cruzou o olhar com Guinevere, seu sorriso se desfez, e sua expressão ficou séria. Sabia o que ela havia feito.

Não lhe dirigiu a palavra. Mordred, aliás, tampouco. Agora que tudo estava mais calmo, Guinevere ficou de pé, tensa, pronta para ouvir as acusações. Mas todos os cavaleiros preparavam os cavalos como uma concentração eficiente e bem ensaiada.

— Guinevere precisa de um cavalo — disse Mordred.

— Ela pode ir comigo, se meu rei julgar aceitável — disse Sir Tristão. — Não posso empunhar bem a espada montado a cavalo com esse ferimento, mas posso protegê-la.

— Obrigado. — Arthur inclinou a cabeça, dando permissão. A moça queria conversar com o rei, mas não havia privacidade, não teve oportunidade.

Guinevere subiu no cavalo de Sir Tristão. Cavalgaram por horas e horas, em um ritmo ágil, mas cauteloso. Não havia nem sinal dos lobos. Nada que indicasse que estavam sendo seguidos. A natureza da floresta também mudara. As árvores eram menos ameaçadoras, o ar mais limpo. Aquele ainda era um lugar selvagem e intocado, mas parecia menos temível.

Ao fim da tarde, pararam para descansar. Um riacho corria ali perto, e os homens levaram os cavalos até ele, para reabastecer os cantis. Guinevere foi na direção contrária. Ficou de olho em todo mundo, mas sua cabeça doía, por causa do esforço que fizera na noite anterior, somado à tensão e ao medo de ser descoberta. Torceu para que Arthur viesse ter com ela, para que pudessem conversar a respeito do que havia feito, mas o rei permaneceu com seus homens.

Sir Tristão caminhava entre eles. Saudável. Vivo. Ela fizera aquilo. E não se arrependia. Mesmo tendo sido desmascarada, não podia se arrepender. Era a coisa certa a fazer.

Arthur já lhe dissera que jamais colocaria nada acima de Camelot. Ao se lembrar disso, Guinevere se encolheu toda, sentindo-se culpada. Colocara Sir Tristão acima de Camelot. Se tivesse sido descoberta, poderia muito bem ter posto em risco o reinado de Arthur. Entendia por que o rei a proibira de fazer aquilo. Mas não teve forças para aceitar o fato de que Sir Tristão morreria para que seus segredos não fossem revelados. Guinevere teria mentido, teria dito que fora mandada ali para enganar Arthur. Teria dito que enfeitiçara o rei sem que ele tivesse conhecimento. Feito tudo o que estivesse ao seu alcance para protegê-lo.

Descansou, deitada entre as raízes de uma enorme árvore. Quando colocou a mão no tronco, não foi mordida, não sentiu maldade. Apenas o sono profundo e tranquilo da terra, do sol e da água. Fechou os olhos, deleitando-se com a sensação do sol batendo no seu corpo. Um breve e tolo desejo de ter folhas e raízes se apoderou dela. A paz de ser uma árvore! Árvores só precisam crescer. Árvores não têm coração para tornar tudo mais confuso e complicado. Árvores não são capazes de amar reis e desobedecê-los mesmo assim.

Uma sombra bloqueou o sol dos seus devaneios. Abriu os olhos e deu de cara com Mordred, de pé diante dela.

Guinevere levantou, para encarar as acusações do cavaleiro. Que fez sinal para que ela estendesse a mão queimada. A prova de que praticara a magia proibida. Passara uma manhã agonizante, mas a mantivera escondida debaixo das roupas. Estendeu aquela prova com um olhar de afronta.

— Seus olhos estão verdes hoje — disse Mordred. Amassou várias folhas e as pressionou com cuidado contra a pele em bolhas de Guinevere. A sensação trouxe um alívio instantâneo. A moça soltou um leve suspiro de alívio. Mordred amarrou um pedaço de pano rasgado em volta da mão para manter as folhas no lugar. A pele dos dois jamais se encostou. Guinevere ficou feliz por isso. Não queria sentir outra faísca naquele exato momento, e lhe parecia que o cavaleiro estava sempre ardendo em chamas. — Não são sempre verdes, os seus olhos. Às vezes, são azuis como o céu. Em Camelot, são acinzentados, como as pedras. Gosto mais quando estão verdes ou azuis.

Guinevere não entendeu o que ele quis dizer. Jamais pensara em seus próprios olhos. Mas *entendeu* que Mordred não a acusava nem a denunciaria. O cavaleiro estava a protegendo.

— Como é que você sabe fazer isso? — perguntou. Tinha vontade de conversar, mas não a respeito do que havia feito. Levantou a mão enfaixada.

— Nem tudo na floresta é destruição. A floresta também é vida. — Então tirou um delicado botão de flor roxo e amarelo, preso em seu colete de couro. — A senhora consegue sentir?

— Consigo — respondeu Guinevere, constrangida.

— Certas coisas não podem crescer cercadas por muros — declarou Mordred. Em seguida, lhe ofereceu a flor, com um sorriso cúmplice. Não contaria nada aos demais cavaleiros. Mordred protegeria Guinevere. — Desde que fique do lado de fora, ninguém precisa saber.

A moça aceitou a flor e sussurrou:

— Obrigada.

Alívio e gratidão se assomaram em seu peito. Mordred estava do seu lado. Guinevere guardou a flor debaixo do vestido, perto do coração, onde ficaria tanto em segredo quanto a salvo.

Seus lobos quase sentiram o gosto dela. Chegaram tão perto de descobrir o que a rainha-que-não-é-rainha esconde.

Fracassaram.

Mas também foram bem-sucedidos. A rainha-que-não-é-rainha falou com o fogo, e o fogo prestou atenção. Isso é algo que vale a pena saber.

Ela se roça na árvore que ninou a rainha-que-não-é-rainha, sente o rastro do anseio que a moça deixou para trás. A rainha-que-não-é-rainha não é uma criatura dada a pedras e muralhas, a regras e leis.

A rainha-que-não-é-rainha é o caos.

E Arthur permitiu que ela entrasse em seu coração.

CAPÍTULO QUINZE

Enfim, deixaram a floresta para trás e chegaram, sãos e salvos, aos limites de Camelot. O homens que Arthur dispensara aguardavam por eles ali.

O rei ainda não conversara com Guinevere a sós. Que foi tomada, em igual medida, pelo nervosismo e pelo alívio, quando ele a levou para longe do grupo. Ficaram parados, sob o sol, onde ninguém poderia ouvi-los. Mas a expressão de Arthur deixava transparecer uma emoção que Guinevere não conseguiu identificar.

Prestes a explodir, foi ela quem falou primeiro:

— Você não pode ficar bravo comigo por ter salvado a vida de Sir Tristão.

Arthur soltou um suspiro.

— Não só posso como estou. E não estou. Fico feliz por Sir Tristão estar vivo. Ele é muito valioso para mim. Mas não posso correr o risco de perder você.

A moça sacudiu os braços, exasperada.

— Não sou uma frágil princesa. Estou aqui para correr riscos!

O rei abriu a boca para responder, então fechou os lábios ostensivamente e cerrou os olhos. Estava escondendo alguma coisa, alguma coisa dentro de si. Guinevere podia perceber pela tensão que via no rosto dele. Por fim, Arthur abriu os olhos de novo e falou:

— Preciso seguir viagem para garantir a segurança das fronteiras do norte. Conversaremos melhor quando eu voltar. Por favor, não faça nada na minha ausência. — Como se lesse os pensamentos da moça, segurou a mão dela e completou: — Por favor, Guinevere. Aquela mulher que foi banida pode esperar. Quando eu voltar, trataremos desse assunto, e traçaremos um plano. Juntos. Prometa que vai esperar.

Guinevere teve vontade de desafiá-lo, mas não percebeu raiva nem autoridade na expressão do rei. Era uma preocupação sincera que tensionava aquele rosto. Soltou um suspiro: a vontade de enfrentá-lo a abandonara.

— Ah, que assim seja.

— Obrigado — respondeu Arthur.

Então, para surpresa de Guinevere, o rei roçou seus lábios quentes no rosto dela. O calor daquele toque se prolongou enquanto a moça ficou observando Arthur partir mais uma vez.

O calor não se prolongou o suficiente para consolá-la por estar, mais uma vez, dentro da balsa que a levaria até Camelot. Brangien abraçou Guinevere, que ficou encolhida no meio da embarcação. Como até Mordred partira com Arthur, não sobrara ninguém que pudesse levá-la até o palácio pelo túnel.

Sir Tristão fora deixado em Camelot para se recuperar. Ao lado de Sir Bors, ficou encarregado de governar a cidade na ausência de Arthur. Guinevere não tinha mais nada para fazer, com exceção de ser rainha. Exausta, permitiu que Brangien cuidasse dela quando voltaram para o castelo. Justificou a queimadura dizendo que ficara alimentando a fogueira durante o acampamento na floresta. Mas, graças aos cuidados de Mordred, sua mão não estava mais doendo.

Quando, finalmente, chegou a hora de ir para cama, a moça fez planos de esperar até a dama de companhia pegar no sono e então ir verificar as pedras infundidas de magia que escondera no balestreiro. E que haviam lhe dado uma ideia do que poderia fazer durante aquela espera insuportável. Só que acabou pegando no sono, um sono tão pesado quanto o cobertor que a cobria.

Os três dias seguintes foram bem parecidos. Nada de Arthur, nada de Mordred. Nada do Cavaleiro dos Remendos para perseguir, nada da bruxa Rhoslyn para enfrentar. Guinevere fez suas próprias pedras infundidas de magia e as posicionou, como se fossem sentinelas, por toda Camelot, para que a alertassem de qualquer feitiço realizado dentro dos limites da cidade — não apenas do castelo. Mas, assim como no castelo, todos os seus nós permaneceram intactos. Nada acionou o alarme.

Por ora, era simplesmente uma rainha. O que a mantinha ocupada o tempo todo, de uma maneira tediosa. Depois que mandara avisar que estava disponível, recebia visitas o dia inteiro. Fazia um esforço para caminhar durante a tarde, acompanhada de Brangien e de um guarda, visitando comerciantes e sendo vista pela cidade. Não queria ser uma rainha invisível, dentro do castelo. Não era assim que Arthur reinava. E Guinevere queria estar à sua altura. Ser igual a ele.

Ser sua companheira.

Não podia mais negar. Queria ser mais do que uma simples protetora para o rei.

Em parte — e essa era uma parte pequena —, temia ter concordado com adiar seu ataque, conforme Arthur propusera, para prolongar sua estadia ali. E se tivesse razão e Rhoslyn fosse o motivo pelo qual foi enviada até Camelot? O que aconteceria depois? A que propósito serviria, uma vez cumprida a missão?

Quando pensava em voltar para o casebre na floresta, sentia o mesmo vazio incômodo de quando tentava localizar tantas de suas lembranças.

Arthur ainda não retornara. Isso a preocupava. Durante três noites, tivera a intenção de se manter acordada e tentar fazer algum feitiço simples para localizá-lo. E, a cada noite, o sono se apoderava dela com uma eficiência brutal. Quando acordou, no quarto dia, e viu que as cortinas da sua cama estavam fechadas apesar de não ter feito isso, teve certeza de que havia algo de errado. Teria acordado se Brangien tivesse fechado as cortinas. Verificou todas as portas, até colocou nós nas janelas novamente, mas nada havia passado por eles.

Naquela noite, antes de deitar, fez um nó em seu cabelo e o posicionou em cima de seus olhos. Alguns minutos depois, sentiu o peso da magia pressionando, tentando passar por suas próprias defesas. Alguém a estava obrigando a dormir! Fingiu que havia funcionado, respirando profunda e constantemente. Mas nenhum inimigo apareceu. Estava sozinha, dentro de seu quarto. Que ataque era aquele? Qual era o objetivo de obrigá-la a cair em um sono encantado se Arthur estava viajando? A moça não estava preparada para ela própria ser alvo.

E o ataque só poderia ter vindo de dentro do quarto. Qualquer feitiço seria quebrado ao passar pela porta.

Sentiu um aperto no coração. "Brangien."

Ouviu vozes falando baixinho em sua saleta e se sentou na cama. Um pedaço de pano, que estava sobre seu peito, caiu. Conhecia aquele fio vermelho. Era do bordado que Brangien nunca deixava de lado. Como não percebera? A dama de companhia conhecia a magia dos nós. E a estava empregando contra a moça.

Claro que Brangien não correria o risco de ser banida ou executada apenas para passar algumas noites com algum amante sem que ela percebesse. A dama de companhia lhe parecia ser inteligente demais, pragmática demais, para fazer uma coisa dessas. A saleta sempre ficava vazia à noite. Brangien poderia levar um homem escondido para lá, sob o manto das trevas.

Tinha que haver algo mais sinistro em jogo. Guinevere ficou enjoada. Brangien fora sua guia até então. Sua amiga. E ela fora cega à magia praticada bem debaixo de seu nariz. E se Brangien tivesse atacado? E se tivesse feito mal a Arthur?

Guinevere fora tola de confiar em alguém. Tudo a seu respeito era uma mentira: deveria presumir que o mesmo valia para todos à sua volta.

A porta da saleta estava entreaberta. Guinevere espiou pela fresta. Brangien estava lá dentro com... Sir Tristão. A moça arriscara tudo para salvar a vida do cavaleiro. Será que Tristão também estava contra ela e o rei?

Brangien estava em seus braços. Talvez tudo fosse mesmo algo simples assim. Uma dama de companhia e um cavaleiro tendo um relacionamento que geraria fofocas. Brangien, contudo, não era socialmente inferior a Sir Tristão. Guinevere e Arthur teriam comemorado a união.

Mas havia algo no modo como Brangien movimentava os ombros. Não estava sendo abraçada com intenções românticas. Estava sendo confortada enquanto chorava. A banheira estava cheia, quase transbordando de água. Guinevere ficou observando Brangien se recompor, fungando.

— Tentarei novamente. Você tem razão. Não podemos desistir.

Então se debruçou sobre a banheira e tirou uma mecha de cabelo da bolsa. Mergulhou-a na água, criando ondas e movimento. Brangien estava praticando a visão remota: procurando alguma coisa ou alguém através da água.

— Você está fazendo errado — declarou Guinevere, entrando no cômodo. Segurava a adaga que ganhara de Arthur. Conhecia um nó letal, um movimento simples e brutal, que poderia fazer sobre a pele, com a ponta de metal. Muito mais eficiente do que uma punhalada à qual Sir Tristão poderia sobreviver. Seu estômago se revirou, mas sua convicção cresceu. Faria aquilo, se fosse necessário.

Brangien soltou um grito amedrontado e soltou o cabelo no chão. Sir Tristão se virou, com a mão no pomo da espada. Então arregalou os olhos, surpreso, e fez uma reverência.

— Minha rainha... Sinto muito. Estávamos...

— Vocês estavam praticando visão remota.

A dama de companhia pegou o cabelo do chão e o segurou contra o peito.

— Por favor, *milady*. Deixe-me explicar.

— Explicar por que você estava empregando magia para me obrigar a dormir?

Brangien baixou a cabeça, envergonhada.

— Por favor, imploro clemência. Banimento, não execução. Se algum dia lhe ajudei, fiz qualquer coisa...

— Foi bem feito. O feitiço com os nós, quero dizer. Nunca vi esses padrões, mas fazem sentido. Você combinou sono com...

Guinevere ficou esperando. Nenhum dos dois veio em sua direção. A promessa de violência fez a adaga parecer mais pesada do que deveria.

Toda encolhida, Brangien foi revelando os detalhes.

— Peso. Segura o corpo da pessoa adormecida para que nada perturbe seu descanso. Empreguei na senhora uma vez, quando estava muito cansada, mas seu sono era inquieto. Queria que a senhora melhorasse. E funcionou tão bem que pensei... pensei que poderia empregá-lo para que tivéssemos tempo de praticar a visão remota sem que ninguém descobrisse. — Brangien ergueu o queixo, em uma expressão de força e afronta. — Sir Tristão não praticou magia. Ele não tem consciência de nada. Eu o enfeiticei.

— Brangien... — disse ele, sacudindo a cabeça.

— Viu só? Ainda está sob o meu feitiço.

Guinevere planejara contar a mesma mentira caso fosse flagrada e Arthur fosse acusado de ter conhecimento do que ela fazia.

— Não se Tristão tiver passado pelas portas do castelo nos últimos dias. Qualquer feitiço teria sido quebrado.

— Foi a senhora? — Brangien soltou um suspiro de surpresa. — Tive que refazer meu trabalho tantas vezes! Pensei que estava perdendo as minhas habilidades!

— Você não me parece surpresa com o fato de eu ter conhecimento de magia, contudo.

A dama de companhia sacudiu a cabeça, ficou torcendo as mãos, nervosa, ainda segurando a mecha de cabelo.

— Eu vi os nós nos seus cabelos. E outras coisas também. Sei que os costumes do sul são diferentes. Pensei que... Bem, pensei que a senhora seria capaz de entender.

Brangien fora desmascarada, mas Guinevere também. Pôde ver o entendimento se esboçando na expressão de Sir Tristão. Que pôs a mão sobre o braço, sobre a ferida que continuava enfaixada, mas cicatrizava bem.

— Por acaso você...

— Eu não estava disposta a perder um homem tão bom. Pensei que você fosse um homem bom. Ainda preciso que seja. Brangien, você é a única amiga que tenho por aqui. Nunca me senti ameaçada por você. — Guinevere teria percebido. Claro que teria percebido. Aquilo era uma traição, mas talvez não fosse uma traição tão perigosa quanto temia. — Ambos, digam-me com sinceridade: vocês representam uma ameaça a Arthur?

— Não! — exclamou Sir Tristão. Ajoelhou-se e sacudiu a cabeça, e a mágoa por aquilo ter sequer sido insinuado transpareceu nos seus belos olhos castanhos. — Eu morreria pelo meu rei.

— E pela sua rainha. — Guinevere não esquecera, jamais esqueceria. Sir Tristão não pensara duas vezes antes de se colocar entre ela e o lobo. Aquela não era a atitude de um homem conspirando contra os dois.

— Acredito em tudo o que o Rei Arthur está fazendo aqui — garantiu Brangien. — É claro que a senhora pôde perceber isso no tempo em que estivemos juntas. Acredito em Camelot. Jamais faria mal ao rei.

Guinevere reparou no modo como a dama de companhia segurava a mecha de cabelo, como a acariciava, sem se dar conta. Aquele cabelo não era de Arthur, que sempre o mantinha curto. Nem de Guinevere, aliás. À luz de velas, tinha um tom de castanho-escuro avermelhado, comprido e sedoso.

— Dê-me sua mão — ordenou Guinevere. Brangien obedeceu e lhe estendeu a mão trêmula.

Normalmente, a moça só sentia o que a magia do tato a obrigava a experienciar. Mas, desta vez, usou aquele poder conscientemente, foi além, procurou. Brangien estava ali. Revelada como um todo. Astúcia e inteligência, engenhosidade. Um poço de tristeza tão puro e profundo que Guinevere ficou sem ar apenas de tocar sua superfície. Raiva e medo, também, mas não sentiu nenhum sinal de vingança ou más intenções. Nem de ameaça. Apenas saudade.

Satisfeita, afastou a mão. A ausência de Brangien foi um alívio. Carregar as emoções de outra pessoa era avassalador. Guinevere se sentiu tonta, apartada de si mesma.

Atirou-se na cadeira. A dama de companhia não era mal-intencionada. E agora uma sabia do segredo da outra. Ou, pelo menos, Brangien sabia de *um* dos segredos de Guinevere.

— Muito bem. Contem-me o que vale tanto a ponto de correrem o risco de perder tudo.

— Estou tentando encontrá-la. Isolda. — Os olhos de Brangien se encheram de lágrimas. — Tanto tempo se passou. No começo, recebi algumas cartas que ela conseguiu enviar escondido. Mas nunca mais tive notícias e tenho medo que... tenho tanto medo...

As lágrimas escorreram pelo rosto dela. Guinevere teve vontade de consolá-la. Mas teria que se aproximar da banheira cheia d'água, e isso não estava disposta a fazer.

Aquela tristeza tremenda. Aquela saudade avassaladora.

— Não é bem Sir Tristão que ama Isolda, é? — perguntou.

O cavaleiro sacudiu a cabeça bem devagar e respondeu:

— Eu faria qualquer coisa para vê-la feliz. Para ver Brangien feliz também. As duas, juntas.

Isolda e *Brangien*. Não era para menos que a dama de companhia fora banida junto com Tristão.

Guinevere não sentiu inveja da dor estampada no rosto de Brangien. Como seria amar alguém tão profundamente a ponto de sofrer daquela maneira? Aquela tristeza avassaladora lhe pareceu algo precioso, quase sagrado. Brangien a carregara em segredo sempre, dedicara a ela uma parte de sua alma. E, se a tristeza era tão profunda, o amor que a causava devia ser ainda mais.

A inveja floresceu em Guinevere. Ela queria ter aquilo. E queria que Brangien o tivesse de volta.

— Você está tentando ver Isolda?

A dama de companhia assentiu com um fio de esperança.

— Um fio de cabelo — orientou Guinevere. Vira Merlin fazer aquilo. Não conseguia se lembrar de quando nem como, mas se recordava claramente de observá-lo Merlin, debruçado sobre uma tina cheia d'água, formar um círculo com um fio de cabelo, limitando a água e a guiando na direção do que queria ver. — Pegue um fio de cabelo e faça um círculo na superfície da água com ele. E então enfie a mão no meio, concentrando seus pensamentos em Isolda. Tire a mão, e deve ver o que deseja. Espere. Não.

Estava esquecendo algo. O quê? O sangue alimenta a magia do ferro. O combustível alimenta a magia do fogo. O que alimenta a magia da água? Por que não conseguia lembrar?

Porque *odiava* água. Obrigar sua mente a pensar nela lhe dava a sensação de que estava forçando os limites entre o sono e a vigília.

Um rosto dentro d'água. Bolhas. E depois nada.

Guinevere ficou toda arrepiada. Sentou-se de lado na cadeira, para não ver a banheira de jeito nenhum.

— Lembrei. Você não vai querer fazer o que a magia da água exige.

— Quero. Farei qualquer coisa.

— A água quer preencher. Tomar a forma do que encontra. Para ser capaz de praticar a magia da água, é preciso fazer um sacrifício, pagar adiantado. Assim que a água receber seu pagamento em sopro de vida, fará o que você quiser. Mas você terá que afogar alguém.

Brangien foi ao chão, derrotada.

— Então eu a perdi.

— Não. Sei de outro modo. E, desse modo, Isolda também verá você.

Guinevere sorriu, mas foi um sorriso forçado, por causa do pavor frustrante que aquela lembrança lhe causava. Merlin e a água. Quando aquilo acontecera? Quem ele afogara? E por quê?

Por que ela não havia pensado nisso até aquele momento?

Os três voltaram para o quarto. Guinevere sabia que devia esperar e investigar aquilo mais a fundo. Mas estava desesperada por uma distração. Pegou os cabelos de Isolda e os entrelaçou nos de Brangien. A dama de companhia deitou em seu catre, a moça conferiu os nós. Sacrificaria seus próprios sonhos durante uma semana para fazer aquele feitiço. Mas valia a pena. Seus sonhos não haviam lhe mostrado nada de útil. Mal se recordava deles.

Colocou os nós que a própria Brangien fizera sobre o peito dela, e a mente da dama de companhia se apagou.

Guinevere se sentou, satisfeita. Sir Tristão ficou inquieto, incomodado, perto da porta. Ele não deveria estar ali. Se fosse pego em flagrante, estaria com um problema tremendo. Os dois estariam.

Agora, contudo, a moça não tinha apenas um, mas dois aliados em Camelot. Não sabia se contaria a respeito deles para Arthur. O rei fora tão rígido em relação às leis lá na floresta. Ela duvidava que permitiria que os dois continuassem morando ali.

Por hora, aquele seria um segredo seu, portanto. Fez sinal para Sir Tristão ir embora.

— Velarei o sono dela. Vá descansar, meu bom cavaleiro.

Ele foi embora, agradecido. Guinevere se sentou ao lado de Brangien, torcendo para que o sorriso que se esboçava em seu rosto adormecido significasse que o feitiço havia funcionado. Até então, jamais havia praticado um ato de bondade por meio da magia. O que não resolvia seus problemas, mas lhe trazia uma sensação boa, e se contentaria com isso.

— Quem é você realmente, Merlin? — sussurrou.

Desejou poder ter com ele, conversar com o feiticeiro. Exigir que lhe explicasse tudo o que havia feito.

E foi aí que se deu conta de que a resposta para a sua pergunta estava deitada bem na sua frente. Xingou, com seus botões, a falta de visão que lhe fizera abrir mão dos próprios sonhos por uma semana. Talvez tivesse feito aquilo de propósito. Sabia que seu primeiro instinto seria o de ajudar e não o de refletir. Fizera aquilo porque não queria enfrentar as perguntas complicadas. Correr o risco de obter respostas.

Não mais. Dentro de sete noites, teria os próprios sonhos de volta. E, neles, iria até Merlin.

CAPÍTULO DEZESSEIS

Guinevere já estava acordada quando Brangien se sentou em seu catre. Aquela foi a primeira vez que conseguiu se levantar antes da dama de companhia pela manhã.

— Oh, não — disse a moça, tapando a boca com a mão. Os olhos de Brangien estavam cheios de lágrimas. — O que foi que houve?

Ela sacudiu a cabeça, radiante.

— Eu a vi. Estávamos juntas. Obrigada. Minha eterna gratidão, minha rainha. — Ela levantou de supetão do catre e foi correndo abraçar Guinevere. Que ficou chocada com aquele contato físico: apesar de Brangien vesti-la todos os dias, jamais havia sido afetuosa. Guinevere relaxou e se deleitou com o abraço. Agora ela e Brangien tinham um laço baseado em segredos. De forma lenta, mas definitiva, Guinevere estava cavando seu espaço em Camelot. Brangien e Sir Tristão. Mordred. E Arthur, é claro. Era bom ter mais amigos e aliados além do rei.

Mas também era perigoso. Quanto mais pessoas soubessem de certos segredos seus, maior era o risco de descobrirem coisas demais.

Brangien a soltou, então foi tratar das tarefas matutinas, toda animada, tagarelando alegremente a respeito do sonho que tivera com Isolda. Guinevere abandonou alguns dos medos e das preocupações que apertavam seu peito. O que fizera não tinha nenhuma relação com seu dever de proteger Arthur, mas deixara Brangien feliz. Com toda aquela treva que pairava sobre o que descobrira a respeito de Merlin, era reconfortante saber que sua própria magia poderia ser usada para fins de gentileza, bondade, amor.

— A senhora quer ir à feira hoje? — perguntou a dama de companhia, lhe mostrando algumas opções de traje.

Guinevere se encolheu toda só de pensar. Na ausência de Arthur e de Mordred, teria que atravessar o lago duas vezes. Não tinha a menor vontade de fazê-lo e não precisava de nada da feira.

— Gostaria de ter um dia de descanso. Mas você pode ir. Além disso, farei uma caminhada com Dindrane hoje à tarde. Se for à feira, será poupada.

— Bondade e mais bondade, minha rainha. — Brangien deu risada, com as bochechas coradas e um brilho nos olhos. Guinevere jamais a vira tão feliz, e isso era um bálsamo para a sua própria alma. Sem dúvida, Brangien ficaria decepcionada quando, dentro de uma semana, Guinevere tivesse que retomar sua habilidade de sonhar. Mas, naquele meio-termo, a felicidade da dama de companhia era contagiante.

— Compre linha. Quero que me ensine os nós que sabe fazer.

Brangien fez que sim e falou:

— Foi minha mãe quem me ensinou. Onde a senhora aprendeu?

— Com... — Guinevere se segurou. Contaria apenas parte da verdade para Brangien, não toda. — Com a minha babá. Isso não é tão incomum lá no sul. Mas precisamos tomar cuidado. — Guinevere queria derrotar Rhoslyn. Não fazer companhia para ela no desterro.

— É claro. Sempre.

Com uma bela reverência, Brangien saiu do quarto.

A moça chegou a considerar passar a manhã no ócio, deitada

na cama, mas estava inquieta, de tanta impaciência e tédio. Deveria ter ido à feira, afinal de contas. Não havia nada no balestreiro, com exceção das pedras que ela levara, que ficavam em silêncio. Por mais que as examinasse, não conseguia determinar qual era o seu propósito. Talvez fosse melhor levá-las dali e jogá-las no lago que margeava a lateral de Camelot. Mas, se fizesse isso, ficaria para sempre se perguntando o que havia deixado de ver.

Guardou uma das pedras em uma bolsinha e a levou consigo quando foi encontrar Dindrane, à tarde. Enquanto as duas andavam a esmo pelas ruas de Camelot — um guarda as acompanhava, na ausência de Brangien —, Guinevere ficou mexendo na pedra, distraída. A mulher tagarelava alegremente, mas não deixou de comentar, diversas vezes, como era decepcionante o fato de a cidade estar tão vazia, já que a maioria dos cidadãos havia ido à feira. Dindrane gostava de ser vista na companhia de Guinevere. Era uma moeda de troca social, e a mulher desfrutara muito pouco de tal riqueza antes de cair nas graças da rainha.

De sua parte, Guinevere relaxava na presença de Dindrane. Nunca se sentia pressionada a falar nem achava que corria o risco de cometer uma gafe. Dindrane conduzia a conversa do mesmo modo que um cavaleiro experiente conduziria um cavalo.

Viraram em uma rua lateral e foram até um estabelecimento em que Dindrane queria dar uma olhada. A pedra que Guinevere segurava estava quente como o dia.

E foi ficando mais quente.

A moça parou de andar, com a pedra escondida na mão.

— Algum problema? — perguntou Dindrane.

— Não. Nenhum.

À medida que iam naquela direção, a pedra foi ficando cada vez mais quente. Passaram por diversas casas e lojas. E então começou a esfriar.

— Avistei algo que gostaria de ver de perto — disse Guinevere, dando meia-volta abruptamente. E foi voltando, enquanto Dindrane resmungava, até a pedra tornar a esquentar, quase a ponto de não conseguir mais segurá-la. Estava diante de uma casa como qualquer outra.

— Quem mora aqui? — perguntou.

— E eu lá sei? — respondeu Dindrane, olhando com cobiça para a loja em que queria entrar.

O guarda surpreendeu Guinevere ao tomar a palavra:

— Prendemos uma bruxa aqui há menos de uma semana.

— Mesmo? — Guinevere apertou a pedra. "Rhoslyn." Aquela era a casa de Rhoslyn. E a pedra a levara direto até ali.

As pedras eram guias que permitiam às pessoas que entendiam de magia se encontrarem. Mas agora levavam apenas a uma casa vazia. Felizmente, Guinevere sabia onde Rhoslyn estava. E agora sabia que aquela mulher estivera, sim, entrando em contato com outras bruxas dentro dos limites de Camelot.

Corada com sua vitória, Guinevere permitiu que Dindrane a arrastasse de volta até a loja, depois para outra, então mais uma. Quando chegaram à rua principal que levava até o castelo, Brangien veio correndo ao encontro das duas, vinda das docas. Sir Tristão logo atrás, a uma distância respeitosa. Fez sinal com a cabeça para o guarda que acompanhava Guinevere. O homem fez uma reverência e foi embora.

— Sir Bors está caçando um dragão! — exclamou Brangien, sem fôlego por causa da subida. — Um *dragão*! A menos de quatro horas a cavalo daqui!

Guinevere franziu o cenho e comentou:

— Há mais de cem anos que um dragão não aparece.

— Pois então! Sir Bors está determinado a matá-lo, caso a criatura realmente exista.

— Sir Bors é um caçador astuto — disse Dindrane. — Meu irmão jamais seria capaz de fazer uma coisa dessas.

— Que prova Sir Bors tem de que tal criatura realmente apareceu? — perguntou Guinevere.

Voltaram a se dirigir ao castelo, e Brangien ajeitou os pacotes que estava carregando.

— Boatos. Um lenhador confiável teve o braço chamuscado e ficou gritando que havia um demônio na floresta. Algumas evidências de queimada. Se for mesmo um dragão, Sir Bors irá encontrá-lo.

— Mal posso esperar para contar à minha cunhada — disse Dindrane, com um sorriso maldoso. — Um dragão! E não será seu marido que irá enfrentá-lo — completou, e foi logo se afastando deles.

Era mesmo uma grande notícia. Uma notícia terrível. Dragões haviam sido as criaturas preferidas da Rainha das Trevas. Que os dominou durante séculos, ordenando que atacassem fazendas, destruíssem povoamentos. Foram caçados com uma eficiência impiedosa pelos romanos. Até mesmo Merlin achava que não existiam mais. Guinevere lhe perguntara a respeito durante uma de suas aulas. O feiticeiro divagara, falando que o antigo estava dando lugar ao novo, que os ossos enterrados nas profundezas da terra fariam brotar as sementes das novas formas de vida.

Mas, se havia um dragão à espreita, Arthur corria perigo. A própria Camelot corria perigo. Um dragão em pleno voo poderia sitiar a cidade de um modo impensável para os homens. Se o dragão tivesse se aliado à magia das trevas — ou se estivesse sob o domínio de alguém como Rhoslyn — precisava ser detido.

— Tenho que ir — disse Guinevere, decidida.

— Ir aonde? A feira acabou.

— Ir de encontro ao dragão.

Se realmente existisse tal criatura, não acreditava que Sir Bors poderia dar cabo dela sozinho, por mais astuto que fosse em questão de caçada.

Brangien parou de andar, perplexa.

— *Milady*, isso é tarefa para cavaleiros. Não para rainhas.

Guinevere não revelara sua verdadeira identidade para a dama de companhia. Uma coisa era as duas compartilharem o segredo da magia: revelar seu verdadeiro ser para Brangien era outra, completamente diferente. Ela pôs o capuz e respondeu:

— O Rei Arthur é meu marido. Farei tudo o que estiver ao meu alcance para protegê-lo. E não há mais ninguém neste reino capaz de perceber se o dragão está a mando de alguma força tenebrosa. Eu sou capaz. Mas precisarei da ajuda de Sir Tristão.

E então se virou para o cavaleiro. Seu rosto moreno estava pálido. Mas ele acenou a cabeça, com a mão no punho da espada e os dentes cerrados, em uma expressão convicta.

— Preciso buscar minha capa e mais armas.

Brangien alisava as próprias saias, nervosa.

— Acho que essa é uma péssima ideia.

— Encontre-me junto aos cavalos, Sir Tristão.

— Mas você vai precisar de um barco! — exclamou Brangien.

— Eu tenho um.

Guinevere voltou correndo para o castelo, deixando os dois no portão. Foi até a passarela que levava à despensa da passagem secreta. Parou do lado de fora da porta. Que, felizmente, não recebera proteção mágica, já que não levava diretamente para dentro do castelo. Tirou um fio de ferro solto da sua bolsinha, espetou os lábios com ele e transformou-o em um nó que se soltaria ao menor dos puxões. Então o inseriu no buraco da fechadura e o puxou, libertando o feitiço para destrancar portas.

A porta se escancarou. Aliviada e apenas levemente tonta, entrou correndo e a fechou. O barril era um problema maior, literalmente. Levou quase dez minutos para conseguir deslocá-lo o suficiente para conseguir passar. Percorreu apressada o túnel escuro e escorregadio.

Quando saiu do outro lado, disparou até o estábulo. Para sua surpresa, Sir Tristão não era o único que estava em cima do cavalo, esperando por ela.

— O que você está fazendo aqui? — perguntou Guinevere, dirigindo-se a Brangien, que segurava as rédeas de outros dois cavalos.

— Nenhuma dama de companhia permitiria que a sua dama viajasse com um cavaleiro desacompanhada!

— Mas permitiria que sua dama fosse ao encontro de um dragão? Guinevere montou no cavalo, dando risada.

— Bem, não. Mas só posso ter controle sobre uma dessas duas coisas — retrucou Brangien, mostrando a língua para a sua dama.

Sir Tristão tomou a dianteira, e os três atiçaram os cavalos a galopar na velocidade mais rápida que sua coragem permitiu. Se Sir Bors matasse o dragão antes que Guinevere chegasse, ela não conseguiria determinar se a criatura estava sob o feitiço da magia das trevas. O problema do dragão estaria resolvido, mas não teriam obtido nenhuma resposta. Enquanto cavalgavam, Guinevere pediu que Brangien lhe mostrasse seus métodos de amarração. Era uma boa distração.

Estavam avançando na mesma direção da floresta em que Guinevere vira a magia de Rhoslyn faiscar. E se a mulher tivesse descoberto uma maneira de controlar o dragão? O rei fizera a moça prometer que não atacaria a bruxa, mas ela não lhe prometera que não atacaria um dragão. E, se encontrasse alguma ligação entre os dois, descumpriria sua promessa.

Os campos verdejantes e bem cuidados deram lugar a árvores desgrenhadas. Mais adiante, a uma vegetação densa, antiga e retorcida, na encosta de uma montanha baixa. Rhoslyn deveria estar mais ao sul, mas isso não queria dizer que ela e o Cavaleiro dos Retalhos não estavam envolvidos naquilo.

Sir Tristão prosseguiu com uma das mãos no pomo da espada e olhando desconfiado para os arredores.

— O dragão, supostamente, está nessa área. Mas podemos levar horas, até dias, para encontrar alguma coisa. Sir Bors é o rastreador do nosso grupo.

Guinevere não tinha tempo para aquilo. Precisava voltar para Camelot antes do anoitecer.

— Então precisamos encontrar Sir Bors — disse. Franziu a testa. Uma ideia tomou forma. — Brangien, por caso você tem tecido, agulha e linha?

— Sim.

A dama de companhia lhe pareceu receosa, mas entregou o material pedido. Guinevere arrancou diversos cílios, e então os costurou em uma tira de tecido. Que estratégia inteligente a de Brangien, de ancorar a magia dos nós! Deixara tudo mais fácil. Seria um pesadelo tentar amarrar os cílios apenas com linha.

A moça segurou o tecido diante do olho direito e espiou através dele.

— Como é que ela consegue ver alguma coisa através disso? — perguntou Sir Tristão.

— Silêncio — censurou Brangien.

O olho de Guinevere atravessou o nó, transpôs o pano, as árvores, as pedras. A moça lutou contra a onda de tontura que a invadiu quando sua visão a abandonou e encontrou seu alvo. Sir Bors estava parado perto de um riacho, reabastecendo seu cantil de couro.

— Ele está perto da água — disse ela. — Um riacho. E... oh, está levantando. Fumaça! Está vendo fumaça!

— Ali. — Sir Tristão apontou. — Onde as árvores são mais densas. O riacho deve ser ali.

O local ficava perto de um morro que fazia uma curva. Quando se aproximaram, Guinevere olhou para cima e também enxergou a fumaça. Mas apenas com seu olho esquerdo. Tinha que manter o olho direito fechado para se proteger dos efeitos cegantes da magia.

— Esperem aqui — declarou.

— Minha rainha... — Sir Tristão desembainhou a espada olhando para a fumaça. — Não posso fazer tal coisa.

— *Sou* sua rainha e ordeno que vocês dois esperem aqui. Não corro nenhum perigo. — Guinevere se virou, depois de contar aquela mentira com tanta frieza e confiança que só podia torcer para que ambos acreditassem. Então atiçou o cavalo, fazendo-o avançar na direção da fumaça. Uma donzela desesperada para ir de encontro a um dragão: para tudo tem uma primeira vez.

Ela não podia demorar. Os sons da luta entre o homem e o monstro eram terríveis. Pulou do cavalo assustado, o amarrou em uma árvore e foi correndo até o alto do morro.

Lá embaixo, no vale onde ficava o riacho, Sir Bors conseguira encurralar o dragão entre um rochedo e uma densa faixa de árvores. A criatura estava com a asa cortada e não podia sair voando. Soltava fogo pelas ventas, mas Sir Bors se esquivava, protegido por um escudo preso ao braço murcho. O fogo era fraco, mal brilhava ao atingir o escudo. O dragão deu mais uma baforada. O cavaleiro levantou sua grande espada para atacá-lo.

Guinevere resolveu fazer algo terrivelmente imbecil.

Jogou um trapo, que caiu na cabeça de Sir Bors — e o fez adormecer imediatamente. O cavaleiro caiu no chão, derrubado pelos nós de sono que Brangien fizera para ensiná-la.

O dragão, já preparado para um golpe fatal, ficou petrificado. Inclinou a cabeça.

Guinevere deslizou pelo barranco e foi logo tentando ficar entre a criatura e Sir Bors. O dragão virou a enorme cabeça, acompanhando os movimentos da moça. A cabeça do monstro tinha a mesma cor das rochas cobertas de limo, dois grandes chifres retorcidos e uma pele que parecia um bigode, caindo por cima da boca. Suas pálpebras também eram caídas, lhe dando uma aparência sonolenta e zangada como a de... Sir Bors. Na verdade, agora que Guinevere parara para pensar, o dragão parecia Sir Bors, em forma de monstro. Tinha até uma perna que mantinha próxima do corpo, retorcida e murcha, por causa de um ferimento antigo que não cicatrizara direito. A cauda era atrofiada, e sua asa direita estava cortada, e havia várias lanças espetadas, feito pontas de flecha, na pele cheia de calombos e cicatrizes das costas.

Guinevere tropeçou, porque ficar com um dos olhos fechado lhe fizera perder o senso de profundidade.

— Por favor. — Estendeu as mãos, para mostrar que não segurava nenhuma arma. — Tenho que fazer uma pergunta. Você consegue entender o que digo?

Dizem que os dragões são terrivelmente inteligentes, capazes de entender a fala dos seres humanos. Mas isso era um mito. A moça não sabia a verdade. O monstro abaixou a cabeça, até chegar perto dela — tão perto que pôde ver suas escamas em detalhe, seu leve brilho perolado. O dragão respirou fundo, cheirando Guinevere.

E então inclinou a cabeça. Uma lufada de ar quente, como a que sai quando se abre um forno, a atingiu em cheio, e então a criatura pôs sua língua comprida, elegante e roxa para fora e... lambeu o rosto da moça.

Que pensara ter errado feio em seus cálculos. Estava prestes a ser comida.

Mas o dragão sentou, apoiado nas ancas, e baixou a cabeça, até os olhos dos dois ficarem na mesma altura. E a cutucou uma vez, delicadamente. Guinevere esticou o braço para se equilibrar, e pousou a mão no alto da cabeça do monstro. E então...

— Oh — sussurrou.

A liberdade da noite, do céu. Nada de subir nem de descer, nada de chão, só voo. As carícias do vento, seu impulso, ajudando e dificultando. Voar em círculos, bem devagar, apenas por prazer, na companhia da mãe, da irmã, do irmão.

O arrepio agudo de deleite ao prender ovelhas entre as garras, seu peso promissor, a satisfação do sangue quente e da carne destroçada.

Ficar entocado debaixo da terra, bem, bem fundo, dormindo ao longo dos meses frios com o calor da mãe, do irmão, da irmã, aninhados uns nos outros.

E então...

Flechas no céu. Lanças. Pontadas agudas de uma dor terrível, dentes que nenhum animal pequeno como um homem deveria ter. Mãe. Morta.

Irmão.

Morto.

Irmã.

Morta.

Andar a esmo, perdido. Batalha perdida contra a ameaça das flechas. Rastejar de barriga no chão, buscando, procurando, encontrando... nada. Ninguém. Encolhido. Sozinho.

O céu, perdido. A família, perdida. A alegria e a força de existir. Perdidos.

A garganta de Guinevere ardeu. Lágrimas escorreram pelo seu rosto.

— Sinto muito — sussurrou.

Procurou por trevas, pela influência de uma magia raivosa, por alguma ligação com Rhoslyn, e só encontrou sofrimento, luto e um cansaço insuportável. A criatura não estava enfeitiçada.

O dragão cutucou sua mão de novo. Desta vez, no vazio do futuro da criatura, ela o viu encolhido, sozinho, desaparecendo lentamente. E então viu... a si mesma. Sozinha. Desaparecendo lentamente.

Por que o dragão estava lhe mostrando aquilo?

— Do que você precisa? — perguntou. Ela fora até ali disposta a lutar. Em vez disso, tinha vontade de chorar e de consolar aquela criatura. Mas como poderia oferecer consolo para a destruição impiedosa do tempo?

O dragão olhou de relance para Sir Bors, ainda adormecido.

Guinevere sentiu o medo da dor, da pontada cruel do ferro. O dragão rastejando, sendo perseguido. Ele tinha razão. Sir Bors jamais deixaria de caçá-lo. E a moça não sabia ao certo se *deveria* impedi-lo. Por mais que aquilo lhe doesse, o dragão ainda representava uma ameaça.

— O que faria se eu pudesse impedir esse homem de caçá-lo?

As imagens mudaram. O dragão estava na floresta, refestelando-se ao sol, rolando nas folhas de outono, deleitando-se com a neve por mais um ano. E então rastejou para sua toca e foi dormir. E não saiu mais.

— Você quer ter um último ano de vida para poder se despedir — disse Guinevere.

A criatura baixou a cabeça uma única vez, aquiescendo.

Os dragões haviam representado uma ameaça terrível, mas... ser o último da sua espécie, sozinho, sabendo que seu tempo está chegando ao fim e não há como o mundo voltar a ser o que era... Merlin tinha razão. O velho fora enterrado para dar vida ao novo. Mesmo que fosse melhor assim para os homens, para Camelot, para Arthur, ela ainda podia sentir pesar pelo preço que aquela criatura tivera que pagar.

Ela lhe daria de presente um ano, para que pudesse se despedir.

— Se ficar bem longe dos homens, posso prometer que este aqui não irá persegui-lo. Pensará que você morreu. Mas, antes, preciso saber uma coisa. Você foi convocado pelas trevas? Estão tramando alguma coisa?

Eles já tinham deparado com as trevas duas vezes. A floresta que devorara o vilarejo e a bruma e os lobos, quando fugiram de Maleagant. Nenhum desses dois acontecimentos parecia estar ligado a Rhoslyn. Guinevere torcia para que fossem como ervas daninhas, resíduos de magia que ainda se apegavam à vida.

O dragão ficou com os olhos entreabertos. Um som sibilante e suave escapava da sua garganta. *Exigências. Fortes puxões. As árvores e os homens gritando. O dragão dando as costas, deixando a Rainha das Trevas encarar seu destino sozinha.* O dragão abandonara a Rainha das Trevas durante a grande batalha. Aquilo era um alívio.

Mas então... *Ramificações. Algo pequeno, tateando. Trevas procurando algo em que se agarrar.*

O dragão bufou, deixando claro que não tinha o menor interesse em permitir que algo se agarrasse a ele. Guinevere acreditou que a criatura não estava sob efeito da magia das trevas. Mas algo o havia procurado ou tentado convocá-lo. Algo poderoso, capaz de guiar as trevas, mas não de comandá-las, como a Rainha das Trevas comandara. A pedra de Rhoslyn pesava em sua bolsinha. Ela precisaria dar cabo daquela bruxa.

Mas não naquele dia. Naquele dia, tinha uma tarefa terrível para cumprir. Guinevere se ajoelhou ao lado de Bors. Havia uma magia antiga que borrava mais contornos do que ela gostaria. Uma coisa era influenciar objetos ou acontecimentos. Penetrar em pensamentos e alterá-los era outra, completamente diferente. Merlin fizera isso com as freiras do convento, para que não percebessem que não conheciam Guinevere. Suspeitava que o feiticeiro usara o mesmo poder em Igraine, de forma doentia, naquela maldita noite em que Arthur foi concebido.

A moça sabia como fazer. Não era completamente humana, afinal de contas. Suas mãos já continham as informações. Também eram capazes de transmiti-las. Mas Guinevere só as usara para ver. Nunca para mostrar. E nunca para impor uma mudança.

Era um ato de violência. Magia da conquista e da força. Seria justificável para proteger uma criatura vulnerável? Suas mãos tremiam quando as levou às têmporas de Sir Bors e as *pressionou*.

"O segredo para alterar lembranças", dissera Merlin, enfileirando, cuidadosamente, sete pedras brancas, "é criar uma lembrança substituta tão desagradável, tão terrível e visceral, que a pessoa nunca a examinará com cuidado. Obrigue-a a fugir dessa lembrança. É como a nata do leite talhado. Se for forçada, irá se romper, e a verdade será derramada. Sendo assim, torne o leite rançoso. Quem teria coragem de tomar leite rançoso?" Neste momento, o feiticeiro ergueu os olhos e completou: "Você jamais deveria ter contado para ele. Você jamais deveria ter contado para ele".

Tentando se livrar do terrível peso do olhar de Merlin naquela lembrança, ainda sem saber ao certo o que o feiticeiro quis dizer com aquela última frase, Guinevere se pôs a trabalhar. Deixou suas mãos afundarem nas lembranças de Sir Bors. Não precisou mergulhar muito fundo, nem queria. Assim que chegou ao dragão, sussurrou a história para o cavaleiro usando a boca, e a posicionou com as mãos.

— O dragão soltou fogo pelas ventas, mas você usou o escudo. Então, bem na hora em que a criatura estava prestes a dar uma baforada que acabaria com você para todo o sempre, você enterrou a espada bem fundo na barriga dela. Seu momento de triunfo se tornou amargo. A barriga do dragão se abriu, despejando ovelhas apodrecidas consumidas ao longo de uma semana e dejetos fedorentos, mal digeridos, em cima do seu corpo. Você se afastou, cambaleando, vomitando em cima de si mesmo. Vomitou tanto que também defecou nas calças. O dragão está morto. É isso que irá contar para as pessoas, e é só nisso em que precisará pensar."

Guinevere passou a mão na testa do cavaleiro, sentindo a lembrança se assentar. A mente de Bors era uma coisa simples e determinada. Ele era uma criatura orgulhosa. Jamais ia querer recordar a lembrança vergonhosa criada pela moça.

Ela sentou, exausta. Ainda sentia que faltava alguma coisa. Estava se esquecendo de alguma coisa. Uma lembrança perdida, à medida que empurrava a nova em Sir Bors. Do que havia aberto mão? Jamais saberia.

Sentia-se tão suja quanto a lembrança que havia criado para Bors. Que era um bom homem, e ela violara seus pensamentos.

Algo caiu em seu colo. Guinevere ficou olhando para o dente grande e desgastado. Como as escamas, tinha um brilho perolado, era encantador e estranho. Um presente.

O dragão a ficou cutucando insistentemente. A moça pousou a mão em sua cabeça de novo. A criatura fixou um dos olhos dourados e tristes em Guinevere. Uma última mensagem pulsou através dela:

Familiaridade. O dragão a vira, e sentia que ambos eram iguais. Ela sacudiu a cabeça, confusa. *Um lago. O reflexo do dragão na superfície, voando lá no céu, terrível e glorioso.*

A criatura soltou uma última baforada de ar escaldante e foi embora, mancando, livre para viver seu último ano de declínio solitário.

Guinevere não sabia se de fato havia feito uma boa ação. Esperava que sim. Pelo menos agora, o dragão estaria livre para escolher a própria morte. Será que tudo o que era antigo e mágico estava fazendo a mesma coisa? Encontrando buracos onde se enfiar e desaparecer lentamente, em paz? Torcia para que sua compaixão não voltasse para se vingar. Um dragão velho e alquebrado ainda era um dragão, e as trevas sempre adoraram tais criaturas.

Mas o dragão não estava lutando nem tramando nada. Estava meramente existindo. Sentindo-se solitária e cansada, Guinevere queria apenas voltar à companhia de Brangien e de Sir Tristão. Contar que chegara tarde demais, e que o dragão estava morto.

Não. Queria apenas alguém com quem conversar sobre *tudo* o que fizera naquele dia. Mas Arthur estava viajando, e ela não sabia se o rei ia querer ouvir sua história. Não fora atrás de Rhoslyn, mas aquilo havia sido tão perigoso quanto.

Contaria tudo para Arthur. O rei era a única pessoa com quem podia ser sincera. Não abriria mão daquilo. E era mais um motivo para ir atrás de Rhoslyn e do Cavaleiro dos Retalhos. Algo estava se esgueirando nos lugares recônditos e escuros dos arredores de Camelot.

Só que tinha mais uma tarefa odiosa para cumprir ali. Bors não podia acordar e se ver em roupas limpas: aqueles eram indícios que contradiziam sua lembrança dos fatos. E então Guinevere começou a despir o velho cavaleiro alquebrado.

O dragão sente o puxão. Sente que ela lança suas ramificações sem parar, pedindo ajuda.

A criatura suspira, e um som sibilante e sutil sai pelo buraco do dente que lhe falta.

Ela puxa com mais força.

A criatura tem a dádiva do inverno pela qual ansiar. A magia não pode lhe oferecer nada além da morte, que já é sua companheira constante, levou toda a sua espécie e está sempre à espreita, para levar o último dos dragões. Aquela pobre moça perdida deveria ter ficado ali. Os dois poderiam se aninhar, para se protegerem da noite, da escuridão do tempo.

A magia dá mais um puxão.

O dragão volta a dormir.

CAPÍTULO DEZESSETE

Guinevere ficou parada na passarela externa, com a capa vermelha açoitada pelo vento, enquanto Arthur e seus cavaleiros subiam a alta montanha. O rei a avistou e acenou para ela. A moça devolveu o gesto.

Esperou por Arthur no quarto dele. Ainda faltava muito para ele chegar. O chão de pedra teve que aturá-la andando de um lado para o outro, com uma paciência ancestral que a própria moça não tinha. Quando o rei entrou, já deixara a armadura para trás. Usava apenas uma túnica branca e fina. Apoiou Excalibur contra a parede e então se sentou na beira da cama, para tirar as botas surradas.

— É bom estar em casa — disse. E então voltou direto ao assunto da última conversa que tiveram, sem fazer rodeios para responder às perguntas nem se esquivar da tensão que havia entre os dois. — Sinto muito pelo modo como encerramos nossa conversa. Pensei nisso em todos os momentos livres que tive. Estou feliz, *sim*, por Sir Tristão estar vivo. Sua perda teria sido muito difícil para mim. Mas, por favor, acredite que, quando tomo tais decisões, as tomo sabendo as consequências que terão para ambos os lados. Perdi muitos homens. Homens bons, de confiança. Homens que não podem ser substituídos. Nunca abro mão de uma vida com facilidade.

Guinevere se sentiu atraída pelo pesar na voz de Arthur. Estava com medo de que o rei ainda estivesse bravo com ela. Mas viu o quanto ficava triste quando precisava pôr na balança as vidas de quem amava contra o fardo de um reino inteiro. Ela tornara tudo mais difícil para Arthur, obrigara o rei a protegê-la em detrimento de Sir Tristão. Como Arthur conseguia se perdoar por tomar tais decisões?

Só que *ela* havia feito algo terrível com Sir Bors, ao alterar suas lembranças. Não sabia se algum dia teria coragem de olhar nos olhos do cavaleiro novamente. Estar no poder requer sacrifícios, tanto físicos quanto emocionais. E ser adjacente a esse poder também. Guinevere não entendia por que Merlin havia feito o que fez. Mas, se suas atitudes em relação a Sir Bors serviam de indício, talvez um dia entendesse.

Existe o bem e existe o mal, mas há tanta coisa entre os dois...

Ficou arrepiada e andou de um lado para o outro, puxando as próprias mangas. Sentia falta de ficar com os braços nus. De sentar sob a luz do Sol radiante, observar seus raios chegarem até ela.

— Apareceu um dragão.

Arthur deitou de costas na cama, esfregou o rosto. Ainda estava com as pernas penduradas, os pés encostados no chão.

— Fiquei sabendo. Sir Bors o matou.

— Bem... Ele... — A moça se calou. O rei parecia tão cansado... Guinevere sentiu um leve aperto no coração, ao ver a exaustão que os últimos dias lhe causara. Protegê-lo da magia era tarefa dela. O rei não deveria ser obrigado a tomar tais decisões nem pagar o preço por elas. — Sim. O dragão se foi. Você está bem?

— Estou cansado. Mas você está esperando há muito tempo para falar comigo. Desculpe por ter que deixá-la sozinha com tanta frequência. Diga-me, do que precisa? O que posso fazer?

Guinevere foi traída pela própria voz. Poderia dizer tantas

coisas... Tinha vontade de chegar mais perto de Arthur. Acariciar sua testa cansada e se aninhar nele. Contar do dragão e da solidão que sentia quando pensava naquela criatura.

Tinha vontade de passar o dedo nos lábios carnudos do rei. De sentir seu sorriso contra o dele. E aquilo era perigoso. Tão perigoso quanto o que ela fizera com o Sir Tristão lá na floresta. Porque, se acaso ela se perdesse naquela farsa, como seria capaz de proteger Arthur?

Aquilo a atingiu em cheio, com a força de um soco. Atirou-se na cadeira, atordoada. Já causara mais problemas para o rei do que os resolvera. Se queria servi-lo de verdade, proteger Camelot, não poderia fazer isso sendo sua rainha.

Arthur não podia atacar uma bruxa fora de suas fronteiras. Tampouco podia a rainha. Mas a filha de Merlin sim.

Estava na hora de seguir as ramificações das trevas e ver aonde iriam levar. Arthur não corria perigo em Camelot. Seja lá qual fosse a ameaça, estava fora do reino. E Guinevere a deteria antes que entrasse.

Seria uma missão solitária e perigosa. E, agora que chegara a hora, descobriu que não queria fazer isso. Queria ficar ali, com Arthur, com Brangien, com Mordred e Dindrane e Sir Tristão. Não queria voltar à vida que levava na floresta, tendo como únicas companhias os animais e Merlin, que cada dia se tornava mais desconhecido. Mas, se partisse, não poderia voltar. Havia se tornado Guinevere para proteger Arthur. E abriria mão de Guinevere com o mesmo objetivo.

Talvez fosse isso que o dragão tentara lhe mostrar. Estava na hora de ficar sozinha. Arthur sempre tomava decisões difíceis. Ela também era capaz disso.

— Preciso que você se livre de mim.

Arthur sentou, alarmado.

— Aconteceu alguma coisa? Alguém viu o que você fez em Sir Tristão?

Apenas Mordred. Que não seria capaz de traí-la. Só de pensar que não o veria de novo, sentiu um aperto doloroso no peito. Sacudiu a cabeça e respondeu:

— Não tenho nenhuma utilidade em Camelot. Meu trabalho ameaça o seu reinado. Você deixou isso claro lá na floresta. Sei onde está a ameaça, quem é ameaça. Preciso impedi-la. E não posso fazer isso sendo rainha.

A expressão nos olhos castanhos de Arthur mudou. O cansaço e o pesar desapareceram e foram substituídos por... mágoa.

— Você *quer* ir embora?

— Não! Não. — Ao pensar em abandonar Arthur, lágrimas arderam em seus olhos. Com que facilidade ela se tornara Guinevere!

O rei atravessou o quarto, ajoelhou-se na frente da cadeira onde Guinevere estava sentada e pousou suas mãos sobre as da moça.

— Você tem utilidade para mim.

— Meus pontos fortes são uma fraqueza aqui. Você sabe que isso é verdade.

O rei apertou as mãos de Guinevere. Ela ficou sem ar, esperando o que Arthur diria em seguida.

— Merlin enviou você até aqui. Isso é motivo suficiente para ficar.

— Mas...

De repente, o rei a puxou para perto e a abraçou. Guinevere ficou com o queixo apoiado no ombro de Arthur, com o rosto encostado no dele.

— Guinevere, por favor. Quero você em Camelot. Não vá embora. Prometa que não irá embora.

A moça fechou os olhos. Sentindo o calor do rosto do rei, a leve aspereza de sua pele. Aquilo fazia que ela se sentisse verdadeira. Acabara de aprender como ser Guinevere. Temia que, sozinha, na floresta, à caça, fosse se tornar algo diferente. Mais tenebroso. Talvez Merlin fosse capaz de justificar o mal que fazia aos outros dessa mesma maneira: quando se vive em reclusão, é fácil esquecer que as outras pessoas existem de verdade. O feiticeiro fizera coisas terríveis para conceber Arthur, para protegê-lo. O que ela estaria disposta a fazer?

— E se as trevas vierem para cá? — perguntou.

— Elas virão. Sempre vêm. Amanhã, dentro de um ano ou de cinquenta — respondeu o rei. Então a soltou, e uma expressão de malícia surgiu no seu olhar, normalmente tão claro e direto. Sorriu e completou: — E você só saberá se as trevas estão aqui se estiver aqui também. Logo, não pode ir embora. Como seu rei, eu proíbo. — Seu tom não era mais sério, mas de brincadeira.

Guinevere ficou levemente decepcionada. Queria que Arthur tivesse dito outra coisa. A esperança se escondeu, nebulosa e ávida. Queria que Arthur quisesse que ela ficasse porque queria... ela. Guinevere queria ficar por causa dele. Não pelo Rei Arthur. Pelo *seu* Arthur. E era por isso que precisava ir embora.

E era por isso que não queria ir embora.

— Ficarei aqui pelo tempo que desejar — declarou. — Mas você precisa permitir que eu espione Rhoslyn e o Cavaleiro dos Retalhos.

Não esperava pela expressão de puro alívio que Arthur fez ao balançar a cabeça afirmativamente.

— Traçaremos um plano. Mas não esta noite. Amanhã partiremos para uma caçada, e você irá me acompanhar. — Ele ficou em silêncio, então deu um sorriso esperançoso. Com aquela túnica, na penumbra, sem a coroa, a espada e a armadura, parecia tão *jovem*. A moça sentiu um aperto doloroso no peito quando o rei completou: — Se você quiser. Eu quero sua companhia.

Se a moça só podia ser quem realmente era quando estava com o rei, talvez fosse verdade que o rei só podia ser quem realmente era quando estava com a moça. E Guinevere suspeitava que Arthur precisava desesperadamente ser um rapaz de dezoito anos de vez em quando, em vez de a única esperança de toda a Camelot. Aquele era um tipo diferente de proteção que tinha a lhe oferecer. Certamente, não era a que Merlin planejara. Mas, ah, como Guinevere queria... Porque Arthur tinha dezoito anos, mas ela tinha apenas dezesseis. Não era um dragão ancestral e cansado, prestes a desaparecer, nem um feiticeiro velho e enrugado, que se contentava em se isolar no seu casebre na floresta e resmungar profecias inescrutáveis.

Guinevere queria viver. Queria viver *ali*. Inclinou-se para a frente, batendo as pestanas.

— Será *terrivelmente* perigoso?

— Ah, deveras. Você terá que conversar com a esposa de Sir Percival.

— Socorro! — Ela levou a mão à testa e fingiu desmaio. Arthur deu risada e a segurou. Então a apertou contra o seu peito, e a moça sentiu e ouviu o coração do rei começar a bater mais rápido. O seu batia no mesmo ritmo. Arthur ficou de pé, devagar, levantando Guinevere consigo. — Guinevere... — falou, com uma voz tão suave quanto a noite que rondava os dois.

A moça teve vontade de tocar na mão do rei, de senti-lo. De sentir se aquilo que faiscava dentro dela como um fósforo tentando acender uma tocha também existia dentro de Arthur.

Os dois se desequilibraram um pouco quando ela levantou, e Guinevere esbarrou em Excalibur, que estava encostada na parede. E...

Oh

Oh

Não

Trevas, vazio e nada.

Nada, tanto nada que Guinevere rodopiou nesse nada, caiu nele.

Mas cair é uma coisa cair tem um destino cair tem um fim aquilo jamais teria fim jamais poderia ter fim...

Tirou os dedos da espada. Saiu correndo do quarto de Arthur e foi para o seu, então vomitou na bacia de lavar o rosto. Repetidas vezes, com seu corpo em espasmos, até que finalmente sua cabeça parou de girar, e seu coração parou de ser sobressaltar. Passou as mãos pelo corpo. Estava ali. Estava ali. Realmente existia.

— O que foi? — perguntou Arthur, com a voz tensa e preocupada.

— Não sei — respondeu Brangien. Guinevere nem percebera que a dama de companhia estava ali, segurando seu cabelo. — Algo que ela comeu, talvez.

A moça foi deslizando até o chão, fraca. Aquilo não fora obra de magia. Teria reconhecido um ataque desse tipo. Aquilo fora obra... do oposto da magia. A magia é caos e vida, mas aquilo era um vazio.

E Guinevere o sentira quando encostou em Excalibur.

O que era aquela espada?

Guinevere havia se imaginado cavalgando ao lado de Arthur, com sua capa esvoaçando ao vento.

Em vez disso, cavalgou ao lado das damas. Que não chegaram nem a trotar. Os seus cavalos se arrastaram, no mesmo ritmo das conversas. Guinevere se manteve perto de Brangien. Ainda não estava plenamente recuperada depois de ter esbarrado em Excalibur na noite anterior. Quando se preparavam para partir, mal conseguiu olhar para Arthur, sabendo que ele estava com a espada.

Lembrou-se, então, de como se sentira quando montada no mesmo cavalo que ele, na floresta, enquanto Arthur a brandia. De como, por um breve momento, se atirar aos lobos lhe parecera preferível. Naquela ocasião, ignorou a sensação, pensando que era fruto do pânico daquele momento. Mas agora sabia que fora causada pela espada.

Felizmente, os homens — e a espada que estava com eles — tinham permissão para galopar. Não demorou muito para se distanciarem das mulheres, indo na frente para montar o acampamento daquele dia. Diversos soldados cercavam as damas. E, atrás deles, vinham as carroças com os suprimentos. Algumas carroças e criados haviam sido enviadas na noite anterior, para que, quando chegassem, não estivesse tudo por fazer.

Por alguns momentos sombrios, Guinevere desejou não ter prometido para Arthur que permaneceria em Camelot. Desejou ir embora a cavalo, sozinha, para fazer o que precisava ser feito. Ansiava por andar a esmo, de pés descalços, no meio das árvores. Não precisava de toldos, almofadas e companhias. Tampouco queria tudo isso.

E, quem sabe, Arthur pudesse encontrá-la, no refúgio secreto da floresta. E, quem sabe, se os dois não fossem o rei e a falsa rainha, as coisas não seriam tão complicadas...

Mas Arthur acabaria indo embora. Não podia obrigá-lo a ficar ali. Não poderia obrigar ninguém a ficar. Abraçou o próprio corpo, sentindo a materialidade de si mesma, de suas costelas, de seu busto e de seu coração, por baixo de tudo. Não queria ser sozinha. Queria ser *verdadeira*. E ver a si mesma refletida nos olhos de quem amava a fazia se sentir mais verdadeira do que qualquer coisa.

— *Milady?* — disse Brangien.

Guinevere se endireitou no cavalo e respondeu:

— Sim?

— Perguntei se a senhora está melhor.

— Nossa rainha não estava se sentindo bem? — Dindrane se empertigou e chegou mais perto, para não perder nenhum ponto da conversa. Sua roupa tinha detalhes azuis e carmesins. Desde que a rainha usara essas cores no casamento, a maioria das mulheres passara a usá-las com mais frequência. Guinevere estava vestida de verde e marrom. Seu capuz era amarelo e protegia o rosto do sol. Brangien, ao seu lado, estava toda vestida de marrom.

A mulher estava contando nos dedos.

— Vocês consumaram o casamento na noite do festival, o que foi há menos de três semanas. Logo... — Dindrane desviou de Brangien para ver Guinevere. — Ela já teve suas regras?

— *Ela* acha que suas regras não são da sua conta! — disparou a moça, inclinando-se para a frente, bloqueando a visão de Dindrane. Que apenas deu risada: um som alegre e desavergonhado.

— Minha doce rainha, suas regras são da conta de toda a Camelot. As pessoas estão apostando quanto tempo levará para a senhora dar um herdeiro ao reino. A maioria pensa que será dentro de um ano. Mas alguns poucos temem que a rainha seja frágil demais.

Guinevere se encolheu, sentindo o peso de toda a nação nos seus ombros. Uma rainha *deveria* dar um herdeiro ao reino. Arthur dissera que não se importava com alianças, não precisava de uma rainha para isso. Mas e para assegurar o futuro de Camelot? Um reino sem herdeiros é um reino sem estabilidade permanente. Ele deveria saber. Deveria enxergar. Sim, Arthur era jovem. Mas tantas crianças morriam nos seus primeiros anos de vida, e ele era um rei guerreiro. Nada poderia ser dado como certeza.

Só que Arthur escolhera se casar com Guinevere. E, na noite anterior, ela pensara, torcera... Tentara se imaginar sendo mãe. Em vez disso, lembrou-se de Elaine e de seu triste destino. De Igraine também. E de sua própria mãe. Que jamais conhecera. Merlin nunca lhe falara dela. Quem teria sido? O que teria acontecido com ela?

Já não havia perigo suficiente no mundo sem as ameaças a que estava sujeita simplesmente por ser mulher?

— Desculpe — disse Dindrane, com um tom afetuoso. — Falei sem pensar. Estou tão acostumada a ouvir sobre ventres que acabo me perdendo. — Levou a mão à cintura. Endireitou os ombros e levantou o queixo: era a própria imagem da força feminina. — Vou obrigar todos que eu ouvir especulando a seu respeito a parar de falar. Será fácil. Direi que Brancaflor dorme nua, e isso vai desviar a atenção da senhora na mesma hora.

Guinevere deu uma risada forçada.

— Você é uma amiga a ser temida.

— Sou, sim.

Dindrane preencheu as horas que restavam para a jornada chegar ao fim com conversas superficiais e alegres. Guinevere ficou grata. Não tinha nada que quisesse dizer a respeito de nenhum dos assuntos.

Quando chegaram ao acampamento, encontraram os homens testando as lanças, apertando as cordas dos arcos e, no caso de dois cavaleiros mais jovens, lutando. Arthur a ajudou a descer do cavalo e se sentou perto dela. Guinevere admirava sua força silenciosa, porque sua própria força deixava a desejar.

Estavam em uma clareira cercada por árvores retorcidas, de um verde acinzentado. Era ao norte do território do dragão, bem distante, o que foi um alívio.

Mas ficava a poucas horas a cavalo de onde Merlin morava. Guinevere podia sentir. Virou-se naquela direção, ansiando por seguir em frente. Indagar como ele podia fazer coisas tão terríveis e continuar com a consciência tranquila. Ainda não tentara ter com ele em seus sonhos, e o confronto a apavorava. O Merlin que conhecia já estava se desfazendo, se distorcendo e virando algo sombrio e desconhecido. O que seria pior: vê-lo e descobrir que era realmente um monstro ou vê-lo e descobrir que era o mesmo velhinho bondoso e desconcertante que tudo lhe ensinara? Como poderia conciliar essas duas coisas?

— Sir Bors! — gritou Dindrane, sentada em uma almofada, sob a sombra dos toldos. — Conte-nos a respeito do dragão! Conte-nos como derrotou a criatura!

Assim que Dindrane mencionou o dragão, Sir Bors ficou pálido e se retraiu visivelmente. Limpou a garganta e declarou:

— Ele tentou me matar. Mas fui eu quem o matou.

Guinevere não queria que o cavaleiro se alongasse naquele assunto. Nem que os demais o pressionassem para dar mais detalhes.

— Três vivas para Sir Bors, o terror dos dragões! — gritou.

Todos deram vivas. Teve a impressão de que o cavaleiro relaxou: acenou a cabeça e sacudiu a mão, constrangido com os elogios.

— Preciso verificar os preparativos. Você ficará bem? — perguntou Arthur ao seu ouvido.

— É claro.

O rei segurou a mão de Guinevere e a beijou. Um arrepio percorreu o corpo dela. Arthur poderia ter feito isso para manter as aparências — era óbvio que estavam sendo observados naquele ambiente —, mas lhe pareceu um gesto alegre, sincero.

Ele voltou à companhia de seus homens e participou de diversas lutas. Arthur amava de verdade seus cavaleiros. Sir Tristão, em especial, parecia ser dos seus favoritos. E, mais uma vez, fazia Guinevere lembrar-se do quanto Arthur estava disposto a sacrificar pelo seu reino.

Mordred apareceu debaixo do toldo, encontrou uma almofada perto de Guinevere e se acomodou.

— Sentiu minha falta? — falou mais baixo do que as pessoas que conversavam, para que ninguém mais ouvisse.

— Por acaso você se ausentou? — perguntou Guinevere.

Mordred levou as mãos ao coração e fingiu ter sido atingido por uma flecha. Caiu de costas e fechou os olhos.

— O senhor pretende cochilar em vez de caçar? — indagou Brangien, irritada.

— Sim.

Mordred mudou de posição até ficar confortável. Guinevere ficou com inveja. Nenhuma mulher poderia deitar à vontade no chão sem despertar censuras e julgamentos.

Ficou de pé, vestiu o capuz.

— O que as damas fazem durante uma caçada? — perguntou.

Queria ficar perto de Arthur. Deveria estar ao lado dele sempre que possível, principalmente quando não estavam em Camelot.

Dindrane lhe ofereceu um prato de queijo e frutas.

— Fazemos isso. — E deu risada ao ver a expressão desanimada da moça. — Por acaso a senhora queria se exibir no meio das árvores e caçar junto com os homens?

— Não. Não exatamente isso, mas... Não poderíamos ficar sentadas mais confortavelmente em Camelot?

Sair da cidade era sempre complicado. Até que fosse capaz de superar aquele seu maldito medo de água, Arthur tinha que inventar alguma desculpa para não irem de balsa como todo mundo. Era humilhante e inconveniente. E Guinevere ficava o tempo todo preocupada enquanto o rei estava na floresta. Aquela era desbravada, dentro dos limites do reino. Mas mesmo assim... Ela deveria estar com Arthur.

Os criados que acompanhavam os cavaleiros e o rei se muniram de flechas e lanças sobressalentes. Então um dos arautos tocou uma nota alegre em seu instrumento, e os homens se dirigiram para o meio das árvores. Arthur acenou para Guinevere, mas estava cercado por seus homens. Por seus amigos. Por seus protetores que não precisavam esconder quem realmente eram.

— Você me parece incomodada — disse Mordred. Entreabriu um dos olhos e encarou Guinevere. Era o único dos cavaleiros que havia ficado no acampamento. Assim como uma dúzia de criados e diversos guardas armados.

Dindrane lançou um olhar de admiração para Mordred e falou:

— Você me parece solteiro.

O cavaleiro deu risada.

— Meu coração só deseja o que não pode possuir.

Mas não olhou para Dindrane quando disse isso.

Olhou para Guinevere.

Que levantou de supetão. Não conseguia ficar sentada com aquela descarga de nervosismo que percorria o seu corpo. Sentia uma necessidade e um desejo e não sabia o motivo nem a solução para nenhuma das duas coisas.

Os limites da mata haviam sido desmatados. Aquela floresta ficava a uma hora a cavalo de Camelot. Homens a tinham arrendado para extrair madeira e levá-la para a cidade. Também haviam comprado a licença para caçar. As florestas, que um dia haviam sido reduto da natureza selvagem, agora eram controladas e rendiam impostos. Eram usadas para praticar esportes. Isso fez Guinevere sentir orgulho de Arthur, mas também uma tristeza inenarrável.

— Brangien, você poderia me acompanhar em uma caminhada? Quero colher algumas flores.

Uma das vantagens do fato de a dama de companhia saber a respeito da magia era que Guinevere não precisava simular um modo elaborado de evitar seu olhar enquanto recolhia alguns materiais. Brangien poderia ajudá-la. E a moça queria sentir aquela floresta, ter certeza de que não abrigava nenhuma ameaça que Arthur e seus cavaleiros não seriam capazes de sentir.

Foram caminhando ao longo do limite das árvores. Ainda podiam ser vistas claramente pelas pessoas debaixo dos toldos. Guinevere olhou para trás, mas seu olhar não conseguiu atravessar as sombras para ver se alguém as observava. Colheu algumas flores para corroborar a farsa enquanto as duas foram se afastando lentamente.

— Pronto — falou Brangien. — Podemos entrar na floresta. Ninguém irá nos ver.

Guinevere ficou sob a sombra refrescante das árvores. Soltou um longo suspiro de alívio. E então se lembrou da viagem do convento até Camelot e comentou:

— Mas você não gosta de florestas.

— Não gosto de florestas que brotam da noite para o dia e devoram vilarejos inteiros — corrigiu Brangien, abaixando-se para

examinar uma pedra branca e lisa. Que guardou em sua bolsinha.
— Esta é uma das florestas adormecidas, comandada pelo próprio Merlin. Não tem nada além de árvores.

Seguiu em frente, confiante. Guinevere seguiu seus passos, atenta a tudo, prestando atenção nos ruídos.

— Seria... A senhora se importaria se eu pegasse alguns materiais? — perguntou Brangien, hesitante.

— Por favor. E diga o que está pegando e por quê. — Guinevere queria obter mais conhecimentos que não viessem de Merlin. Tudo o que o feiticeiro lhe ensinara agora lhe parecia corrompido.

— Essas aqui são boas para fazer dormir. Trazem um sono mais tranquilo do que o dos meus nós. — Brangien enfiou algumas flores lilases dentro da bolsinha. Reparou em um carvalho branco mais adiante e foi em sua direção. Guinevere foi atrás, olhando para cima, observando o brilho do Sol através das folhas. Que a fez se lembrar de uma ocasião em que olhara para o Sol de um lugar muito profundo, da fria...

Ficou arrepiada e se aproximou correndo de Brangien. Então a ajudou a remover diversos pedaços da casca da árvore. A dama de companhia também queria um tipo específico de besouro.

— Não conheço nenhum desses materiais — declarou Guinevere.

Ela tinha a intenção de pegar algumas pedras novas para colocar ao redor de Camelot, para absorver certas coisas. E então poderia tirar informações delas. Mas não sabia ao certo se havia necessidade. Já realizara os feitiços-sentinela. Além do mais, nada acontecia em Camelot sem o conhecimento de Arthur. Até as árvores eram contabilizadas e rendiam impostos.

O rei, contudo, não tinha conhecimento das habilidades de Brangien. Ou das de Rhoslyn. Não tinha nenhum conhecimento a respeito do Cavaleiro dos Retalhos, com exceção de suas qualidades de lutador.

Só que, até o momento, nada havia atacado o rei diretamente. Por quanto tempo Guinevere ainda precisaria esperar? Por quanto tempo seria capaz de esperar sem ir, lentamente, baixando a guarda? Sem se tornar mais rainha do que bruxa?

— Vou lhe ensinar — disse Brangien. — Eu era especializada em poções. Para causar sono. Amor. Confusão. Minha mãe era bruxa. Meu pai a amava por causa disso, já que não tinha os preconceitos de Camelot ou da cristandade. A sua mãe também praticava magia?

Por que Guinevere jamais perguntara a Merlin sobre a mãe? Lá na floresta, a vida era simplesmente o que era. Jamais passou pela sua cabeça perguntar. Mas quem cuidara dela enquanto Merlin passou todos aqueles anos ajudando Arthur? Por que não conseguia se lembrar?

Uma compreensão terrível se apossou dela. Quando expulsara algumas das lembranças de Sir Bors, substituindo-as por outras, também sentiu que algumas de suas próprias lembranças se dissiparam.

Será que havia esquecido tanta coisa porque aquela não fora a primeira vez que realizara aquele feitiço? A quem mais teria feito mal?

Outra possibilidade a atingiu. Merlin transmitira o conhecimento necessário para praticar a magia dos nós diretamente para seus pensamentos. Talvez, sem querer, tivesse expulsado outras lembranças. O feiticeiro só se importava com os resultados, jamais se preocupava com o que seria perdido ao longo do caminho.

Ou, talvez, tivesse expulsado aquelas lembranças de propósito. Talvez aquelas coisas que estava descobrindo a respeito de Merlin fossem coisas que já soubera um dia. Coisas que o feiticeiro arrancara de sua mente, para que confiasse nele. Para que fizesse o que havia mandado.

— Guinevere?

— Não lembro nada a respeito de minha mãe.

Brangien desistiu do assunto. Foi recolhendo um tesouro após outro, embrenhando-se com Guinevere na floresta. Mas foram se deslocando em diagonal, se afastando do ponto onde os homens haviam entrado. Nenhuma das duas gostava da ideia de acabar com uma lança cravada nas costas. A moça parou debaixo de um carvalho muito alto e encostou a mão nele.

— Brangien — falou, olhando para o alto da árvore. — Brangien, venha sentir isso.

A dama de companhia se aproximou dela e pousou a mão sobre o tronco.

— Sentir o quê?

— Você não consegue sentir?

Brangien sacudiu a cabeça. Guinevere tinha esperanças de que, talvez, sua dama de companhia também tivesse a habilidade de sentir coisas através do tato. Mas, nesse sentido, estava sozinha.

E não estava sozinha, porque a árvore estava ali. Merlin ordenara que as árvores entrassem em um sono profundo, tão profundo que não conseguiriam ouvir caso a Rainha das Trevas as convocasse. Guinevere conseguia sentir aquele sono, o seu tato a fez descer direto para as raízes, para o solo.

Mas aquele não era um sono tranquilo. Sob a sua mão, a árvore estremecia, estava sonhando. O sonho tinha fogo. O sonho tinha dentes. E, debaixo das raízes, havia trevas. Guinevere tirou a mão e a sacudiu, para se livrar daquela sensação.

— O que foi? — perguntou Brangien.

— Alguma coisa... alguma coisa está tentando acordar as árvores.

— Tem certeza? — A dama de companhia se afastou e olhou para cima, amedrontada.

— Não. Não tenho certeza. — Guinevere esfregou os olhos. — Mas alguma coisa está causando pesadelos nas árvores. E eu já senti isso em outro lugar.

Na outra floresta, na companhia dos lobos. Jamais deveria ter permitido que Rhoslyn andasse livremente por aí. Aquilo parecia ser muito mais forte do que as pedras espalhadas por Camelot. Haviam subestimado terrivelmente aquela mulher.

— Melhor voltar — falou Brangien, já se dirigindo ao ponto onde haviam entrado.

Um som de impacto, vindo do fundo da floresta, as assustou. Guinevere se virou, esperando ver os cavaleiros. Abriu a boca para gritar, para avisar que ela e Brangien estavam ali.

Mas não viu nenhum cavaleiro.

Um javali da altura dos seus ombros, com as presas quebradas, os olhos vermelhos — não porque estava confuso, mas porque estava terrivelmente concentrado — vinha correndo, direto em sua direção.

CAPÍTULO DEZOITO

— Corra! — gritou Guinevere.

Brangien levantou as saias e saiu em disparada. A rainha fez a mesma coisa. Virou à direita, para desviar de um tronco caído. O javali a imitou. Foi ainda mais para a direita, correndo o mais rápido que podia. Estava tomando outro rumo que não o de Brangien. O javali a seguiu.

Se a moça corresse atrás da dama de companhia, o javali faria a mesma coisa. Mas, se Guinevere o desviasse, Brangien conseguiria escapar.

Afastou-se bruscamente dela e do acampamento, atraindo o animal na sua direção. Correu com todas as suas forças. Correu com o vigor de uma moça da floresta. Seu capuz caiu quando pulou por cima das raízes. A capa que se arrastava ficou presa em um galho, e ela a arrancou. Seu cabelo foi se soltando na costas, à medida que se obrigava a ir mais rápido do que jamais imaginara que seria capaz.

O javali não parou, nem sequer foi mais devagar. A respiração de Guinevere estava tão pesada e estridente aos seus ouvidos que ela mal conseguia escutar o animal abrindo caminho pela floresta, logo atrás. Foi ziguezagueando pelas árvores, procurando algum refúgio.

Não havia refúgio. Nenhuma das árvores tinha galhos à altura das suas mãos. O javali estava perto demais para permitir que perdesse tempo subindo no tronco de uma árvore. Só podia correr. E, logo, não teria mais forças.

Ouviu um movimento mais adiante. Sentiu um aperto no coração, temendo deparar com outro javali. Mas não. Era...

— Abaixe-se! — gritou uma voz.

Guinevere se atirou no chão da floresta. Uma lança voou por cima dela, chegando ao seu alvo com um *tum* ensurdecedor. Mas ainda podia ouvir o animal vindo atrás. Levantou-se e correu até o homem. Apesar de ter ficado perplexa ao reconhecer o rosto do Cavaleiro dos Retalhos, passou correndo por ele. O cavaleiro se agachou, segurando a espada. Guinevere não conseguia mais correr. Virou-se e observou, horrorizada, o javali — com uma lança enfiada no peito — avançar, determinado.

O Cavaleiro dos Retalhos ficou mais para o lado, tentando afugentar o javali. Que nem sequer olhou para ele. Só tinha olhos para Guinevere.

O Cavaleiro dos Retalhos o enxotou. Finalmente, o javali reagiu, atacando-o com a cabeça e suas grandes presas. O cavaleiro deu um pulo para se esquivar do golpe, rolou no chão, ficou de pé prontamente e enfiou a espada no pescoço do animal. Que soltou um grito terrível e estridente, atacou o cavaleiro, sacudindo as presas, e o derrubou.

Depois disso, concentrou-se imediatamente em Guinevere. Não corria mais. Pisava, decidida e calculadamente, na direção dela. Não se movimentava como um animal, mas como um caçador.

Como uma pessoa.

— Quem é você? — perguntou a moça.

O javali levantou a cabeça, virando-se para conseguir fixar um dos olhos vermelhos nela. Então parou, porque a espada do cavaleiro deslizou direto pelo seu pescoço, cortando a ligação entre a cabeça e o corpo. A luz vermelha brilhante que havia em seus olhos diminuiu, e o javali caiu, se contorcendo. E em seguida ficou imóvel.

O Cavaleiro dos Retalhos arrancou a espada da criatura.

Guinevere foi cambaleando para trás, tropeçou em uma raiz e caiu sentada no chão. Ficou ali, olhando fixamente para a criatura morta. Sem querer tocá-la. Sentindo necessidade de tocá-la. Foi rastejando até o animal e pousou a mão em seu flanco, agora imóvel.

Frutas silvestres. Cogumelos. Sol. Parceiros. Esquivar-se dos predadores com cautela. Mas então – ali – algo mais antigo. Algo mais tenebroso.

Algo que não lhe pertencia.

Guinevere sentiu aquele algo se enroscando por baixo do que o javali um dia fora, se alastrando por ele, envenenando-o. Assumindo o controle. Era o mesmo algo que quase matara Sir Tristão. E então esse algo se virou, se concentrou, dirigiu-se...

Guinevere tirou a mão rápido e foi cambaleando para trás. Aquela coisa que havia se apoderado do javali ainda estava ali. E a vira. E a conhecia.

O Cavaleiro dos Retalhos limpou a espada no flanco do animal e a embainhou. Fez uma careta de dor, apertando a lateral do corpo. A criatura o atingira em cheio, e ele não estava de armadura. Guinevere tinha a sensação de que havia algo de estranho nele, mas não conseguia dizer o quê. Estava diferente. Sem armadura, ele...

— Você é mulher — disse, soltando um suspiro de surpresa. Era *esse* o segredo. Não era do povo das fadas. Era mulher.

— E estou sangrando — respondeu o Cavaleiro dos Retalhos. Então tirou as mãos ensanguentadas da lateral do corpo. Guinevere correu até ela e levantou a túnica que a mulher vestia. O cavaleiro gemeu de dor.

A moça sentiu um formigamento mínimo no braço, seguido por uma picada. Olhou para baixo e viu uma aranha preta, sinistra e elegante, com as presas enfiadas em seu braço. Afugentou-a com a mão, e surgiram duas picadas vermelhas e minúsculas, rodeadas de branco. O branco se espalhou e se tornou roxo diante dos olhos de Guinevere.

— Oh — disse. E então as trevas se apoderaram dela.

— Ela já deveria ter acordado.

— Continue. Chega, não exagere. Ailith, você é a próxima. Se começar a ficar tonta, pare.

— O que causou isso?

— Jamais senti um gosto tão tenebroso. E olhe que já beijei seu irmão.

— *Moças....* Precisamos nos concentrar.

— Posso ajudar?

— Não. Economize suas forças.

As vozes pulsavam, de quando em quando, como se estivessem muito distantes. Tudo doía, mas a dor estava diminuindo, passara de uma tempestade de raios para uma chuvarada torrencial. Guinevere sentiu dedos ao longo de seu couro cabeludo, tirando o cabelo de sua testa. E sentiu algo mais — suave, mas insistente — no braço.

— Aranha — resmungou Guinevere.

— Não, querida. A aranha já foi embora. Estamos cuidando de você.

Suas pálpebras protestaram, mas entreabriu os olhos. O lugar estava escuro, e sua visão, borrada. Havia alguém sentado ao seu lado, ela estava deitada em um catre. E outra pessoa estava...

— Chupando meu braço? — Guinevere tentou sentar, chocada, mas foi incapaz de se mover.

— O veneno estava a infectando. Poderoso e muito rápido. Mas conseguimos tirar quase tudo.

— Você... você vai se envenenar.

A aranha, a dor e as trevas. O javali fracassara, mas algo muito menor tivera sucesso. Guinevere lembrou-se do veneno do ataque do lobo, a velocidade com que se alastrou pelo corpo de Tristão. Aquelas mulheres não sabiam o que estavam fazendo. Acabariam morrendo.

— As mulheres se tornam mais fortes quando suportam a dor uma das outras. Sofremos um pouquinho cada uma. Ninguém morre, e todas saramos juntas.

— Obrigada — sussurrou Guinevere, fechando os olhos.

— Descanse e deixe que nós a ajudemos.

— E agradeça por jamais ter que beijar o irmão de Gunild — disse outra voz. Guinevere permitiu que a risada alegre e o longo *shhhh* que se seguiu a levassem de volta ao sono.

Quando acordou novamente, apenas seu braço doía. Dois pontos de agonia. Mas, para seu alívio, eram *apenas* de dor. Não havia mais trevas, nada dentro dela que não lhe pertencesse.

Sentou, gemendo. Estava em um casebre, um lugar pequeno e mal iluminado, de teto baixo. Mas o chão de terra batida era coberto por palha fresca, e o catre onde estava deitada parecia limpo. Sentada, encostada na parede, estava o Cavaleiro dos Retalhos. Segurando um pano ensopado de sangue na lateral do corpo, de olhos fechados.

Guinevere foi até o outro lado do cômodo, aproximando-se da mulher. E perguntou:

— Foi você que me trouxe até aqui?

Ele fez que sim.

— Então, obrigada, por salvar minha vida duas vezes — disse Guinevere, ajoelhando-se. — Posso?

Como o cavaleiro assentiu de novo, Guinevere puxou o pano com cuidado. O ferimento era profundo e ainda sangrava.

Ergueu a cabeça e olhou para a outra. Que tinha olhos castanhos-claros e vivos, grandes e delicados.

— Você me ajudou, e eu posso ajudá-la. Mas, antes disso, conte-me por que estava lá. Na floresta.

A mulher fez careta e respondeu:

— Eu queria ver o rei.

— Para fazer mal a ele?

Os olhos do cavaleiro se arregalaram.

— Queria ver a caçada. Por que eu faria mal ao rei?

— Eu a vi com Rhoslyn.

A luz inundou o ambiente, porque uma mulher entrou, e o Sol a iluminou por trás.

— Como você sabe meu nome?

Guinevere se levantou tão depressa que quase caiu.

— Você! — exclamou.

— Por acaso já nos conhecemos? — Rhoslyn soltou o tapete que cobria a entrada, e Guinevere piscou, para se acostumar novamente à penumbra.

— Eu estava presente no seu julgamento.

— Ah. Isso. — Rhoslyn tomou o lugar de Guinevere ao lado do cavaleiro e observou o ferimento com o cenho franzido, preocupada.

Guinevere ficou olhando em volta, à procura de ameaças. Não encontrou nada.

— Você foi responsável por tudo isso. O javali! O cavaleiro, esperando por mim!

— Minha criança, não sou capaz sequer de controlar minhas próprias filhas. Controlar um javali selvagem está muito além das minhas habilidades.

— Mas você foi banida de Camelot por praticar magia! E agora está atrás de vingança.

Rhoslyn soltou um suspiro e voltou a fixar os olhos no ferimento do cavaleiro.

— Isso não me parece nada bom. Mandei chamar minha irmã, mas ainda vai demorar algumas horas. Fique parada. — Então levantou, limpou as mãos nas saias e olhou Guinevere de cima a baixo. — Não tenho nenhuma sede de vingança. E, mesmo que tivesse, não tenho a energia necessária colocá-la em prática. Garantir que a minha família continue viva exige todas as minhas forças. Isso sem falar da mulher da nobreza perdida que aparece de vez em quando, infectada pela magia das trevas.

Guinevere se empertigou, dando graças por, pelo menos, Rhoslyn não saber quem ela era, apenas que pertencia à nobreza.

— Como posso ter certeza de que não foi você?

— Por que eu salvaria a sua vida se o veneno tivesse sido inoculado por mim?

Aquele era um argumento convincente.

— Mas, certamente, você odeia Camelot e todos que vivem nela.

— A meu ver — disse a mulher, sentando-se e soltando um resmungo de cansaço —, odiar e querer destruir tudo aquilo que não se pode possuir é coisa de homens. Fiquei triste por ter que ir embora de Camelot, sim. Mas a cidade tem suas leis, e eu não as respeitei. Ao fim e ao cabo, não nos entendíamos mais. Você quer saber se eu gostaria de viver sob a proteção das muralhas, dos soldados e da lei? Sim. Mas não a ponto de estar disposta a abrir mão do poder que minha mãe aprendeu com a mãe dela. Que, por sua vez, aprendeu com a mãe dela. Camelot exigia mais do que eu estava disposta a oferecer. Abusei de sua hospitalidade. Não guardo nenhum ressentimento. Nenhuma de nós guarda. — Ficou em silêncio por um instante e completou: — A não ser, talvez, por Ailith, que fala dos pontos fracos do irmão soldado de Gunild com tanta frequência que, desconfio, ainda está apaixonada por ele.

— E o seu cavaleiro? — Guinevere apontou para a mulher, que estava ficando ainda mais pálida.

O cavaleiro respondeu, com a voz fraca, esforçando-se muito:

— Elas não têm ninguém para protegê-las. E é um ótimo treino para mim.

Rhoslyn concordou com a cabeça, e disse:

— Ela não mora aqui. Não sabemos sequer qual é seu nome. Mas protege quem precisa de proteção, aqui na floresta.

— Você pretende curá-la como fez comigo?

Rhoslyn sacudiu a cabeça e soltou um longo suspiro.

— Nós não curamos você. Extraímos o veneno porque era fruto de magia, e isso podemos invocar e amarrar. Mas, quando o assunto são corpos feridos, temos nossos limites. Minha irmã tem certa experiência, boa parte fazendo partos, talvez possa ajudar. Vou ver se Gunild já voltou com alguma notícia. — A mulher deu um tapinha na mão da moça. A mão dela era quente e ressecada. Em seguida, levantou e saiu do casebre. Guinevere foi atrás, espiou pelo tapete. Não havia ninguém observando. Poderia fugir.

Mas não sentiu ali as ameaças da floresta. Se a bruxa quisesse matá-la, já teria matado. E aquelas mulheres não haviam feito nenhuma exigência, não lhe pediram nada em troca. Guinevere não sentira maldade quando Rhoslyn a tocou. Certamente, se a bruxa fosse capaz de controlar as mesmas trevas que a moça sentira ao encostar no javali, isso teria ficado evidente quando tocou em Guinevere.

A moça voltou para o lado do cavaleiro e perguntou:

— Podemos confiar em Rhoslyn?

O cavaleiro assentiu.

— Se estiver mentindo, e essas mulheres estiverem tramando algo contra o rei, mato você.

A mulher abriu os olhos e respondeu:

— Se eu tivesse ajudado alguém a tramar contra o rei, desejaria morrer. Juro pela minha espada. Camelot tem a minha lealdade. O Rei Arthur tem a minha lealdade.

Guinevere sentiu a verdade daquela afirmação atravessar o seu corpo.

— Muito bem. Você salvou a minha vida. Retribuirei o favor, em troca de seu silêncio.

O cavaleiro ficou com uma expressão perplexa, mas balançou a cabeça afirmativamente.

Guinevere permitiu que a chama tomasse conta de sua mão. Fechou os olhos, soprou e a invocou. O cavaleiro soltou um suspiro de dor, mas não gritou. Guinevere deixou que a chama tomasse conta de sua mão. Não tinha tempo para ter medo de se queimar de novo.

— Confie em mim — sussurrou. Em seguida, pressionou a mão no ferimento do cavaleiro e deixou a chama se espalhar.

Ela soltou um grito de surpresa, mas não se mexeu. Guinevere recolheu as chamas purificantes antes que pudessem se tornar chamas devoradoras. Foi mais fácil do que com Sir Tristão, porque não precisou enviar as chamas para o sangue. Apenas para o ferimento. O cavaleiro estava suando, seus cachos castanhos grudados na testa. Olhou para baixo, maravilhada. O ferimento estava menor. O sangue da lateral do corpo sumira, fora consumido.

— Só mais um coisa. — Guinevere levantou uma das mangas. Tirou dali sua faca (as mulheres não a tinham tomado, nem a faca nem coisa nenhuma) e, encolhendo-se de dor, cortou um pedaço da própria pele, como se tirasse a casca de uma maçã. Utilizou o sangue que se acumulava no corte para desenhar um nó sobre a pele e ordenou que ele se unisse a outro. E então o colocou em cima do ferimento do cavaleiro. A pele se esticou, agarrando-se ao novo corpo, encontrando o que estava aberto e fechando.

Onde antes havia um buraco enorme, agora havia uma faixa de pele, vários tons mais claros do que a do próprio cavaleiro.

— O que você é? — sussurrou a mulher.

Guinevere deu um sorrisinho irônico e repetiu:

— O que você é?

— Eu sou um cavaleiro.

— Eu sou... — A filha de Merlin? Uma bruxa da floresta? Se o cavaleiro visitasse Camelot com certa frequência, descobriria a verdade de qualquer modo. — Eu sou Guinevere. A rainha.

A mulher baixou a cabeça, com uma expressão arrasada.

— Então não tenho mais esperança.

— Por quê?

— Porque a verdade a respeito do meu corpo irá me impedir de ser aspirante. — O cavaleiro baixou a túnica ensanguentada, cobrindo a ferida cicatrizada. — Eu sabia, *sempre* soube, que sou um cavaleiro. E, com o Rei Arthur, tinha chance de me tornar um. Se conseguisse me classificar para o torneio, poderia derrotar todos. Se tivesse a oportunidade de lutar contra o maior rei que existe no mundo, ele veria o meu valor. E me nomearia seu cavaleiro. E então seria tarde demais para que me proibissem.

Guinevere se sentou em cima das próprias pernas. O cavaleiro salvara sua vida do ataque do javali e, depois, a levara até as únicas mulheres capazes de salvá-la da picada da aranha. Devia a ela mais do que um pedacinho da própria pele.

— E o que o fato de eu ser a rainha tem a ver com tudo isso?

O cavaleiro fez um careta para ela e respondeu:

— A senhora contará para eles.

— E por que contaria? Eu a vi lutando para salvar minha vida. Se conquistar seu lugar na corte, ele será seu. Estou do seu lado. Desde que também guarde o meu segredo. — Então apontou para o ferimento curado. — Não conte nem para Rhoslyn. Ninguém precisa saber.

O rosto imberbe do cavaleiro ficou com uma expressão de admiração e esperança.

— A senhora irá permitir que eu continue tentando?

— Arrastarei você até a cidade com as minhas próprias mãos e a obrigarei a continuar.

O cavaleiro baixou a cabeça e fechou os olhos. Um sorriso se esboçou nos seus lábios. Surgiram covinhas nas bochechas, que combinavam com a covinha permanente que tinha no queixo.

— Obrigada. Salvamos a vida uma da outra hoje, creio eu. — Então o cavaleiro ficou de pé, estendeu a mão e chamou: — Venha. Vou acompanhá-la até o acampamento, para garantir sua segurança.

Estendida diante de Guinevere, a última prova da sinceridade do cavaleiro de que precisava. Segurou aquela mão, calejada e áspera, como a de Arthur, mas menor. Parecia se encaixar bem melhor na sua. A impressão que a moça teve do cavaleiro lembrou menos uma palpitação ou faísca e mais um... acomodamento. Uma sensação de justeza. De pertencimento. Guinevere sentiu que aquele nó apertado e tenso que se formara assim que chegou a Camelot havia afrouxado um pouco.

Soltou um longo suspiro de alívio. Seu tato não lhe transmitiu nenhuma maldade, nenhuma mentira.

Sabia que precisava voltar para o acampamento. Que Brangien deveria estar enlouquecida.

Mas deparara com tanta treva no javali, nas árvores, na aranha... E agora sabia que estivera errada ao suspeitar de Rhoslyn. Concentrara-se na pessoa errada.

Não podia mais perder tempo. Não seria capaz de proteger Arthur sozinha de qualquer ameaça que estivesse por vir: não fora sequer capaz de aguentar o veneno da aranha. Não confiava mais em Merlin, mas precisava dele. Arthur precisava. Talvez, o papel que precisava desempenhar para proteger Arthur sempre tivesse sido o de criar um modo de Merlin voltar para Camelot.

Apertou a mão do cavaleiro e perguntou:

— Você, por acaso, gostaria de me ajudar em uma missão que consiste em buscar um feiticeiro e salvar o reino?

Os olhos do cavaleiro brilharam. Ela deu risada, e sua voz grave assumiu um tom surpreendentemente doce, de felicidade.

— A senhora não poderia me fazer bondade maior do que esse pedido. Deixe-me buscar minha armadura e minha égua. Eu a defenderei seja qual for o objetivo. — Então ficou em silêncio, baixou os olhos e completou: — Sempre, minha rainha. Eu a defenderei para todo o sempre.

Guinevere sentiu uma onda de prazer, um calor que tomou conta do seu corpo. Será que era assim que Arthur se sentia o tempo todo, por poder contar com a lealdade de homens valorosos?

Saiu do casebre com o cavaleiro. Rhoslyn parecia surpresa, mas satisfeita, com a recuperação repentina da mulher. O povoado era ordeiro. Diversas crianças brincavam com gravetos, dando risada. Por todos os lados, Guinevere viu indícios de magia benigna. Ramos de plantas, nós nas portas, pedras alinhadas nos limites do vilarejo. Ainda bem que não mandara os homens de Arthur atrás da bruxa. Só de pensar que cavaleiros poderiam invadir o povoado e aterrorizar aquele lugar que Rhoslyn construíra, ficou enjoada.

— Temos que ir — disse, sem dar nenhuma explicação. — Você tem minha gratidão, e sua ajuda não será esquecida.

Encontraria uma maneira de ajudar aquelas mulheres, de todas as formas que estivessem ao seu alcance, no futuro. Mas, ao olhar para suas acomodações limpas e felizes, ficou se perguntando se precisariam mesmo de ajuda.

Rhoslyn se debruçou sobre um caldeirão que fervilhava sobre a fogueira.

— Mantenham nossa localização em segredo, já é pagamento suficiente. E, por favor, fique longe das aranhas daqui para a frente.

A moça tinha firmes intenções de fazer isso. Dois minúsculos buracos no seu braço serviam de lembrete para jamais baixar a guarda. O cavaleiro assoviou, e uma égua baia veio andando na direção das duas. A armadura estava amarrada nas costas do animal, e a mulher a soltou e vestiu. Guinevere levantou a mão na direção do animal, mas parou de repente. Os olhos da égua eram totalmente brancos.

— A sua égua é cega? — perguntou, chocada.

O cavaleiro fez que sim.

— Os ladrões fazem isso para que os cavalos não consigam encontrar o caminho de casa. Eu a encontrei andando a esmo, perdida, sozinha. — O cavaleiro fez carinho no animal. Que bufou e cutucou sua dona com o focinho. — Somos parecidas até nisso. Ela é o melhor animal que já tive. Não se preocupe.

Guinevere fez carinho no pescoço da égua. Que tremeu uma única vez, baixou a cabeça e bateu os cascos da frente no chão.

— Ela gostou de você. E está pronta para partir. — O cavaleiro deu um impulso para Guinevere montar na égua e então subiu atrás. As duas acenaram para o povoado. Algumas mulheres acenaram para elas, mas a maioria as ignorou, como se ver uma dama e um cavaleiro que precisara de intervenção mágica não fosse nada demais.

A moça apontou a direção que as levaria até Merlin, e o cavaleiro guiou a égua. Era começo da tarde. Se avançassem a um bom ritmo, chegariam ao feiticeiro antes do cair da noite.

E então Guinevere se afastou, a cavalo, de Camelot, de Arthur e dos demais, sabendo que todos temeriam que estivesse perdida ou morta, mas sabendo que encontrar Merlin era mais importante do que ela jamais seria. Aquilo feria seu orgulho, mas era um sacrifício pequeno em troca da segurança de Arthur. Guinevere quisera ser sua grande protetora. Mas, em vez disso, desempenharia um papel de criada, cumprindo pequenas tarefas. Que assim fosse.

Entretanto, ficou feliz por não estar sozinha.

— Como você se chama? — perguntou.

O cavaleiro guiou habilmente sua égua cega, desviando de um obstáculo, com as pernas apertadas contra as de Guinevere, e respondeu:

— Lancelote, minha rainha.

A Rainha das Trevas espera o predador trazer sua presa.

E então sua presa sobrepuja o predador.

Mas, não raro, os ataques mais sutis são os mais eficientes. Duas presas minúsculas em vez de duas presas enormes. Ela sente o próprio veneno sendo injetado, se alastrando. Vai correndo na direção do veneno, precisa estar perto para entender o que está possuindo e então...

O veneno some. Tudo some.

Ela para, e a terra se agita, enraivecida. Alguém roubou seu veneno e o espalhou, em uma camada tão fina que ela não consegue sentir seu alcance. Mas pôde provar dele. Essa tal rainha-que-não-é-rainha é algo de diferente. Algo de novo. Alguém mudou as regras, e ela conhece uma única pessoa capaz de fazer isso.

Merlin.

Ela cai na risada, e as árvores tremem ao seu redor, as criaturas subterrâneas, rastejantes e tenebrosas cavam na direção da superfície, atraídas pelos tremores da sua raiva e do seu deleite. Porque Merlin sabe o que está por vir. E, como bom tolo que é, o que está por vir virá.

Mas agora há muito trabalho a ser feito. Ela terá que contar não com predadores, mas com homens. E a diferença entre os dois é muito pequena, afinal de contas.

CAPÍTULO DEZENOVE

A moça foi reconhecendo as árvores à medida que as duas foram se aproximando. As árvores também a reconheceram, tremendo suas folhas. Seu lar estava próximo, seu lar estava...

Algo palpitava, bem lá no fundo, puxando Guinevere, vindo do norte, como se ela tivesse se esquecido de algo.

Lancelote conduzia sua égua através da luz que minguava, e o animal demonstrou sua capacidade, como prometido. Não havia fumaça saindo da choupana. Guinevere desceu da égua. Lancelote desceu em seguida e amarrou o animal a uma árvore.

— Merlin? — chamou a moça.

A choupana estava fria. Não apenas fria. *Abandonada*. Parecia que ninguém vivia nela havia anos. Foi pegar a vassoura que, sabia, ficava perto da porta, mas só encontrou um pedaço de madeira apodrecido. A porta se escancarou, revelando o interior em ruínas. Como podia ter varrido um chão que não mais existia? Como poderia ter dormido em um catre que não estava mais lá?

— Algo está muito errado — disse Guinevere, já se afastando. Seu estômago se revirou, embrulhado. O que teria acontecido?

Um pássaro voejou até a árvore mais próxima. A moça arrancou vários fios do próprio cabelo, os retorceu e amarrou. Atirou o nó no pássaro. O nó circulou a ave, depois a apertou. O passarinho piou uma vez, protestando, então ficou em silêncio.

— Leve-me até Merlin — ordenou Guinevere. Sua cabeça latejava no ponto onde arrancara os cabelos, e a dor era desproporcional. Mas roubar o livre-arbítrio de outro ser vivo é um ato violento, e a violência sempre deixa um rastro de dor.

O pássaro alçou voo, obediente, e foi de árvore em árvore. A moça correu atrás, seguida por Lancelote. Só que algo a estava atrapalhando. Ela empurrou o ar, que ficava mais denso ao seu redor, impedindo seus movimentos.

— O que é isso? — perguntou Lancelote.

Guinevere não seria detida. Puxou a adaga de ferro e traçou um nó no ar, para desfazer aquilo. O ar fez um *puf* inaudível, que doeu nos seus ouvidos. Por fim, ela e Lancelote chegaram a uma caverna cuja abertura bocejava diante das duas. Era um breu. Um breu de pavor. Um breu de...

A moça já havia estado naquela caverna. Sabia que sim. Mas não conseguia se lembrar de quando nem do porquê. Estava tão concentrada no breu da caverna que nem sequer notou o velho barbudo e encarquilhado parado na entrada.

Que sacudia os braços, freneticamente.

— Você não pode estar aqui! Você não está aqui. Você nunca esteve aqui.

Guinevere sacudiu a cabeça, tirando os olhos do breu.

— Merlin! Magia das trevas. Eu senti. Encontrei um javali e...

— Você não pode estar aqui — repetiu o feiticeiro, ainda sacudindo os braços esqueléticos para a moça.

— Não me diga o que fazer! Você é um *mentiroso*! — Ela respirou fundo, obrigando-se a se acalmar. Aquilo não era hora para seus ressentimentos pessoais. — Você me mandou até Camelot para proteger Arthur, mas não posso protegê-lo disso que senti. Foi...

Merlin estremeceu e, então, seus ombros se encolheram. Ele parecia... velho. Muito mais velho do que Guinevere lembrava.

— Por favor — disse o feiticeiro, mas não estava se dirigindo a Guinevere. — Por favor, Lancelote. Se você ama a sua rainha, vá se *esconder*. Já.

Lancelote pegou Guinevere pela cintura e a arrastou para longe da caverna. Ela foi tropeçando, com vontade de resistir, mas contaminada pelo medo de Merlin. As duas se agacharam atrás de um amontoado de rochas e pedregulhos. Lancelote ficou atrás de Guinevere, como um escudo. Um arbusto raquítico tapava as duas, mas a moça ainda conseguia enxergar a entrada da caverna através de um vão entre as folhas.

— Você o conhece? — sussurrou Guinevere.

— Nunca o vi na vida. Não sei como ele sabe meu nome. — A voz de Lancelote estava tão trêmula quanto o corpo de Guinevere.

Um fio d'água passou por elas, gotejando. Guinevere ficou observando, horrorizada, o fio se transformar em um córrego, depois em um rio estreito e caudaloso. Encolheu-se de medo contra as pedras e levantou os pés para que a água não encostasse nela. Lancelote subiu nas rochas, espiou por cima do arbusto. Guinevere a imitou, porque não queria ficar perto da água sozinha.

O rio parou no ar, na frente de Merlin. Que ficou esperando pacientemente ele se alimentar e crescer cada vez mais, até tomar a forma de uma mulher. Seus cabelos caíam pelas costas e iam parar no rio, ainda atrás dela. Seu vestido formava um uma lagoa aos seus pés. A mulher brilhava e se movimentava, mudando constantemente de forma. Uma hora, era uma mulher terrível e alta. Outra, uma menina. Outra, ambas e nenhuma das duas. Então levantou a mão e apontou para Merlin.

— A Dama do Lago — sussurrou Lancelote, apavorada.

"Você não deveria ter desfeito suas barreiras, traidor. Você me deixou entrar."

Guinevere tapou a boca com as mãos, horrorizada. As barreiras que ela desfizera. Ela permitira que aquela coisa entrasse.

"Você me roubou", murmurou a água. Era um som suave, mas estava por todos os lados, cercando-os. Um riacho borbulhante se transformou em uma cachoeira ruidosa. "Você me roubou."

Merlin assentiu, com uma expressão solene e triste. Puxou a barba, e vários fios caíram. Ele soltou esses fios no chão, ao seu lado, distraído.

— Sim. Roubei.

"Por que você roubou algo tão precioso? O que foi que você fez?"

— Sinto muito, Nyneve, meu amor, *milady*.

"Vou aniquilar você."

— Se acha que deve...

"Vou..."

A água tremeu, perdendo a forma, mudando de forma, centenas de vezes, tantas que os olhos de Guinevere doeram, como se tivesse ficado olhando direto para o Sol refletido nas ondas de um lago.

"Por quê?", perguntou a água. E, por meio dessa única expressão, Guinevere pôde sentir o sofrimento do eterno, o sofrimento da infinita passagem dos dias. O sofrimento da mudança.

— Porque estava na hora.

"Vou retomar o que é meu. O menino não pode ficar com tudo. Ele não merece."

A Dama do Lago entregara Excalibur para Arthur, depois que a espada fora atirada em suas profundezas. Será que agora a queria de volta? Será que haviam mentido para Guinevere a respeito disso também? Talvez a Dama jamais tivesse entregado a espada. Talvez Merlin a tivesse roubado, assim como roubara tantas outras coisas.

— Você tem razão — disse Merlin. — Ele não merece. Mas talvez possa merecer um dia. Essa decisão não cabe a você. A decisão já foi tomada.

A água rugiu atrás da Dama, e a foi erguendo cada vez mais, até ela ficar bem acima de Merlin.

"Não posso dar fim a algo que deve ser eterno. Não sou igual a você. Mas não posso permitir que siga em frente. Você me traiu. Você *nos* traiu."

— Eu sei. — Merlin se virou para as rochas e remexeu os dedos, em um aceno tolo. Guinevere sentiu um nó na garganta. Ela era a responsável por aquilo. E então o feiticeiro foi andando lentamente de costas, entrando na caverna. — Estou cansado. Não sou inocente. É justo. Até a próxima, meu amor, minha Nyneve.

A água passou pela Dama com um estrondo, subindo pelos dois lados da caverna. Um estrago que demoraria mil anos para ser feito foi realizado em questão de segundos, erodindo, devorando, arrancando pedaços.

A boca da caverna ruiu, vedando a entrada. A água foi levando os detritos, limpando os espaços entre cada uma das rochas até que, finalmente, recuou, deixando apenas pedras firmes onde a caverna um dia existira. Guinevere mordeu seu próprio dedão para não soltar um grito de horror. Lancelote ainda estava em silêncio, ao lado.

A água não voltou a tomar a forma da mulher. Foi retrocedendo, fluindo para o ponto de onde tinha vindo, fazendo um ruído que parecia choro.

Guinevere bateu nas rochas, mas não conseguiu tirar um pedregulho sequer. A caverna estava vedada. Lancelote ficou olhando para o rochedo, horrorizada.

A moça se virou e foi escorregando até o chão, de costas para a parede que vedava a caverna e a separava de Merlin. Fios prateados reluziram no crepúsculo, refletindo os últimos raios de Sol. Eram os fios da barba do feiticeiro, presos em uma das pedras. Ela os enrolou nos dedos e apertou tanto que doeu.

— O que ela queria? — perguntou Lancelote.

Guinevere baixou a cabeça. A Dama queria o que lhe fora roubado. O que fora entregue a Arthur. Guinevere só conseguiu pensar em uma coisa:

— Excalibur.

— Mas pensei que ela tinha entregado a espada para o Rei Arthur!

— Talvez nós duas tenhamos sido enganadas. — Merlin jamais lhe contara a história toda, a verdadeira história. E o que ela sentira, quando tocou em Excalibur, lhe dera a certeza de que aquilo era muito mais do que uma espada. Talvez pudesse até representar uma ameaça à Dama do Lago. — Como Merlin pôde permitir que isso acontecesse? — Guinevere socou as rochas. Ela mesma desfizera a barreira. Mas, se o feiticeiro tivesse sido sincero com ela, uma única vez sequer, não teria sido obrigada a fazer aquilo! Ficou de pé, determinada, e disse: — Leve-me até Arthur!

O rei tinha o poder da espada. Ela tinha o poder da magia. Somados, salvariam Merlin. E então Guinevere encontraria as respostas que buscava.

Já era a parte mais escura da noite quando chegaram ao acampamento da caçada. Mas a escuridão não tinha a menor importância para a égua cega, e Lancelote se movimentava com segurança. Guinevere ansiou ter asas, ter mais velocidade.

Ouviram vozes chamando seu nome freneticamente, muito antes de verem alguém. Lancelote ficou com corpo todo tenso e falou:

— É melhor eu...

— Coloque a máscara. Fique comigo. Eles precisam saber quem foi que salvou a minha vida.

Lancelote fez o que ela pediu. Assim que se aproximaram, Guinevere gritou:

— Estou aqui! Aqui!

Desta vez, o som de algo se partindo no meio das árvores não foi monstruoso, mas amoroso. Arthur veio correndo na direção das duas. Tirou Guinevere de cima da égua e a apertou contra o peito.

— Encontramos o seu capuz, a sua capa. O javali. Havia mais pegadas além da sua, pegadas de javali. Pensamos... Eu pensei que tinham levado você. Morta.

Guinevere também se apertou contra ele, com a mesma força. Algo dentro dela se abriu e cicatrizou ao mesmo tempo, ao sentir o quanto era importante para o rei, pela força daquele abraço. Permitiu-se o deleite daquela sensação por um instante. E então falou:

— Arthur, aconteceu algo com Merlin. Ele foi atacado. Está preso. Precisamos ajudá-lo.

O rei suspirou, mas não foi um suspiro curto, de surpresa. Foi um suspiro longo, de relutância e resignação. Diversas outras pessoas surgiram do meio das árvores, rodeando-os. Sir Bors, Sir Tristão. Mordred, pálido e sério, iluminado por uma tocha, examinando o rosto de Guinevere.

Não podiam falar de Merlin naquele momento.

— Meu bom senhor — disse Arthur, olhando para Lancelote, que ainda estava em cima da égua —, como foi que encontrou nossa rainha?

— Lancelote matou o javali e salvou a minha vida — disse Guinevere, soltando-se de Arthur. Que não a soltou, permanecendo abraçado a ela. — Mas havia outros animais selvagens. Lancelote ficou sem lanças. Fugimos correndo dos bichos até Lancelote achar seu cavalo, então galopamos para conseguir escapar. Nós nos embrenhamos na floresta. Só agora encontramos o caminho de volta.

— Camelot lhe deve os mais sinceros agradecimentos, Lancelote — declarou Arthur, acariciando o cabelo de Guinevere.

— Foi uma honra, senhor meu rei.

Lancelote desceu da égua e ficou de joelhos, com a cabeça baixa. Falava com uma voz grave e suave, tão grave que, se Guinevere não soubesse seu verdadeiro sexo, presumiria que era um jovem rapaz.

— O senhor é o Cavaleiro dos Retalhos, não é mesmo?

— É assim que me chamam, sim.

— Então creio que já está mais do que na hora de participar de um torneio. Fez por merecer.

Os cavaleiros que rodeavam Arthur deram vivas e tapinhas nas costas de Lancelote, que ficou de pé. Guinevere deu um sorriso, satisfeita pela merecida fortuna daquela mulher. Mas não conseguia ficar feliz, não de verdade. Havia muito a fazer.

— Arthur — sussurrou. — Precisamos...

— Eu sei — interrompeu ele. — Precisamos conversar.

— Mas Merlin...

— Não irá a lugar algum.

Arthur a soltou, finalmente. Pousou a mão na base de suas costas e a levou para longe das árvores. Haviam acendido uma enorme fogueira na clareira. Brangien correu ao encontro dos dois e quase tropeçou, de tanta pressa. Ajoelhou diante dos pés de Guinevere e disse:

— *Milady*, sinto muito. Pensei que a senhora estivesse atrás de mim. Jamais teria corrido se...

A moça baixou o braço, levantou a dama de companhia e a abraçou.

— Eu sei. Eu sei, minha querida Brangien. Vê-la sã e salva é tudo de que preciso. Jamais me perdoaria se tivesse se ferido. — Não podia contar que o javali esteve apenas atrás dela, e que, se Brangien tivesse morrido, teria sido sua culpa.

A dama de companhia acenou a cabeça, e as lágrimas escorreram pelo seu rosto. Ela as secou e, então, cuidou de Guinevere.

— Tome — disse, tirando a própria capa e envolvendo a moça

nela. — A sua manga! A senhora se machucou! — O leve corte que Guinevere fizera para dar um pedaço de pele para Lancelote já formara uma casca. — E os seus pulsos!

Brangien tirou um pedaço de pano da bolsa e o enrolou apressadamente no braço de Guinevere, até cobrir sua mão. Como se deixar os pulsos à mostra se comparasse com os problemas que precisavam enfrentar. Mas Brangien só podia consertar os problemas que era capaz de enxergar, e Guinevere ficou agradecida.

Arthur a levou direto para uma das tendas, deixando bem claro que ninguém mais seria bem-vindo, e amarrou a abertura. A moça ficou andando de um lado para o outro, naquele espaço exíguo.

— Se somarmos minha magia a Excalibur, tenho certeza de que encontraremos um modo de libertar Merlin. A Dama do Lago quer a espada de volta. Talvez tenhamos que lutar contra ela.

Arthur soltou um suspiro e disse:

— Por favor, sente-se.

— Não estou cansada! Precisamos ir logo. Senti algo tenebroso naquele javali. Pensei que vinha de Rhoslyn, mas estava enganada. E se foi a Dama do Lago? O lago de Camelot está morto. Não contém nenhuma magia. A Dama deve tê-la sugado toda, para acumular mais poder. Precisamos de Merlin. Não sou páreo para tal magia. Não sou capaz de proteger você sozinha.

— Por favor, escute — insistiu Arthur, com um tom firme, mas também de súplica. Então puxou as mãos de Guinevere até ela se sentar em uma das almofadas. Ajoelhou-se na frente dela e declarou: — Não podemos ir salvar a vida de Merlin.

— Podemos, sim! Sei que podemos.

Ela duvidava de si mesma, sim, mas tinha Arthur, e ele tinha a espada. Poderiam fazer aquilo. Tinham que fazer. Precisavam de Merlin.

— Ele não nos quer por perto.

Guinevere sacudiu a cabeça. Olhou para as próprias mãos,

onde os fios da barba de Merlin ainda estavam enrolados em dois dos dedos.

— Como pode ter certeza disso?

— Foi ele quem me falou. — Arthur pôs a mão por baixo da túnica e tirou um maço de papéis desbotados. Desdobrou-os, revelando a caligrafia apertada e inclinada que se emaranhava pelas páginas, às vezes da esquerda para direita, às vezes de cima para baixo, às vezes passando por cima de si mesma. — Ele sabia que isso iria acontecer.

A moça ficou de pé, furiosa. O feiticeiro enxergava o tempo fora da ordem correta. Ele *sabia* que isso iria acontecer?

— Se Merlin sabia que isso iria acontecer, por que não me contou? Eu mesma desfiz a barreira, tola que sou! Por que não fugiu nem se escondeu?

Arthur ficou com uma expressão frustrada, mas resignada.

— Não sei quais foram os motivos. Só sei que os tinha, e confio em Merlin. Se ele diz que algo precisa ser feito, é porque precisa ser feito. Algum dia, entenderemos. — Então olhou para a carta, franziu o cenho e completou: — Talvez.

— Não! Eu me recuso a aceitar. Merlin viu uma ameaça iminente contra você. Então me enviou para Camelot por causa dela. Não posso enfrentá-la sozinha!

O rei dobrou a carta e a guardou. Passou a mão no rosto, como se pudesse, mecanicamente, arrancar a culpa e o arrependimento ali estampados.

— Guinevere, eu menti para você. Deixei que acreditasse em algo que não é verdade. E sinto muito.

Guinevere deu um passo para trás, sentindo um medo súbito. O que mais Arthur sabia?

— A Dama do Lago não pode me atingir, eu juro. Merlin não enviou você para Camelot por causa de uma ameaça à minha pessoa. Ele enviou você para o reino de Camelot porque sabia da ameaça à pessoa dele. Eu não precisava que me protegesse. Merlin *me* pediu para proteger *você*.

A moça se sentou, perplexa. Arrasada. Desta vez, tinham permitido que ela acreditasse que tinha um propósito. Uma missão. Que estava lutando a mando de Merlin, a serviço de Camelot. Tornara-se Guinevere por necessidade de proteger Arthur. Não a si mesma.

Aquilo não fazia sentido.

Não. Fazia todo o sentido. Todos os ataques de magia que haviam enfrentado se dirigiram a ela. Não a Arthur. Guinevere não enxergara porque nunca lhe ocorrera olhar.

As palavras exatas de Merlin lhe vieram à cabeça. "Você teme a coisa errada", dissera, quando ela estava com medo de não ser capaz de proteger Arthur. O feiticeiro deixou que ela fosse embora, sabendo o que Guinevere estava pensando, enganando-a sem mentir para ela. Sabendo que Guinevere se recusaria a ir embora se soubesse que a ameaça iminente era contra Merlin e não contra Arthur.

A verdade a deixou com um vazio por dentro. Não era rainha nem feiticeira. Nem protetora nem guerreira.

Era um fardo.

CAPÍTULO VINTE

Guinevere vagou pelos próximos dias como se estivesse sonhando. Arthur queria conversar com ela, mas a moça não tinha coragem. Ainda não. O rei foi convocado para comparecer à fronteira; o que, pela primeira vez, foi um alívio.

Ela permitia que Brangien escovasse e trançasse seu cabelo. Fazia visitas e era visitada. Acabou se tornando dependente da companhia de Dindrane, para se livrar do fardo de ter que conversar. Brangien e Dindrane formaram uma aliança tácita, servindo de escudo para Guinevere, passando instruções quando ela deveria agir de algum modo específico. As duas eram, de certa maneira, os próprios cavaleiros da rainha. Lutando suas batalhas de menor importância, protegendo-a das fofocas e das censuras.

Todos presumiram que a mudança no seu comportamento era devida ao trauma causado pelo ataque do javali. Tinham pena dela e falavam baixo, portavam-se com cautela. Mas Lancelote salvara sua vida duas vezes. A notícia do heroísmo do Cavaleiro dos Retalhos se espalhava pela cidade, se concentrando nessa parte da história, e o nome de Lancelote corria de boca em boca. O torneio se aproximava rapidamente, e Camelot estremecia e murmurava, na expectativa.

Uma tarde, bateram de leve na porta do quarto de Guinevere. Brangien a abriu, fez uma reverência e foi para o lado. Arthur apareceu, emoldurado pelo batente.

— Guinevere, você gostaria de me acompanhar em uma caminhada?

Ela assentiu, muda, lhe deu o braço e permitiu que o rei a levasse para fora do castelo, para uma das muitas passarelas que circulavam os diversos andares. O vento os beliscava, provocando os dois. Estavam chegando ao auge do verão. Guinevere tivera intenção de fazer alguns feitiços de proteção no solstício, mas isso nunca teve verdadeira importância.

Arthur parou. Sentou-se na beirada da passarela, com as pernas penduradas do outro lado, e olhou para a sua cidade. O lago cercava tudo, impassível, de guarda. À espreita.

— Voltei ontem à noite. Mandei avisar. Esperava que viesse até o meu quarto, para podermos conversar.

— Não tenho a intenção de o fazer perder tempo, milorde.

Ele se encolheu todo e disse:

— Não sou seu lorde. Por favor, não me chame dessa maneira.

Guinevere se sentou ao lado do rei. Mas manteve as pernas debaixo do corpo, bem presas e bem longe da beirada.

— Não tenho nada a lhe oferecer. Seria egoísmo de minha parte exigir sua atenção.

— Não é nenhum egoísmo.

— É, sim. — A moça sacudiu a cabeça. Andara pensando naquilo: pensando em mais nada além daquilo. — Por que se casou comigo? Se Merlin apenas pediu para garantir a minha segurança, aqui em Camelot, por que não declarou que sou uma prima distante? Ou, o que seria ainda mais adequado: uma criada? Se não precisava da minha proteção, por que fez de mim sua rainha?

Arthur mudou de posição, ficando de costas para Camelot. De frente para ela.

— Você fala de egoísmo. Essa foi a raiz da minha decisão. Merlin queria que você ficasse ao meu lado, e eu aproveitei a oportunidade. Tenho sido perseguido desde o dia em que fui coroado, cercado não por exércitos, mas pela política. Não menti quando disse que qualquer aliança por matrimônio só tornaria a minha vida mais difícil. Se eu me casasse com uma pictã, meus vizinhos do sul se sentiriam ameaçados. Se eu me casasse com alguém de Camelot, os meus cavaleiros se sentiriam ofendidos por não ter casado com a irmã, a filha ou a prima *deles*. E, depois de Elaine... — Sua voz falhou, mas então ele continuou, firme: — Depois disso, como poderia acreditar que alguém seria capaz de me amar por outro motivo que não o meu poder? Só de pensar em somar outra complicação à minha vida, outra pessoa com quem eu assinaria um tratado, uma pessoa estranha dentro da minha casa, que me trataria como um rei, fiquei tão *exausto* que não tive coragem de encarar essa possibilidade. Desde que me apossei de Excalibur, deixei de ser Arthur e me tornei rei. Amo os meus homens, mas eles são meus homens. Até minha família é complicada. Sir Ector e Sir Kay. Mordred. Não queria uma esposa parecida com isso. Merlin foi a única constante na minha vida. E você faz parte dele. Eu tinha esperança de que, se eu trouxesse você para cá e preenchesse a vaga de rainha, para que ninguém mais pudesse se candidatar, eu teria paz. Mais do que isso... Teria uma amiga. — Arthur baixou a cabeça e ficou olhando para as próprias mãos. — Foi injusto com você. E eu odiava a farsa. E odiava o fato de você não se ver como minha rainha. Não como minha verdadeira rainha. Por favor... Por favor, não vá embora. Não me abandone.

O rei finalmente olhou para cima, e agora a moça conhecia tão bem seu rosto quanto conhecia Camelot. E foi aí que percebeu que sentia afeto por Camelot. E também por Arthur. Não queria ir embora. E não tinha coragem de magoá-lo. Então, segurou a mão dele.

Arthur apertou seus dedos, acariciou suas mãos. A esperança

dele era quase palpável. Guinevere sorriu, secando o próprio rosto. Não pretendia ter deixado lágrimas escaparem.

— Gosto daqui — declarou.

A expressão de Arthur ficou mais relaxada. Seus traços fortes combinavam com a tensão. Mas, quando a tensão passava, o menino que fora até tão pouco tempo se revelava. Seus ombros desceram, as rugas formadas na sua túnica, de repente, também se suavizaram: o traje ficou grande demais naquela postura tão pouco digna de um rei. Algo dentro de Guinevere também afrouxou. Arthur ainda a queria. Ainda precisava dela. Não do modo como fora levada a acreditar. Mas, como não havia nada em seu futuro que exigisse sua presença, a moça se apegaria àquilo.

Só que isso partiu seu coração. Havia se tornado uma pessoa nova por causa do rei, mas até essa farsa era mentira. Como poderia explicar para Arthur o quanto ainda se sentia perdida, sem magoá-lo? O fato de ser sua amiga, ser sua esposa, até, não bastava para fazê-la se sentir verdadeira?

Não podia contar isso para ele. Talvez, algum dia, quando tivesse se tornado a próxima pessoa que seria. Até lá, ficaria em Camelot. Porque era fácil. Porque era seguro. E porque queria sentir que precisavam dela. Arthur precisava de uma amiga. Guinevere seria essa amiga.

Quantas vezes não se perguntara como seria sua vida se pudesse simplesmente ser a rainha de Arthur ou mesmo apenas uma moça? Agora que isso acontecera, não sabia o que fazer. Mas tentaria.

— Quer saber de um segredo? — perguntou.

— Sim.

Guinevere deu um sorriso travesso e declarou:

— Não foi Sir Bors quem matou aquele dragão.

— *Como?*

A moça contou a história para o rei. Deixou de fora o quanto se sentira mal por apagar lembranças verdadeiras para pôr lembranças falsas em seu lugar. Como tivera vontade de se banhar quando encheu as roupas de Sir Bors com pedras e as atirou no riacho. Não contou como entendera o dragão, como o peso e a tristeza do seu luto ainda estavam presentes nela.

Em vez disso, deu voz ao dragão. Criou uma narrativa engraçada, com ela no papel de heroína. Parecia uma história de criança. Sem nada da infinita tristeza causada pelo fim de coisas grandiosas. Em seu lugar, um cavaleiro, um dragão e uma donzela astuta.

Arthur se recostou, dando risada. Seu rosto ficou banhado pela luz dourada do Sol que se punha. Guinevere teve vontade de passar os dedos pelo perfil daquele rosto, pousá-los sobre a garganta e sentir a risada que a movimentava.

Entendeu por que todos amavam Arthur. Por que o admiravam. Por que sempre queriam mais dele. Como poderiam não sentir isso?

Como ela poderia?

Caminharam durante horas. Guinevere contou a verdade a respeito do ataque do javali, de como Lancelote salvara sua vida, de como as habitantes do povoado onde Rhoslyn morava removeram o veneno do seu corpo e, por fim, da malfadada visita a Merlin que ela e Lancelote haviam feito. Mas não lhe contou o segredo de Lancelote. Prometera que não contaria. Apesar de suspeitar que Arthur permitiria que Lancelote participasse do torneio mesmo assim, não podia correr o risco de acabar com a oportunidade. Além disso, o segredo não era dela, para que pudesse revelá-lo.

— Por que você acha que o javali e a aranha vieram atrás de mim? Você acha que foi obra da Dama do Lago? Os lobos que apareceram na floresta também me atacaram, não os outros.

Arthur franziu o cenho e respondeu:

— Não me parece uma magia que venha dela. Mas poderia ser. Ou poderia ser, simplesmente, que estivéssemos pisando nos últimos vestígios de magia. Como não podiam me atacar, escolheram você. Por segurança, é melhor a mantermos longe das regiões intocadas.

Mais uma perda. Guinevere mudou de assunto, para não se afundar naquele luto.

— E como andam os problemas com as fronteiras?

— Maleagant está avançando aos poucos a nordeste. Temo que esteja assinando tratados com os pictões. Vendendo direitos de exploração que não são seus.

— E por que você não o detém?

— Se eu atacar Maleagant e ele tiver assinado tratados com os pictões, serão obrigados a somar forças com ele. Neste instante, esse homem é um incômodo, não uma ameaça. Mas isso pode mudar a qualquer momento.

O rei parou para passar os dedos, de forma afetuosa, na imagem de um lobo gravado na pedra. O lado de fora do castelo era repleto desse tipo de detalhe. Lobos, árvores, dragões. Cervos, peixes e flores. Seja lá quem tivesse esculpido aquele castelo direto na montanha, não parara por aí. Dedicara a mesma quantidade de tempo tornando-o uma maravilha. Guinevere queria subir até o balestreiro, mas aquele era o lugar secreto de Mordred, e odiaria apresentá-lo para o rei. Teria a sensação de estar traindo Mordred.

Arthur tirou a mão da parede e ficou olhando para ela, com o punho cerrado.

— Eu deveria saber que não podia confiar em um homem que lutou ao lado de Uther Pendragon. Apenas os mais brutais, os mais cruéis, seriam capazes de continuar a serviço dele. Maleagant nos via como senhores da terra, não como meros encarregados dela. Como o povo era nosso, tudo o que possuíam, tudo o que eram, também era nosso. Havia um povoado nas fronteiras longínquas de Camelot. Pequeno. Sem importância. Ele tomou... — Arthur parou, esfregou o rosto. Guinevere reconheceu uma lembrança que não queria ser vista. Ficou esperando que o rei se afastasse daquela recordação, como ela mesma sempre fazia, quando deparava com esse tipo de lembrança. Mas, em vez disso, Arthur abriu os olhos, ergueu o queixo e completou: — Ele tomou as filhas dessa gente. Agnes e Alba. E, quando se satisfez, descartou as duas.

O rei sacudiu a cabeça e prosseguiu:

— Eu o teria executado. Mas, de acordo com as minhas próprias leis, precisava de provas. E Maleagant era tão temido que ninguém quis fornecê-las. Era a palavra de duas moças camponesas contra a de um cavaleiro do rei. Elaine implorou clemência em nome do irmão. Eu lhe dei ouvidos. Mandei-a para bem longe e permiti que seu irmão saísse livre. Maleagant levou todos os que eram mais leais a ele. Eu não esperava que esse homem conseguisse se apoderar de um reino tão depressa. Mas o medo e a violência são armas poderosas: as pessoas estão tão acostumadas que reagem imediatamente. Camelot ainda está sendo construída. Levará anos, décadas, até eu conseguir moldá-la da forma que, espero, irá tomar. Atear fogo a vilarejos, assassinar seu lorde, declarar a si mesmo como o novo rei? Isso requer muito pouco tempo.

Guinevere ficou arrepiada ao se lembrar do modo como Maleagant a observara. Não conseguia fazer uma imagem muito clara dele em sua cabeça, porque estava com a visão prejudicada naquela noite. E, agora, sentia-se grata por isso.

Arthur realmente tinha grandes problemas. Não havia nó capaz de consertar aquilo.

— O que posso fazer? — perguntou Guinevere.

O rei segurou seu braço e entrou com ela por uma porta, voltando para o castelo.

— Os problemas das fronteiras são meus e somente meus. Você já faz bastante apenas estando aqui.

— Quero ajudar, contudo. *Preciso* ajudar.

— Você está ajudando. Se pudesse... — Arthur ficou em silêncio. Estavam diante da porta do quarto de Guinevere. O rei olhou para a porta, para a parede, para tudo, menos para ela. — Se pudesse ser minha rainha, bastaria. Antes, não teve escolha. Mas agora estou lhe dando a oportunidade de escolher. Você quer? Ainda quer ser minha rainha?

O coração de Guinevere disparou. Aquela lhe pareceu uma pergunta mais íntima do que as feitas durante os votos de casamento. No momento dos votos, os dois sabiam que Guinevere não era a rainha. Não de fato. O que ele estava perguntando agora?

— Quero — disse ela, sentindo-se tão frágil e cheia de esperança quanto um botão de flor que nasce na primavera.

Arthur deu um grande sorriso e falou:

— Eu...

— Meu tio e rei — disse Mordred, parado, respeitosamente, a vários metros de distância. — O enviado dos pictões está aqui. E os encarregados têm dúvidas a respeito do torneio.

Arthur se virou para Mordred. Guinevere tinha a sensação de que tudo ficava mais frio quando os olhos do rei não se dirigiam a ela.

— Ótimo. Ótimo. Na verdade, Guinevere deveria participar dos preparativos. Você poderia levá-la até os encarregados, Mordred? Confio nela para cuidar disso em meu lugar. É uma tarefa excelente, muito digna de uma rainha. — Então olhou para a moça, radiante, e se afastou.

Aquele não era *exatamente* o tipo de tarefa que Guinevere tinha em mente quando Arthur lhe pedira para ser sua rainha.

Determinada a fazer um esforço por ele, mandou chamar Brangien. As duas foram ter com os encarregados para discutir a respeito da distribuição dos assentos, as cores das bandeiras, quantas pessoas seriam convidadas para o banquete e onde seriam acomodadas, se deveriam providenciar comida e vinho para os espectadores plebeus e uma centena de outras decisões pequenas demais para um rei, mas do tamanho exato para uma rainha.

Mordred ficou encostado na porta e bocejava de modo exagerado sempre que Guinevere cruzava o olhar com ele. Depois de diversas horas, apenas uma fração dos preparativos decididos, e com uma reunião marcada para a manhã seguinte, Guinevere foi libertada. O cavaleiro a acompanhou até o salão de jantar. A moça torceu para encontrar Arthur, mas o rei não estava ali. A menos que fosse um banquete previamente combinado, sua presença durante as refeições era imprevisível. Os cavaleiros casados comiam com suas famílias. Os solteiros normalmente compareciam, mas nem sempre.

Guinevere e Brangien sentaram-se ao lado do lugar reservado para Arthur. A rainha ficou esperando-o. Mas, quando terminou a refeição, o assento ainda estava vago. Percebeu que tinha esperança de que seu novo e tênue arranjo significaria que Arthur passaria mais tempo com ela. Mas, apesar de a combinação ter mudado sua rotina, Arthur ainda precisava ser o rei a cada segundo que estivesse acordado. Soltou um suspiro e ficou puxando um fio de sua veste cor-de-rosa claro.

— Essas duas damas tão belas por acaso têm planos para esta noite? — perguntou Mordred, girando a faca em cima da mesa. — Que tal uma discussão acalorada a respeito das cores dos trajes que nossa rainha usará no torneio para se sobressair?

Guinevere fez careta. Não conseguiu se segurar. Só de pensar em passar mais tempo falando da logística do torneio ficou com azia. Queria ajudar Arthur, mas será que trocara seu papel de feiticeira protetora por *aquilo*?

Mordred deu risada.

— Ótimo. Acompanhem-me. Vamos assistir a uma peça.

— Uma peça? — repetiu Brangien, com uma expressão dúbia.

— Gostam de assistir aos homens fingindo que estão guerreando na arena, mas não gostam de assistir a atores fingindo que estão apaixonados? Certamente já temos guerra suficiente na vida real. Por que ficar assistindo a isso em nosso tempo livre? Venham. Vamos celebrar as maravilhas da humanidade.

Guinevere olhou para Brangien. Brangien torceu o nariz, mas em seguida sacudiu os ombros, concordando.

— É bem verdade que não quero mais falar do torneio por hoje — declarou.

O cavaleiro bateu palmas e esfregou as mãos, entusiasmado.

— Perfeito. Ninguém pode dizer que presenciou o que há de mais majestoso na humanidade até ter visto Godric, o Belo, comparar os encantos de sua amante à variedade e qualidade dos ventos que liberta de seu... Bem. Não quero estragar a surpresa.

Horrorizada e intrigada na mesma medida, Guinevere não conseguiu dizer "não".

Saíram do teatro quando o crepúsculo ainda se demorava, e os sinos os repreendiam, dizendo que era melhor voltar logo para casa.

Guinevere secou uma lágrima; sua barriga doía de tanto rir.

— Essa foi a pior coisa que já vi na vida — disse.

— Realmente. — Mordred dançava diante das duas, andando de costas para ficar de frente para elas. — Realmente. Já vivi dezenove anos e poderia viver cem mais, que jamais veria nada pior. Você não está encantada?

— Estou.

Brangien bufou, mas dera mais risada do que qualquer um dos dois quando Godric, o Belo, confundira o cavalo com sua prometida e fizera avanços românticos para cima do animal. O teatro ficava na parte mais baixa da cidade. Não era nem de longe tão agradável quanto a arena, mas estava igualmente lotado. Os torneios faziam o coração disparar e o sangue ferver, mas as peças faziam o coração flutuar e as lágrimas fluírem.

— Obrigada — disse Guinevere. — Acho que era exatamente disso que estávamos precisando.

Mordred fez uma reverência e um meneio com o braço.

— Sou o servo mais humilde e devotado da rainha.

Brangien debochou:

— Se você é humilde, a poesia de Godric é encantadora.

O cavaleiro cambaleou.

— Assim a senhorita me magoa, bela Brangien. Agora, andem logo, senão seremos flagrados pela guarda e obrigados a passar a noite presos em uma cela para não cometermos nenhuma maldade.

Então ergueu uma das sobrancelhas, dando a entender que não se opunha a nenhum tipo de maldade, deu as costas para as duas e continuou caminhando alegremente em direção ao castelo.

— Pelo jeito, você não se irrita mais tanto com Mordred — comentou Guinevere, observando a silhueta delgada do cavaleiro. Magro, esbelto, quase delicado. Um caniço, comparado com Arthur, que mais parecia um carvalho. Mas era encantador e se movimentava com uma graciosidade surpreendente. Guinevere lembrou-se do modo como Mordred manejara a espada, como se estivesse dançando com ela. E lembrou-se da faísca que sentiu quando ele encostou na sua mão.

Desde então, Guinevere tomava muito cuidado para não encostar na mão do cavaleiro.

Brangien concordou com a cabeça.

— Quando saí correndo do meio das árvores, certa de que o javali ainda estava em nosso encalço e que estávamos prestes a morrer, ele foi o primeiro a me acudir. Gritei que a senhora ainda estava na floresta, e Mordred não pensou duas vezes. Foi direto para lá, correndo. Nem sequer estava com a espada. O que esse homem achava que ia fazer se tivesse deparado com o javali, não sei. Mas sua prontidão calou fundo em mim. É possível que eu o tenha julgado mal. – A dama de companhia ficou em silêncio por alguns instantes e completou: – Ligeiramente. E eu disse apenas "é possível".

Guinevere também o julgara mal. Acreditara que o cavaleiro era seu inimigo. Mas, na verdade, ele amava Arthur tanto ou mais do que qualquer um. A moça suspeitava que ele a observava com tanta atenção porque era a única pessoa que sabia o que acontecera entre Arthur e Elaine. Não queria que ninguém mais magoasse Arthur. E, nesse ponto, Guinevere e Mordred estavam de acordo.

E o cavaleiro entendera por que Guinevere curara Sir Tristão. Sabia que não poderiam praticar magia dentro dos limites das muralhas de Camelot, mas não era rígido a ponto de denunciar as ações da moça na floresta.

Quando entraram no castelo, Guinevere se sentiu à vontade. Algo que poderia se tornar felicidade criara raízes em seu peito. Aquela era uma vida. Uma vida verdadeira. Não uma vida com a qual sonhara ou acreditara que tinha, mas uma vida com a qual poderia se acostumar, com o tempo. Mordred desejou boa-noite às duas, e a moça voltou para os seus aposentos com sua dama de companhia.

Juntas, fizeram os nós com fios de cabelo para que Brangien pudesse ir ter com Isolda enquanto estivesse sonhando. A dama de companhia acreditava que Guinevere fazia um sacrifício ao abrir mão de seus sonhos, noite após noite. Mas Guinevere não queria sonhar. Não havia nada que pudesse ansiar ou ver. E, se Brangien e Isolda só poderiam ficar juntas enquanto dormissem, Guinevere lhes proporcionaria isso. Pelo menos, sua magia era capaz de realizar essa única coisa.

Guinevere se aninhou na própria cama. Ficou mexendo nos fios de barba de Merlin, que ainda estavam amarrados em seu dedo, debaixo de um anel de prata. Poderia ter com o feiticeiro do mesmo modo que Brangien ia ter com Isolda. Mas ainda estava tão brava com ele por tê-la enganado e por ter se permitido cair em uma armadilha, por livre e espontânea vontade. Como um feiticeiro podia ser tão sábio e tão tolo?

Fechou os olhos, feliz de saber que não veria nada.

CAPÍTULO VINTE E UM

Apesar de Camelot já estar fervilhando de expectativa havia duas semanas, parecia que a data do torneio não se aproximava nunca. Lancelote ficou fora da cidade — para proteger sua identidade, suspeitava Guinevere. Apesar de que, vestindo a armadura e falando com a voz mais grave, não era obviamente mulher. Mas isso frustrava aqueles que queriam receber o aspirante em suas casas e palacetes para uma refeição ou ficar observando enquanto o Cavaleiro dos Retalhos treinava.

Finalmente, a véspera do torneio chegou. Ninguém estava mais feliz do que Guinevere naquela noite, pelo dia finalmente ter chegado. Não apenas porque torcia para sua amiga vencer. Nem porque estava ansiosa pela empolgação de assistir à luta.

Não. Era porque, principalmente, isso queria dizer que jamais teria que rever vinte e duas vezes as posições em que cada um ia sentar, para acomodar todas as damas, seus cavaleiros, primos e amigos, sempre tendo em mente quem estava brigado com quem, quem odiava quem, quem ficaria terrivelmente magoado se não se sentasse na frente e quem precisava ser lembrado de que não tinha o direito de exigir um lugar bem perto do rei e da rainha. Guinevere teria preferido uma batalha na arena do que aquela batalha para decidir onde cada um se sentaria.

Mas estava tudo arranjado, o mais arranjado que poderia estar.

A moça queria apenas dormir até a hora de sair de casa. Mas, com Brangien longe, em seus sonhos com Isolda, o sono de Guinevere acabou por lhe escapar. Ela ficou andando de um lado para o outro. Não podia deixar de olhar para o rosto de Brangien com inveja, não por ela estar adormecida, mas pelo tipo de companhia que tinha quando dormia. Guinevere estava formigando por dentro. Parecia que ficara presa debaixo de uma camada de gelo durante todo o inverno e podia sentir o degelo da primavera se aproximando.

Queria sair.

Queria se libertar.

Queria.

Foi até a passagem secreta, bateu na porta do quarto de Arthur e entrou em seus aposentos, mas ele não estava lá. Voltou para os próprios aposentos, decepcionada. Não sabia o que teria feito se tivesse encontrado o rei, mas odiava o fato de que a surpresa de descobrir lhe tivesse sido negada.

Ouviu uma batida inesperada à sua porta. Foi abrir, ansiosa. Não havia ninguém no corredor. Perplexa, fechou a porta. E então ouviu a batida novamente.

Na sua janela.

Que ficava no meio de uma parede bem alta, na lateral do castelo, longe de qualquer passarela. Foi correndo até o vidro, segurando uma vela, espiou lá fora e deu de cara com um rosto, que também a encarava. Mal conseguiu conter o grito e deixou a vela cair.

— Perdão! — gritou uma voz, abafada pelo vidro.

— Lancelote?

Guinevere não conseguia acreditar. Pegou uma capa e se cobriu com ela. E então saiu de fininho pela porta mais próxima e se debruçou na passarela. Lancelote ainda estava pendurada na lateral do castelo, presa apenas pelos próprios dedos e botas.

— O que está fazendo? — sussurrou Guinevere.

Movimentando-se com mais facilidade do que a moça, que pisava na passarela plana, Lancelote escalou a parede até onde Guinevere estava, pulou os últimos metros que faltavam e aterrissou com a destreza de um gato.

— Não consegui dormir — disse Lancelote, parecendo envergonhada. — Perdão. Foi muita presunção a minha.

Guinevere deu risada.

— Não. Foi loucura, não presunção. Como consegue fazer isso?

Lancelote deu de ombros. Espremeu os dedos dos pés contra a plataforma e ficou olhando para baixo, timidamente.

— Estou nervosa. Por causa de amanhã.

— Eu também. — Guinevere contornou com ela uma curva, até uma parte mais abrigada da plataforma, então sentou, fechando a capa. Sentiu-se tímida de repente. Tanto porque estava de camisola quanto porque a última vez que vira Lancelote fora uma ocasião marcada por perigos mortais e intensa agonia. Agora que estava sob o manto da noite de verão, transformada pelo que sabia a respeito de si mesma, não sabia bem o que dizer. — Como tem passado?

— Não deparei com nenhum javali possuído, aranha demoníaca ou espírito aquático vingativo sequer. A floresta é bem monótona sem a sua presença.

Guinevere deu risada e se recostou. Lancelote imitou sua posição. Quando falou novamente, o tom de brincadeira havia sumido de sua voz:

— Estou apavorada.

— Com o quê?

— Com amanhã. Se eu fracassar, tudo se acaba. Meu sonho morre. Não tenho mais nada em que basear meu futuro. E, se vencer... terei que abandonar tudo o que sei e encarar tudo o que sempre quis. Sinto como se estivesse pendurada em um precipício na escuridão, prestes a cair, e não sei se vou sobreviver à queda.

Guinevere entendeu. Muito mais do que Lancelote poderia imaginar. Só que ela vinha andando, confiante, na mesma direção, até descobrir que caíra em um precipício invisível. De certo modo, tinha a sensação de que ainda estava caindo. Aonde iria pousar?

— Por que quer tanto ser tornar cavaleiro? — perguntou.

Lancelote olhou para baixo, para a Camelot adormecida, e respondeu:

— Cresci sob as leis de Uther Pendragon. Meu pai morreu, obrigado a servir em seu exército. Minha mãe... Não sei bem o que aconteceu com ela. Provavelmente, deve ser uma bênção o fato de eu não saber. Fiquei órfã. Sozinha. Sem família, sem futuro. E então jurei que me tornaria o guerreiro que precisava ser para matar Uther Pendragon. Treinei sem parar. Roubei comidas, roupas, trabalhei na lavoura, fingindo ser menino, fiz todo o necessário para sobreviver. E, então, o Rei Arthur matou Pendragon antes que eu pudesse matá-lo. De início, fiquei com raiva. Mas vi as mudanças que o rei introduzira. E me dei conta de que meu plano era pequeno e egoísta, assim como eu. Eu queria matar Pendragon para me sentir melhor. O Rei Arthur o matou para que o mundo inteiro pudesse ser melhor. E então decidi que, em vez de me tornar um guerreiro capaz de matar um tirano, eu me tornaria um cavaleiro capaz de defender um rei. Acredito no Rei Arthur. Acredito em sua história. E tudo o que mais quero é fazer parte dela.

Guinevere assentiu. Entendia aquilo também. Arthur estava construindo algo novo. Algo bom. Algo verdadeiramente nobre. E atraía pessoas que não encontravam isso em nenhum outro lugar. Era esse o motivo pelo qual a maioria dos cavaleiros tinham vindo até ele. Não haviam encontrado a justiça e a integridade que ansiavam por defender onde viviam.

Arthur era como uma chama no meio da noite. Uma marca a ferro e fogo. Mesmo aqueles, como Rhoslyn, que não se encaixavam em Camelot, não guardavam ressentimento da luz que o rei emanava.

Lancelote estava disposta a devotar sua vida inteira a Arthur, assim como tantos outros. Guinevere invejava a certeza dela, sua determinação para se tornar aquilo que sabia que deveria ser. Lancelote havia *nascido* para ser cavaleiro.

Guinevere não nascera para ser rainha. Será que aterrissaria em segurança, ao assumir aquele papel? Será que a queda a mataria? Ou será que continuaria caindo, para todo o sempre?

— Obrigada — disse Lancelote. — Por tudo. Espero que, da próxima vez que nos encontrarmos neste castelo, eu tenha conquistado meu lugar aqui dentro.

— Você já o conquistou. — Por impulso, Guinevere se aproximou e deu um beijo no rosto dela. — Para lhe dar sorte — falou, sorrindo.

Lancelote pôs a mão onde os lábios de Guinevere haviam tocado. Deu um sorriso, levantou, fez uma reverência e então desceu pela parede do castelo. Guinevere ficou lá fora por muito tempo, observando e esperando. Não sabia dizer o quê.

Pela manhã, Guinevere pediu que Brangien fosse para a arena antes dela, resolver algum imprevisto de última hora. Ficar sem sua dama de companhia também queria dizer que poderia ir pelo túnel secreto, com Arthur.

Quando ouviu uma leve batida na porta do seu quarto, foi correndo abrir, feliz e cheia de expectativa. Mal vira Arthur desde aquela conversa em que o rei havia perguntado se Guinevere aceitava ser sua rainha. Os dias de Arthur começavam antes de o Sol raiar e iam até bem depois de o Sol se pôr — isso quando ele dormia no castelo. Mas, pelo menos, naquele dia a moça poderia ficar o tempo todo ao lado do rei. E queria estar ao seu lado, quando ele visse o quanto havia se esforçado, o quanto o torneio fora bem organizado. Era uma prova, para ambos, de que Guinevere era capaz de fazer algo mais do que feitiços de pouca importância. Que era capaz de ser algo parecido com uma verdadeira rainha.

Abriu a porta, radiante...

O rosto de Mordred já fazia uma careta constrangida. A moça tentou não esboçar reação, mas não pôde evitar olhar além do cavaleiro, à procura de Arthur.

— Ele não está aqui. — Mordred olhou para o chão, seus cílios volumosos e escuros taparam seus olhos. — Houve um problema em um dos vilarejos, e o rei teve que resolvê-lo antes de comparecer ao torneio. Pediu que eu a acompanhasse.

— Lamento que seja obrigado a me acompanhar.

— Eu não.

Guinevere ficou sem saber como encarar aquela expressão desafiadora. Seu estômago se revirou quando cobriu a cabeça com o capuz. Seus dedos a denunciaram, tremendo levemente.

Queria ter um relacionamento — apenas um — que fosse simples. Tinha inveja de Brangien e de sua Isolda. Às vezes, ficava imaginando o que as duas faziam durante os sonhos. Às vezes, ficava imaginando o que ela poderia fazer em um sonho, se suas ações não tivessem importância. Não sabia na companhia de quem gostaria de estar em tal sonho, sentindo um fogo baixo e profundo arder dentro dela. Às vezes, era Arthur. E, às vezes...

Guinevere se encolheu dentro do capuz para não ter que olhar para Mordred.

Estava vestida com o mais escuro tom de azul. Mas, em homenagem ao Cavaleiro dos Retalhos, pediu que Brangien fizesse sua veste com diferentes quadrados de tecido azul. O resultado era alegre, reluzente. Mais parecido com água do que a moça gostaria, mas se esforçou ao máximo para ignorar esse fato. Seu capuz era verde-escuro e só ia até os ombros, não era preso à capa, já que o dia estava tão bonito. O seu cabelo cascateava por baixo dele, comprido e com delicadas tranças.

— A rainha está radiante — disse Mordred, lhe dando o braço. Guinevere pousou a mão delicada e cuidadosamente em seu cotovelo.

— O sobrinho do rei também está deveras garboso — respondeu. E mordeu a própria língua rebelde, por ter deixado essa frase escapar.

Mordred ficou tenso quando Guinevere o tocou, mas logo relaxou. A moça não olhou para o cavaleiro, para ver sua expressão. Mas os passos dele eram leves. Alegres, até.

— Não é fácil — declarou Mordred enquanto andavam pelo túnel. — Eu entendo.

— O que não é fácil?

— Amar o Rei Arthur.

Guinevere não gostava daquele assunto. Como queria que aquela conversa chegasse logo ao fim, apertou o passo.

— Sou esposa do rei. Isso é fácil.

— Estamos sozinhos aqui. Não precisamos fingir. Percebi o modo como a senhora olha para ele, querendo ser notada. Conheço bem essa sensação. Arthur... — Ele ficou em silêncio. Guinevere ficou se perguntando há quanto tempo o cavaleiro conhecia o rei. Como seria servir a um tio mais novo do que ele, sabendo que esse rei existia por causa da violência que sua avó sofrera. Sabendo que sua própria mãe tentara matá-lo. Mordred *escolhera* Arthur. Escolhera acreditar nele e em sua causa. Assim como Guinevere. — Arthur é como o Sol. Quando está concentrado em você, tudo é claro e quente. Tudo é possível. Mas o problema de conhecer o calor do Sol é o quanto se sente sua ausência quando ele brilha em outro lugar. E um rei sempre precisa ir brilhar em outro lugar.

A moça não respondeu. Mas o cavaleiro tinha razão. Ela queria mais do que Arthur tinha a lhe oferecer. Mais do que o rei poderia lhe dar.

— Você merece viver sob o Sol constante, Guinevere — sussurrou Mordred, segurando os cipós de modo que a moça fosse obrigada a esbarrar nele ao sair da caverna e voltar para luz do Sol. Em vez de sentir o calor e o brilho do astro, Guinevere tremeu. Havia um lado seu que queria voltar para a caverna. Na companhia de Mordred. De confiar a ele toda a loucura e a solidão que abarrotavam seu coração. Se fosse sincera com Arthur, o rei ficaria magoado. E a moça suspeitava — tinha certeza, até — que Mordred não ficaria magoado. Ele a entenderia.

Em vez de fazer isso, foi correndo até os cavalos. O estábulo estava tão movimentado e caótico que ninguém sequer notou que a rainha aparecera acompanhada de um único cavaleiro. Quando montou no cavalo, ficou cercada por todos os cavaleiros que lutariam naquele dia, além de diversos outros. Sir Tristão. Sir Bors. Sir Percival. Sir Gawain e Sir George, com os quais nunca conversara, e outros tantos cavaleiros de menor importância, que não faziam parte do círculo íntimo de Arthur. E também Sir Ector e Sir Kay, que Guinevere teve o cuidado de evitar. Mordred mudou sutilmente seu cavalo de posição, para que ela ficasse fora do campo de visão dos dois.

— Obrigada — disse Guinevere.

Mordred deu uma piscadela. E a moça foi logo virando rosto.

Os cavaleiros estavam animados, e a energia era contagiante. Lancelote enfrentaria cinco deles antes de encarar Arthur. Os homens se locupletavam e contavam vantagem, e seu entusiasmo foi crescendo à medida que se aproximavam do local do torneio. Aquele seria o grande dia de Lancelote, certamente, mas também seria um dia para se exibir diante de toda a Camelot.

Mais do que apenas Camelot. O fluxo de visitantes, que montaram acampamento em volta da arena, fora constante nos últimos dias. A notícia se espalhara, e toda a região fervilhava de gente. Havia tendas e estandes improvisados montados em todos os espaços possíveis, vendendo comidas, bebidas, tiras de tecido colorido representando os cavaleiros favoritos do público — Guinevere viu várias faixas de retalhos amarradas no braço das pessoas — e tudo mais que alguém com tino para os negócios poderia imaginar que pudesse ser vendido.

Os cavaleiros passaram no meio da multidão, que gritava e dava vivas tão alto que Guinevere teria tapado os ouvidos se não fosse indelicado. Fileiras de bancos talhados grosseiramente haviam sido posicionados em volta de toda a área destinada ao combate. As bandeiras tremulavam nos mastros. Malabaristas e menestréis circulavam, entretendo a plateia enquanto as lutas não começavam. Atrás deles, havia tendas, para o caso de as damas quererem descansar, os cavaleiros precisarem rezar, trocar de roupa ou se preparar de alguma outra maneira. Em posição de destaque, com vista para toda a arena, havia uma plataforma, fechada como uma caixa, com paredes de tecido verde e amarelo. Em cima dela, havia uma enorme cadeira de espaldar alto de madeira, outra menor ao lado, diversas fileiras de bancos para as damas e os cavaleiros que não iriam lutar.

A cadeira destinada a Arthur estava vazia. Guinevere foi até a tribuna de honra e desceu do cavalo. Criados levaram os cavalos dali. A quantidade de coisas com as quais ela tinha que se preocupar era impressionante — com os trajes, seus pulsos, tornozelos, seu cabelo, com quem conversava e por quanto tempo e assim por diante — e, mesmo assim, deixara de se preocupar com outras poucas, como escolher sua roupa, cuidar de suas coisas, preparar a própria comida. Nem sequer tocara em uma moeda desde que chegara a Camelot.

Subiu e ficou debaixo da sombra do camarote real. Parou diante da cadeira que lhe fora reservada e acenou. A multidão gritou, satisfeita. Então Guinevere se sentou e ficou esperando.

Por Arthur.

Ainda não era muito boa naquilo. Ao pensar no quanto ainda teria que praticar aquela espera no futuro, o dia claro perdeu um pouco do brilho.

Brangien veio ao seu encontro, trazendo um cálice de vinho com especiarias. As especiarias eram tão caras que raramente eram usadas. Mas, ao que parecia, os torneios eram ainda mais especiais do que os casamentos. Guinevere bebericou e ficou assistindo, distraída, aos artistas que se revezavam. Dindrane veio se juntar às duas. E não parava quieta, estava toda agitada.

— Algum problema? — perguntou Guinevere.

— Sim. Não. Não sei ao certo. O tempo dirá. — Dindrane pousou a mão sobre a boca, fazendo careta. E então ajeitou seu encantador cabelo castanho e pôs as mãos no colo, bem recatada. — Entreguei meu lenço para Sir Bors. Não sei se o homem faz ideia do que fazer com ele. Mas, se o usar hoje, creio, tenho esperança... na verdade, talvez eu seja cortejada logo, logo.

Guinevere teve vontade de rir só de pensar na inteligente e petulante Dindrane com aquele homem que mais parecia um touro. Mas Sir Bors era um bom homem, no fundo. Arthur confiava nele. E era mais velho. Fora casado havia muitos anos, mas sua esposa morrera no parto. O cavaleiro ainda tinha seu filho e não precisava de um herdeiro. Dindrane seria, *sim*, um bom par para ele.

Guinevere sorriu e passou o braço por cima de Brangien, para dar um tapinha no joelho de Dindrane.

— Estou torcendo para que Sir Bors use seu lenço. E, se não usar, ele é um tolo.

— Ah, não tenho dúvidas de que ele é um tolo. Mas espero, sinceramente, que se torne o *meu* tolo.

Finalmente, Guinevere teve permissão para dar risada. Acomodou-se na cadeira, ainda perscrutando a plateia, à procura de algo. Corrigiu-se: à procura de alguém. Onde estaria Arthur?

Houve um burburinho, uma gota de comoção que se espalhou da plateia para a arena. As pessoas se acotovelavam, aos gritos, empurrando umas às outras para ver melhor. Uma criança que estava nos ombros do pai foi tirada dali e colocada sobre os ombros de outra pessoa. Arthur surgiu no meio da multidão. Não fizera questão de entrar a cavalo. Não fora imediatamente para a plataforma elevada, separada dos demais. Arthur galopou pela arena, e a criança soltou gritinhos de deleite, enquanto o rei fazia de conta que era um cavalo. E então, depois de devolver a criança aos seus pais, Arthur levantou os braços, cumprimentando a plateia.

Guinevere achara que os gritos saudando os cavaleiros haviam sido muito altos, mas aquilo era ensurdecedor. Arthur percorreu toda a arena, passando por cada seção, para que todos tivessem oportunidade de vê-lo. De estar perto dele. Mãos se esticaram, e Arthur também esticou as suas, tocando as da plateia à medida que avançava.

Pulou em cima da plataforma. Guinevere olhou para ele, radiante, mas o rei sequer lhe dirigiu o olhar. Foi logo se virando de frente para o seu povo.

— Camelot! — A balbúrdia se intensificou e, em seguida, tornou-se um murmúrio baixo. — Meu povo! Amigos de perto e de longe! Este é um dia maravilhoso. Não é mesmo? — Mais uma grande comoção. Arthur levantou as mãos, e a plateia ficou em silêncio. — O dia de hoje representa a própria essência de Camelot. O dia de hoje representa tudo o que estamos tentando construir. No dia de hoje, reconhecemos o valor. Testamos a bravura. E recompensamos a força e a bondade! Hoje, o valoroso guerreiro que salvou a vida de minha rainha... — A multidão deu vivas de novo, e Arthur permitiu que continuassem vibrando. Guinevere levantou a mão, cumprimentando as pessoas, apesar de seu único papel naquela narrativa ser estar em perigo e ser salva. Quando pararam de gritar, Arthur continuou: — Ele salvou minha rainha de um animal selvagem e feroz. Mas vocês já o conhecem da arena. Há muito têm assistido ao Cavaleiro dos Retalhos. Hoje, conhecerão Lancelote!

Ao ouvir seu nome, Lancelote foi, a cavalo, até o centro da arena. Guinevere ficou encantada ao ver que ela estava montada na própria égua. O mesmo animal leal, inteligente e cego que cuidara tão bem das duas. Lancelote se virou para o camarote e inclinou a cabeça. Guinevere ficou nervosa por ela.

A multidão estava enlouquecida, em uma empolgação coletiva por, finalmente, ver o Cavaleiro dos Retalhos enfrentar oponentes de verdade. Até agora, Lancelote tinha enfrentado apenas outros aspirantes. Hoje, enfrentaria cavaleiros. Os cavaleiros de Arthur. E não havia ninguém melhor do que eles.

Na verdade, Lancelote enfrentaria mais do que apenas os cavaleiros. Mas um aspirante, durante um torneio, só precisava derrotar pelo menos três cavaleiros em combate, escolhidos por esses mesmos cavaleiros. Não estava escrito em nenhum lugar que o aspirante precisava ser homem.

Arthur se sentou. Virou-se para Guinevere, radiante, e seu entusiasmo era contagiante.

— Tenho um presente para você — disse. Então pôs a mão em uma bolsinha presa na lateral do corpo e retirou dela uma corrente de prata, com pingentes de pedras verdes engastados delicadamente.

Brangien mordeu o lábio, encantada.

— A senhora não pode mais usar joias no cabelo — sussurrou —, mas pode usá-las na cabeça.

— Para uma rainha — disse Arthur, com a voz levemente estridente. — Para a *minha* rainha. — Tentou colocar a joia na cabeça de Guinevere, mas se atrapalhou. Brangien bufou e ficou de pé, assumindo o controle. A moça sentiu o toque gelado da prata em sua testa, e o peso sutil das pedras verdes. Aquela não era uma simples coroa ou um diadema, mas um lembrete. De quem ela era. De quem Arthur resolvera que ela seria.

— Mandei fazer no mesmo dia em que pedi seus fios de ferro — completou o rei. Guinevere, no papel de bruxa, encomendara coisas para protegê-lo, mas Arthur encomendara coisas para fazer dela uma rainha. — Linda — falou o rei, e Guinevere não soube dizer se estava se referindo à sua pessoa ou à joia.

— Obrigada.

A moça passou um dos dedos nas pedras sem vida. Tivera a intenção de unir a magia às suas joias. Mas agora essas joias a uniam a Arthur, o que era uma espécie de magia. Assim esperava.

A multidão gritou, chamando a atenção de Arthur e Guinevere. Sir Tristão, que havia se tornado cavaleiro de Arthur recentemente, seria o primeiro a lutar e acabara de entrar na arena. Um ano antes, estivera ali como aspirante. Como superara apenas quatro dos cinco cavaleiros, nunca teve que enfrentar Arthur. Nenhum dos cavaleiros nomeados por meio do combate enfrentara o rei.

— Quem derrotou Sir Tristão? — perguntou Guinevere.

— Mordred — respondeu Brangien, observando, nervosa, Sir Tristão conferir a parede das armas. Estava a pé, ou seja: decidira não combater a cavalo.

— *Mordred*? — duvidou Guinevere.

— Assim a senhora me magoa — murmurou uma voz atrás dela. Guinevere se virou e deu de cara com Mordred, sorrindo, com olhos entreabertos. Não estava assistindo aos preparativos da luta. Sua postura dava a entender que estava à vontade, desinteressado. — Sempre sou a última barreira entre alguém e o rei. E nunca jamais ninguém passou por mim.

— E foi por isso que pedi para Mordred não participar da

competição hoje — completou Arthur, que não estava prestando atenção direito à conversa. — Eu *quero* lutar contra Lancelote.

As conversas cessaram com os gritos da plateia. Sir Tristão permitiu que Lancelote escolhesse primeiro, entre as espadas sem fio disponíveis. As regras eram simples: o primeiro combatente a acertar um golpe mortal com uma arma de verdade saía vencedor.

Mas "simples" não significava "livre de perigo". Dindrane listou cada um dos ferimentos que já haviam ocorrido durante os torneios. Costelas quebradas eram os mais comuns. Concussões. Braços quebrados. Durante o primeiro torneio, no qual diversos aspirantes haviam tentado conquistar o posto de cavaleiro, um combatente malfadado nunca mais acordou depois de levar um golpe feroz na cabeça.

Torneios não eram brincadeira. Determinavam o destino de um cavaleiro em potencial. E os cavaleiros determinavam o destino de Camelot.

Sir Tristão e Lancelote estavam se rondando. Sir Tristão usava sua própria armadura de couro, reforçada com pedaços de metal, e um capacete, também de metal, que deixava seu rosto à mostra. Lancelote, para deleite da plateia, estava lutando com sua máscara característica.

— A senhora acha que ele é feio? — especulou Dindrane, enquanto os dois lutadores se rondavam. Sir Tristão atacou, e Lancelote se esquivou do golpe com facilidade.

O coração de Guinevere batia disparado enquanto assistia, na torcida. Gostava de Sir Tristão, mas bem queria que ele perdesse.

— Lancelote não é nem um pouco feio.

— E como é que a senhora sabe?

Guinevere ficou petrificada. Teoricamente, jamais vira o rosto de Lancelote. Até parecia que qualquer um perambulava pela floresta, de armadura e máscara, por conta própria, contando com a remota possibilidade de ter a oportunidade de salvar a rainha das garras de um javali selvagem.

Foi poupada de ser obrigada a responder pelo primeiro choque das espadas. Foi como se um feitiço tivesse sido quebrado. A luta começou de verdade. Golpes terríveis eram bloqueados com tanta força que Guinevere ficou arrepiada, só de imaginar o quanto até isso deveria doer. Lancelote se esquivava de todas as investidas de Sir Tristão. Movimentava-se melhor do que o cavaleiro, dançando ao redor dele. Sir Tristão era rápido e forte. Mas Lancelote era mais rápida. Foi para trás, desviando de um golpe poderoso da espada e ficou de joelhos. Ergueu a espada, que parou a poucos milímetros do queixo de Sir Tristão. Se as lâminas dos dois estivessem mesmo afiadas, poderia ter atravessado a cabeça do cavaleiro, de verdade. Até uma espada de mentira teria provocado ferimentos, daquele ângulo.

Sir Tristão foi para trás e atirou a espada no chão. Fez uma reverência. Lancelote levantou e retribuiu. E então ela ficou completamente parada, esperando o próximo desafiante.

— Isso foi arriscado — comentou Mordred, com o rosto apoiado entre a cadeira de Guinevere e a de Arthur.

— Por quê?

— Se Sir Tristão tivesse sido mais rápido, Lancelote estaria de joelhos e não conseguiria se esquivar com agilidade novamente. Lancelote arriscou tudo, contando com uma investida sem garantia.

— Mas funcionou.

Arthur estava batendo palmas ferozmente.

— Sim — disse o rei. — Lancelote é inteligente. Mas, mais do que isso, é corajoso. Não se contém. Mas também demonstrou um tremendo controle. A maioria dos cavaleiros teria dado um golpe de verdade, por questão de orgulho. Fico muito feliz por não ter ferido Sir Tristão.

Brangien estava encolhida na cadeira, exausta, de tão tensa que ficara ao assistir a Sir Tristão lutar. Guinevere deu um tapinha na perna da amiga e disse:

— Ele está bem. Lutou bravamente.

A dama de companhia concordou a cabeça, secando a testa com um lenço. Então comentou:

— O Cavaleiro dos Retalhos é especial. Sir Tristão seria capaz de derrotar qualquer um dos demais.

— Quase qualquer um dos demais — corrigiu Mordred. Guinevere se virou. Ele estava examinando as próprias unhas.

Brangien revirou os olhos e o ignorou.

— Que arma você escolheria? — perguntou Guinevere. — Um cervo feroz, quiçá?

Os olhos do cavaleiro ficaram com um brilho de puro deleite.

— Ah, Lancelote não é, nem de longe, tão temível quanto o Cavaleiro Verde. Para derrotá-lo, coelhos bastariam — respondeu.

— Sir George é o próximo — declarou Arthur, ignorando os dois. Sacudia as pernas, impaciente. Guinevere suspeitou que, se o rei pudesse, desceria do camarote e entraria na arena no lugar de Sir George.

O cavaleiro entrou em um garboso corcel negro, assinalando que a luta seria travada a cavalo. Ergueu a lança e o escudo para a multidão. Que o aplaudiu. Lancelote buscou sua égua. A plateia riu de nervoso. Ouviram-se gemidos por todos os lados. Ninguém queria que o torneio terminasse tão cedo.

— Por acaso o cavalo dele é cego? — O rei estava horrorizado. — Eu teria lhe dado um dos meus! — Então se encolheu na cadeira e prosseguiu: — Não acredito que Sir George irá ganhar só porque seu cavalo é melhor. — Arthur tomou um grande gole de cerveja e ficou fazendo careta enquanto observava Sir George desfilar. Lancelote estava parada, rígida em cima de sua égua. Aceitou o escudo e a lança que lhe ofereceram. — Na próxima, criaremos regras para os cavalos, como temos para as armas. Eu deveria ter verificado. — Dando um suspiro, Arthur foi para a frente de novo, resignado.

Sir George urrou e foi galopando direto na direção de Lancelote. Puxou as rédeas, obrigando seu cavalo a parar de repente. Mas era tarde demais. A montaria de Lancelote havia se virado enquanto ela se movimentava, colocando-a na posição perfeita. A lança de Lancelote voou pelos ares, atingindo, com uma pancada dolorosa, o meio das costas de Sir George, que caiu no chão em seguida.

Os palavrões que Sir George disparou ecoaram pela arena.

A plateia se alvoroçou de novo. Todos se ergueram. A maioria das pessoas usava os bancos não para sentar, mas para ficar de pé em cima. O próprio Arthur levantou de supetão da cadeira, bateu palmas e assoviou sem parar.

— Você viu isso? — perguntou, com um brilho nos olhos. — Guinevere deu risada, balançando a cabeça afirmativamente, mas o rei se virou para trás. Sua pergunta fora dirigida a Mordred. — E montando um cavalo cego!

— Ele atirou a lança. Se tivesse errado o alvo, teria ficado desarmado.

— Eu sei! — Arthur respondeu com um elogio à crítica feita por Mordred. Segurou a mão de Guinevere e a beijou, depois ergueu a sua, sem conseguir se conter. Não se sentou novamente: ficou de pé, debruçado sobre o tronco que cercava o camarote.

Sir Gawain também escolheu lutar a cavalo. Mas, por sua vez, com espadas. Guinevere ficou maravilhada, assim como os demais, com o espetacular controle que Lancelote tinha de sua égua. Os dois eram uma única criatura. Como o animal não conseguia enxergar, não se assustava nem reagia por conta própria. Seguia as orientações de Lancelote com perfeita exatidão. Esta luta foi mais demorada, com repetidos golpes trocados, mas acabou da mesma maneira: com o triunfo de Lancelote.

Com o *triunfo* de Lancelote. Ela conseguira. Guinevere sentiu as lágrimas se acumularem em seus olhos enquanto batia palmas com tanta força que suas mãos doíam, especialmente a que ainda se recuperava da queimadura.

— Três! — gritou Arthur. — Três!

Então levantou três dedos no ar, e a plateia urrou. Lancelote acabara de conquistar seu lugar entre os cavaleiros de Arthur. Em vez de erguer os braços, exultante, ela baixou a cabeça. Em seguida, virou a égua para o camarote do rei e levou o punho cerrado ao peito, abaixando ainda mais a cabeça.

Mas ela ainda não encerrara. Nenhum cavaleiro desistiria antes de chegar o mais longe possível. Era uma questão de orgulho. Sir Percival foi correndo para a arena. E também escolheu a luta de espadas. Só que estava descansado, e Lancelote já derrotara três cavaleiros. Mesmo assim, a luta terminou quase no mesmo instante em que começou.

Dindrane gargalhou e disse alto o suficiente para que sua cunhada, sentada atrás, ouvisse:

— Ah, Brancaflor ficará tão envergonhada...

Aquele fora o quarto. Faltava um. Sir Bors entrou na arena e, sabiamente, também abdicou do combate a cavalo. Dindrane soltou um gritinho e segurou o braço de Brangien.

— Olhe! Olhe! No braço dele!

O lenço branco tremulava ali, feito uma bandeira. As amigas de Guinevere haviam lhe dado tantos motivos para ficar feliz naquele dia. Lancelote seria nomeada cavaleiro, e Dindrane tinha um pretendente que, apesar de ligeiramente ridículo, lhe daria uma vida feliz e confortável.

Dindrane, com lágrimas nos olhos, se virou para Guinevere.

— Obrigada — disse, em uma voz tão baixa que mal dava para ouvir, por causa dos gritos da plateia.

— Por que está me agradecendo? Sir Bors é que reconheceu o prêmio quando ficou diante dele.

A dama sacudiu a cabeça e respondeu:

— Ninguém no castelo prestava atenção em mim antes da senhora. A sua bondade... — Então parou de falar e secou as lágrimas. — Bem... A senhora tem razão. Sir Bors simplesmente teve o bom senso de me conquistar antes que alguém o fizesse.

Guinevere ficou radiante e se debruçou por cima de Brangien para dar um abraço em Dindrane. Até a dama de companhia deu risada e a abraçou.

Dindrane gritou o nome de Sir Bors, mas seus gritos foram abafados pelo coro que clamava "Lancelote". Sir Bors foi até o estande de armas. Não vivera tanto apenas por uma questão de sorte. Com apenas um braço sadio, ficaria em desvantagem em qualquer combate que exigisse o uso de um escudo. Mas vira como o outro cavaleiro era rápido com a espada. Por ser bem mais velho, Sir Bors não conseguiria atingir a mesma velocidade que Lancelote.

Mas ganhava de qualquer um no quesito força bruta. Escolheu uma maça bem pesada, com corrente, e ficou girando a arma no ar, para testá-la. A plateia ficou em silêncio. Entenderam a estratégia. Apenas o mais forte dos homens poderia brandir aquela arma com alguma destreza ou habilidade. E ninguém jamais vira Lancelote usá-la na arena.

— Maldição — resmungou Arthur.

Guinevere também ficou arrasada. Queria que Lancelote derrotasse todos os cinco cavaleiros. Assim, nem um sequer poderia se opor à sua nomeação.

Lancelote pegou a outra maça com corrente. Sir Bors fazia a arma parecer um brinquedo. Mas, nas mãos de Lancelote, ficava claro o quanto era pesada. Aquela era uma arma de força bruta, feita para estraçalhar coisas. Escudos. Armaduras.

Pessoas.

Era difícil imaginar que um golpe de maça, mesmo *sem* as pontas afiadas, não causaria sérios danos em quem o recebesse. Guinevere esfregou a ferida, ainda cicatrizando, por baixo da manga. Queria que Lancelote vencesse todas as lutas. E, pela primeira vez, temia que não fosse possível.

Sir Bors girou a maça presa à corrente, tão rápido que o ar assoviou. Andou em volta de Lancelote, rodopiando a arma, em uma velocidade crescente. Ela não tirou os pés do lugar e manteve sua maça no chão.

O cavaleiro mirou nas costelas de Lancelote. Que foi para trás bem rápido. A maça roçou na sua armadura, fazendo-a guinchar. A velocidade e a força do golpe projetaram Sir Bors além de Lancelote. Sem perder o impulso, o cavaleiro rodopiou, seguindo o movimento daquela bola absurdamente pesada, para dar outro golpe. Lancelote estava preparada. Abaixou-se e, em vez de girar a maça, a manteve firme no chão. Com a velocidade de um raio, enrolou a corrente na perna de Sir Bors.

O cavaleiro, com seu próprio impulso excessivo, caiu para a frente, no chão. Lancelote foi logo se arrastando até suas costas e pressionou o joelho contra a base da coluna de Sir Bors, para que não conseguisse levantar. E então ergueu a maça com dificuldade e a posicionou com cuidado na base do crânio do oponente.

— Isso foi trapaça! — gritou Dindrane.

Sir Bors estava tremendo. A plateia ficou em silêncio. Será que estava ferido? Lancelote levantou, parando de pressionar as costas do cavaleiro. Sir Bors rolou e ficou de costas, e a fonte de seu tremor foi revelada: estava dando risada.

Urros tremendos ecoaram pelos ares. O cavaleiro estendeu a mão sadia, e Lancelote a apertou, ajudando o cavaleiro a levantar. Sir Bors sacudiu o dedo, repreendendo a jovem lutadora. Em seguida, segurou sua mão e a ergueu no ar.

A plateia enlouqueceu. Lancelote conseguira. Ela havia derrotado todos os cinco cavaleiros.

Arthur foi quem gritou mais alto. Subiu na plataforma de madeira e pulou na arena. Chegara a sua vez.

E Guinevere ficou sem saber por quem torcer.

CAPÍTULO VINTE E DOIS

Guinevere não queria olhar e não conseguia tirar os olhos da arena.

Arthur foi direto até Lancelote, segurou seu ombro e chegou bem perto.

Ninguém conseguiu ouvir o que foi dito. Guinevere sentiu uma pontada de ciúme tão cega quanto as espadas do torneio. Não porque sabia que Lancelote era mulher. Mas, se Lancelote se tornasse um cavaleiro, conheceria Arthur de um modo que Guinevere jamais poderia conhecer. Provavelmente, até veria mais o rei do que ela.

E talvez fosse um *pouquinho* porque Lancelote era mulher. O que Arthur pensaria quando descobrisse?

A moça se deu conta de que também gostava do fato de conhecer Lancelote de um modo que ninguém mais conhecia. Perderia isso. A proximidade, a intimidade da conversa que tiveram na passarela, tarde da noite, desapareceria. Todo mundo conheceria Lancelote do mesmo modo que ela, e Arthur a conheceria ainda melhor.

O rei se afastou de Lancelote e brandiu Excalibur. A plateia se alvoroçou. O estômago de Guinevere se revirou. Apertou a barriga: de repente sentia frio e calor ao mesmo tempo.

— *Milady?* — chamou Brangien.

A moça levantou e caiu em seguida. A dama de companhia se ajoelhou ao seu lado. Guinevere estava zonza. Seu corpo inteiro tremia.

— O que foi? — perguntou Mordred, aproximando-se das duas.

— O vinho, talvez? As especiarias?

— Será que ela precisa tomar um ar? — perguntou Dindrane.

Mordred encostou seus dedos macios no rosto de Guinevere. Aquela faísca que vinha do cavaleiro a atingiu, e ela se agarrou àquilo desesperadamente, como se tivessem lhe jogado um salva-vidas. Sentia-se desmesuradamente distante, presa em algum lugar, bem lá no fundo.

— Guinevere — sussurrou Mordred. — Guinevere, onde você está?

E então, com a mesma velocidade que surgiu, o mal-estar passou. Ela ficou arrepiada, fechou os olhos e os abriu em seguida, com grande dificuldade.

— Não sei o deu em mim.

— A senhora desmaiou — declarou Dindrane, confiante. — Muita emoção. É por isso que as damas não lutam.

Mordred segurou Guinevere pelo braço e a ajudou a se sentar de novo na cadeira. Brangien lhe deu um lenço. A moça o pressionou contra o rosto e desejou estar de volta ao castelo, sozinha. Mas estava ali, e era a rainha. O peso das pedras na sua testa não a deixava esquecer. Olhou para a arena, preocupada, para a plateia, mas ninguém observava o camarote real. Não quando Arthur e Lancelote estavam presentes na arena.

O rei havia embainhado Excalibur e a deixado no estande de armas. Aquela maldita espada... Conversava alegremente com Lancelote, apontando para várias armas, como se estivessem escolhendo frutas de uma travessa.

Mordred ainda estava agachado ao lado de Guinevere e perguntou:

— A senhora tem certeza de que está bem?

— Sim, obrigada. Foi muita emoção.

— *Hmmmm*. — O cavaleiro olhou para a arena. — Creio que sim. Pelo menos, não resolveram lutar dentro de dois botes, não é mesmo?

Mordred deu um sorriso travesso para Guinevere. Que fez careta e atirou o lenço nele. O cavaleiro pegou o lenço no ar, guardou-o no colete e então voltou para o seu lugar.

Guinevere tentou espantar aquela sensação persistente de pavor e vazio. Parecia que não comia havia dias. Brangien, sempre observando, lhe passou uma tigela com frutas silvestres e nozes. Ficou mordiscando, nervosa.

Arthur escolheu as espadas longas. Não foi uma decisão surpreendente. O rei se saía bem com qualquer arma, mas Excalibur era uma espada longa. Atirou uma delas para Lancelote e então foi, com passos decididos, até o centro da arena. A plateia ficou em silêncio, na expectativa. Em todos os torneios já disputados, ninguém conseguira chegar a ponto de desafiar Arthur. Lancelote era a primeira. E, apesar de muitos dos homens de Camelot serem convocados para a guerra, a maioria dos espectadores jamais vira Arthur lutar.

O rei não sacudiu nem balançou a espada, como faria um cavaleiro tentando entreter a plateia. Como os de Lancelote, seus movimentos eram tranquilos, calculados. Contidos.

E esse foi o motivo para todos se espantarem quando ele avançou, a uma velocidade vertiginosa, sua espada, um raio. Lancelote se esquivou do golpe, as espadas de ambos chisparam. Mas Arthur continuou avançando, com antebraços estendidos, fazendo Lancelote perder o equilíbrio. Ela girou, se soltou e o golpeou com a espada. Arthur revidou dando mais um, dois, três golpes. Lancelote agitou a arma, como se tentasse matar insetos no ar, desesperada, mas só conseguiu redirecionar os golpes para não atingir seu próprio corpo. Arthur não lhe dava abertura, era inclemente. Lancelote conseguia pouco mais do que neutralizar e se esquivar.

— Ótimo! — gritou Arthur, quando Lancelote se esquivou de outro. E deu risada, estufando o peito.

Lancelote atacou, e o rei levantou a espada, para bloquear. E ficou assim segurando a arma da oponente, obrigando Lancelote a continuar investindo naquele golpe. Só que Arthur era mais alto; seus ombros, mais largos; seus braços, mais poderosos. Empurrou a espada com mais força, e Lancelote foi cambaleando para trás, perdendo o equilíbrio pela primeira vez em todas aquelas lutas. Ela caiu. A plateia soltou um suspiro de surpresa. Mas Lancelote seguiu em frente: rolou no chão e levantou as pernas, pegando impulso. Caiu de joelhos no chão, e logo ficou de pé. Sem soltar a espada nem por um instante.

Arthur deu risada novamente, encantado. E então atacou. Ficou claro que o rei estava se contendo até então. Sua espada reluziu ao sol, com um brilho cegante. Lancelote se abaixava e avançava, bloqueava a espada e se esquivava dos golpes. Um golpe especialmente brutal a derrubou mais uma vez, de costas no chão. Arthur sacudiu a arma, parando a poucos milímetros do pescoço dela.

A espada da própria Lancelote estava erguida, bem reta, pressionando a barriga do rei.

Nenhum dos dois se mexeu.

Ninguém deu um pio.

E então Arthur atirou sua espada no chão, gritando de alegria. Segurou a mão de Lancelote e a fez levantar, ergueu a mão da lutadora no ar junto com a sua.

— Sir Lancelote! — gritou. — Cavaleiro de Camelot!

E então a abraçou, dando tapinhas nas costas dela.

Depois do torneio, veio a comemoração. E, se Guinevere achara o torneio violento e barulhento, é porque não tinha ideia de como era uma comemoração com milhares de pessoas embriagadas e deveras extasiadas.

Segurou-se em Brangien, porque até a área em volta do camarote agora estava repleta de torcedores, na luz do crepúsculo. Sua cabeça zunia por causa do barulho incessante. Tudo cheirava a cerveja e vinho. Seu estômago ainda não se recuperara da síncope que tivera, nem seus nervos. Queria dar os parabéns para Arthur, brindar com Lancelote, mas fazia horas que não via os dois. Dindrane e Sir Bors estavam escandalosamente próximos em um canto escuro, cochichando. Sir Tristão viera ver como Brangien e Guinevere estavam, mas foi puxado por Sir Gawain, que queria que o amigo fosse buscar mais bebida com ele.

E quem quer que estivesse fornecendo as bebidas seria o maior vencedor daquele torneio.

— Podemos ir para a tenda? — gritou Guinevere.

Brangien assentiu. Foram atravessando no meio da multidão. Estava escuro demais ou as pessoas estavam bêbadas demais para se dar conta de que deviam abrir caminho para a rainha. A tenda, pelo menos, ficava separada de boa parte da turba. Guinevere se sentou em uma almofada, dando graças. Só de ter algo que servisse de escudo entre ela e a balbúrdia, já se sentiu melhor.

— Vou pegar algo para comer e algo para beber. Mas nada de vinho com especiarias! — Brangien deixou Guinevere dentro da tenda, com um lampião.

A moça se recostou na almofada. Deveria estar feliz. Lancelote vencera. Ninguém poderia negar sua façanha. Ela agora seria um dos cavaleiros. Guinevere podia *sentir*. Se alguém tivesse descoberto que Lancelote era mulher, tinha certeza de que isso teria chegado aos seus ouvidos. Era melhor levar Lancelote de volta para o castelo, para longe da multidão, e tentar encontrar uma saída lá. Tinha certeza de que Arthur apoiaria Lancelote. Não havia motivo para cancelar sua nomeação.

Soltou um suspiro. Aquele fora um bom dia de trabalho. Ajudara mais de uma amiga. Planejara um torneio que seria comentado durante anos. Por que não se sentia mais feliz? Estava sendo rainha, como Arthur sugerira. Como Merlin queria.

Mas isso não bastava.

Antes, tinha certeza de seu propósito, de seu lugar no mundo. Agora, sentia que tudo o que era dependia de Arthur. Sabia que Camelot sempre viria primeiro. Precisava vir primeiro.

Mas e quando *ela* precisasse de alguém? Tamborilou os dedos nas pedras frias que o rei lhe dera.

Então ouviu o farfalhar da abertura da tenda.

— Obrigada — disse.

— Não agradeça ainda. Você sequer olhou.

Guinevere sentou, surpresa, ao ver Mordred ajoelhado ao seu lado.

— Pensei que fosse Brangien!

— Não são muitas as pessoas que nos confundem. Sou muito mais belo do que ela. A senhora ainda está se sentindo mal?

Então esticou a mão para sentir a temperatura de sua testa. Guinevere a afastou com um tapa.

— Brangien já vai voltar com algo para comer.

— É mesmo? Ou será que foi raptada por Dindrane, para dar conselhos a respeito do tempo que uma dama precisa esperar para se casar com um cavaleiro?

Mordred sentou e ficou apoiado nos cotovelos.

— Arthur sabe que você está aqui?

— Arthur sabe que *você* está aqui? — Mordred podia confirmar suas suspeitas pela expressão de Guinevere. Ficou sério, endireitou-se e se aproximou dela. — Guinevere... — falou, e a luz fraca do lampião bruxuleou, refletida em seus olhos verdes, escuros como uma floresta. — Meu tio é um bom homem. Mas não é um bom marido. E jamais será.

— Não é bem assim — sussurrou Guinevere.

Mordred ergueu uma das sobrancelhas e perguntou:

— E como é?

— É como... uma parceria. Mas não é a parceria que eu esperava. E estou tentando descobrir como eu gostaria que fosse.

O cavaleiro levantou a mão e passou o dedo em uma mecha de cabelo que se soltara da trança da moça. Colocou os fios atrás da orelha dela e manteve seus dedos ali. Guinevere tremeu.

— Você está com frio?

E então o cavaleiro se aproximou ainda mais. Seus olhos mantiveram Guinevere parada no mesmo lugar. Aquele olhos, sempre observando, sempre enxergando. Mordred prestara atenção nela desde sempre. Em qualquer recinto que estivesse, Guinevere era o centro das atenções para ele. Sabia disso. Assim como sabia que jamais seria o centro de nada para Arthur.

O cavaleiro percorreu a distância que os separava e roçou seus lábios contra os dela. A mesma faísca que Guinevere sentira quando encostara na mão de Mordred se fez presente, intensificada. Soltou um suspiro de surpresa, e ele a puxou mais para perto, pressionando a boca contra a sua. Mordred estava com as mãos nas costas de Guinevere, Guinevere com as mãos no cabelo de Mordred. Podia sentir o gosto do quanto o cavaleiro a desejava, do quanto seu desejo era tenebroso e ardente.

Guinevere jamais soubera o que é ser desejada. Era algo mais doce do que os abrunhos, mais inebriante do que o vinho.

Mordred segurou seu braço, deslizando a mão por ele, tirando a mão dela do seu cabelo para posicioná-la em outro lugar. Mas seus dedos apertaram a ferida de Guinevere. A pontada de dor a assustou, tirando-a daquela névoa de desejo na qual se perdera.

A moça se afastou, colocando a outra mão sobre a boca. Sacudiu a cabeça.

— Mordred... — sussurrou. — Não podemos fazer isso.

A luz que brilhava nos olhos dele foi se apagando lentamente, como a luz dos carvões em brasa. O cavaleiro baixou a cabeça e disse:

— Por favor, perdoe-me. Eu *jamais* faria mal a Arthur. Jamais roubaria algo que ele ama. Mas, Guinevere... — Mordred ergueu o rosto novamente, com uma expressão de dor e de súplica. — Arthur não ama a senhora. Eu amarei. Eu amo.

Ela não respondeu. Não podia, estava petrificada por seu próprio conflito interno. Será que havia traído Arthur? Não era sua esposa. Não de fato. E Mordred tinha razão. Arthur não a amava. Jamais lhe pedira nada além de amizade. Guinevere era uma companheira para o rei, mas nunca uma prioridade.

Para Camelot, era a rainha. Em seu coração, era uma moça que se perdera. Era Guinevere e não era sequer Guinevere. Não tinha um propósito. E queria, com todas as forças, que alguém a desejasse.

Aquele tempo todo, pensara no que estava obrigando Arthur a abrir mão por sua causa. Naquela noite, como se levasse uma facada no coração, sentiu o que *ela* estava abrindo mão por causa de Arthur.

Mordred interpretou seu silêncio como uma negativa. Levantou.

— Perdoe-me — sussurrou, mais uma vez. E então saiu da tenda.

Guinevere aproximou os joelhos do rosto e os abraçou. Como é que tudo tinha ficado tão complicado? Enfrentar a própria Rainha das Trevas lhe pareceu mais simples do que tentar ser uma rainha que não era rainha, para um rei que não precisava dela.

Quanto Arthur já não sacrificara durante sua vida, quanto abrira mão do que queria fazer e do que queria ser em nome da segurança de Camelot? Será que Guinevere seria capaz de fazer a mesma coisa? Será que seria capaz de viver para todo o sempre ao lado de Arthur, perto de Arthur, esperando que o rei precisasse dela?

Não. Aquilo não bastava. Ela sairia daquela tenda, encontraria Arthur e lhe daria um beijo. Certamente, sentiria a mesma coisa que sentiu com Mordred. Tudo lhe parecia novo e diferente, tudo havia mudado. E agora usaria um beijo para mudar tudo em relação a Arthur.

Mas e se o beijasse e nada mudasse? O que faria, então? Aquela distância tácita que havia entre os dois lhe trazia segurança. Se Guinevere acabasse com essa distância, jamais poderiam voltar atrás.

Lancelote tivera a coragem de pular de seu precipício, sem saber o que a queda lhe reservaria. Guinevere também teria a mesma coragem.

Ouviu passos do lado de fora da tenda. Levantou o rosto, secou as lágrimas, apressada. Não sabia quem esperava ver. Brangien? Lancelote? Arthur?

Mordred?

O homem que entrou usava capa preta, capuz preto e segurava um grande saco de aniagem. Jamais o vira na vida.

— Boa noite, rainhazinha.

Guinevere não teve tempo de gritar antes que tudo se tornasse trevas.

Os homens são tolos famintos.

Se não conseguem comer, vestir ou usar, matam do mesmo jeito. Alastram-se feito fungos no coração do mundo. Levante qualquer pedra e irá encontrar um homem embaixo.

Mas isso não é bem verdade. Os fungos, ao menos, crescem e alimentam outras formas de vida. Os homens apenas devoram. Moldam tudo à sua imagem e semelhança. De acordo com as suas necessidades. Florestas são derrubadas para dar lugar aos seus lares. Campos são obrigados a suportar seus frutos, seus grãos, suas decisões. Os fungos apenas matam. Os homens transformam. *Os homens impõem ordem à natureza. Os homens derretem rochas e fazem metal, ferro afiado para perfurar e matar. O que ela pode fazer contra tamanho veneno?*

Ela foi expulsa para longe demais, por tempo demais. Mas Merlin, o grande defensor dos homens, está vedado, fora do alcance. O caos emerge de Camelot. Onde há caos, há frestas. E, onde há frestas, coisas secretas podem brotar.

Ela esteve esperando para que todas as sementes que havia plantado germinassem e crescessem, se emaranhassem, sufocassem o que o rei usurpador tentara roubar. Ela precisa da rainha-que-não-é-rainha e do seu coração feito de caos.

Mas outra pessoa a raptou.

CAPÍTULO VINTE E TRÊS

Guinevere acordou com um ruído de água corrente. O que era pior do que sua dor de cabeça latejante.

— Bom dia, minha cara dama — disse o homem.

Ela se sentou e logo se arrependeu, porque tudo girou.

— Não sou sua dama — falou.

— Mas é a dama de Arthur, o que atende muito melhor às minhas necessidades.

Guinevere segurou a cabeça com uma das mãos e piscou até o ambiente se tornar nítido. Estava em um casebre úmido. Alguns buracos perto do teto deixavam entrar lâminas de sol, que pouco faziam para cortar a escuridão da pequena construção. As paredes eram de pedra, mal encaixadas. O chão era de terra batida, misturada com lascas de pedra caídas das paredes. Não conseguia ver a água, mas podia ouvi-la, por todos os lados.

O homem ficou de pé perto dela, com as mãos unidas atrás das costas. Era mais baixo do que Arthur, e mais atarracado. Tinha um poder denso, a força brutal do javali. Seu cabelo, trançado para trás, revelando o rosto, tinha fios cinzentos, como o ferro. Seu olhar não era cruel nem bondoso. Não transmitia nenhuma emoção, nenhuma expressão. E, de certo modo, era mais assustador assim. Guinevere imaginou se aqueles olhos se mexiam quando o homem dava risada. Suspeitava que não.

Maleagant revelado. Gostava mais dele quando estava borrado. Gostava mais dele quando Arthur estava ao seu lado.

Guinevere se sentou em cima das pernas. Ninguém havia mexido nas suas roupas. Mas, em algum momento, seu capuz e a joia que Arthur lhe dera haviam sumido. Um movimento chamou a sua atenção. Olhou para trás e deu de cara com outros dois homens, parados perto de uma pesada porta de madeira. A porta era a única parte da construção que parecia nova.

Sua voz saiu fria como as pedras:

— Sir Maleagant.

— Sem gritos nem súplicas. Ótimo. Gosto das moças do sul. São sempre bem criadas. Como cachorros, instruídas desde o nascimento para servir ao seu propósito. Obedecer ao dono. — Maleagant se agachou, ficando cara a cara com Guinevere. — Agora, eu sou seu dono. — Então lhe deu um tapa. O impacto lançou a cabeça da moça para o lado, fazendo-a zumbir de novo, por causa do golpe que levara na tenda e a deixara inconsciente.

Estava acostumada a sentir dor, graças às exigências da magia. Aquilo doía, mas não era insuportável.

Maleagant esperou até Guinevere virar o rosto para ele de novo.

— Tenho algumas perguntas para fazer. Responda sinceramente.

— Responderei sinceramente ou não direi nada — disse Guinevere.

— Isso é ótimo.

Então lhe deu outro tapa. Desta vez, ela caiu no chão. Por um instante, permitiu-se ficar deitada. Então levantou. Sentiu uma felicidade atroz por estar ali no lugar da verdadeira Guinevere, sofrendo aquele castigo. Pelo menos, a pobre e falecida Guinevere não estava apanhando.

O que não era nada racional. Mas era algo ao qual Guinevere podia se apegar. Algo que a fazia se sentir mais forte do que realmente era.

— Você ainda não me fez nenhuma pergunta.

— Acho melhor castigar os cachorros antes que demonstrem desobediência. Medida preventiva. Eis a sua pergunta. — Maleagant se aproximou, examinando rosto de Guinevere. E então passou a mão em uma de suas tranças, agora solta. — Arthur ama você?

Guinevere não conseguia pensar em uma pergunta que gostaria menos de responder. Era justamente para essa pergunta que estava prestes a descobrir a resposta. Antes de ser raptada. Agora jamais saberia.

— Ele gosta de mim.

O homem levantou a mão, e ela se encolheu. E então Maleagant acenou a cabeça e falou:

— Acredito em você. Será que Arthur sacrificaria Camelot para ter você de volta, sã e salva?

Aquela não era uma pergunta difícil. Arthur sacrificaria qualquer coisa para proteger seu povo. Incluindo ela. Guinevere sabia que isso era verdade, e por isso Arthur era rei. E se sentiu triunfante e desesperada em igual medida ao se dar conta de que não poderia ser usada contra Arthur. Por um breve instante, permitiu-se desejar que o rei a amasse tanto a ponto de abrir mão de tudo por ela. E então abandonou esse pensamento. Um dia, pensara que seria capaz de morrer por Arthur. Não tinha a intenção de provar isso para si mesma tão cedo.

— Sei que não sacrificaria — respondeu.

Maleagant coçou o queixo.

— Que azar. Eu tinha esperanças de que uma coisinha bonita e frágil feito você atiçaria essa necessidade cega que Arthur tem de proteger tudo. Temo que a minha querida Elaine o tenha estragado. — Em seguida ficou em silêncio, com a cabeça inclinada para o lado, olhando não para o rosto de Guinevere, mas para o seu tórax. — Por acaso está esperando um filho?

A moça cerrou os punhos. Naquele momento, foi uma benção ter sido esposa de Arthur apenas de nome.

— Não.

O homem suspirou.

— Ainda bem. Não sou um homem paciente. Não posso esperar por meses. Por acaso percebeu que não lhe bati, apesar de suas respostas não serem as que eu esperava? Você disse a verdade. Isso é bom. — Maleagant se sentou na frente dela, apoiou-se em um dos braços e espremeu os olhos, pensativo. — Eu poderia vendê-la para os pictões. Não conhecem tão bem a *nobreza* da corte de Arthur quanto eu. É capaz que pensem que podem trocá-la por algum tipo de vantagem. — Tamborilou os dedos no joelho e completou: — Ou poderia oferecer a sua morte para os pictões em troca de uma aliança. Eles não ficaram felizes com o fato de Arthur não querer se casar com nenhuma de suas filhas. Se você se for, ele poderia estar disposto a se casar de novo. E o seu pai mora muito ao sul para me causar problemas, caso eu venha a matá-la.

Guinevere fora para Camelot para proteger Arthur. Não apenas não conseguira, como também seria usada contra ele. O rio que corria do lado de fora, em algum lugar, a cercou, sussurrou que ela jamais nascera para aquilo. Que jamais seria capaz de ser aquilo. Que deveria ter deixado que a água se apoderasse dela há muito tempo.

Guinevere não queria morrer. Se aquele era um jogo do tipo que as peças se movimentam constantemente, tinha que convencê-lo de que movimentá-la era a melhor estratégia.

— Isso lá é verdade. E meu pai tem outra filha, assim como filhos, então não será uma perda terrível. Tampouco acho que você corre o risco de Arthur dar início a uma guerra por causa da minha morte. Seria um preço alto demais a pagar por uma simples vingança. Agora, me oferecer para os pictões em troca de algo é a melhor opção. Fazê-los pensar que podem me usar para barganhar e conseguir o seu dinheiro ou as suas terras desse modo. Mas corre o risco de atrair a ira deles a longo prazo. Acabará se tornando inimigo de Arthur *e* dos pictões.

Se a moça fosse entregue para os pictões, teria que viajar. E, então, qualquer coisa poderia acontecer. Ali, não estava desprovida de poderes, mas não podia correr o risco de fazer feitiços. Ainda não. Se revelasse o que era capaz de fazer e conseguisse escapar ou fosse devolvida a Camelot em troca de algo, a notícia se espalharia. O próprio Arthur sofreria com a repercussão de ser um rei cristão casado com uma bruxa, o que serviria mais aos propósitos de Maleagant do que a sua morte.

Limpou a sujeira do chão que ficara no seu rosto e alisou as saias.

— Eu *realmente* acho que tenho mais valor viva do que morta, mas presumo que a maioria das pessoas pensa assim a respeito de si mesma.

— Você tem certeza de que Arthur não a ama? Você é uma rainha deveras incomum. Eu me enganei em relação ao modo como criam as princesas lá no sul.

Guinevere o encarou e não desviou o olhar. Teoricamente, era rainha. A esposa que Arthur, o maior rei do mundo, escolhera. Ela podia ser forte.

— Peça por mim um resgate menor do que Camelot. Fronteiras. Cavalos. Prata. Pode ser que consiga arrancar essas coisas do rei.

— O seu problema é pensar que vou me contentar com algo menor do que Camelot.

A moça fechou os olhos e assentiu. Magia, então. Tentou invocar o fogo. Só o havia invocado para limpeza, não sabia se poderia empregá-lo para outra coisa, nem sabia se queria. Será que poderia usar o fogo como arma? Poderia transformar a magia de algo para proteger aqueles que amava em algo devorador?

Merlin faria isso.

Sentiu um calafrio só de pensar. Aquilo lhe parecia um limite que, assim que ultrapassasse, não poderia voltar atrás. Muito pior do que a magia das lembranças. Mas aquele seu dilema era desnecessário. Cercada por água, tomada pelo medo, não tinha forças sequer para criar uma faísca. Não tinha nada para alimentar o fogo. Que a abandonou.

— Uma última pergunta. Você está ouvindo?

Guinevere abriu os olhos.

— Já faz algumas semanas que meu espião está nas docas de Camelot. E me informou de algo deveras interessante. Em diversas ocasiões, a rainha não entrou em um barco e, mesmo assim, chegou à beira do lago. E, diversas vezes, a rainha não desceu nas docas, nas únicas docas que existem em Camelot. E, mesmo assim, chegou ao castelo! Por acaso você é mágica?

A moça deu risada. Não conseguiu se segurar.

Felizmente, Maleagant entendeu isso como um "não".

— Ou seja: existe outra maneira de entrar no castelo. Diga-me qual é, e permitirei que continue sendo rainha de Camelot. — Ele ficou em silêncio e lhe fez uma proposta, com seu sorriso de olhar morto e estendendo a mão. — Ao lado do novo rei.

Guinevere imaginou Maleagant entrando sorrateiramente pelo túnel. Entrando no castelo antes que qualquer um percebesse sua presença. Derrotando Camelot a partir de seu coração. Nenhum dos feitiços tolos que usara para proteger as portas poderia manter aquele mal do lado de fora. Protegiam Arthur da magia, mas Maleagant era o mais humano dos homens. Uma magia mais tenebrosa e mais poderosa do que ela seria capaz de dominar precisaria ser empregada contra um homem cuja ambição era tão maligna e indomável.

Ela poderia se satisfazer com o fato de saber que aquele homem jamais derrotaria Arthur. *Teria* que se satisfazer com isso, porque temia que a sua própria vida duraria muito pouco. Então era assim que ela protegeria Arthur. Não com magia, não com poder. Com silêncio.

— Jamais lhe contarei — declarou.

— Então essa maneira de entrar existe.

Ele sorriu e, finalmente, o sorriso chegou aos seus olhos. As rugas que ali se formaram contaram uma história de violência, de crueldade. E prometiam um futuro com as mesmas características. Maleagant ficou de pé, pegou Guinevere pelo braço e a obrigou a levantar com tanta força que a moça soltou um grito de dor. Os homens abriram a porta, e Maleagant a empurrou até que avançasse o batente. Ela cambaleou nas rochas, olhando para baixo, para aquele rio caudaloso e ávido.

Tentou voltar para dentro do casebre, mas Maleagant estava atrás. Segurou-a pelos dois braços e a levantou. Guinevere ficou pendurada, indefesa, em cima do rio.

— Quer saber o que mais o meu espião nas docas me contou? Que a linda e jovem rainha de Camelot tem *pavor* de água. Todo mundo reparou. Deveria saber que precisa esconder seus pontos fracos. — Então a sacudiu, e Guinevere gritou, olhando para baixo.

A água. Turva e eterna, acima de sua cabeça. A luz, tão distante, mas não conseguia chegar até ela, não conseguia...

E aquele frio...

E ouviu uma voz, que a chamava...

Chamava...

Não Guinevere. Então quem?

Maleagant a sacudiu de novo. Ela segurou as mãos daquele homem, tentando se agarrar aos seus pulsos.

Mordred era uma faísca.

Arthur era um poder constante e quente.

Maleagant era *frio*.

O corpo de Guinevere amoleceu, e ela fechou os olhos. Sempre soubera que encontraria a morte na água. Será que sabia o que iria atrás de Merlin? Será que estava vindo atrás dela também? Ficou se perguntando se fora o próprio Merlin que lhe incutira aquele pavor de água, do mesmo modo que havia lhe transmitido a magia dos nós. Para mantê-la longe das garras da Dama. Para mantê-la livre do perigo.

Não funcionara.

Tentou pensar em Arthur. Em Brangien, que ficaria de luto por ela, mas que agora teria Isolda para sempre. Perderia a cerimônia de nomeação de Lancelote. E tentou pensar em Mordred. Será que o cavaleiro havia voltado para a tenda e percebido sua ausência? Lembrou-se da faísca, do fogo dos seus lábios contra os dela. Uma faísca tenebrosa e selvagem, instável e ávida. Apegou-se a ela, empurrou-a bem lá para o fundo, onde Maleagant não poderia tocá-la. A força de Arthur também, tentou se lembrar dela. Segurá-la contra o seu corpo como se fosse um escudo.

— Uma ilha em um canal — gritou Maleagant, no seu ouvido. — Cercada por um rio caudaloso. Nenhuma cela seria capaz de prendê-la melhor.

Ele a deixou pendurada por uma eternidade de segundos e então, finalmente, a puxou para dentro do casebre. Atirou Guinevere lá dentro. Ela bateu com força no chão e foi rastejando para o meio do cômodo. O mais longe possível do rio.

— Da próxima vez, vou levá-la para nadar. Pense nisso e decida se o rei que não a ama o suficiente para vir salvá-la é digno disso.

Maleagant se dirigiu aos seus homens:

— Ninguém encosta as mãos nela. Por ora.

E então foi embora.

Guinevere se encolheu, tremendo. Seria capaz de encontrar uma saída. Teria que encontrar. Ninguém viria salvá-la.

Um de seus dedos latejava, inchado de tanto que seu coração batia. Inchado em volta dos três fios da barba de Merlin. Guinevere os desenrolou e então fingiu mexer no próprio cabelo, amarrando seus sonhos com os do feiticeiro. Finalmente, estava desesperada a ponto de ir atrás dele.

— Por favor — sussurrou.

Fechou os olhos e tentou dormir: aquela era sua única esperança de conseguir ajuda.

Ela caminha para trás, voltando no tempo.

Refaz os passos de sua temporada em Camelot. Vê todas as pessoas que passaram a significar tanto para ela. Vai libertando-as lentamente, para que desconheçam o futuro dela. Dindrane. Lancelote. Os cavaleiros. Arthur, o pilar claro, reluzente, é o último a desaparecer. Volta a ser apenas um nome, uma crença, uma esperança. Retrocede até a floresta que devorou o vilarejo. Até a primeira vez que viu os cavaleiros, que viu Brangien. Que viu Mordred. As freiras e o convento passam em um piscar de olhos, mal são dignas de nota.

Refaz os passos do tempo em que foi Guinevere e vai de encontro a...

Arthur não desapareceu. Não de fato. Se ela está em seu próprio passado, como Arthur pode permanecer tão claro, feito um farol? Por que ela sente tamanha esperança — tamanha tristeza?

Onde está?

Deixou Guinevere para trás, para ir de encontro a Merlin. E, em vez disso, além do sonho com Arthur, vai de encontro a...

Nada.

Permanece suspensa em um campo de absoluto breu, sob um céu sem estrelas. Tudo o que há ao seu redor reluz, se movimenta sutil e lentamente. Seu cabelo esvoaça à sua volta. Azul, em meio ao preto.

— O que está fazendo aqui? — pergunta Merlin.

Ela se vira na direção da voz do feiticeiro. Merlin tenta se aproximar dela, batendo os braços de um jeito estranho. Sua barba flutua atrás dele, fluindo feito um rio prateado.

— Você não deveria estar aqui — diz Merlin.

Ela sabe. Agora que está aqui, não gosta nem um pouco. Veio por um motivo. Esperava encontrar a choupana. As lições. Planejava interromper Merlin durante uma lição, conversar com ele em suas lembranças. Mas não consegue encontrá-las. Assim que pôs os pés para fora do convento, aquilo era tudo o que restava.

— Preciso de sua ajuda — diz ela. Sua voz tem muitas camadas, é infinita. Terna e fria.

— Você tem que voltar! Ela não está me observando porque pensa que estou preso, adormecido. Mas, se sentir que está aqui, você corre um terrível perigo.

— Acho que já corro um terrível perigo. — Ela levanta a mão. Seus braços estão desnudos, alvos e reluzentes. Alguma coisa está faltando. Sua ferida. A pele. Lancelote. O torneio. Arthur. Ela se agarra aos fios de seu futuro, se pendura neles. — Fui raptada. Fui raptada, Merlin! — Então dá risada, encantada por finalmente ter se lembrado. — Preciso de ajuda.

— Não posso ajudá-la com as questões dos homens. Você sabe.

Ela sacode a cabeça.

— Eu não sei de nada. Você mentiu para mim. Arthur não precisava de mim.

— Ele precisa de você, sim. Mais do que vocês dois imaginam. Ele é a ponte: você precisa velar pela travessia dele ao longo das mais turvas das águas. Seja a rainha. Lute como uma rainha, não como uma bruxa. E não se esqueça: aconteça o que acontecer, a escolha foi sua.

Ela abaixa os braços, e o futuro se dissipa novamente.

— Estou em um lugar ruim. Não quero voltar para lá. Ficarei aqui. — Ela expulsa Guinevere de dentro de si. — É difícil demais, Merlin. Merlin. — Então inclina a cabeça, tentando encontrar mais verdades ali, nas trevas. — Por que não consigo me lembrar de minha mãe? Por que não consigo encontrar o caminho de volta para o meu passado?

O mundo estremece. As trevas que os cercam ondeiam e, em seguida, rodopiam. Ela deixou todos os seus medos no futuro. Ela não tem medo. Ela se sente... infinita. Mas Merlin sente medo.

— Vá logo, criatura tola! Não olhe mais para mim, senão ela a encontrará!

O feiticeiro empurra a testa dela, fazendo-a girar de cabeça para baixo, rodopiando sem parar, e o campo de absoluto breu vai ficando borrado e então...

CAPÍTULO VINTE E QUATRO

Guinevere ficou sem ar. Ondas de tontura se quebraram contra ela, como se ainda estivesse rodopiando naquele lugar tenebroso, expulsa por Merlin. Só que, em vez disso, estava em um chão de terra, dentro de um cômodo de pedra úmido e mal iluminado.

Levou as mãos ao cabelo, apavorada. Os fios da barba de Merlin estavam se dissolvendo, feito a luz das estrelas pela manhã, desaparecendo diante dos olhos. Até isso o feiticeiro lhe arrancara. Estava sozinha.

Um guarda cuspiu ruidosamente atrás dela. Não estava sozinha.

A moça ficou de pé e limpou a sujeira do vestido. Estava de frente para dois guardas. Sentados no chão, jogando com diversas pedrinhas redondas e chatas e alguns gravetos pequenos. Quando foram interrompidos, se viraram e olharam para ela, com incredulidade. Suas túnicas de couro apertadas serviam de carapaça, assim como sua maldade. Haviam se enrolado nela, se munido de ódio e de desconfiança.

— Se me ajudarem, o Rei Arthur há de recompensá-los.

— Até onde sei — disse um deles, limpando o nariz no braço —, o Rei Arthur não será rei por muito tempo, certo? E, mesmo que seja, confio mais na espada de Sir Maleagant do que na bondade do seu rei.

— Dê a Sir Maleagant o que ele quer — disse o outro guarda, dando de ombros, impassível. — Não vai ser fácil para você, seja o que fizer. Mas ele gosta das novinhas. Se fizer o que quer, talvez Maleagant a trate bem. Por um tempo.

— Por um tempo — repetiu Guinevere, deixando as palavras pairarem no ar. — Como conseguem servir a um homem desses?

— Eu gostava mais de você quando estava dormindo. — O primeiro dos guardas voltou a jogar, pegando algumas pedras e gravetos. — Nunca vi ninguém dormir tanto.

— Preguiçosa que só — disse o outro. — Passou quase um dia inteiro dormindo. É isso que as ricas damas fazem?

O outro guarda deu uma risada de deboche.

— Você não reconheceria uma rica dama nem se ela mordesse a sua bunda.

— Eu já *paguei* ricas damas para morderem a minha bunda.

Ambos deram risada. E voltaram ao jogo, dispensando Guinevere sumariamente.

E ela achara que Sir Ector e Sir Kay eram desagradáveis. Agora se arrependia, depois de ver como homens realmente desagradáveis se comportavam quando tinham total liberdade para serem tão desprezíveis quanto seus instintos mais primitivos exigiam. Foi deslizando pela parede oposta até se sentar no chão e ficou bem parada e calada, achando que era melhor não chamar atenção.

Como podia ter dormido por um dia inteiro? Isso não lhe trouxera nada de bom e desperdiçara seu precioso tempo. Não sabia quando Maleagant voltaria. E não sabia o que fazer quando voltasse. O abandono de Merlin a atingiu novamente, como uma punhalada. Nem sequer em sonho o feiticeiro era capaz de conversar com ela, de ajudá-la. Guinevere fechou os olhos, tentando se lembrar daquele lugar tenebroso.

Merlin temia que ela fosse encontrada. Por quem? Durante todo aquele tempo que passara em Camelot, Guinevere temera um ataque. E a única ameaça fora aquela que atacara Merlin. O feiticeiro a havia despachado para Camelot para que ela fugisse da mesma ameaça.

A Dama do Lago.

O medo que Guinevere sentia da água, o fato de se recusar sequer a tocá-la — já que suas mãos eram capazes de sentir a verdade, talvez estivessem lhe poupando do que poderia descobrir. Uma força elemental de poder e idade insondáveis, determinada a acabar com ela para castigar Merlin. Guinevere teria sido usada contra Merlin do mesmo modo que estava sendo usada contra Arthur.

A moça não permitiria que isso acontecesse. Merlin se fora. E ela não estava disposta a dar o que Maleagant queria. Simplesmente não lhe daria essa opção. Na próxima oportunidade, pularia no rio. Deixaria que a Dama a levasse. Deixaria que ela a aniquilasse. Era o mínimo que Merlin merecia. Já que o feiticeiro era capaz de ver o passado e o futuro, vira aquilo e não a ajudara.

E, desse modo, jamais seria obrigada a fazer mal a Arthur.

— Por que está sorrindo? — disse o primeiro guarda. — Está com uma cara assustadora. Pare.

— Posso sair para dar uma caminhada pela ilha?

— Sim, claro. Já preparei o piquenique! E por acaso a nobre dama gostaria de música para acompanhar o passeio? — O segundo guarda tirou o chapéu e fez uma reverência. Nenhum dos dois se afastou da porta.

— Preciso fazer minhas necessidades.

O guarda chutou uma tigela de madeira rachada e descascada na direção de Guinevere. O objeto foi rolando até o outro lado do cômodo.

— Sinta-se à vontade, rainha.

A artimanha fracassara. E o que era pior: Guinevere realmente precisava fazer suas necessidades.

— Não podem esperar que eu faça isso na frente de vocês.

O guarda fez uma voz aguda, imitando a de Guinevere:

— Então não pode esperar fazer necessidade nenhuma.

A moça pegou a tigela e foi até a outra ponta do casebre. Que era bem escura. Os dois abafaram o riso. Mas o segundo guarda virou de costas para ela.

— Ande, Ranulf. Deixe a pobre da rainha perdida dar uma mijada.

O primeiro guarda, Ranulf, deu de ombros.

— Falando nisso, preciso ir dar uma regada no rio antes que Sir Maleagant volte, e eu seja obrigado a ficar de guarda enquanto ele tortura seu novo bichinho de estimação.

Em seguida, saiu pela porta e a fechou.

Guinevere jamais fizera xixi tão rápido na vida. Ficou agachada em cima da tigela, e suas saias se acumularam no chão. Quando terminou, ficou de pé e levantou a roupa de baixo, de costas para a porta.

Ouviu um grito vindo do lado de fora e um grande estrondo na água.

— O que... — disse o segundo guarda, já levantando.

A moça pegou a tigela, foi correndo até o outro lado do cômodo e jogou o líquido na cara do guarda. Que gritou de nojo e ficou balbuciando. Guinevere abriu a porta, pronta para pular dentro do rio...

E pulou direto nos braços de um cavaleiro.

Além do limite da ilha, Ranulf estava sendo levado embora rapidamente pela correnteza, com o rosto virado para a água. Guinevere só o viu de relance, quando Lancelote a rodopiou e a colocou com cuidado contra a parede do casebre. O outro guarda saiu gritando pela porta, espremendo os olhos, meio cego. Lancelote o agarrou pela cintura, aproveitando o impulso do próprio homem para tirá-lo de cima das pedras e lançá-lo no rio.

O guarda tentava, com dificuldade, ficar com a cabeça fora d'água. Lancelote pegou uma pedra grande e atirou, acertando o alvo com destreza. A pedra atingiu a cabeça do guarda, que revirou os olhos. O homem afundou na correnteza e desapareceu.

— Quando Maleagant deve voltar? — perguntou Lancelote.

Guinevere sacudiu a cabeça, pressionando as costas com toda a força contra a parede de pedra. Estava pronta para pular no rio e encarar a morte. Mas agora não queria mais fazer isso. Não por nada.

— Logo, creio eu — respondeu.

— Venha.

Lancelote se esgueirou em volta do casebre, afastando-se de Guinevere.

— Não sei nadar! — gritou ela.

— Eu vou ajudá-la.

— Não, você não entende!

Guinevere passou correndo pela porta, até alcançar Lancelote. Foi atrás do cavaleiro e descobriu que Maleagant a havia enganado, pelo menos em parte. Porque o outro lado do canal era mais largo, mas calmo e reluzente, banhado pela luz do fim da tarde. Parecia ser mais fácil de atravessar.

Mesmo assim, continuava sendo um rio.

— Bate nas minhas coxas — disse Lancelote. — A senhora não terá problemas. Ande logo. — Ela entrou na água, Guinevere gritou:

— Não! Tenho... tenho que lhe contar a verdade, Lancelote.

A moça baixou a cabeça e ficou olhando para as rochas que a separavam da água.

— Que Merlin é seu pai?

Guinevere levantou a cabeça, perplexa. Aquilo lhe parecia errado, saindo da boca de Lancelote, assim como lhe parecera errado quando Arthur o dissera.

— Foi Arthur quem lhe contou?

Lancelote sacudiu a cabeça.

— Não foi difícil ligar os pontos. Afinal, como uma princesa das terras do sul saberia onde Merlin mora, no meio da floresta? Por que ficaria tão desesperada para salvá-lo? Todo mundo sabe o que Merlin foi para Arthur. É claro que o rei escolheria a filha de seu primeiro protetor para ser sua esposa. — Lancelote sorriu, mas foi um sorriso amargo. Espremeu os olhos castanhos, que ficaram com uma expressão dura. — Eu até posso entender a farsa. Às vezes, temos que nos esconder do que os outros veem para ser aquilo que sabemos que somos.

Não fora por acaso que tivera uma sensação tão boa ao encostar na mão de Lancelote, naquele dia, lá na floresta. Uma sensação verdadeira. Lancelote a entendia.

— Não posso encostar na água — falou Guinevere. — Se fizer isso, temo que a Dama do Lago também me encontre e me leve, como fez com Merlin.

— E então por que estava prestes a se jogar no rio?

— Maleagant queria me usar contra Arthur. E não sei se eu seria capaz de guardar os segredos do rei para sempre de um homem como aquele.

Guinevere ficou arrepiada.

Lancelote foi se aproximando devagar. Virou e se abaixou, para que Guinevere pudesse subir nas suas costas.

— Suba.

— Como?

— Nas minhas costas. Segure firme. Passe as pernas pela minha cintura. Vamos atravessar o rio.

Guinevere subiu. Cruzou os braços em volta do pescoço do cavaleiro. Que ajustou a posição das pernas, levantando-a de leve. As saias da moça ficaram em volta de sua cintura, seus tornozelos brancos viram a luz proibida do Sol.

Lancelote segurou as pernas de Guinevere na lateral do seu corpo e então entrou no rio.

A moça fechou os olhos, mas agora que sabia o que era medo — que aquilo era real, não uma mera tolice — o encarou com mais facilidade. A vergonha de seu pavor de água fora quase tão grande quanto o próprio medo. E, sem a vergonha, o medo podia ser enfrentado.

O cavaleiro se movimentou com cautela, plantando firmemente um pé no chão antes de levantar o outro. Aquilo parecia durar uma eternidade. À medida que a água ia subindo pelas pernas de Lancelote, Guinevere temia que ela tivesse avaliado mal a profundidade.

— Não aperte tanto, *milady* — disse Lancelote, com a voz esganiçada. Guinevere soltou um pouco os braços.

— Perdão!

— Estamos quase lá. Feche os olhos. Assim será mais fácil.

Mais uma vez, Guinevere fez o que ela pediu.

Lancelote falava baixo, e sua voz grave era confiante e cuidadosamente serena:

— Como a senhora conseguiu passar por aquele guarda? Empregou magia?

Guinevere deu uma risada de deboche, encostou o rosto no ombro de Lancelote e ali permaneceu.

— Nem lhe conto.

— Por favor, conte. Agora, sim, é que desejo saber.

— Vou lhe poupar dos detalhes — falou a moça, respirando fundo, sentindo o cheiro de couro da armadura de retalhos do cavaleiro. Aquilo cortava o cheiro do rio, ajudando Guinevere a combater o medo. — Mas envolveu um penico cheio.

Lancelote deu risada e segurou as pernas de Guinevere com mais força.

— A senhora não fez isso!

— Ele merecia coisa pior. Só me arrependo de não ter atirado na cara de Maleagant.

— Estou muito orgulhosa da senhora. Um verdadeiro guerreiro consegue transformar qualquer coisa em arma. Não posso esquecer esse truque.

— Duvido que uma tigela de mijo estará entre as opções de arma no próximo torneio.

Lancelote fez um ruído surdo. O barulho de água havia cessado. O cavaleiro deu mais vários passos e então inclinou a cabeça, batendo em Guinevere.

— *Milady*, seu nobre corcel a levou em segurança até a terra firme. — Então se abaixou, e Guinevere saltou naquele chão seco abençoado. — Agora vamos correr.

A moça e seu cavaleiro atravessaram correndo uma ampla planície de rocha. Arbustos raquíticos salpicavam a paisagem, mas não ajudavam muito a escondê-las.

— Minha égua está aqui, ali nas árvores. Não podia correr o risco de trazê-la mais para perto. Levei séculos para atravessar a planície, correndo de rochedo em rochedo. Não precisava ter me dado a esse trabalho. Em nenhum momento saíram do casebre para observar. Maleagant não tinha receio de ser descoberto.

— Como Arthur sabia onde procurar? — Guinevere soltou um suspiro, ao sentir uma pontada de dor nas costelas. Não comia nada desde o torneio. E não sabia quanto tempo havia passado, já que ficara a maior parte dele inconsciente. Mas acompanhou o ritmo de Lancelote. Poderia se dar ao luxo de ficar cansada quando ambas estivessem fora de perigo.

— Brangien, sua dama de companhia, é que a encontrou. Não sei detalhes. Alguma coisa relacionada à costura e aos fios do seu cabelo presos nos pentes dela.

Querida Brangien! O coração de Guinevere se encheu de gratidão. Brangien correra o risco de ser banida para encontrá-la. Maleagant não contara com a força e a astúcia das mulheres.

— E Arthur mandou o melhor de seus cavaleiros — disse.

Lancelote apontou para a égua e alertou:

— Podemos conversar quando estivermos montadas na minha égua, indo para bem longe daqui.

Chegaram até as árvores sem nenhum sinal de que estavam sendo seguidas. Lancelote deu um assovio alto e agudo. Sua égua veio se aproximando mansamente. O cavaleiro ajudou Guinevere a subir e, em seguida, montou na frente dela.

— A que distância estamos de Camelot? — perguntou Guinevere, abraçando a cintura de Lancelote, sem apertar.

— Cerca de um dia. Mas não vamos voltar para Camelot.

— Para onde vamos?

— Para o norte, em direção ao território dos pictões. Maleagant deve pensar que voltaremos correndo para Camelot. Tentará nos impedir. Espero que, indo para o norte e depois descendo, possamos evitá-lo. Amo esta égua do fundo da minha alma. Mas, depois de carregar duas pessoas por tanto tempo, ela não será capaz de ir mais rápido do que o bando que estiver no nosso encalço.

— Arthur nos encontrará lá?

Lancelote respirou fundo e foi soltando o ar devagar.

— Não estou aqui a mando de Arthur. Brangien disse que o rei não enviaria ninguém. Não antes de saber mais detalhes. Boa parte das investidas contra Maleagant terminou em guerra, e o rei não entrará em guerra a menos que seja absolutamente necessário. Jamais pensei que sentiria falta do pai dele. Mas... às vezes, não se pode evitar a guerra.

Guinevere ficou desanimada. Era isso que ela esperava, é claro. Mas saber que era verdade doía. Em parte, ainda tinha esperança de que Arthur arriscasse tudo por ela, e lhe pareceu que essa esperança seria recompensada quando Lancelote apareceu.

— Arthur fez a escolha certa — disse baixinho. — Precisa pôr o bem de todo o seu povo na balança. Não posso desequilibrar os pratos. Não devo. Mas como você veio? Não pode desobedecer a Arthur. É um dos cavaleiros agora.

A voz de Lancelote se tornou inesperadamente rouca, como se ela estivesse tentando falar com algo preso na garganta.

— Não sou.

— *Como?*

— Preciso lhe pedir para não gritar.

Guinevere sussurrou entredentes em vez de gritar.

— Como assim, não é um dos cavaleiros? Por acaso adiaram a cerimônia por causa do meu sumiço?

— Descobriram meu gênero assim que descobriram seu rapto. Fui dispensada sem maiores explicações.

— Mas Arthur precisa...

— O Rei Arthur tem mais com o que se preocupar do que com os problemas de uma mulher.

— Os problemas de duas mulheres — corrigiu Guinevere, com um tom grave e triste. — Quando voltarmos, exigirei que tenha seu lugar entre os cavaleiros. Você fez por merecer. É melhor do que qualquer um deles.

— Isso não tem importância agora. Tudo que importa é a sua segurança. — Lancelote ficou em silêncio por alguns instantes e completou: — O Rei Arthur errou ao não escolher a senhora. — Sua voz era tão afiada quanto a espada. A égua reagiu às palavras, acelerando. Lancelote fez carinho no pescoço do animal, para que fosse mais devagar. — Minha rainha, a senhora foi a primeira pessoa a enxergar quem realmente sou. Lutarei pela senhora pelo resto da minha vida. É a única honraria que posso exigir.

A moça apertou a cintura do cavaleiro. Abaixou a cabeça pesada, encostando o rosto nas costas fortes de Lancelote.

— Obrigada — sussurrou.

— Deixe para agradecer quando estiver livre de perigo.

Lancelote cavalgou em alerta, virando a cabeça de um lado para o outro constantemente, à procura de ameaças. Guinevere não queria distraí-la, mas tinha mais perguntas.

— Como foi que chegou até Brangien?

— Ela procurou Mordred, e ele foi até mim.
— Mordred! Brangien foi procurar Mordred?

Mordred presidia os julgamentos. Uma coisa era perdoar o feitiço que Guinevere fizera na floresta, porque pensava que ela não faria mais. Perdoar feitiços feitos no coração de Camelot era outra, completamente diferente.

— Se alguém ficar sabendo, ela será banida.

— Mordred, certamente, não contará para ninguém. Foi ideia dele. Discutiu com o rei, exigindo que fossem à sua procura. Quando o rei disse que deveriam esperar, Mordred saiu intempestivamente. Brangien já havia procurado a senhora e passou a informação para ele. Foi Mordred quem reconheceu o lugar descrito por Brangien. Ele está esperando por nós em um acampamento. Achamos que seria melhor se apenas um de nós viesse à sua procura. Seria mais fácil de se esconder. E, se fosse necessário, eu poderia usar roupas de mulher e tentar chegar até a senhora desse modo. Mas fico feliz por não ter precisado fazer isso. Eu me sinto falsa quando uso roupas de mulher. Parece que estou vestindo uma mentira.

A floresta foi ficando mais densa, e Lancelote precisava se concentrar em guiar sua égua. Guinevere ficou alerta e, a cada farfalhar das asas de um pássaro ou de um pequeno animal saindo em disparada, tinha certeza de que estavam sendo seguidas.

À medida que o crepúsculo foi dando lugar à noite, Lancelote levou sua égua por uma pequena cadeia de montanhas baixas, cobertas de árvores.

Ouviram o ruído de cascos galopando na direção das duas. Lancelote brandiu a espada.

— Lancelote! — gritou Mordred. E puxou as rédeas do cavalo. Que parou, derrapando os cascos. Um segundo cavalo estava preso a ele por uma corda. — Estão sendo seguidas. Contei seis homens. Suspeito que Maleagant esteja entre eles. Rápido, Guinevere. — Ele ficou em silêncio e fechou os olhos, com uma expressão de alívio. — Guinevere... — repetiu, com a voz baixa, como se orasse. E então voltou à questão mais urgente: garantir a vida de todos os três. Puxou as rédeas do segundo cavalo, trazendo-o mais para perto. Guinevere desceu da égua de Lancelote e subiu na nova montaria.

— Está ferida? — Mordred se aproximou e perscrutou o rosto de Guinevere na luz que se esvaía.

— Nada que não possa cicatrizar. Lancelote chegou bem na hora. Vocês dois chegaram. Obrigada.

— O seu cavalo é capaz de andar no escuro? — perguntou Mordred para o cavaleiro.

Lancelote deu risada e respondeu:

— Minha égua sempre anda no escuro.

— Então precisamos sair logo daqui. Não permitirei que aquele monstro volte a pôr as mãos nela.

— Não temos condições de ir mais rápido do que ele — gritou Lancelote, enquanto atiçavam os cavalos, fazendo-os galopar. Não tão rápido quanto poderiam, mas ainda assim era mais rápido do que seria prudente, naquela luz baixa do luar.

— Eu sei! — Mordred segurou as rédeas, irritado.

— Poderíamos escolher um lugar para o confronto antes que Maleagant consiga reunir mais homens. Se atacarmos de surpresa, teremos uma chance. — Lancelote parecia calma. Resignada. Guinevere não gostou daquilo. Ela seria inútil. Seria incapaz de ajudar e seria obrigada a observar duas pessoas de quem gostava lutar — e, provavelmente, morrerem — por sua causa.

Mordred sacudiu a cabeça.

— Maleagant tem aliados poderosos, e seus soldados são leais. Se o sobrinho do rei o matar, será o mesmo que se o próprio Arthur o tivesse matado.

— Só que ele nunca vai parar — argumentou Guinevere. Ela vira.

Sentira. A guerra contra Maleagant era tão inevitável quanto a noite que caía sobre os três. — Ele quer Camelot. Não irá desistir, mesmo que consigamos voltar para lá. É uma ameaça ao reino. A Arthur.

Mordred fez o cavalo diminuir o passo. O de Guinevere também diminuiu.

— Eu... Creio que tenho uma ideia. Mas é péssima.

Lancelote cercou os dois e ficou alerta, caso fossem atacados.

— Estou aberta a qualquer ideia que não termine com um de nós morrendo, Guinevere sendo recapturada ou Camelot sendo tomada.

Mordred continuou:

— Precisamos que Maleagant morra. Nisso podemos concordar.

Guinevere concordou com a cabeça, pesarosa.

— E se *nós* não o matássemos? E se sua morte jamais pudesse ser atribuída a Arthur? — emendou Mordred.

A moça considerou essa possibilidade. Talvez pudessem chegar ao território dos pictões. E, de algum modo, convencê-los a matar Maleagant. Pouco provável. E, mesmo que conseguissem matar Maleagant e todo o bando que o acompanhava, não haveria como a história não se espalhar.

— Se sabem que foi Maleagant quem me raptou, mesmo que a lâmina ou a flecha seja de um assassino qualquer, será atribuída a Arthur.

— Não usaríamos lâminas nem flechas. — disse Mordred. — Usaremos uma arma que o Rei Arthur, que derrotou a Rainha das Trevas e baniu a magia, jamais poderia usar.

Guinevere ficou gelada.

— Que arma?

— Acordaremos as árvores.

Ela sacudiu a cabeça.

— Não podemos! Não foi por acaso que Merlin as pôs para dormir.

— Obviamente, não acordaríamos *todas* as árvores. Existe um bosque a poucos quilômetros daqui. Ancestral. Poderoso. Eu conhecia a ilha dentro do canal que Brangien descreveu porque já lutei ali, ao lado de Arthur. Se existe alguém que conhece as ameaças adormecidas naquelas raízes e naquele solo, sou eu.

— Mesmo que considerássemos que essa é uma saída prudente, isso não pode ser feito.

— Pode, sim — insistiu Mordred. — Eu sei o que você é, Guinevere. — A moça tentou protestar, mas ele levantou a mão e prosseguiu: — Você não precisa se justificar para mim. Nem todos concordamos que fosse necessário ter banido Merlin. — Então se aproximou dela, chegando tão perto que as pernas dos dois se encostaram quando os cavalos tentaram não se chocar. Mordred exalava intensidade. — Atraímos Maleagant para o meio das árvores. Você as desperta. Elas o matam. E então fazemos as árvores voltarem a dormir. Maleagant morre, Camelot fica livre de perigo, *Arthur* fica livre de perigo. Por favor. Não sei de que outra maneira posso salvar todo mundo. E eu não posso perder Arthur. Nem você.

Merlin dissera para Guinevere que Arthur precisava dela. Aconselhara-a a lutar como uma rainha. Mas isso dava na mesma do que não ser capaz de lutar, naquele terrível mundo dos homens. Mordred tinha razão. Aquela era uma tarefa que somente ela poderia cumprir. Guinevere estava morrendo de medo, não só do tirano que os perseguia, mas da floresta que os esperava. Aquilo poderia dar errado de tantas maneiras... O ferro é finito, contido. Engloba a magia sem se expandir. Os nós amarram tudo o que fazem, e todo nó um dia se desfaz, porque sua magia enfraquece. Mas as árvores... são seres vivos. E tentar controlar seres vivos nunca sai de acordo com o planejado.

Precisava tentar. E Mordred, que sempre a vira de verdade, acreditava nela.

— Vamos para as árvores — declarou Guinevere.

CAPÍTULO VINTE E CINCO

Guinevere se ajoelhou na base de um enorme carvalho. Frondoso e retorcido, com marcas profundas por todo o tronco, parecendo cicatrizes. Pôs as mãos nelas e logo as tirou, porque sentiu dor. Eram *mesmo* cicatrizes. Aquela árvore havia guerreado.

Lancelote esperava montada no cavalo, no meio daquele bosque perfeitamente circular para o qual Mordred as havia levado. Guinevere já ouvira falar de círculos mágicos, formados por cogumelos ou pedras. Mas aquele era protegido pelas árvores. Como se alguma coisa tivesse ficado ali no meio e empurrado as árvores ao seu redor. Ou melhor, alguém.

Merlin.

Guinevere ansiara por conversar com o feiticeiro. Perguntar o que havia feito, como, o que ela deveria fazer. Mas Merlin se recusou a lhe dizer qualquer coisa de verdadeiro.

Mordred pôs a mão delicadamente no seu ombro e perguntou:

— Você acha que consegue?

— Não faço ideia do que estou fazendo. Ou deveria fazer. Jamais empreguei esse tipo de magia. Conheço alguns truques, Mordred. Limpeza. Nós. Isso é algo muito maior.

— *Você* é algo muito maior.

O cavaleiro se ajoelhou ao lado de Guinevere. Pôs a mão sobre a da moça, e a faísca e a chama que ela continha voltaram a arder. E então pôs a mão sobre a árvore. Com o calor de Mordred para guiá-la, Guinevere atravessou a casca, atravessou a pele e a superfície da árvore. Foi até o seu coração, suas raízes, cuja pulsação seguia até as folhas. Cem anos de sol e de chuva, de tempestades e neve, de crescimento e de hibernação fluíram através dela. Guinevere podia sentir que a luz do Sol alimentava sua própria pulsação. E, em algum lugar, bem lá no fundo, podia sentir o espírito da árvore.

— Estou sentindo — sussurrou. — Mas não sei como acordá-la.

— Com um choque, talvez. Fogo?

Fora o fogo que as fizeram dormir. E Guinevere não conseguia empunhar o fogo como se fosse uma arma, do mesmo modo que Merlin fizera. Era mais provável que ateasse fogo na floresta inteira do que acordasse qualquer coisa. E, aí, ela e seus amigos morreriam por causa das chamas e da fumaça. Isso se Maleagant não os pegasse primeiro.

— Vejo homens se aproximando a cavalo! — gritou Lancelote. — Estão a minutos de distância. Faça logo o que pretende fazer. Mordred, sugiro que monte no seu cavalo e se prepare para lutar.

— Ferro! — exclamou Guinevere. — O ferro causa um choque gelado em qualquer coisa mágica.

Mordred sacudiu a cabeça e falou:

— Não conseguirei cravar minha espada no coração desta árvore em tempo.

De que mais a magia tinha fome? Uma coisa que alimentasse a magia e também tivesse ferro. Algo que chegasse às raízes, nutrindo toda a árvore. Despertando-a.

— Dê-me uma faca — disse a moça, estendendo a mão.

— Para quê?

— Apenas me dê!

O cavaleiro desembainhou uma faca presa em seu cinto. Guinevere a segurou na palma da mão. Fechou os olhos. Se aquilo não funcionasse, nada mais funcionaria. Seria obrigada a assistir a Mordred e Lancelote morrerem diante de seus olhos. Arthur seria deposto.

Passou a faca na palma da mão. Mordred suspirou, surpreso, mas Guinevere não abriu os olhos nem olhou para ele. Manteve a mão aberta em cima das raízes, deixando o sangue pingar. Deixando o sangue se infiltrar no solo. Então colocou a mão em cima do tronco e traçou um dos nós mais simples que sabia. "Acorde." E, em seguida, um dos nós mais terríveis que sabia, o que empregara no pássaro para encontrar Merlin.

"Obedeça."

Uma brisa soprou pela árvore, fazendo as folhas tremerem. Mas o bosque estava completamente imóvel. *Não* havia brisa alguma. A árvore tremeu novamente. Guinevere ainda pressionava sua mão contra ela, deixando o sangue escorrer livremente pelo tronco.

As folhas estremeceram e então pararam.

Não funcionara. Ela abriu os olhos, arrasada.

E então, debaixo de sua mão, sentiu a árvore despertar. Já sentira outras árvores, sentira o seu sono agitado. Sentira a folha na floresta que se apossara do vilarejo, sentira a impressão dos dentes. Não era nada comparado ao que sentia naquela árvore.

Triunfo. Uma alegria mais terrível do que qualquer medo que Guinevere já tivera.

Ela foi cambaleando para trás, caiu, mas levantou-se em seguida.

— Isso foi um erro. Temos que ir embora. Lancelote!

Sua mão ainda sangrava. Regando o bosque. Uma raiz se enroscou nos seus pés e a derrubou. Guinevere gritava enquanto era arrastada pelo chão. Um galho se abaixou, e as folhas, cada uma delas fina como uma lâmina, atacaram seus braços. Suas mangas foram despedaçadas com uma centena de cortes.

— Guinevere! — gritou Lancelote.

A árvore ergueu ainda mais a moça, fazendo-a pairar sobre o bosque, enquanto o seu sangue pingava, pingava, pingava no chão. Nas raízes de todas as outras árvores.

E, no meio do bosque, algo mais se movia. Contorcia-se debaixo da terra. Despertava.

— Domine-as! — gritou Mordred. — Obrigue-as a obedecê-la. Maleagant está quase chegando.

Guinevere não podia fazer isso. Cometera um erro. No sonho, Merlin lhe dissera para lutar como rainha — fora a única coisa que lhe dissera —, e ela tentara lutar como feiticeira. Uma árvore se sacudiu, e um galho mais baixo bateu violentamente em Lancelote. Que se abaixou e caiu do cavalo. Deu um assovio alto, e sua égua saiu correndo do bosque.

Mordred correu até o seu cavalo, mas as árvores chegaram primeiro. As raízes engoliram o animal e o foram arrastando lentamente, fazendo um ruído de algo se esmigalhando, quebrando, se rasgando. O cavalo deu um grito — Guinevere sentiu esse grito por todo o seu corpo — e então ficou em silêncio.

Uma raiz se enroscou na perna de Mordred.

— Domine-as! — gritou o cavaleiro.

— Parem! — berrou Guinevere, ainda sangrando, ainda suspensa. E as árvores pararam. Ficaram esperando. Ouvindo. Ela pensou em Maleagant. Em outros cinco homens. Colocou ferro nas mãos deles, fogo nos seus olhos. Então encostou a mão no galho que a segurava. Transmitiu a imagem de Maleagant e de seus homens para as árvores. Transmitiu para elas fogo, ferro e morte.

As árvores tremeram. Aquela coisa debaixo delas ainda se contorcia, como um monstro que se move em círculos debaixo d'água, sem ser visto, formando ondas. Só que ainda não chegara à superfície.

A raiz que segurava o tornozelo de Mordred voltou para debaixo da terra. O cavaleiro correu até ficar embaixo de Guinevere. Lancelote se aproximou dele.

"Soltem-me", pensou Guinevere, dirigindo-se para as árvores. Que resistiram. Estavam com fome. Estavam com sede. E ela era algo *novo*. A moça não conseguia explicar a empolgação que as árvores sentiam. Como se reconhecessem algo, mas também sentissem deleite. Eram árvores. Haviam provado homens, sentido gosto de sangue durante as batalhas travadas por Arthur. Por que estavam se sentindo assim?

"Parem", ordenou. Deixou que faíscas subissem e descessem pelos seus braços. A árvore se retraiu e a soltou. Mordred a segurou — cambaleando, mas conseguiu amparar sua queda.

Os três congelaram ao ouvir a voz fria de Maleagant ecoando na noite.

— O que você fez com ela? — perguntou, e estalou a língua, em sinal de reprovação. — Não gosto quando estragam as minhas coisas. — Ficou parado, à espreita, no limite mais fundo e escuro das árvores, escondendo-se no meio delas. Seus homens se espalharam. Guinevere podia ouvi-los, mas ninguém havia entrado no bosque ainda.

Mordred pôs Guinevere no chão e ficou de pé na frente dela. Lancelote mudou de posição para proteger os dois.

— Corram — disse ela, empunhando a espada.

Maleagant deu risada.

— São esses os seus defensores? Uma mulher e a enguia de Arthur? Você tinha razão. O rei não a ama mesmo, não é? Eu mandaria gente melhor para defender um dos meus cães. — Ficou em silêncio por alguns instantes e completou: — Na verdade, meus cães são melhores do que os seus protetores. — Em seguida, levantou a mão, e cinco homens a cavalo surgiram no bosque.

Os cavalos corcovearam, revirando os olhos, abrindo bem as narinas, em pânico. Três dos homens caíram no chão. Um quarto resistiu. Mas o cavalo foi quem caiu, rolando no chão, esmagando seu cavaleiro. E então levantou com dificuldade e saiu galopando da floresta, atrás dos outros cavalos.

Lancelote rodopiou no meio dos homens, matando dois deles antes mesmo que conseguissem levantar. Mordred não saiu do lado de Guinevere. Ela não queria tirar os olhos de Lancelote, não queria tirar os olhos de Maleagant. Estava acontecendo tanta coisa ao mesmo tempo...

Mas a moça olhava fixamente para baixo.

Debaixo dos seus pés, centenas de besouros pretos e reluzentes irromperam do chão, feito chafarizes, se alastrando e se afastando rapidamente. Mariposas pretas e opacas levantaram voo, cercando-a, sumindo no ar da noite em seguida.

— Venham para cá! — disse Maleagant.

Os dois homens restantes — dois haviam sido mortos por Lancelote, um pelo cavalo — foram proteger Maleagant. Assim que os cavalos enlouqueceram, ele descera do seu. Ainda não pusera os pés no bosque iluminado pelo luar. Seus homens ficaram na frente dele, empunhando as espadas. Maleagant encarava as árvores, que tremiam ao redor.

— Você está encrencada, rainhazinha. Não faz ideia do que despertou. Posso tirar você daqui em segurança.

Guinevere tirou os olhos dos horrores que surgiam do chão. Maleagant lhe estendeu a mão.

— Venha até mim bem devagar e agradeça por eu estar me sentindo misericordioso.

As mesmas trevas que brotavam da terra surgiram dentro de Guinevere e a preencheram. As árvores tinham sentido o gosto dela — mas Guinevere também sentira o gosto das árvores. Aquela fúria ancestral, adormecida por tanto tempo, havia despertado. Os besouros subiram na moça, rastejaram pelos seus braços, pelo seu rosto. Aquela coisa debaixo dela estava quase liberta. Guinevere deveria estar com medo...

Estava apenas furiosa.

— *Eu não* estou me sentindo misericordiosa. — Fechou os olhos e libertou as árvores.

O homem que estava à direita de Maleagant cambaleou e caiu, batendo em um tronco. Galhos cresceram instantaneamente, apertando-o cada vez mais. Em um punhado de segundos, a árvore engoliu o homem, crescendo ao seu redor, como se ele fosse uma rocha. Só que os homens são muito mais frágeis do que as rochas. Quebram com muito mais facilidade. Seus gritos não duraram muito.

O homem à esquerda de Maleagant teve o mesmo destino que o cavalo de Mordred. Foi arrastado para o chão, engolido pelas raízes. Esmagado, retorcido e partido. As árvores não desperdiçavam nada. Usariam cada pedaço dele.

Maleagant atacou um galho que tentou pegá-lo, cortando-o com sua espada de ferro. As árvores estremeceram, se aproximaram, debruçando-se sobre o bosque. Maleagant correu na direção de Guinevere. Não rápido o bastante.

Ramos se enroscaram nas suas pernas. Maleagant os golpeou. Mas cada ramo que cortava era substituído por outros três. Que engrossavam, tomando a forma dele, se enroscando sobre o seu corpo. Cobriram tudo até chegar ao seu braço. Então apertaram, até o homem soltar a espada. Maleagant agora criara raízes no chão, estava bem preso. Olhou bem para Guinevere. A Lua havia saído de trás das nuvens, banhando todos com sua luz pálida e branca.

— Você é pior do que eu — disse Maleagant, com os dentes cerrados, o pescoço tenso, tentando resistir aos ramos que se enroscavam, afetuosamente, em volta dele. — Eu só queria governar os homens. O que despertou irá destruí-los.

Guinevere não sentiu nada. Será que tinha temido algo tão frágil?

Tão passageiro? Imaginou os ramos entrando pela boca de Maleagant, imobilizando sua língua. E fizeram isso. Cobriram tudo, menos o rosto do homem. Que se ergueu para Lua, e aqueles olhos frios e mortos finalmente transmitiram uma emoção: agonia.

Maleagant estava morto.

— Guinevere... — chamou Lancelote. O medo na voz dela atingiu a moça. Que tremeu, tomando consciência, subitamente, dos besouros que rastejavam pelo seu corpo. Tomando consciência do que fizera e do pouco que sentira a respeito.

Ela tentou espantar os besouros freneticamente. As árvores estremeceram, crepitando e gemendo, espreguiçando-se.

— Chega — falou Guinevere. — Já terminamos.

Mas as árvores não haviam terminado. As trevas, tampouco. Uma mão se libertou do chão e agarrou o tornozelo de Guinevere. Lancelote cortou aquela mão. Que saiu correndo pelo chão feito uma aranha, rumo à floresta.

— O que foi que fizemos? — Guinevere tapou a boca com a mão e ficou observando outra mão surgir no lugar da que fora cortada. Havia alguma coisa lá embaixo. E estava se libertando.

Mordred se ajoelhou ao lado da mão.

— Guinevere, tenho o imenso prazer de lhe apresentar a Rainha das Trevas. Minha avó.

CAPÍTULO VINTE E SEIS

A mão se expandiu, tornando-se um braço. O contorno de um ombro. A primeira curva do que seria a cabeça.

— Não — disse Guinevere, indo para trás, horrorizada.

Mordred soltou a mão. Ficou de pé.

— Arthur destruiu o corpo dela. Mas, antes, minha avó enviou sua alma para dentro da terra. Precisava de ajuda para assumir uma nova forma. Eu não havia conseguido, nem minha mãe. Isso é um milagre. Obrigado.

— Você me enganou!

O cavaleiro se encolheu, como se tivesse se ofendido.

— Eu *enganei* você? Fui a única pessoa que não mentiu para você. Fui a única pessoa que veio em seu socorro.

Lancelote segurou o cabo de sua espada e ficou na frente de Guinevere.

— Não. O senhor não foi o único.

— Como? — Guinevere não conseguia acreditar, não conseguia entender. — Você não é do povo das fadas. Pode tocar em ferro.

Mordred rodopiou sua espada no ar elegantemente, e o metal zuniu.

— Minha mãe é Morgana Le Fay, irmã de Arthur. Mas meu pai é o Cavaleiro Verde. Pertenço aos dois mundos. O ferro me fere, mas não mata. Estou acostumado a sentir dor. — Então levantou a sobrancelha, em uma expressão de desprezo e sarcasmo. — Aquele truque que fez nas portas do castelo foi maldade. Toda vez que entrava ou saía, parecia que meu corpo estava tomado de formigas.

A moça se obrigou a desviar os olhos da monstruosidade que estava no chão para encarar Mordred.

— Você não pode permitir que ela ressurja. Não sabe o que isso pode significar.

— Um retorno à natureza. Um retorno à magia selvagem no coração deste reino. Por acaso sabe quem foi que esculpiu Camelot direto da montanha? Não foram os homens. Os homens vieram e se apoderaram de Camelot, porque é isso que fazem. — Mordred ergueu a espada e ficou observando o luar nela refletido. — Não quero que os homens morram. Mas alguém precisa lembrá-los de qual é o seu lugar neste mundo. Alguém precisa impedi-los de se apossar de tudo que vale a pena possuir. Impedi-los de se apossar de *todas as pessoas* que vale a pena possuir. — Ele estendeu a mão para Guinevere e prosseguiu: — O seu lugar não é em Camelot. O seu lugar é aqui, com a magia tenebrosa e maravilhosa que corre por baixo e através de tudo. Sabe que isso é verdade. Diga-me que não sentiu o seu gosto. Diga-me que não sentiu quando nos tocamos.

Guinevere não podia dizer isso para Mordred. Não com sinceridade. A perda da magia lhe causava dor, *sim*. Ela sentia por todo lado: no peso da rocha de Camelot, nas expectativas do seu povo, na erosão incessante do tempo. Permitira que a moldassem, transformando-a em algo que não conhecia. Deixara que os homens se apoderassem dela.

— Qual é o seu verdadeiro nome? — perguntou Mordred. — Não é uma princesa do sul.

Ela abriu a boca e...

Não o encontrou. Havia perdido seu nome. Agora era apenas Guinevere. Conseguia sentir o futuro se aproximando, chegando cada vez mais perto, até o momento em que mesmo a simples magia que infundia no mundo à sua volta, com os nós que fazia, deixaria de funcionar. O maravilhoso cairia em um sono tão profundo que não poderia ser despertado. Assim como Merlin, isolado e preso em uma caverna. O feiticeiro permitira que isso acontecesse. Fora embora de Camelot. Entregara o reino para Arthur. Entregara o mundo para os homens.

Guinevere entendia a raiva de Mordred. Ela mesma a sentia. Tudo o que era maravilhoso estava sendo aniquilado, e isso era algo tão terrível que fugia à compreensão. Mas o maravilhoso também era terrível. O bosque ao redor era prova suficiente. Por acaso a morte de Maleagant não fora terrível e maravilhosa em igual medida? A senciência da árvore, bela e abominável? Árvores, magia, natureza selvagem eram o oposto indiferente da justiça. Os homens exigiam justiça, vingança. Haviam banindo a magia para abrir espaço para regras e leis. Na natureza, só o poder importa. E Guinevere tinha poder.

O poder rastejara pelo seu corpo enquanto ela observava um homem morrer.

Não podia se entregar àquelas trevas. Não depois de tudo o que sentira, vira e fizera, sendo Guinevere. Por causa de Camelot, sabia o que era ter uma família formada de amigos. Amar Arthur. Acreditar nele. Soubera disso no instante em que se conheceram. Algo se perdia com o que Arthur estava fazendo, sim. A moça finalmente entendeu o que o dragão lhe mostrara. A afinidade que enxergara nela. A decisão que seria obrigada a tomar.

Merlin já tomara a decisão de se retirar do confronto entre o velho e o novo. De permitir que sua própria magia fosse vedada.

De morrer, até.

Guinevere não estava disposta a morrer. E tampouco a permitir que as trevas voltassem sem lutar.

— Temos que impedi-la de ressurgir — declarou, dirigindo-se a Lancelote. — Talvez eu consiga. Mas só se você distrair Mordred.

O sorriso de Lancelote, à luz da Lua, era algo triste de se ver.

— Posso fazer isso — respondeu ela.

Mordred soltou um suspiro.

— Quer saber por que nunca perco uma luta? — perguntou. E então foi correndo para a frente e deu um chute com toda a força na barriga de Lancelote. Sacudiu a espada no ar. Lancelote mal teve tempo de bloqueá-la com a sua. Mordred a empurrou, atirando-a para longe. — Cada vez que encosto no ferro, cada vez que respiro na ordeira e opressiva Camelot, cada *minuto* que passo perto de Arthur e de Excalibur é feito de dor. Minha vida é feita de dor. O que tenho a temer, vindo de você? — Então se abaixou para desviar de um golpe de Lancelote e chutou o joelho dela.

Guinevere foi correndo até o ponto de onde a Rainha das Trevas emergia. Agora já tinha duas mãos, ombros, coluna. Estava de cabeça baixa, ainda não a erguera. Movimentava-se e mudava de posição, feita não de pele, mas de milhares de seres rastejantes, de terra, de plantas. Que a estavam reconstruindo. Guinevere esticou a mão trêmula e a colocou nas costas da Rainha das Trevas.

Tudo transcorreu mais depressa; ela foi tremendo e ressurgindo. A moça tirou a mão — ainda ensanguentada — das suas costas.

E sentira...

A vida. O predador e a presa. O nascimento e a morte. O prazer e a dor. A Rainha das Trevas era tudo isso. Mais do que humana e menos também. Era do povo das fadas. Era o *caos*. Estraçalharia tudo o que Arthur construíra. Imporia séculos de retrocesso aos homens. Tomaria suas cidades e campos, permitiria apenas que coletassem, caçassem, fossem caçados. Porque, então, teria domínio sobre eles. Estava ressurgindo para tomar posse da Terra mais uma vez.

E Guinevere não era capaz de detê-la. Nenhum nó que sabia

fazer poderia conter o caos da Rainha das Trevas. Até se apenas encostasse nela lhe daria mais poder. Merlin alertara Guinevere, dizendo que devia lutar como uma rainha. E a moça não fizera isso. Despertara algo que não era capaz de fazer dormir novamente.

Virou-se e deu de cara com Mordred, em cima de Lancelote. Ela estava no chão, sem se mexer, sem sua espada. Mordred estava com a sua espada erguida.

— Pare! — gritou Guinevere.

O cavaleiro baixou a espada.

— Não guardo nenhum ressentimento de Lancelote. Gosto dela. Lancelote desafia os limites dos homens. Mas não poderia permitir que atacasse a Rainha das Trevas. Que, enquanto estiver se formando, ainda é vulnerável. Mas agora não falta muito.

Mordred foi para o lado, e Guinevere correu até Lancelote. Seu cavaleiro ainda respirava, mas tinha um corte na testa, que sangrava copiosamente.

— Lancelote — murmurou Guinevere, sacudindo o ombro dela. Lancelote gemeu, mas não abriu os olhos nem se mexeu.

— Temos muito o que conversar. — Mordred embainhou a espada. — Eu até poderia dizer que a Rainha das Trevas irá explicar tudo, mas ela não é muito boa em dar explicações. Venha, precisamos tirar Lancelote do bosque. Acho que as coisas não ficarão muito boas para ela depois que minha avó ressurgir. Lancelote estará mais segura no meio das árvores. Se conseguirmos encontrar a sua égua, talvez o animal possa levá-la para um local seguro. Aqui não é lugar para seres humanos. A Rainha das Trevas não será misericordiosa.

— Então eu também morrerei!

— Guinevere... — O cavaleiro segurou Lancelote pelos dois braços e a arrastou bosque afora. — Agora você está sendo obtusa.

A moça correu até a primeira árvore, a mais antiga delas. Pressionou a palma da mão contra o tronco, encostando no nó que a obrigava a obedecer. Pelo tato, percebeu que a árvore sentia o nó. E, também pelo tato, percebeu que a árvore o ignorava.

— Não! — gritou. Pressionou a mão com mais força. Se conseguisse dominar as árvores, poderia conter a Rainha das Trevas. Mergulhou no tronco, lembrando de como tinha alterado as lembranças de Sir Bors. Tateou em busca do coração da árvore, de sua memória. Talvez pudesse...

A árvore a repeliu. Quando finalmente conseguiu abrir os olhos, Guinevere estava de costas no chão, olhando para Mordred.

— Você não é a rainha das árvores. — O cavaleiro falava baixinho. — A floresta é dela. Sempre foi.

A moça voltou rastejando até a árvore. Bateu a mão contra o tronco. A árvore tremeu, mais irritada do que qualquer outra coisa. Guinevere era como o passarinho que a bicava. Não era mortal. Apenas uma praga.

E foi aí que um tremor percorreu a árvore e todo o bosque. Um medo que Guinevere conhecia muito bem, um medo que sentira durante toda a sua vida, se apossou dela. O pavor da morte. De algo pior do que a morte. Ergueu os olhos das profundezas mais tenebrosas, e a luz brilhava na superfície da água, bem acima dela. "Lembre-se", transmitiu a árvore. "Lembre-se da sensação de ser aniquilada."

Guinevere sentiu uma onda lancinante de náusea. Ergueu os olhos e viu Excalibur atravessar a árvore.

O frio se apoderou dela: algo terrível e vazio. A moça se afastou, rastejando, torcendo para que as árvores voltassem a dormir. Mas havia algo mais acontecendo. A árvore rachou e foi ficando cinzenta. Morreu diante dos olhos de Guinevere — seca por dentro e por fora. As folhas caíram e se transformaram em pó antes que pudessem atingir o chão da floresta.

Assim como o seu sangue, que se alastrara, o veneno de Excalibur se espalhou. Por todo o bosque, as árvores que haviam despertado foram consumidas.

O que nelas havia para lhes trazer vida, alma, raiva, alegria e fome desaparecera. Arthur tirou a espada do tronco. Excalibur não reluziu ao luar. Até a Lua fora devorada, seu reflexo não podia ser visto no metal polido da lâmina. O rei se virou.

— Rápido, antes que ela se forme completamente! — disse Guinevere. — A rainha ainda está vulnerá... — A moça sentiu o metal debaixo do seu queixo, pressionando sua garganta. Mordred a levantou, a apertou contra seu peito. Com o braço em torno de sua cintura. A espada no seu pescoço. Os dois ficaram entre Arthur e a Rainha das Trevas.

— Mordred — disse Arthur. — Solte-a.

— Não sou obrigado a obedecer suas ordens.

— Não é possível que realmente queira que isso aconteça. Você sabe o que a Rainha das Trevas causará. Sabe o quanto a magia é destrutiva, o preço terrível que cobrará.

— Quem é você para dizer que a magia não pode existir? Logo você, que só existe por causa da magia! A magia da violência, a magia da cobiça. Os homens fizeram coisas muito piores com a magia, coisas que o povo das fadas sequer seria capaz de imaginar! Você nasceu por causa da magia e governa por causa de um feiticeiro tolo, porque a Dama do Lago lhe entregou essa coisa medonha.

— Ele é a ponte — sussurrou Guinevere, lembrando-se de tudo. — Ele é a ponte entre a violência que existia e a paz que pode existir.

— Saia da frente, Mordred. — Arthur tentou contorná-lo, mas o cavaleiro o acompanhou, mantendo seu corpo e o de Guinevere entre Arthur e a Rainha das Trevas. A moça podia ouvi-la atrás dela, podia ouvi-la se arrastando e se esgueirando. Crescendo.

O rei se aproximou. Guinevere estremeceu, seu corpo inteiro teve espasmos, com o mesmo pavor existencial que sentira ao tocar na árvore. Ela pressionou o corpo contra Mordred, precisava escapar, precisava se afastar, se afastar o máximo que pudesse daquela coisa. De Excalibur.

— Se você se aproximar de Guinevere, ela será aniquilada. Veja, a moça mal pode suportar.

Mordred foi na direção de Arthur, empurrando Guinevere para perto da espada. O mundo inteiro rodopiou. As trevas se insinuaram, diminuindo aos poucos seu campo de visão.

"Ela estava debaixo d'água. Ela caíra em uma armadilha. Ela estava..."

Arthur se afastou. Guinevere respirou fundo, trêmula.

— Permitirei que escolha — disse Mordred. — Sua mãe nunca teve escolha. Sou mais misericordioso do que Merlin. Se quiser acabar com a Rainha das Trevas, pode fazê-lo. Mas precisará passar por Guinevere para chegar até ela. Excalibur também a matará. Essa é a sua escolha. Mate as duas ou nenhuma.

Guinevere sabia que isso era verdade. Não sobreviveria se fosse tocada por Excalibur. Não era mais uma fome que irradiava de sua lâmina. Era a ausência de fome. A espada devoraria a magia e jamais seria saciada, jamais ficaria satisfeita. Excalibur não comia para sobreviver. Comia para pôr fim.

Mas a Rainha das Trevas morreria de verdade. O caos que nutria terminaria para todo o sempre. O povo de Camelot poderia crescer, aprender, viver e morrer como bem entendesse, sujeitando-se apenas aos seus iguais, não a uma magia que não eram capazes de compreender nem de controlar. Guinevere olhou fundo nos olhos ternos de Arthur. O rei que era um menino. Ele carregava o peso de um reino.

Balançou a cabeça para cima e para baixo e disse:

— Pode matar.

Arthur não desviou o olhar dela. O rei, então, desapareceu, deixando apenas o seu amigo. O seu Arthur.

E ele embainhou a espada.

Ela está livre.

Por tanto tempo, teve mil olhos, mil pernas e corpos. E agora está formada, é real. Mas não está em segurança. Consegue sentir aquela terrível ferramenta, a sua aniquilação, a aniquilação da magia.

Seu belo menino está por perto. Assim como a rainha-que-não-é-rainha. Sua salvadora. Seu sangue, seu doce sangue, guarda um mistério. A Rainha das Trevas, a verdadeira rainha, rodopia de tanta felicidade. Ela tem uma forma, tem um mistério, tem um objetivo. Antes, tentava derrotar os homens travando batalhas. Agora, irá destruí-los por dentro. Ela os fará apodrecer, deteriorar, cultivará novas formas de vida a partir de seus cadáveres, que alimentarão a floresta.

Mas, por ora, ela tem um inimigo que ainda é perigoso demais para ser enfrentado. A terra já foi sugada demais. Ela tenta sorver algo das árvores, mas estão mortas. Pior do que mortas. Foram apagadas. É terrível. Ela não pode se estabelecer aqui.

— Venham comigo — sussurra, junto com o zum-zum-zum *de milhares de moscas negras que transmitem a peste no calor úmido do verão. — Tragam-na até mim.*

CAPÍTULO VINTE E SETE

Guinevere ouviu a Rainha das Trevas se afastar deslizando, rumo às árvores. Mais rápida que as sombras. Mais rápida que um bater de asas. Ela ressurgiu e se foi, e a moça fora responsável por essas duas coisas.

Mordred deu risada e se afastou de Arthur, arrastando Guinevere consigo. Ela estava fraca demais para resistir, tanto porque perdera muito sangue quanto por causa do mal-estar causado por Excalibur.

— Solte-a — ordenou Arthur.

— Se vier atrás de nós, terá que me enfrentar. O que terminará com a morte de um de nós dois. Estou disposto a matar ou morrer. Você está?

O rei baixou a cabeça, com os ombros curvados. Derrotado. Apesar de tudo o que Mordred fizera, ele ainda era da sua família. Guinevere sabia, assim como o cavaleiro, que o rei não estava disposto a matá-lo.

Mordred acelerou o passo. Guinevere arrastou os pés no chão, tentando retardá-lo, mas o cavaleiro não foi mais devagar. Um dos cavalos de Maleagant estava ali por perto. Mordred assoviou, e o animal veio trotando na sua direção. O cavaleiro jogou a moça em cima do cavalo e montou atrás dela. Chutou os flancos do animal e se embrenhou na floresta com Guinevere.

— Seja lá o que tenham lhe contado — disse Mordred, segurando firme na cintura de Guinevere, falando no ouvido dela —, é tudo mentira.

— Merlin...

— Merlin é o mais mentiroso de todos. Acha que ele se importa com você? O homem capaz de andar pelo tempo? Ele deve ter visto isso. Devia saber o que estava por acontecer. E por acaso está aqui? — Mordred apontou para as trevas que os cercavam e completou: — Não. Não está.

— Ele é meu... meu pai.

— Você nem consegue dizer isso sem gaguejar. Seu coração e sua língua sabem muito bem reconhecer uma mentira, mesmo que seu cérebro diga que é verdade. Merlin é seu pai tanto quanto Arthur é seu marido. Os dois prenderam você na prisão que é Camelot, a amarraram com vestes, arrancaram tudo o que era verdadeiro em você e criaram a *rainha* deles. Moldaram a sua pessoa na forma que melhor lhes convinha. Porque você é assustadora. É mais poderosa do que qualquer um dos dois. Por acaso sabe o que Excalibur realmente é? O que ela faz?

Guinevere sacudiu a cabeça e fechou os olhos.

— As pessoas pensam que a espada é feita de magia. É o oposto da magia. É o fim da magia. Magia é vida. Excalibur é um carrasco. É por isso que não suporta sequer ficar perto da espada. A magia é o seu cerne, corre pelas suas veias, faz seu coração bater. A sua alma sabe que Excalibur não é sua protetora. É sua inimiga. — A essa altura, Mordred a segurava não apenas para que não se soltasse dele, mas para que não desmoronasse. Encostou o rosto na cabeça de Guinevere e continuou: — Merlin sempre fez o mundo se curvar à sua vontade. Por meio da magia, por meio da violência, por meio da farsa. E, agora que resolveu que a magia precisa acabar, transformou você em cúmplice. Fez de você uma prisioneira dos planos dele. Por acaso algum dia o feiticeiro lhe disse alguma verdade?

A moça tinha vontade de responder. Não podia. Se soubesse de tudo, o que teria feito de diferente? Que decisões teria tomado? Merlin insistira que a escolha fora sua, mas sua cabeça estava cheia de coisas que o próprio feiticeiro incutira e tão pouco além.

— Você merece ser livre — declarou o cavaleiro. — Merece ser selvagem. Não é uma rainha. Camelot jamais servirá de alimento para a sua alma. Consumirá suas energias, assim como Excalibur. Entregue-se à magia que existe no seu coração. Deixe esses dois para trás.

Ele pôs a mão sobre a de Guinevere, e a faísca e o fogo arderam mais fortes do que nunca.

Algo no fundo de Guinevere reconheceu algo no fundo de Mordred, foi ao seu encontro, ansiou por isso. O cavaleiro não havia matado Lancelote. Não havia matado Arthur. Só lutara para despertar a magia, para libertar as coisas banidas para o fundo da terra. As coisas que faziam parte de si mesmo.

As coisas que Guinevere não podia mais negar que faziam parte de si mesma.

— E o que a rainha pretende fazer, agora que se libertou? — perguntou.

— Não sei. Só sei que ela é uma criatura da natureza, assim como os pássaros, os cervos, os coelhos.

— As cobras. Os lobos. As aranhas.

Mordred riu baixinho.

— Sim, a rainha se assemelha mais a eles, é verdade. Mas esses animais não têm direito a viver, como qualquer outra criatura?

— Ela fará mal às pessoas.

— Maleagant fez mal às pessoas, e Arthur não o impediu.

— Ele estava tentando. É complicado.

— Minha avó não é complicada. Olha só para a coreografia dos homens, seus tratados, fronteiras e leis. Como tudo isso traz pouco bem para os demais. Eles ainda guerreiam, sangram, sofrem e morrem. Suas almas morrem muito antes de seus corpos. Diga que você prefere ficar em Camelot e não aqui.

— Mas estaria me aliando às trevas!

— Não precisamos nos juntar à Rainha das Trevas. Ela não se importará, e eu também não me importo. Não precisamos fazer nada a menos que *queiramos* fazer. Aqui não existem leis nem fronteiras nem regras. Deixe-me desamarrar os nós com os quais Merlin a prendeu. Os nós que Arthur apertou.

Merlin havia mentido para ela. Havia escondido a verdade de modos que, Guinevere temia, jamais saberia. E Arthur permitira que ela acreditasse em tudo. Mas, quando pensou em cortar todos os fios da sua memória e da sua experiência que a ligavam a Arthur — coisas que o feiticeiro não havia incutido em sua cabeça, coisas mais profundas e antigas do que a magia —, só sentiu tristeza.

Não iniciara aquela jornada munida da verdade. E agora sabia de tudo. Agora tinha liberdade de escolha, total e absoluta. Sacrificar-se por Camelot ou ir embora.

Seria doloroso. Guinevere deu um sorriso triste. Pelo menos, estava acostumada à dor. A dor não a mataria. A dor não a aniquilaria. Poderia transformá-la, mas agora podia aceitar que todos os nós que havia feito em torno de si mesma um dia se soltariam. Ao se desfazerem, abriam espaço para que ela se tornasse algo de novo.

— Se ficar comigo — sussurrou Mordred —, será livre. Se ficar comigo, será amada.

A moça virou o rosto e encarou o cavaleiro. Que roçou seus lábios nos dela, e o fogo se acendeu, mais forte, ardente e ávido do que qualquer fogo que ela pudesse invocar sozinha. O fogo ia contra a sua natureza, mas era o cerne de Mordred. E o cavaleiro o transmitiu para a moça com seus lábios.

Guinevere o aceitou, o saboreou, sabendo que poderia ter uma vida inteira daquele fogo ardente, quente, verdadeiro.

Então canalizou o fogo para as suas mãos, que se incendiaram. Segurou as mãos de Mordred. Ele gritou, de dor e surpresa, e puxou o braço. Guinevere empurrou, e o impulso do próprio Mordred o fez cair do cavalo e sair rolando pelo chão.

A moça segurou as rédeas e fez o cavalo voltar para o bosque.

— Você jamais será feliz com ele! — gritou o cavaleiro, com a voz rouca e angustiada. — Arthur representa o fim de sua espécie!

As lágrimas escorreram pelo rosto de Guinevere. Ela sabia que Mordred tinha razão. Que, ao escolher Arthur, estava escolhendo sacrificar a magia, dar fim ao maravilhoso, domar e cultivar o coração selvagem da terra. Matar aquela parte de si mesma.

Estava escolhendo Arthur, mais uma vez. Não sabia como nem quando fizera a mesma escolha antes. Soube disso tão de repente e com a mesma certeza que tinha de que Mordred lhe dissera a verdade quando afirmou que Merlin e Arthur haviam mentido a respeito de tudo.

Arthur estava de joelhos, no meio do bosque, derrotado. Excalibur embainhada, largada no chão da floresta, ao seu lado.

Guinevere desceu do cavalo e correu para ele, então se ajoelhou.

— Sinto muito — disse.

O rei levantou o rosto, seus olhos brilhavam. Agarrou-se a Guinevere e a puxou para perto.

— Pensei que havia perdido você.

— E deveria ter perdido. Eu despertei a Rainha das Trevas. Deveria ter sacrificado a minha vida para acabar com ela.

— Posso lutar contra a Rainha das Trevas. Já fiz isso. Mas não posso perder você. Não novamente.

Arthur a abraçou. Guinevere encostou a cabeça no peito dele. A proximidade de Excalibur, ainda que embainhada, lhe causava uma dor latejante. Arthur era um fim. Mas também um começo. E a moça acreditava nele. Merlin depositara sua fé nos homens. Ela não conseguia entendê-lo, mas pelo menos conseguia entender isso. Os homens eram capazes de fazer tanto mal – e tanto bem. Com Arthur, sabia que a balança penderia para o bem.

— Como sabia onde nos encontrar? – perguntou a moça. Brangien só havia informado Mordred.

— Merlin veio até mim em um sonho. Desculpe por não ter chegado antes. E desculpe por não ter vindo em seu socorro assim que Maleagant a raptou. Eu queria. Queria com todas as minhas forças. Deixar tudo para trás e salvar você. Mas...

— Mas você tem uma nação inteira para cuidar.

E era por isso que Arthur deveria ter matado a Rainha das Trevas, mesmo que isso significasse matar Guinevere também. Agora sentia o contrário daquele misto de profunda tristeza e alegria que sentira quando dissera para Maleagant que Arthur jamais sacrificaria seu povo por ela. Não sabia qual dos dois era melhor.

A dor que Excalibur lhe causava latejava junto com sua culpa. Ela havia libertado as trevas, e não fazia ideia de qual seria o resultado. Mordred tinha razão: Merlin devia ter visto tudo aquilo. E, mesmo assim, a mandara para lá. Gostaria de acreditar que o feiticeiro sabia o que estava fazendo. E tentaria acreditar em si mesma em vez disso.

Lancelote se aproximou dos dois, mancando, e se sentou no chão. Assoviou. Assoviou de novo. E então ouviram aquele suave *pocotó* dos cascos. A égua cutucou sua dona com o focinho, e Lancelote abraçou o pescoço dela, aninhando seu rosto no animal.

— Perdemos a batalha – declarou Guinevere. – A Rainha das Trevas ainda está à solta. E Mordred também.

Arthur olhou com pesar para o corpo de Maleagant, que morrera em agonia. Guinevere ficou arrepiada e virou o rosto. *Ela* havia feito aquilo. Era aquilo que Mordred queria que ela se tornasse. Poderosa e terrível. Quando estavam se dirigindo para o bosque, lhe parecera tão importante matar Maleagant. Tão urgente. Mas agora a moça duvidava disso.

— Sempre haverá alguma ameaça. Alguém tomará o lugar de Maleagant. A Rainha das Trevas sempre estará tramando alguma coisa. Mordred... — Arthur ficou em silêncio, aquele nome ficou preso em sua garganta. A traição ainda era dolorosa e recente. — Mordred tomará suas próprias decisões. Camelot é um território que vale a pena possuir, e isso a torna algo que vale a pena roubar.

— Ainda estamos vivos — disse Lancelote. — Considero isso uma vitória.

Arthur apertou o ombro do cavaleiro e falou:

— Obrigado por ter defendido Guinevere quando eu não podia defender.

— Foi uma honra servir à minha rainha.

A moça se afastou do rei. Sacudiu a cabeça e declarou:

— Mas eu não sou rainha de ninguém. Não podemos fingir que sou. Olhe o que eu fiz, o caos que libertei. Arthur, eu... Tudo o que sou é uma mentira. Mordred soube disso assim que me viu. Sabia que poderia me usar contra você. Maleagant também. Eu fiz você correr perigo.

Arthur ficou de pé. Estendeu a mão para Guinevere. Nela, segurava a corrente de prata com pedras que havia dado para sua rainha.

— Eu tenho corrido perigo a minha vida inteira. Não quero mais enfrentar isso sozinho. Por favor... Por favor, volte para casa.

Guinevere ficou em dúvida. Não podia se juntar a Mordred e à Rainha das Trevas. Mas podia sumir na escuridão. Viver na natureza. Tornar-se uma eremita, um rumor.

Estivera enganada a respeito de tudo. Mas Merlin também. Não precisava mais ser protegida. Arthur precisava. Isolar-se, isolando também sua magia, não faria bem a ninguém. Seja lá o que Guinevere fosse, usaria isso para defendê-lo. Pegou a corrente de prata e a colocou de novo sobre sua testa. E então segurou a mão de Arthur.

Não sentiu a mesma faísca e a chama que sentira com Mordred, nem sequer a ligação instantânea que tinha com Lancelote. Era algo mais antigo, mais forte, como a montanha de Camelot. Algo que valia a pena servir de fundação para o que ainda seria construído. A moça podia aceitar que aquilo não era como ela queria que fosse, que teriam que se conhecer melhor para descobrir o que poderiam se tornar juntos. Mas não soltou a mão do rei.

— Tenho duas condições para continuar sendo rainha.

— Diga.

— A Rainha das Trevas está de volta. Agora sabemos qual é a ameaça. Serei a primeira na linha de defesa. Não pretendo me imiscuir desta luta, e você não irá me impedir.

Arthur assentiu, solene, e perguntou:

— E a segunda?

— Tenho o direito de escolher meu próprio cavaleiro. O protetor da rainha. Assim, você jamais precisará se preocupar com a minha segurança. Não será sua responsabilidade.

O rei se espantou.

— Sempre será minha responsabilidade.

— Não. — O tom de Guinevere foi firme. — Nunca mais, Arthur. Se um dia ficar diante desta escolha de novo, escolha Camelot. Você não é o meu cavaleiro. — Então se virou e deu a outra mão para Lancelote. — Ela é.

Lancelote ficou petrificada. Não se aproximou de Guinevere. Olhou para o seu rei.

E o seu rei sorriu, concordando.

— Sir Lancelote, aceita o posto de protetora da rainha?

Lancelote ficou de joelhos e baixou a cabeça.

— Com toda a minha alma.

Arthur foi pegar Excalibur. Guinevere se encolheu, e o rei desistiu.

— Desculpe. Força do hábito. Você receberá o título de cavaleiro quando voltarmos para Camelot. Com outra espada.

Lancelote ficou de pé. Deu risada, abraçou Guinevere e a rodopiou no ar.

— Obrigada — sussurrou. Em seguida, pôs a moça no chão, endireitou-se e limpou a garganta. — *Milady*, permita-me ajudá-la a subir em seu cavalo.

Arthur as levou até seu próprio cavalo, e os três cavalgaram em meio às trevas até que a aurora iluminasse Camelot, ao longe, guiando seu caminho de volta para casa.

Guinevere atravessou o lago de barco. Lembrou-se do espião de Maleagant. Não correria mais o risco de ter pessoas reparando em suas idas e vindas nem descobrindo suas fraquezas para usá-las contra ela.

Ainda tinha pavor de água, mas era capaz de conviver com aquilo. Havia coisas piores no mundo do que se afogar. Já tinha enfrentado a Rainha das Trevas. A Dama do Lago teria que esperar a sua vez.

A notícia chegara a Camelot antes deles. Arthur tirou Guinevere do barco, subiu nas docas e parou do seu lado. As pessoas já se reuniam nas ruas, se enfileirando no caminho que levava até o castelo, naquela montanha interminável. Suspiravam. Gritavam. Arthur levantou a mão de Guinevere e declarou:

— Nossa rainha está volta!

A multidão aplaudiu. Lancelote ficou atrás, em silêncio. Arthur se virou para ela e lhe estendeu o braço.

— Foi salva por seu defensor. O protetor da rainha e meu mais novo cavaleiro, Sir Lancelote!

Dessa vez, os aplausos foram mais brandos e confusos. Mas o povo teria que se acostumar. De qualquer modo, a decisão não estava na mão deles. Lancelote, com a mão no pomo da espada, desfilou, confiante, ao lado de Guinevere. Com os olhos fixos nas ruas, como se esperasse algum assassino surgir ali, no coração de Camelot.

— Guinevere! — Brangien saiu correndo do meio da multidão e se atirou sobre a moça. As duas se abraçaram bem apertado.

— Você me encontrou — sussurrou Guinevere. — Obrigada.

— Você é minha irmã. Sempre irei encontrá-la. — A dama de companhia se afastou e ficou mexendo nas mangas rasgadas e ensanguentadas da moça. Tirou a própria capa e a colocou sobre os ombros de Guinevere, tapando sua cabeça com o capuz. — Onde está Mordred?

— Depois conto — respondeu Guinevere. Sabia que Brangien se sentiria culpada por ter dado a Mordred a informação que o ajudara a encontrá-la. Mas a culpa era toda de Guinevere.

Juntos, começaram a longa subida que os levaria até o castelo. Arthur acenou para o seu povo, que dava vivas, incluindo uma chorosa Dindrane, de braço dado com Sir Bors, mas Guinevere podia perceber algo turvando o sorriso do rei. O quanto lhe custava ser a força de todas aquelas pessoas. Apertou o braço de Arthur, ajudando-o a carregar aquele fardo. Ela havia escolhido Camelot.

Uma leve chuva começou a cair. Guinevere se encolheu. Mas então, olhou para cima, e deixou que as gotas inundassem seu rosto. Limpassem o sangue, o pavor e o arrependimento. Aquela era a primeira vez, na sua lembrança, que sentia a água tocando a sua pele. Cada gota a nutria, repondo um pouco do que ela havia perdido. Sentiu-se mais forte. Poderosa. Preparada.

Era Guinevere, Rainha de Camelot.

E estava em casa.

Chuva batendo em seu rosto. Limpando a sujeira. Levando embora o suor, o sangue e o gosto dela.

Gotas e mais gotas. Que se juntam, pingam, fluem. Tudo do que a água tem conhecimento escorre pelas ruas de Camelot, atravessa os fossos, desce pelas pedras, escorrendo, escorrendo, escorrendo.

Escorrendo até chegar ao lago abandonado. Rio, correnteza, um lago mais ancestral, um lago mais glacial. Um mínimo vestígio permanece, mas é o suficiente.

A água se agita. Toma forma. Um rosto ergue os olhos, lá nas profundezas, contorcido pela saudade, pela fúria de um ser infinito que jamais conhecera a dor da perda até então.

Seus lábios se retorcem, pronunciando uma única palavra.

— Minha.

AGRADECIMENTOS

Minha eterna gratidão a Sir Thomas Malory, T. H. White, Godofredo de Monmouth e a uma série interminável de filmes e programas de TV que plantaram as lendas da Távola Redonda nas profundezas da minha mente.

Minha eterna gratidão a Wendy Loggia, minha editora, e à sua assistente, Audrey Ingerson, que me ajudaram a podar e a moldar o que germinou.

Minha eterna gratidão a Michelle Wolfson, minha agente, capaz de vender as loucuras que brotam da minha imaginação.

Minha eterna gratidão a Noah, meu marido, e aos meus três lindos filhos, que mantêm o ambiente da minha vida alegre e verdejante.

Minha eterna gratidão a Regina Flath, que transformou a realidade em magia, na capa.

Minha eterna gratidão a Janet Fletcher e Colleen Fellingham, que não deixaram passar nenhuma erva daninha.

Minha eterna gratidão ao grupo Missio e à canção "Bottom of the Deep Blue Sea", que regaram meu cérebro e me ajudaram a manter o foco.

Minha eterna gratidão a todos da Delacorte Press e da Random House Children's Books, em especial a Beverly Horowitz, Barbara Marcus e a Allison Judd, minha relações-públicas, bem como aos departamentos de *marketing* e publicidade, que ajudam os meus livros a encontrar novos leitores.

Minha eterna gratidão a Stephanie Perkins e Natalie Whipple, que sempre trabalham comigo.

E, finalmente, minha eterna gratidão a todas as moças e mulheres que são ignoradas nas narrativas e na vida real e sempre dão um jeito de praticar a magia, de aumentar o seu poder e a sua verdade.

SUA OPINIÃO É MUITO IMPORTANTE

Mande um e-mail para **opiniao@vreditoras.com.br** com o título deste livro no campo "Assunto".

1ª edição, maio 2020
FONTE Centaur MT Regular 13,5/17pt
PAPEL Lux Cream 60g/m²
IMPRESSÃO Lisgráfica
LOTE L48452